Layla Hagen

Season of Love – Verführerische Weihnachten

PIPER

Zu diesem Buch

Weihnachten ist für Sienna die schönste Zeit des Jahres. Als Kind nahm ihre Mutter sie jeden Dezember mit ins festlich geschmückte Kaufhaus Statham – Siennas liebste Kindheitserinnerung. Seit dem Tod ihrer Eltern zelebriert sie Weihnachten umso mehr und steckt alle mit ihrer Festtagsstimmung an. Vor allem jetzt, da sie im Kaufhaus Statham arbeitet. Selbst dem kühlen Geschäftsmann Winston entlockt die fröhliche Marketingmanagerin ein Lächeln. Bald bringen nicht nur die Vorfreude auf Weihnachten, sondern auch Winstons Küsse Siennas Wangen zum Glühen. Der CEO würde am liebsten jede Minute mit ihr verbringen, doch plötzlich steckt das Kaufhaus Statham, dessen Leitung er erst vor Kurzem von seinen Eltern übernommen hat, in finanziellen Schwierigkeiten. Dringender denn je wünscht sich Winston ein Weihnachtswunder …

Layla Hagen ist das Pseudonym einer USA-Today-Bestsellerautorin. Sie lebt in Österreich, spricht fließend Englisch, Deutsch und Spanisch, und schreibt am liebsten prickelnde Liebesromane. Mit ihren Reihen »Diamonds For Love« und »Flowers of Passion« schrieb sie sich in die Herzen der Leserinnen.

Layla Hagen

SEASON OF LOVE

Verführerische Weihnachten

Roman

Aus dem Amerikanischen
von Vanessa Lamatsch

PIPER

Mehr über unsere Autorinnen, Autoren und Bücher: www.piper.de

Von Layla Hagen liegen im Piper Verlag vor:
Diamonds For Love:
Band 1: Diamonds For Love – Voller Hingabe
Band 2: Diamonds For Love – Verlockende Nähe
Band 3: Diamonds For Love – Entflammte Sehnsucht
Band 4: Diamonds For Love – Verhängnisvolle Liebe
Band 5: Diamonds For Love – Verbotene Wünsche
Band 6: Diamonds For Love – Betörende Blicke
Band 7: Diamonds For Love – Heißes Herzklopfen
Band 8: Diamonds For Love – Vertraute Gefühle
Band 9: Diamonds For Love – Glühende Leidenschaft
Band 10: Season of Love – Verführerische Weihnachten

Flowers of Passion:
Band 1: Flowers of Passion – Verführerische Rosen
Band 2: Flowers of Passion – Wilde Orchideen
Band 3: Flowers of Passion – Zärtliche Magnolien
Band 4: Flowers of Passion – Flammende Lilien
Band 5: Flowers of Passion – Sinnliche Lotusblüten
Band 6: Flowers of Passion – Verlockende Azaleen

Unser Versprechen für mehr Nachhaltigkeit
• Klimaneutrales Produkt
• FSC®-zertifiziertes Papier
• Hergestellt in Europa

FSC
www.fsc.org
MIX
Papier aus verantwortungsvollen Quellen
FSC® C083411

Deutsche Erstausgabe
ISBN 978-3-492-30171-8
Oktober 2021

Titel der amerikanischen Originalausgabe:
»Your Christmas Love«, Indepently Published 2019

Redaktion: Anita Hirtreiter
Umschlaggestaltung: zero-media.net, München
Umschlagabbildung: Finepic®, München
Satz: Uhl + Massopust, Aalen
Druck und Bindung: CPI books GmbH, Leck
Printed in the EU

1 Sienna

»Ich habe die Liste mit den Geschenken fertig«, sagte ich ins Telefon, den Blick auf mein Merkblatt mit dem Titel *Weihnachtsgeschenke* gerichtet.

»Wow. Dann bist du mir ein gutes Stück voraus. Ich arbeite noch daran«, antwortete Pippa. »Aber das heißt nicht, dass wir nicht schon mit dem Einkaufen anfangen können.«

»Stimmt.«

Geschenke kaufen war meine zweitliebste Beschäftigung während der Vorweihnachtszeit. Bloß Dekorationen aufhängen machte mir noch mehr Spaß. Mein Büro bewies das deutlich.

»Dann sehen wir uns um halb sieben?«

»Perfekt.«

Manche Leute hätten vielleicht erklärt, dass ich etwas zu früh damit anfing, Geschenke zu kaufen, aber der Bennett-Clan war groß, und es war eine Menge Zeit und Hingabe nötig, das perfekte Geschenk für jeden zu finden. Pippa Bennett-Callahan war meine Lieblingsverwandte und meine Komplizin bei allem, was mit Shopping zu tun hatte.

»Dein Chef kommt heute an?«, fragte sie.

»Ja.«

»Viel Glück.«

»Danke. Das kann ich brauchen.«

Seufzend legte ich auf. Mein Chef hatte seinen Dienstort in unserer Filiale in Seattle gehabt, doch heute zog er offiziell nach San Francisco um. Bisher hatten wir nur über Telefon und E-Mail kommuniziert.

Alle meine Kollegen waren an diesem Morgen nervös, während sie auf seine Ankunft warteten.

»Glaubst du, der Chef aus der Hölle wird zu spät kommen?«, fragte meine Kollegin Mara, als sie den Kopf durch meine Bürotür steckte.

»Nenn ihn nicht so«, antwortete ich lächelnd.

»Warum denn nicht? Alle anderen tun es doch auch.«

»Stimmt. Aber ich glaube nicht, dass er zu spät kommen wird. Das ist nicht sein Stil.«

Der Mann war zwar ungeduldig und fordernd, allerdings auch wahnsinnig intelligent. Winston Statham war ein Genie. Mit gerade mal dreißig hatte er die Leitung der Kaufhauskette von seinen Eltern übernommen. Er war nur fünf Jahre älter als ich. Seit ich mit ihm zusammenarbeitete, hatte ich mehr über das Business gelernt als in meinem vorherigen Job.

Vor einem Jahr hatte ich als Junior Brand Manager bei den Statham Stores angefangen. Dann hatte sich meine Vorgesetzte unerwartet früh in den Mutterschaftsurlaub verabschieden müssen… und Winston hatte entschieden, dass ich über alle nötigen Qualifikationen verfügte, bis zu ihrer Rückkehr ihre Aufgaben zu übernehmen.

Seitdem hatte ich mit ihm daran gearbeitet, unseren Online-Store zu modernisieren.

Mein Arbeitsverhältnis mit Winston war… interessant, um es vorsichtig auszudrücken. Wenn wir uns nicht gerade über Details stritten, waren wir sehr produktiv und bauten die Ideen des anderen jeweils weiter aus. Würde die direkte Zusammenarbeit etwas an dieser Dynamik verändern?

Nun, das würde ich wohl eher früher als später herausfinden.

Lächelnd sah ich mich in meinem Büro um. Ich hatte bereits den gesamten Raum mit Weihnachtsschmuck dekoriert. Sicher, es war erst Anfang November, doch ich hatte mich sehr beherrschen müssen, bis nach Halloween zu warten. Sobald dieser Feiertag vorbei war, hatte ich jegliche Zurückhaltung fahren lassen.

Als ich eine vertraute Stimme aus Richtung der Aufzüge hörte, sprang ich auf und eilte in den Flur. Meine Handflächen waren feucht, mein Mund trocken. Ich war entschlossen, einen guten Eindruck zu hinterlassen. Ich entdeckte Winston sofort, weil alle sich um ihn drängten.

Im Moment starrte ich auf seinen Rücken: hochgewachsen, athletisch, tiefschwarzes Haar. Als er sich umdrehte, stockte mir der Atem. Ich hatte bisher nicht mal ein Bild von ihm gesehen.

Gott sei Dank hatte er nie auf Videokonferenzen bestanden, weil ich mich beim Anblick dieser faszinierenden grünen Augen überhaupt nicht mehr hätte konzentrieren können. Alles an ihm wirkte männlich sexy. Winston Statham stach aus der Menge hervor – und das nicht nur, weil er einen maßgeschneiderten Anzug trug, der seinen durchtrainierten Körper perfekt umschmeichelte.

Alle stellten sich vor. Ich wartete, bis Winston vor mir stand, dann sagte ich: »Sienna Hensley.«

»Schön, Sie endlich persönlich kennenzulernen.« Seine Augen wurden vor Überraschung groß, und mein Magen machte einen Sprung, während wir kurz Blickkontakt hatten.

Nachdem er alle in der Lobby begrüßt hatte, gingen wir ins Konferenzzimmer. Winston hatte mich gebeten, den Raum vorzubereiten, damit er sich direkt nach seiner Ankunft ans gesamte Team wenden konnte.

Es gab nicht genügend Sitzplätze für alle, also blieb ich neben der Tür stehen. Ich kam einfach nicht darüber hinweg, wie verdammt attraktiv dieser Mann war. Diese Augen, wie er sich bewegte … selbst die Art, wie er sich mit den Fingern durch das schwarze Haar fuhr, war sexy.

»Guten Morgen, alle miteinander. Vielen Dank, dass Sie sich hier versammelt haben. Wie Sie wissen, habe ich bisher aus dem Büro in Seattle gearbeitet, doch San Francisco ist mein Zuhause. Noch dazu ist das hier unser Flagship-Store. Der Ort, an dem man sein muss. Lassen Sie uns dafür sorgen, dass diese Weihnachtssaison unsere beste Saison überhaupt wird. Ich bin mir sicher, dass wir am Black Friday – und generell in diesem Quartal – die bisherigen Verkaufsrekorde brechen können, wenn wir uns anstrengen.«

Er sah sich im Raum um, als rechne er damit, dass alle zustimmend nickten, doch die meisten schauten eher skeptisch drein.

Super Start, Winston.

Erst letzten Freitag hatte die Hälfte meiner Kollegen darauf gewettet, dass er diese Versammlung einberufen hatte, um das Team besser kennenzulernen; dass er persönlich gar nicht der Chef aus der Hölle war, als der er in seinen E-Mails rüberkam.

Winstons Eltern waren in den Ruhestand gegangen, bevor ich mich Statham Stores angeschlossen hatte, aber meine Kollegen hatten mir erzählt, dass die beiden immer herzlich und nett gewesen waren. Winston war offensichtlich Anhänger eines anderen Führungsstils, denn er begann sofort, über genaue Verkaufsziele und Strategien, wie man sie erreichen konnte, zu sprechen.

Nun, diese Rede sorgte jedenfalls nicht dafür, dass die Leute mit ihm warm wurden.

»Okay, alle miteinander. Wir sollten uns an die Arbeit machen«, beendete er seine Ansprache.

Alle rannten quasi aus dem Raum. Als ich mich ihnen anschließen wollte, ließ mich Winstons Stimme stoppen.

»Miss Hensley, lassen Sie uns in mein Büro gehen. Ich möchte allein mit Ihnen sprechen.«

Er richtete seinen Blick auf mich und musterte mich eingehend. Sofort wurde ich ein wenig kurzatmig.

»Natürlich.«

»Sind die Unterlagen für das Weihnachtsprogramm fertig?«

»Ja.«

»Gut. Bringen Sie sie mit. Ich möchte sie mit Ihnen gemeinsam durchgehen.«

»Können wir das in ungefähr einer Stunde machen? Das Verkaufsteam hat eine Überraschung für Sie vorbereitet. Sie warten unten im Laden auf Sie.«

Das Statham-Kaufhaus in San Francisco war so riesig, dass die Büros in den oberen Stockwerken untergebracht waren.

Er zog die Augenbrauen hoch. »Das steht nicht in meinem Terminkalender.«

»Na ja, nein. Es ist schließlich eine Überraschung.«

»Dafür habe ich gerade keine Zeit.«

»Ich werde meinen Kollegen Bescheid geben, dann bin ich gleich bei Ihnen.«

»Okay. Und nur fürs Protokoll: Erlauben Sie niemandem mehr, irgendwelche Überraschungen zu planen. Dafür fehlt uns die Zeit.«

Autsch. Alle hatten ungeduldig auf seine Ankunft gewartet. Es war quasi ein Firmenevent. Unzählige Angestellte waren auch deswegen jahrzehntelang bei Statham Stores geblieben, weil sie gegenüber der Familie loyal waren; weil sie seine Eltern geliebt und respektiert hatten … und daher auch ihn unterstützen wollten. Sie wollten Winston persönlich kennenlernen.

Wie konnte jemand so Gutaussehendes ein solcher Griesgram sein? Ich musste den Atem anhalten und mich wappnen, als Winston an mir vorbeiging. Verdammt, verdammt, verdammt. Je näher er mir kam, desto attraktiver wurde er, auch wenn seine Miene versteinert war. Wusste mein Chef überhaupt, wie man lächelte?

Ich erklärte es zu meiner Mission, genau das herauszufinden.

2 Winston

Sobald ich mein Büro betreten hatte, wurde mir klar, dass ich meine erste Ansprache an die Angestellten falsch geplant hatte. Ich hätte die Rede besser vorbereiten müssen… doch wenn es etwas gab, was mir momentan fehlte, dann war das Zeit. Noch nie hatte ich unter solchem Druck gestanden. Wenn die Zahlen nicht besser wurden, würde ich dieses Kaufhaus schließen müssen.

Allerdings weigerte ich mich, diese Möglichkeit auch nur in Betracht zu ziehen. Ich würde diese Krise bewältigen – für meine Eltern, die mir vertrauten, aber auch für jeden einzelnen Angestellten in diesem Laden. Ihr Lebensunterhalt hing davon ab. Statham Stores gehörten zwölf Kaufhäuser in den gesamten Vereinigten Staaten und zwölf in Europa, doch ich weigerte mich, auch nur eines davon zu schließen – besonders dieses hier. Denn ich hatte so viele wunderbare Erinnerungen an diesen Ort.

Ich war quasi hier aufgewachsen, hatte Mom und Dad dabei beobachtet, wie sie den Laden schmissen. Sie hatten sich genau dieses Büro geteilt. Damals hatten zwei Schreibtische an gegenüberliegenden Wänden gestanden. Jetzt gab es bloß noch einen großen Schreibtisch für mich.

Jemand klopfte an die Tür.

»Ich bin's, Sienna.«

»Kommen Sie rein.«

Ich atmete tief durch, doch das half auch nicht. Sienna war so schön, dass ich den Blick einfach nicht von ihr abwenden konnte. Ihr hellbraunes Haar fiel ihr bis auf die Mitte des

Rückens, und ihre warmen braunen Augen harmonierten mit ihrem bronzefarbenen Teint.

»Ich habe das Weihnachtsprogramm dabei. Das Verkaufsteam möchte Sie nach wie vor treffen, wann immer es Ihnen reinpasst … und ich persönlich halte das für eine gute Idee.«

Mir fehlte die Zeit für Höflichkeiten, aber das hatte ich bereits klargestellt. Wenn Sienna auf dem Treffen bestand, hieß das, dass sie in diesem Punkt anderer Meinung war als ich. Ich hätte sie ja deswegen zur Rede gestellt … doch einer der Gründe, warum ich beschlossen hatte, sie zu befördern, statt jemand anderen für die Senior-Stelle einzustellen, lag darin, dass Sienna mir zu allem ihre Meinung sagte.

Sicher, das führte manchmal zu hitzigen Diskussionen, doch gleichzeitig waren dabei auch sehr kreative und produktive Lösungen für den Relaunch der Website entstanden. Statham Stores zu modernisieren, war keine einfache Aufgabe, aber Sienna hatte sich dieser Herausforderung gestellt.

Wir setzten uns nebeneinander an den langen Schreibtisch. Sie hatte eine ausgedruckte Version des Weihnachtsprogramms mitgebracht, das alles von der Preisgestaltung bis zu Weihnachtsveranstaltungen abdeckte. Inzwischen bekäme ich wirklich Probleme, sollte Sienna kündigen. Sie war für die Umsetzung meiner Pläne zur Rettung des Kaufhauses einfach unersetzlich.

Ich durfte mich auf keinen Fall von ihr angezogen fühlen. Und doch konnte ich mich fast nicht davon abhalten, näher an sie heranzurücken.

»Hat unsere übliche Band für den Weihnachtsabend zugesagt?«

»Ja, aber wir lassen auch noch Kandidaten für eine zweite Band vorspielen. Frisches Blut kann nie schaden.«

»Dem stimme ich zu.«

Ich fand es wunderbar, wie sie die Initiative ergriff. Verdammt, das half mir auch nicht dabei, die Anziehung zu zügeln. Ganz im Gegenteil.

»Ich habe die Seiten sieben und zwölf angemerkt. Ich denke, dort sollten wir ein paar Details ändern. Meiner Meinung nach sollten wir die Termine mit dem Weihnachtsmann von Sonntag auf Samstag verschieben. Die Eltern werden sonst nervös, wenn die Schlangen zu lang sind, weil sie am nächsten Tag wieder in die Arbeit müssen.«

»Das ist eine tolle Idee. Leiten Sie das in die Wege.«

»Perfekt.«

Die Frau war nicht nur klug, sondern besaß auch mehr Einfühlungsvermögen als jeder, mit dem ich bisher zusammengearbeitet hatte. Es gelang ihr mühelos, sich in andere Menschen hineinzuversetzen. Vielleicht waren ihre Vorschläge deswegen so gut, weil sie nicht ständig über Gewinnmaximierung nachdachte, sondern stattdessen über Kundenzufriedenheit.

»Miss Hensley, ich habe Sie auch hierhergerufen, weil ich ein neues Projekt plane.«

»Ich bin ganz Ohr.«

»Dieses Kaufhaus ... es braucht eine Modernisierung. Schon viel zu lang funktioniert es auf genau dieselbe Weise. Es gibt eine feine Grenze zwischen Achtung vor der Geschichte des Hauses und dem Verlust von Einkünften. Die neuen Merchandising-Systeme, die wir in den anderen Häusern implementiert haben, sind produktiver. Doch angesichts der Tatsache, dass es sich hier um unseren Flagship-Store handelt, sollten wir in San Francisco anders an die Sache herangehen. Sollten tiefer gehen. Bis in die Bausubstanz.«

»Aha. Okay. Ich denke auch, dass es Möglichkeiten zur Verbesserung gibt, aber darauf können wir uns im neuen Jahr konzentrieren.«

»Ich möchte, dass wir in acht Wochen ein Konzept fertig haben.«

»In sieben Wochen ist Weihnachten.«

»Ich bin durchaus fähig zu zählen, Miss Hensley«, meinte ich trocken.

Ihre Augen begannen zu glühen. »Dann wissen Sie vielleicht auch, dass ich ab dem 21. Dezember einen zweiwöchigen Urlaub eingereicht habe.«

»Ich kann mich nicht erinnern, das genehmigt zu haben.«

»Ist noch in der Personalabteilung.« Plötzlich klang sie unsicher. »Ich habe meinem Bruder versprochen, ihn in London zu besuchen. Ich will ihn nicht enttäuschen.«

Das hatten wir gemeinsam. Ich enttäuschte auch nicht gern Leute, die mir am Herzen lagen.

»Das Konzept muss vor dem 31. Dezember fertig sein, Miss Hensley. Ich bin mir sicher, wir können uns einigen und das Projekt in unsere bestehende Arbeitszeit einbinden.«

Natürlich meinte ich eigentlich *zusätzlich zur bestehenden Arbeitslast,* und das wusste sie auch. Das Konzept fertigzustellen, würde lange Abende im Büro bedeuten, wahrscheinlich auch Wochenendarbeit … und das alles vor Weihnachten. Ich sah quasi, wie das Feuer in ihren Augen an Hitze gewann.

Sie öffnete den Mund, presste dann aber die Lippen zusammen, als hätte sie beschlossen, ihre Gedanken besser nicht in Worte zu fassen. Das war etwas Neues. Vielleicht hatte ich sie zu sehr unter Druck gesetzt.

»Ja, ich bin mir sicher, wir werden eine Lösung finden.« Ihr Tonfall war kälter als bisher. Angesichts meiner Reaktion auf sie war das vielleicht gar nicht so schlecht. Einer von uns musste einen kühlen Kopf bewahren. Und das wäre sicherlich nicht ich.

3 Sienna

Um sechs Uhr verließ ich das Statham-Gebäude, um zu meinem Treffen mit Pippa zu eilen. Ich war gerade um die Ecke zum Parkplatz gebogen, als ein Kerl, von dem ich gehofft hatte, ich müsste ihn nie wiedersehen, sich von der Hauswand abstieß. Mein Ex, Trevor.

»Was tust du hier?«, fragte ich.

»Du hast meine Anrufe und Nachrichten ignoriert.«

»Und das hat dir nicht verdeutlicht, dass ich niemals wieder mit dir sprechen will?«

»Stell dich nicht so an«, sagte Trevor im selben Moment, in dem ich Winstons Stimme rechts von mir hörte.

»Ist alles in Ordnung?« Er hielt eine Tüte mit Take-away-Essen in der Hand und sah zwischen Trevor und mir hin und her.

Ich nickte und richtete mich zu meiner vollen Größe auf. Genau das hatte es noch gebraucht: eine Demütigung vor meinem Chef.

»Ich will allein mit dir sprechen«, sagte Trevor.

»Es gibt nichts zu besprechen.« Ich verschränkte die Arme vor der Brust. Ich wünschte mir wirklich, Winston würde gehen, denn ich wollte nicht, dass er das hier mit ansehen musste.

»Das stimmt nicht.«

»Du wolltest Abstand, schon vergessen? Ich habe mich von dir getrennt. Ende der Geschichte. Es gibt nichts, worüber wir reden müssten. Ich will dich nicht wiedersehen.«

Die ganze Erfahrung hatte tiefe Spuren bei mir hinterlassen, doch ich wollte nicht, dass jemand davon erfuhr. Trevor hatte mich als fordernd bezeichnet und behauptet, ich würde zu sehr klammern.

»Ich dachte, du hättest meine Nachrichten vielleicht nicht gesehen.«

»Habe ich durchaus. Ich bin nicht interessiert.«

Was hatte er denn geglaubt? Dass ich für zwanglosen Sex zur Verfügung stünde?

»Sie haben Sienna gehört«, sagte Winston. Seine Stimme war ruhig … *zu* ruhig.

»Halten Sie sich da raus«, meinte Trevor.

»Wenn Sie hier noch einmal auftauchen, werde ich eine einstweilige Verfügung erwirken.«

Das erregte Trevors Aufmerksamkeit. Ich blinzelte nur. Hatte Winston das tatsächlich gesagt?

»Für wen halten Sie sich?«, blaffte Trevor.

»Für jemanden, der Männer wie Sie nicht ertragen kann.«

»Trevor, geh weg. Ruf mich nicht an, tauch nicht an meinem Arbeitsplatz auf.«

»Zwischen uns gibt es noch einiges zu klären.«

»Du wolltest Abstand. Für mich bedeutet Abstand eine Trennung. Wir haben überhaupt nichts mehr zu klären.«

Trevor trat einen Schritt vor. Ich wich nicht zurück, doch Winston bewegte sich. Er trat einen halben Schritt vor mich, um mich mit seinem breiten, starken Körper zu schützen.

»Verschwinden Sie!« Seine Stimme war immer noch unheimlich ruhig, doch an seiner Schläfe pulsierte eine Ader.

Trevor sah ein paar Sekunden zwischen uns hin und her, bevor er einen Schritt zurückwich und auf dem Absatz kehrtmachte.

»Ich werde Sie noch zu Ihrem Auto begleiten«, sagte Winston.

»Vielen Dank. Ich stehe nicht weit entfernt.«

Er ging hinter mir, und ich konnte seine Körperwärme bei jedem Schritt fühlen. Als ich den Wagen erreicht hatte, öffnete ich langsam die Tür, ehe ich mich zu ihm umdrehte. Verdammt. Ich hatte den Abstand zwischen uns falsch eingeschätzt. Winston stand mir so nahe, dass ich seinen warmen Atem auf meiner Wange fühlen konnte.

»Ist er schon einmal hier aufgetaucht?«

»Nein.«

»Ich möchte, dass Sie es mir sagen, falls er das noch mal tut. Oder Sie irgendwie anderweitig belästigt.«

»Warum? Wollen Sie wirklich eine einstweilige Verfügung erwirken?«

»Das … oder ich trete ihm in den Hintern.«

Ich zog die Augenbrauen hoch. Irgendwie passte das nicht zu einem Mann mit so einem schicken Anzug.

»Sie bezweifeln, dass ich dazu fähig bin?«, fragte er herausfordernd.

»Ich kann mir nicht so recht vorstellen, wie Sie sich die Hände schmutzig machen, nein.« Und das war nur zur Hälfte ein Witz.

Aber als Winstons Mund sich zu einem verführerischen Lächeln verzog und er eine Hand auf das Dach meines Autos stemmte, direkt neben meinem Arm, wurde mir klar, dass ich ihn vollkommen falsch eingeschätzt hatte.

»Ich kann sehr schmutzig werden, wenn die Situation es erfordert.«

O ja, ich hatte ihn sehr, sehr falsch eingeschätzt, als ich ihn für kühl und distanziert gehalten hatte. Doch heute Abend hatte ich diese andere Seite an ihm entdeckt. Er war leidenschaftlich, vielleicht sogar ein wenig hitzköpfig, aber er zügelte diese Eigenschaften mit Selbstkontrolle. Im Moment konnte ich es allerdings unter der Oberfläche brodeln sehen. Herrje! Ich konnte sein Feuer deutlich sehen, in dem Glitzern seiner Augen und der unüberhörbaren Doppeldeutigkeit seiner Worte.

»Ich bezweifle, dass Trevor noch einmal auftauchen wird. Er ist es nicht gewöhnt, sich für irgendetwas anstrengen zu müssen, sondern mag … leichte Beute. Vermutlich ist er davon ausgegangen, dass ich mich ihm zu Füßen werfe. Vielen Dank für vorhin.«

»Kein Problem.«

»Sie gehen noch mal zurück ins Büro?«, fragte ich mit einer Geste auf seine Restauranttüte.

»Ja. Ich habe mir nur schnell einen Happen zu essen besorgt.«

»Sie machen am ersten Tag schon Überstunden, Chef?« Ich grinste breit, obwohl er die Augenbrauen hochzog.

»Ich habe Ihnen doch gesagt, dass ich einen straffen Zeitplan habe.«

»Ja, natürlich. Dann lasse ich Sie mal in Ruhe.« Immer noch grinsend stieg ich in mein Auto. Könnte sein, dass ich eine kleine Schwäche für Winston und seine mürrische Art entwickelt hatte. Er hatte sich für mich eingesetzt. Der Mann würde ein gigantisches Weihnachtsgeschenk bekommen – ob er nun wollte oder nicht.

Verdammt. Ich wollte mich nicht von meinem Chef angezogen fühlen, egal, wie gut aussehend er auch sein mochte. Oder wie klug. Sein Gehirn faszinierte mich. Ja, das klang vielleicht seltsam, aber für mich war Intelligenz sexy. Ich mochte es, mit ihm zusammenzuarbeiten, wenn wir bis über beide Ohren in Präsentationen steckten und Brainstorming-Sessions abhielten.

Ich war von den Geschehnissen des heutigen Tages nach wie vor aus der Bahn geworfen, daher war ich wahnsinnig glücklich, mich mit Pippa zu treffen. Sie gehörte zu meinen absoluten Lieblingsmenschen. Meine Schwestern – Victoria und Chloe – hatten sich uns eigentlich auf unserem Shoppingtrip anschließen wollen, doch Chloes Schule hatte kurzfristig ein Eltern-Lehrer-Gespräch angesetzt, weswegen die beiden verhindert waren. Sie würden sich uns später anschließen, zum Abendessen.

Ich hatte eine große Familie. Victoria war zwölf Jahre älter als ich, Chloe dreizehn Jahre jünger. Außerdem hatten wir noch einen Bruder, Lucas. Er war siebzehn und verbrachte gerade ein Austauschjahr in London. Ich vermisste ihn wie verrückt.

Wir hatten unsere Eltern verloren, als ich siebzehn gewesen war. Victoria war zu unserem Vormund geworden. Der große Altersunterschied zwischen uns kam daher, dass ich ungeplant gewesen war und meine Eltern Lucas und Chloe adoptiert hatten. Nachdem Victoria Christopher Bennett geheiratet hatte, hatte der Begriff Großfamilie eine ganz neue Bedeutung bekommen.

Ich traf mich am Union Square mit Pippa – Christophers Schwester –, und dann wollten wir die Boutiquen der Umgebung abklappern. Auf dem Weg zum Treffpunkt sah ich noch einmal die Geschenkliste auf meinem Handy durch.

Es gab ein Dutzend Kinder, für die es Geschenke zu kaufen galt, und noch mehr Erwachsene. Insgesamt gab es neun Bennett-Geschwister, plus ihre Eltern, Richard und Jenna. Alle Geschwister waren verheiratet, und die meisten hatten Kinder bekommen. Und einige von Victorias Schwager und Schwägerinnen hatten auch noch größere Familien.

Weihnachtsgeschenke kaufen war daher im wahrsten Sinn des Wortes ein Großprojekt. Pippa stand an der Spitze der Bewegung. Wir hatten eine Tabelle mit Einkaufstagen erstellt, und sie hatte die Erwachsenen in sechs Teams aufgeteilt. Ich liebte es, Geschenke zu kaufen, besonders für die Kids. Das war eine Menge Arbeit, weil ich mit den neuesten

Entertainment-Trends für Kinder zwischen drei und siebzehn Jahren Schritt halten musste. Letztes Jahr hatte ich den Fehler gemacht, DVDs eines Films zu kaufen, der mir als Kind gefallen hatte, und konnte mich noch viel zu genau an die Enttäuschung in ihren kleinen Gesichtern erinnern.

Daher war ich entschlossen, diesen Fehler nicht zu wiederholen.

Heute Abend hing ein leiser Nebel in der Luft. Kaum sichtbar, aber klamm genug, dass ich meine Jacke enger um mich zog. Ich liebte San Francisco, auch wenn es hier zu dieser Jahreszeit ein wenig kälter war als in anderen Teilen Kaliforniens. Doch hier zu leben, hatte definitive Vorteile. Manchmal besuchte ich die Touristenattraktionen, einfach, um die Energie der Stadt in mich aufzusaugen. Pier 39 gehörte zu meinen Lieblingsorten. Ich liebte es, an müßigen sonnigen Tagen die Seelöwen dort zu beobachten.

Als ich am Union Square ankam, war Pippa bereits da, einen Donut in der Hand. Sie hatte auch einen für mich dabei.

»Du kannst echt Gedanken lesen.«

»Kohlehydrate und Zucker. Das werden wir für unseren Shopping-Marathon brauchen.«

»Wie wahr, wie wahr«, murmelte ich mit vollem Mund.

Wir schwiegen, bis der letzte süße Bissen verschwunden war, den Blick auf die mit Lichtern verzierten Palmen auf dem Platz gerichtet.

Für gewöhnlich trug Pippa Stilettos und entweder ein Kleid oder einen Bleistiftrock mit Bluse. Heute allerdings hatte sie sich in Shopping-Klamotten geschmissen: Turnschuhe, Jeans und eine braune Jacke über einem weißen Pulli. Ihr blondes Haar war zu einem eleganten Pferdeschwanz gebunden.

Pippa war die modischste Person, die ich kannte, und mit

ihrer femininen Art eine Seele von Mensch. Ich liebte sie einfach.

Außerdem war sie eine erfolgreiche Kupplerin. So erfolgreich, dass ich tatsächlich hoffte, Pippa würde ihre Aufmerksamkeit auf mich richten. Möglichst bald. Ich war zufrieden mit meinem Leben, doch ich hätte nichts dagegen gehabt, einen Mann zu finden, zu dem ich nach Hause kommen konnte. Jemanden, der mir die Füße massierte und mich fest umarmte. Jemanden, der mit einem einzigen Blick dafür sorgen konnte, dass mir innerlich ganz heiß wurde (Winston gelang das mühelos, doch diesen Gedanken verdrängte ich eilig wieder). Aber vor allem wollte ich jemanden, um den ich mich kümmern und den ich lieben konnte.

»Wie läuft es in der Arbeit?«, fragte Pippa, als wir zum ersten Laden auf unserer Liste liefen.

»Der Chef ist im persönlichen Kontakt sogar noch mürrischer.«

Ich behielt für mich, dass er mir auch seine ritterliche Seite gezeigt hatte, weil ich nicht wollte, dass jemand erfuhr, dass mein Ex-Freund an meinem Arbeitsplatz aufgetaucht war.

»Du weißt, dass du uns bei Bennett Enterprises jederzeit willkommen bist, oder? Wir fänden es wunderbar, wenn du für uns arbeitest. In welcher Abteilung du willst.«

Bennett Enterprises gehörte seit Langem zu den erfolgreichsten Schmuckfirmen Amerikas. Die ältesten Bennett-Geschwister hatten die Firma vor Jahren gegründet: Sebastian, Logan und Pippa – sie war die Chefdesignerin. Insgesamt arbeiteten fünf der Bennett-Geschwister für die Firma, auch Christopher, Victorias Ehemann. Es war ein Familienunternehmen, und ich konnte es kaum erwarten, Teil davon zu werden.

»Danke, Pippa. Ich verspreche dir, das Angebot eines Tages anzunehmen. Aber vorher möchte ich ein wenig

Erfahrung sammeln, damit ich euch auch von Nutzen bin, wenn ich diesen Schritt endlich wage.«

»Du musst doch niemandem etwas beweisen.«

Doch, musste ich … mir selbst. Ich wollte wissen, dass ich mich auf mich selbst verlassen und auf eigenen Beinen stehen konnte. Im Teenager-Alter meine Eltern zu verlieren, hatte mich geprägt – ab diesem Moment war es vorbei mit der Sicherheit gewesen. Victoria hatte ihr Bestes gegeben, aber ich war alt genug gewesen, um unsere finanziellen Sorgen zu verstehen. Meine Karriere war mir sehr wichtig, denn meinen beruflichen Erfolg hatte ich mir verdient … und nicht geschenkt bekommen, weil meine Schwester in die Bennett-Familie eingeheiratet hatte.

Außerdem meinte ich ernst, was ich zu Pippa gesagt hatte – ich wollte mehr Erfahrung sammeln, bevor ich mich dem Familienunternehmen anschloss. Ava, Sebastians Ehefrau, leitete die Marketingabteilung und war echt ein Genie. Sie hatte ihre Laufbahn als Beraterin begonnen und über die Jahre mit verschiedensten Firmen zusammengearbeitet.

Ich hatte vor, ein echter Branding-Profi zu sein, wenn ich mich Bennett Enterprises letztendlich anschloss.

»Also, wie ist er so persönlich?«

»Mürrisch.«

»Das hast du bereits gesagt. Du musst mir schon etwas mehr über ihn verraten.«

Ich war mir nicht ganz sicher, was ich sagen sollte.

»Einen Moment.« Pippa stach mit dem Zeigefinger in meine Richtung, dann ließ sie ihn leicht kreisen. »Er ist heiß, habe ich recht?«

Und das, meine Damen und Herren, war die Superkraft von Pippa Bennett-Callahan. Sie konnte wirklich und wahrhaftig Gedanken lesen.

Genau zweimal hatte ich den Fehler begangen, nicht

gleich alles zu gestehen, doch inzwischen wusste ich es besser. Weil das einfach nicht funktionierte.

»Ja. Ja, ist er.«

»Also, also. Und du stehst auf ihn.«

»Nein … ich will aber auf keinen Fall auf meinen mürrischen Chef stehen.« Ich schloss die Augen und seufzte. »Ich bin mit genügend Idioten ausgegangen, Pippa. Ich muss mein Beuteschema ändern.«

Allerdings war ich mir nach dem heutigen Abend nicht mehr sicher, ob Winston ein Idiot war. Sicher, er war mürrisch, doch ein Idiot hätte nicht getan, was er getan hatte. Aber eigentlich spielte das keine Rolle. Ich durfte diese Gedanken trotzdem nicht zulassen. Außerdem interessierte er sich ja auch nicht für mich.

»Wo wir gerade davon reden: Könntest du deine Kuppelfähigkeiten auf mich anwenden? Bitte?«

»Ich glaube, du bist die Erste, die mich von sich aus darum bittet.«

»Weil ich nicht zu stolz bin, zuzugeben, dass ich beim Dating Hilfe brauche.«

»Mal sehen, was ich tun kann.«

Ich schwenkte die Hüften und klatschte in die Hände. »Super. Bis Weihnachten habe ich einen Freund.«

Pippa sah mich mit großen Augen an. »Könnte sein, dass du ein wenig zu viel Vertrauen in mich setzt.«

»Nö. Ich habe genug Beweise für deine Erfolge gesehen. Und ich bin nicht wählerisch. Ich will einfach nur einen netten, witzigen Mann, der auch lachen kann.«

Pippa rieb sich grinsend die Hände, dann schenkte sie mir ihr typisches hinterhältiges Lächeln. Ich spürte förmlich, wie mein Glück sich wendete.

»Lass uns die Liste noch mal anschauen, bevor wir die Läden stürmen«, schlug ich vor.

»Gute Idee. Ich fühle bereits, wie die Energie des Zuckers mich erfüllt.«

Ich zwinkerte ihr zu. »Ich glaube, das ist einfach das Adrenalin.«

»Das auch.«

Wir steckten über meinem Handy die Köpfe zusammen. Wahrscheinlich wäre es effektiver gewesen, uns zu trennen, um die Liste abzuarbeiten, doch zusammen machte es einfach mehr Spaß. Wir diskutierten die Vor- und Nachteile jedes Geschenkes, als sprächen wir über die nächste Präsidentenwahl … und kauften letztendlich doppelt so viele Sachen wie geplant.

Danach trafen wir uns mit Victoria und Chloe bei unserem Lieblingsmexikaner, *Eduardos Tacos*. Das Restaurant lag nur einen Block vom Union Square entfernt.

Victoria stieß einen Pfiff aus, als sie unsere Hände betrachtete.

»Ich hatte damit gerechnet, dass ihr zweimal so viele Tüten mit euch herumschleppt.«

»Victoria!«, rief Pippa gespielt beleidigt. »Das war nur die zweite Runde. Wir haben schon einmal alles im Auto abgeladen.«

Victoria lachte und sagte kopfschüttelnd: »Mein Fehler. Man sollte euch beide wirklich nicht unbeaufsichtigt einkaufen gehen lassen.«

Pippa grinste. Ich bemühte mich, nicht allzu schuldbewusst dreinzublicken.

»Was hast du für mich gekauft?«, fragte Chloe und klimperte dabei mit den Wimpern.

»Das wirst du erst am Weihnachtsmorgen herausfinden«, warnte ich, obwohl ich genau wusste, dass es mir schon seit vier Jahren nicht mehr gelungen war, meine Schwester zu überraschen. Ich hatte wirklich keine Ahnung, wie sie es jedes Mal schaffte, mir auf die Schliche zu kommen. Ich bewachte meine Listen mit Argusaugen.

Chloe seufzte, hakte aber nicht nach – was nur meinen Verdacht bestärkte, dass sie vorhatte, es auf andere Weise herauszufinden.

»Ich hoffe sehr, du hast mir kein Kindergeschenk gekauft«, sagte sie.

»Du wirst schon sehen.« Sie war zwölf und hatte bereits verkündet, dass sie in die Teenager-Gruppe eingeordnet werden wollte.

»Auf welche Sorte Tacos habt ihr Lust?«, fragte Victoria.

»Wie wäre es, wenn wir von jeder Sorte einen bestellen?«, fragte ich. Der köstliche Geruch von frisch gebackenen Tortillas und Chili, zusammen mit der Vitrine voller Guacamole, Hühnchen, Pommes und Salate, sorgte dafür, dass mir das Wasser im Mund zusammenlief.

Victoria rieb sich den Bauch. »Mir gefällt der Vorschlag.«

»Ich werde an der Kasse bestellen gehen«, bot Chloe an.

»Wie war das Eltern-Lehrer-Gespräch?«, fragte ich, sobald Chloe außer Hörweite war und Victoria, Pippa und ich auf einen Tisch im hinteren Teil des Restaurants zuhielten. Chloe war ein tolles Mädchen und machte eigentlich nie Ärger, aber ich konnte einfach nicht anders, als mir Sorgen um sie zu machen.

Nachdem unsere Eltern gestorben waren, hatte ich den Drang verspürt, jeden Schmerz von meinen jüngeren Geschwistern fernzuhalten. Lucas war ein paar Jahre älter als Chloe, daher hatte ihn der tragische Verlust sehr getroffen. Für Chloe war es ein Segen gewesen, dass sie so jung war. In vielerlei Hinsicht waren Christopher und Victoria die einzigen Eltern, die sie kannte.

»Wie üblich. Sie hasst Mathe und liest im Unterricht oft Fantasybücher unter dem Tisch. Ich habe vorgegeben, strenger mit ihr ins Gericht gehen zu wollen; die Lehrerin hat so getan, als würde sie mir glauben. Was gibt es bei euch beiden Neues?«

Ich warf einen Seitenblick zu Pippa, die leise lächelte. Aha! Sie würde mein Geheimnis für sich behalten. Gott sei Dank.

Meine Schwester musste nicht erfahren, dass ich verkuppelt werden wollte. Unglücklicherweise war Victoria in dieser Hinsicht vollkommen unbegabt, versuchte es aber trotzdem immer wieder … was zu einigen wirklich schrecklichen Dates geführt hatte.

Doch ich vertraute blind auf Pippas Fähigkeiten. Irgendwie konnte sie spüren, ob es zwischen zwei Leuten knisterte.

Ich war bestens gelaunt und hätte dabei fast vergessen, dass ich die nächsten paar Wochen fast ausschließlich im Büro verbringen würde.

Nach dem letzten Taco machte ich den Fehler, meine Mails zu checken. Winston hatte mir eine Kalendereinladung geschickt. Er hatte das Konferenzzimmer neben seinem Büro jeden Abend vor Weihnachten von sechs bis acht Uhr reserviert.

Das war nicht gerade mein Lieblingsraum. Er war klein und außerdem das einzige Zimmer, das ich noch nicht weihnachtlich dekoriert hatte.

Als Senior Brand Manager war es meine Aufgabe, das Weihnachtsprogramm des Ladens zu koordinieren … und das beinhaltete, jedes Stockwerk und die Schaufenster zu dekorieren.

In meiner Kindheit hatte ich es geliebt, in den Wochen vor Weihnachten mit Mom und Dad in das Statham-Kaufhaus zu gehen. Und heute erschuf ich selbst einen Teil dieser Magie. War das nicht einfach unglaublich?

Nachdem wir dieses Jahr neue Dekorationen gekauft hatten, hatte ich die alten verwendet, um die Büroräume zu schmücken. Warum auch nicht? Alle liebten die Deko.

Das kleine Konferenzzimmer hatte ich ausgelassen, weil kaum jemand es je benutzte. Aber jetzt würde ich mich gleich morgen früh darum kümmern.

In dieser Jahreszeit war mir immer, als wäre ich wieder ein Kind. Vielleicht liebte ich es deshalb so sehr, alles zu dekorieren. An Weihnachten fühlte ich mich meinen Eltern immer besonders nahe – was der Grund war, warum ich mich so lange wie möglich im Weihnachtsgefühl suhlte.

Unglücklich starrte ich auf die Kalendereinträge für die nächsten paar Wochen. Zumindest hatte Winston Thanksgiving freigelassen.

Ich konnte nicht leugnen, dass ich mich von meinem Chef angezogen fühlte. All diese Männlichkeit und dieser Sex-Appeal. Und ich hatte mich heute Abend mit ihm an meiner Seite so beschützt gefühlt.

Vielleicht war es nicht klug, so eng mit ihm zusammenzuarbeiten. Ich konnte jederzeit ablehnen. Mehr als zwei Stunden Überstunden die Woche widersprachen den Firmenregeln. Doch ich arbeitete gern. Ich hatte schon bisher so viel gelernt, dabei hatten wir bis jetzt nur über Telefon und E-Mail kommuniziert. Ein paar Wochen, in denen ich täglich zwei Stunden direkt mit ihm zusammenarbeitete? Die Vorstellung sorgte dafür, dass meine ehrgeizige Seite vor Freude tanzte. (Dasselbe galt für meine Intimzone, aber ich weigerte mich, diesen Gedanken anzuerkennen.)

4 Winston

Ich fand es wunderbar, wieder in San Francisco zu sein. Viel zu lang hatte ich an anderen Orten gearbeitet. Diese Stadt war mein Zuhause. Verdammt, dieses Kaufhaus war mein Zuhause. Die ersten Jahre nach meinem College-Abschluss war ich im Bankwesen tätig gewesen, bevor ich bei Statham Stores eingestiegen war. Schon vor drei Jahren hätte ich das Angebot meines Vaters annehmen sollen, die Firma zu übernehmen, doch ich hatte mich noch zu jung dafür gefühlt. Ich hatte mehr Erfahrung sammeln wollen.

Dad hatte das Management an seinen langjährigen Geschäftsführer übergeben. Er hatte sich durchaus bemüht, war aber einfach nicht dazu gemacht, eine Firma allein zu führen. Als er letztes Jahr in den Ruhestand gegangen war, war die finanzielle Lage dieses Kaufhauses eine Katastrophe gewesen. Und so war es immer noch.

Ich war entschlossen, das Ruder herumzureißen und dieses Kaufhaus zu retten. Es war das Symbol für den Erfolg meiner Eltern.

Moms Enttäuschung wollte ich mir nicht mal vorstellen, falls wir diese Filiale aufgeben müssten. Sie kannte den Vornamen von jedem einzelnen Angestellten. Kannte ihre Lebensgeschichten. Wenn es mir nicht gelang, das Kaufhaus zu retten, würde ich nicht nur all die loyalen Mitarbeiter im Stich lassen, die seit Jahren für uns in Lohn und Brot standen, sondern auch meine Eltern.

Ich musste mich ausschließlich darauf konzentrieren, das Kaufhaus zu retten. Obwohl ich diese Filiale liebte, hatte ich einen inneren Widerstand gespürt, ins Büro zu kommen … bis ich Sienna persönlich kennengelernt hatte. Ihr ständiges Lächeln ging mir nicht mehr aus dem Sinn. Sie war faszinierend.

Zwei Stunden nach dem Vorfall vor dem Kaufhaus war ich immer noch wütend. Dieses Arschloch hatte echt Nerven, einfach hier aufzutauchen. Ich war so in Gedanken versunken, dass ich erst einmal nicht hörte, dass mein Handy klingelte.

Dann lachte ich leise, als ich Moms Namen auf dem Display entdeckte.

»Hi, Mom!«

»Winston, hallo. Ich möchte heute ein Abendessen für uns alle kochen. Schaffst du es, vorbeizuschauen?«

Ich fuhr mir mit der Hand durchs Haar. »Können wir das am Wochenende machen? Im Moment gibt es im Büro eine Menge zu tun.«

»Das ist Unsinn. Wir können später essen.«

»An Wochentagen ist wirklich viel los«, beharrte ich.

»Du bist zurück in die Stadt gezogen, aber trotzdem sehe ich dich nicht öfter als zu der Zeit, als du noch weg warst.«

Ich war erst seit zwei Tagen wieder hier.

»Mom, versuch nicht, mich mit Schuldgefühlen zum Abendessen zu überreden.«

»Warum nicht? Es ist das Vorrecht einer Mutter, ihrem Kind Schuldgefühle einzureden. Unruhige Tage, durchwachte Nächte; ich habe eine Menge Argumente.«

»Das glaube ich gern.«

»Habe ich schon die Morgenübelkeit erwähnt? Ich habe in meiner Schwangerschaft Wochen mit dem Kopf über der Schüssel verbracht.«

»Mom.« Ich lachte, gab aber nicht nach. Das durfte ich nicht. Es stand einfach zu viel auf dem Spiel. Ich hatte meinen Eltern nicht erzählt, wie schwierig die Situation war, da es schließlich nichts gab, was sie tun konnten. Sie hätten sich nur Sorgen gemacht.

»Bald geht das Weihnachtsgeschäft los, Mutter. Wir stehen unter Druck, alle Erwartungen zu erfüllen.«

Na also, das war keine Lüge. Doch es war auch nicht die ganze Wahrheit. Denn das war nicht der einzige Grund, warum ich unter Druck stand.

»Zumindest weißt du, dass Weihnachten vor der Tür steht. Ich war mir da nicht so sicher. Vergiss nicht, dich auch mal zu entspannen.«

»Werde ich nicht.«

Nachdem ich aufgelegt hatte, googelte ich Lieferdienste. Mom liebte Schokolade und Blumen. Ich schickte die Bestellung ab, bevor ich mich wieder an die Arbeit machte. Zwei Stunden später rief sie noch mal an.

»Ich habe gerade deine Geschenke bekommen«, rief sie. »Das ist kein Ersatz für deine Anwesenheit beim Abendessen, junger Mann.«

»Nein, ist es nicht.«

»Außerdem bedeutet das nicht, dass ich dich weniger nerven werde.«

Ich grinste. »Schon klar.« Ich schaute auf meinen Terminkalender und traf eine spontane Entscheidung. »Ich werde diese Woche mal abends bei euch vorbeischauen, aber nicht zum Essen. Nur auf ein Glas Wein.«

Ich konnte die Freude meiner Mutter quasi spüren.

»Ich wusste doch, dass ich dir ein schlechtes Gewissen machen kann.«

5 Sienna

Am nächsten Tag kam ich vor allen anderen ins Büro, damit ich mich um das Konferenzzimmer kümmern konnte. Es war nicht so, als wäre Weihnachtsschmuck nicht gern gesehen … doch die Art, wie ich dekorierte, hätte für ein paar hochgezogene Augenbrauen sorgen können. Ich hängte die Zierde nicht einfach aus … ich machte ein Erlebnis daraus.

Ein Beispiel? Ich startete eine Weihnachts-Playlist auf meinem Handy und sparte mir die Kopfhörer, weil sowieso noch niemand auf dem Stockwerk arbeitete. Dann wiegte ich mich im Rhythmus und sang alle Lieder mit: *Jingle Bells*, *Frosty the Snowman* und sogar ein paar kommerzielle Weihnachtslieder, die ich liebte: Mariah Careys *All I Want For Christmas*, Bill Macks *Christmas Is All Around Me* und mein absoluter Lieblingssong, *Santa Baby* in der Version von Kylie Minogue. Okay, dieses Lied war eher sinnlich als weihnachtlich, aber hey, auch Erwachsene durften an Weihnachten ein wenig Spaß haben.

Ich sparte mir diesen Titel für den Schluss auf und stellte ihn auf Repeat, während ich die letzten Lichterketten um die Fenster spannte. So, jetzt sah der Raum schon gleich viel besser aus, und ich konnte mir tatsächlich vorstellen, zwei Stunden täglich in diesem Schuhkarton zu verbringen.

»Was geht hier vor sich?«

Ich erstarrte mitten im Hüftschwung, dann atmete ich tief durch.

Mist, Mist, Mist. Winston war da, dabei war es erst halb acht. Vor acht Uhr kam nie jemand ins Büro.

Langsam drehte ich mich um, während ich mir wünschte, ich könnte allein durch Gedankenkraft die Musik abstellen, weil Kylie gerade ein paar ziemlich anzügliche Zeilen sang.

Bestimmt war ich knallrot geworden. Verdammt. Mein Ziel war es, Winston zu beeindrucken, damit er mir mehr Verantwortung übertrug. Hemmungslos durchs Büro zu tanzen, würde dabei kaum helfen. Wie sollte er mich von nun an ernst nehmen?

Ich hatte damit gerechnet, dass er sich missbilligend im Raum umsah, doch er schaute mich direkt an, und seine grünen Augen wirkten dunkler als gestern. Er ließ den Blick langsam über meinen Körper gleiten, bevor er ihn wieder hob. Seine Augen funkelten. O mein Gott. Checkte er mich etwa ab?

Allein bei diesem Gedanken wurden meine Handflächen feucht.

»Miss Hensley, was ist das alles?«

»Weihnachtsdeko.«

»Das sehe ich. Was tut sie *hier drin?*«

»Ich fand, dieser Raum könnte ein wenig Weihnachtsstimmung gebrauchen. Es war das einzige ungeschmückte Konferenzzimmer.«

»Ist Ihnen vielleicht in den Sinn gekommen, dass ich es deswegen ausgesucht habe? Im gesamten Stockwerk funkelt und blinkt es von allen Seiten.«

Moment mal... stichelte er gegen meine Weihnachtsdekorationen? Jetzt verlor er gerade meine Sympathie, wo er doch gestern so viele Pluspunkte bei mir gesammelt hatte.

»Es ist nicht gegen die Firmenregeln, den Arbeitsplatz zu schmücken. Das habe ich nachgelesen.«

»Nein, aber laute Musik ist kaum passend.«

»Sie mögen keine Weihnachtslieder?«, hielt ich dagegen.

Ich hatte wirklich keine Ahnung, warum ich plötzlich so sauer war.

Er kniff die Augen zusammen. »Das ist kein Weihnachtslied.«

Mich überraschte, dass er der Musik lang genug zugehört hatte, um den Unterschied zu erkennen. In meinem Kopf arbeitete Winston immer, gekleidet in einen seiner schicken Anzüge. In meiner Fantasie zog der Mann das Jackett aus und rollte seine Hemdsärmel auf. Seine Unterarme waren echt eindrucksvoll. Muskulös und wohlgeformt. Auf einmal wollte ich dringend wissen, was sich sonst noch unter diesem Hemd verbarg. Und unter dieser Hose.

Ich räusperte mich, in der Hoffnung, so die sündhaften Bilder aus meinem Kopf vertreiben zu können. Natürlich versagte ich kläglich. Doch ich musste mich zusammenreißen und mich entschuldigen. Professionell sein.

»Das mit der Musik tut mir leid. Sie haben recht, das ist… unpassend. Ich dachte nur einfach nicht, dass schon jemand hier ist. Ich kenne die Arbeitszeiten von allen. Außer Ihren, natürlich.« Wieso hatte ich daran nicht gedacht? »Aber das mit dem Weihnachtsschmuck tut mir nicht leid. Alle stehen unter Stress, um die Verkaufsziele zu erreichen. Wir arbeiten wie die Irren. Da braucht es ein wenig gute Laune.«

Ich hatte damit gerechnet, dass er auf seine übliche, mürrische Art reagierte und mich anwies, alles wieder abzunehmen.

»Schön. Die Dekorationen dürfen bleiben. Sie haben recht. Alle anderen fühlen sich dadurch motiviert.« Sein Tonfall war erstaunlich sanft. Alle anderen, aber er nicht? Dafür gab es sicher einen Grund. Irgendetwas stimmte hier nicht.

Ich war entschlossen, Winston Statham zu bekehren.

»Aber ich will dieses Lied nicht noch mal hören«, fügte er hinzu. Der herrische Tonfall war zurück.

Ich konnte ein Grinsen nicht unterdrücken, dann hob ich die Hand an die Schläfe und salutierte spöttisch. »Ja, Chef.«

»Sie sind ziemlich frech, nicht wahr, Miss Hensley?«

»Das war noch gar nichts, Mister Statham.«

Wieder schienen diese tiefgrünen Augen zu brennen, als hätte der Funke die ganze Zeit darin geschlummert und wäre durch meine Worte zu Flammen angefacht worden. Ich fuhr mir mit der Zunge über die Lippen und wandte den Blick ab. Ich hatte keine Ahnung, was hier vor sich ging und was ich mit dieser plötzlichen ... Anspannung anfangen sollte. Noch nie war ich jemandem begegnet, der so männlich war, so dominant.

Als ich es erneut wagte, Winston anzusehen, zuckte ich leicht zusammen. Er musterte mich nach wie vor eingehend. Konnte er erkennen, dass mein ganzer Körper kribbelte, einfach nur, weil er mich ansah?

»Das Lied, Miss Hensley. Es läuft immer noch.« Obwohl sein Tonfall herrisch war, hörte ich doch auch einen amüsierten Unterton in seiner Stimme.

»Ach so. Stimmt.«

Ich fühlte seinen Blick auf meinem Rücken, als ich zu dem Tisch ging, auf dem mein Handy lag. Als das Lied endlich abbrach, hörte ich ihn glucksen.

Er löste sich aus dem Türrahmen, sodass gerade genug Platz entstand, dass ich mich an ihm vorbeischieben konnte. Fast hätte auf dem Weg nach draußen meine Schulter seine Brust berührt.

Ich konnte diese Schwingungen, die von ihm ausgingen, einfach nicht ignorieren. Ich konnte *ihn* nicht ignorieren, ganz einfach. Seine Gegenwart war überwältigend. Aber ich war mir sicher, dass nur der anzügliche Text des Liedes für diese ... flirtende Anspannung in der Luft verantwortlich war.

Oder zumindest hoffte ich das.

Sonst könnte es passieren, dass es mein Untergang wäre, jeden Abend zwei Stunden allein mit diesem sündhaften Mann zu verbringen.

***

Der Rest des Tages fühlte sich an wie ein Dauersprint. Winston schickte mir ungefähr zehn E-Mails pro Stunde. Nach dem gelegentlichen Stöhnen und den geflüsterten Flüchen, die ich von den Arbeitsplätzen meiner Kollegen hörte, zu schließen, füllte er ihre Posteingänge ebenfalls.

Um elf Uhr berief er ein Meeting des Branding- und Marketing-Teams ein. Aus mir unerklärlichen Gründen war ich nervös.

Ich setzte mich nach ganz hinten, als ich das große Konferenzzimmer betrat. Nacheinander erschienen auch meine Kollegen und positionierten sich um den ovalen Tisch. Winston selbst kam als Letztes. Ich schnappte nach Luft, als er durch die Tür trat, um dann eilig wegzuschauen. Irgendwoher wusste ich, dass er mich ansah. Als ich einen kurzen Blick nach vorne wagte, biss ich mir auf die Unterlippe. Ich hatte recht gehabt. Er visierte mich tatsächlich.

Sobald alle versammelt waren, begann Winston zu reden. Er sprach lange über die Webseite. Zu meiner Überraschung erwähnte er das Rebranding mit keinem Wort.

»Vielen Dank, dass Sie alle gekommen sind, obwohl ich dieses Treffen so kurzfristig angesetzt habe«, beendete er seine Ausführungen. »Bisher habe ich mit vielen von Ihnen ausführlich über Telefon und E-Mail kommuniziert, doch ich freue mich darauf, Sie alle persönlich kennenzulernen. Dieses Kaufhaus ist ein Familienunternehmen, und ich habe vor, dieser Verantwortung gerecht zu werden. Ich versichere Ihnen, dass das Wohlergehen der Firma und aller, die hier arbeiten, im Mittelpunkt meiner Aufmerksamkeit steht. Meine Tür steht immer offen.«

Er sah sich am Tisch um. Hatte er überhaupt eine Ahnung, wie einschüchternd er wirkte? Er hatte eine dominante Ausstrahlung, die fast gefährlich wirkte – als bestände das ernst zu nehmende Risiko, dass man den Raum nicht als dieselbe Person verlassen würde, wenn man sein Büro jemals betrat.

Auf seine Einführung folgte eine Frage-und-Antwort-Runde, bei der alle die drängendsten Themen ansprechen konnten.

Winston war ein Genie, anders ließ es sich nicht beschreiben. Für beinahe jedes Problem fand er eine schnelle Lösung, und mir war bewusst, dass meine Kollegen ihn vielleicht fürchteten, aber auch respektierten.

Langsam entspannte ich mich, weil ich anfing zu glauben, dass die seltsame Spannung heute Morgen vielleicht wirklich nur meiner fragwürdigen Musikauswahl geschuldet war. Doch dann fing Winston an, sich mit langsamen, entschlossenen Schritten um den Tisch zu bewegen. Als ich ihn in meinem Rücken spürte, schnappte ich nach Luft. Er stand nicht nahe genug, als dass ich seine Körperwärme hätte spüren können, aber trotzdem war ich mir seiner Anwesenheit unglaublich bewusst. Ich konnte diese Macht und diese Energie einfach nicht ignorieren.

Nachdem er das Meeting beendet hatte, wartete er darauf, dass alle gingen. Ich fühlte, wie er jede meiner Bewegungen beobachtete, während ich meinen Notizblock einsammelte. Dachte er an heute Morgen, oder konnte er erkennen, welchen Effekt er auf mich ausübte?

Ich atmete erst tief durch, als ich das Sitzungszimmer endlich verlassen hatte.

Doch mir war nur eine kurze Atempause vergönnt. Zehn

Minuten später rief Winston mich in sein Büro. Als er mich über seinen Laptop hinweg ansah, wurden meine Hände feucht und meine Lippen trocken.

»Miss Hensley, die Keynote-Präsentation für heute Abend fehlt noch.«

»Ich habe sie vor dem Meeting losgeschickt.«

»Ich habe sie nicht bekommen.« Er klang ungeduldig.

Dieser Kerl konnte echt nervig sein. »Haben Sie schon im Spam-Ordner nachgeschaut? Das war ein großer Anhang. Manchmal markieren unsere Server so was als Junkmail.«

Er klickte zweimal. »Okay, da ist sie.«

Als er wieder aufsah, trat ich nervös von einem Fuß auf den anderen. Meine Haut kribbelte, und auf einmal wollte ich ihm ganz nah sein.

Ich fühlte mich nicht von diesem Mann angezogen. Er war mürrisch und … mein Chef. Ich durfte ihn nicht anziehend finden. Und doch tat ich genau das.

»Danke«, sagte er.

»Gern geschehen.« Ich nickte einmal kurz, bevor ich aus seinem Büro eilte.

***

Beim Mittagessen drängten sich alle, die auf unserem Stockwerk arbeiteten, in die Küche, aßen Pizza und unterhielten sich über den Chef.

Ich wurde ordentlich in die Mangel genommen, weil ich bisher mehr Kontakt zu Winston gehabt hatte als jeder andere Kollege; allerdings konnte ich ihnen wirklich kaum etwas erzählen, was sie nicht bereits wussten. Der Mann war auch mir ein absolutes Rätsel. Ein sündhaft heißes Rätsel, aber trotzdem.

Als ich zurück zu meinem Arbeitsplatz ging, kam ich an

Winstons Büro vorbei und hörte, wie er telefonierte. Mit demselben Lieferanten hatte er schon gesprochen, als ich zum Mittagessen aufgebrochen war. Hatte er überhaupt etwas gegessen? Das war eher unwahrscheinlich.

Nun, ich konnte ihn ja kaum verhungern lassen. Auf keinen Fall wollten wir, dass er auch noch wegen Hunger schlechte Laune bekam.

Ein Lieferdienst würde eine Weile dauern, also eilte ich stattdessen zum Food-Court im Erdgeschoss des Kaufhauses und amüsierte mich damit, zu erraten, was Winston wohl mochte. Letztendlich kaufte ich ihm ein Hühnchen-Sandwich. Damit konnte man eigentlich nichts falsch machen, oder?

Das Telefonat war beendet, als ich zu seinem Büro zurückkam. Ich klopfte kurz an die Tür, obwohl sie offen stand.

»Ich habe Ihnen ein Sandwich besorgt.«

Er sah mich überrascht an, ehe er aufstand, seinen Schreibtisch umrundete und zu mir kam. Ich versuchte, mich gegen all diese Sexyness und Männlichkeit zu wappnen, versagte dabei aber genauso kläglich wie heute Morgen im Sitzungszimmer.

Er bewegte sich mit solchem Selbstvertrauen und einem Hauch von Dominanz, als läge ihm die Welt zu Füßen und warte nur darauf, dass er sie sich zu eigen machte.

»Danke«, sagte er, als er mir das Sandwich abnahm. Unsere Fingerspitzen berührten sich, doch für mich fühlte es sich an, als hätte er seine Hand über meinen gesamten Körper gleiten lassen. Sein Blick wurde noch intensiver.

»Ich hatte vermutet, dass Sie keine Zeit für ein Mittagessen hatten. Es ist Hühnchen.«

»Und Gift?« Er schenkte mir ein schiefes Lächeln, das sofort meinen Herzschlag beschleunigte. Ich konnte mir nicht mal vorstellen, wie ich reagieren würde, sollte er mich jemals richtig anlächeln.

Er war sich bewusst, dass ich ihm seine Ungeduld bei dem Spam-Missverständnis noch nicht ganz verziehen hatte. Gut.

»Das geht noch nicht. Sie müssen meinen Urlaub noch genehmigen, schon vergessen?«

»Haben Sie bereits etwas gegessen?«

»Ja. Alle hatten etwas. Für gewöhnlich bestellen wir etwas und essen zusammen in der Küche.«

Er nickte, dann trat er einen Schritt zurück. Ich wollte mich gerade wieder zurückziehen, als er sagte: »Miss Hensley, kommen Sie herein. Und schließen Sie bitte die Tür.«

Ich tat wie befohlen. Ich fühlte mich gefangen. Besonders, als er auf die Ledersessel neben einem kleinen, runden Tisch in der Ecke deutete.

»Setzen Sie sich kurz mit mir hin.«

Wieso musste seine Stimme so tief und voll sein?

»Wie ist die Stimmung da draußen?«, fragte er, nachdem wir uns gesetzt hatten.

Machte er sich wirklich Gedanken darüber, was die Leute von ihm hielten? Ich konnte ihn einfach nicht einschätzen.

»Wie meinen Sie das?«

»Lassen Sie es mich so ausdrücken: Wenn ich mein Sandwich unbewacht herumliegen ließe, bestünde die Gefahr, dass jemand es mit Gift präparieren könnte?«

Ich grinste. »Wäre ich Sie, würde ich das nicht riskieren.«

»Zur Kenntnis genommen. Was würden Sie vorschlagen, um meine Chancen zu verbessern?«

»Wieso stellen Sie diese Frage ausgerechnet mir?«

»Weil jemand, der früh am Morgen im Büro zu Kylies *Santa Baby* tanzt, kein Blatt vor den Mund nehmen wird.«

Er sah mich bei seinen Worten unverwandt an. Ich hielt den Blickkontakt, obwohl meine Körpertemperatur so schnell in die Höhe schoss, dass ich das Bedürfnis verspürte, mir sofort das Gesicht mit Wasser zu kühlen.

»Niemand kennt Sie wirklich, Winston. Sie sind vor weniger als zwei Tagen hier aufgetaucht, und bisher hat jeder mindestens zwei Mails von Ihnen bekommen, in denen Sie Leute in Großbuchstaben quasi anschreien. Ihre Eltern hatten zu allen ein gutes Verhältnis. Ich denke, die meisten Leute hatten erwartet, dass Sie ähnlich sind. Natürlich hat jeder seinen eigenen Führungsstil, aber viele der langjährigen Angestellten sind auch deswegen bei Statham Stores geblieben, weil sie Ihren Eltern gegenüber loyal sind. Weil sie Ihre Eltern schätzen.«

Etwas flackerte in diesen tiefgrünen Augen auf. Ich hatte keine Ahnung, warum, aber plötzlich verspürte ich das Bedürfnis, die Arme auszustrecken und ihn an mich zu ziehen.

»Ich weiß Ihre Ehrlichkeit zu schätzen.«

»Ich möchte Ihnen eine Frage stellen. Sie haben das Rebranding der Filiale im Meeting nicht erwähnt. War das Absicht?«

»Ja. Bitte behalten Sie diese Pläne vorerst für sich.«

Ich stand auf, weil seine Worte endgültig geklungen hatten. Er folgte meinem Beispiel. Ich deutete auf das noch verpackte Sandwich.

»Essen Sie Ihr Sandwich. Auf keinen Fall sollten Sie vor lauter Hunger noch mürrischer werden. Das würde Ihr Ansehen auf keinen Fall verbessern.«

»Ja, Ma'am.«

Diesmal schenkte er mir sogar ein richtiges Lächeln. Ich hatte meine Mission erfüllt!

Bloß, dass ich mich jetzt nicht mehr nur fühlte, als wäre der Abstand zwischen uns kleiner, sondern auch, als hätte er sich schlichtweg in Luft aufgelöst. Diese Alphamännchen-Schwingungen waren einfach zu viel. Doch immerhin. Winston Statham wedelte mit einer weißen Flagge. Einer winzig kleinen, aber trotzdem, es war ein Fortschritt.

Ich verließ sein Büro, weil ich es für unklug hielt, mehr

Zeit allein mit ihm zu verbringen, als unbedingt nötig war. Dann fiel mir wieder ein, dass ich mich um sechs Uhr alleine mit ihm treffen würde.

Der heutige Tag wurde nicht einfacher, hm?

***

Um sechs Uhr, als alle nach Hause gingen, schnappte ich mir meinen Laptop und einen Notizblock und wanderte zum kleinen Sitzungszimmer.

Meine Laune besserte sich sofort, als ich den Raum betrat. Ich hatte ihn so schön dekoriert, dass es unmöglich war, mich hier aufzuhalten und nicht zu lächeln. Auftrag ausgeführt.

Ich eilte um die Wände, um alle Lichterketten anzuschalten. Ich konnte nur hoffen, dass Winston keinen Einspruch erheben würde. Aber selbst wenn er sich dagegen aussprechen sollte, würde ich einen Weg finden, ihn davon zu überzeugen, dass die Deko die Arbeitsmoral hob. Schließlich hatte ich das heute Morgen auch geschafft.

Okay. Neuer Vorsatz. Ich durfte nicht mehr an heute Morgen denken. Ich war immer noch verlegen und hoffte inständig, dass Winston den Vorfall vergessen hatte. Andererseits war ich mir ziemlich sicher, dass meine halb anzüglichen Tanzmoves einer der Hauptgründe waren, dass Winston mir erlaubt hatte, die Dekorationen hängen zu lassen.

Und wo wir gerade von Winston sprachen, wo blieb er? Ich war fünf Minuten zu früh dran, doch es sah ihm nicht ähnlich, zu spät zu kommen.

Wie aufs Stichwort schwang die Tür zum Konferenzzimmer auf, und Winston betrat den Raum, zwei Tüten mit Lieferessen in den Händen. Ein köstlicher Geruch breitete sich in der Luft aus.

»Was ist das?«, fragte ich. Mein Magen knurrte.

»Unser Abendessen. Ich halte Sie hier als Geisel fest. Zumindest müssen Sie nicht hungern.«

Mich machte das misstrauisch. Er mochte heute Nachmittag eine weiße Flagge geschwenkt haben, doch ich hatte vermutet, dass diese Haltung nur von kurzer Dauer sein würde.

War das unser neuer Umgang miteinander? Daran könnte ich mich gewöhnen.

»Danke«, sagte ich.

Als er die Tüten auf den Tisch stellte, hätte sein Arm fast meinen berührt. Er lächelte mich an und raubte mir damit den Atem.

O ja. Ich gewöhnte mich jetzt schon daran.

»Was haben Sie besorgt?«

»Hühnchen Masala.«

»Das ist mein Lieblingsessen.« Sofort wurde ich munterer. Der Abend wurde immer besser. Und Winston hatte keinerlei Kommentar zu der Explosion von blinkenden Lichtern um uns herum abgegeben. Wir machten definitiv Fortschritte.

»Ich weiß.«

Ich zögerte beim Öffnen meines Essens. Dieser Kommentar hatte mich unvorbereitet getroffen.

»Woher?«

»Ich habe Mara gefragt, wo Sie für gewöhnlich Mittagessen besorgen, dann habe ich mich dort erkundigt, was Sie üblicherweise bestellen.«

Ich senkte den Blick auf die Tüten. Okay, das war mehr als nur eine weiße Flagge. Das war wirklich aufmerksam.

»Gute Wahl. Meiner Meinung nach ist das das beste Masala in der Stadt. Ich weiß nicht, wieso das Restaurant nicht bekannter ist. Aber ich habe schon mit meiner Familie geredet, den Koch mal als Gastkoch ins *Blue Moon* einzuladen.«

»*Blue Moon?* Das Restaurant, das Blake und Alice Bennett gehört? Sind Sie mit den Bennetts verwandt?«

»Ja. Meine ältere Schwester hat Christopher Bennett geheiratet«, erklärte ich, als wir uns nebeneinandersetzten, um uns unser Essen schmecken zu lassen.

»Wieso schlagen Sie sich dann mit mir herum? Die Hälfte der Familie arbeitet bei Bennett Enterprises, und die andere Hälfte besitzt eigene erfolgreiche Firmen.«

»Ich weiß. Sie haben auch immer wieder versucht, mich in das Unternehmen zu locken. Besonders Pippa, die Designerin. Und eines Tages werde ich auch für Bennett Enterprises arbeiten. Aber vorher will ich so viel Erfahrung sammeln wie möglich, damit ich wirklich eine Bereicherung sein kann.«

Er musterte mich, als sähe er mich plötzlich in ganz anderem Licht. So in seinem Fokus zu stehen, seinen brennenden Blick ertragen zu müssen, brachte mich ganz durcheinander. Betreten schaute ich auf mein Essen und atmete tief durch.

Ich fühlte mich, als wäre ich diesem Mann ausgeliefert – ich konnte seinem Blick nicht entkommen.

Wir aßen schweigend, und ich war stolz, dass es uns gelungen war, die Verlegenheit von heute Morgen hinter uns zu lassen.

Fast unbewusst sah ich in die Ecke, in der ich heute Morgen getanzt hatte, als ich die Lichterkette aufgehängt hatte. Dann wurde mir bewusst, dass ich damit einen taktischen Fehler begangen hatte, weil Winston mich nicht aus den Augen ließ. Als er den Blick wieder auf mich richtete, wusste ich genau, dass auch er an heute Morgen dachte.

Ich rutschte auf meinem Stuhl herum. Plötzlich war mir heiß. Winstons Blick fiel auf meine Lippen. Ich schnappte nach Luft, schob meinen leeren Karton zur Seite und klappte meinen Laptop auf.

Dann hielt ich den Blick stur auf den Bildschirm gerichtet,

obwohl das Gerät gerade erst startete. Als ich kurz zur Seite schaute, stellte ich fest, dass Winston mich mit einem schiefen Lächeln beobachtete. All meine Sinne waren in höchster Alarmbereitschaft, weil ich drohte, von ihm überwältigt zu werden – mal wieder.

»Sollen wir anfangen?«, fragte ich.

»Wann immer Sie bereit sind.«

Sein eigener Laptop stand bereits geöffnet neben ihm. Ich hatte keine richtige Präsentation vorbereitet, nur ein paar Powerpoint-Seiten mit Stichpunkten, um uns beim Brainstorming zu helfen.

»Was hat die Entscheidung für das Rebranding ausgelöst?«, fragte ich, in der Hoffnung auf mehr Informationen.

»Hin und wieder ist es gut, das Image einer Firma zu modernisieren«, antwortete er vage.

Diese Erklärung kaufte ich ihm nicht ab, aber okay. Er musste seine Entscheidung nicht erläutern, obwohl es geholfen hätte, zu erfahren, warum er das aktuelle Image für verbesserungsbedürftig hielt.

»Die Weihnachtsaktionen bleiben«, sagte er. »Sie gehören zur DNA unseres Ladens, und die Kunden würden sich betrogen fühlen, wenn wir daran etwas ändern. Aber wir brauchen mehr. Irgendetwas, was die Leute das ganze Jahr über in unseren Laden zieht, mehr als zu Macy's und anderen Ketten.«

»Wie wäre es mit saisonalen Aktionen?«, schlug ich vor. »Jede Jahreszeit könnte ihr eigenes Motto bekommen.«

Er nickte langsam. »Daran hatte ich auch schon gedacht. Wir könnten im letzten Monat der aktuellen Jahreszeit bereits auf die nächste hinleiten, statt Ausverkäufe zu veranstalten. Das ist eine Sache, die wir ändern müssen – die Angebotsverkäufe. Sie sind finanziell belastend, was Auswirkungen auf unsere Liquidität hat.«

Ich presste die Lippen zusammen.

»Was?«

Ich hatte mich nie davor gefürchtet, meine Meinung offen zu sagen, auch wenn ich mich irrte. Wie sollte ich sonst etwas lernen? Und Winston hatte in dieser Hinsicht bisher immer fair reagiert. Er mochte herrisch und anspruchsvoll sein, aber er hatte mich noch nie fertiggemacht, weil ich etwas Falsches gesagt hatte.

»Aus Kunden, die auf Schnäppchen aus sind, werden irgendwann auch normale Käufer. Jahrelang konnte ich es mir nur leisten, heruntergesetzte Ware zu kaufen... doch sobald sich meine finanzielle Situation verbessert hatte, habe ich auch Waren zum Normalpreis gekauft. In gewisser Weise kann man so Markenloyalität aufbauen. Wenn es diese Ausverkäufe nicht gäbe, wäre ich einfach zu Macy's gegangen.«

Winston trommelte stirnrunzelnd mit seinem Stift auf den Tisch. »Dazu müssten wir Daten haben. Die Angebotskäufer verwenden häufig unsere Treuekarte. Lassen Sie uns herausfinden, wie viele von ihnen über die Jahre zu regulären Kunden geworden sind, dann schauen wir weiter.«

»Ich werde das morgen auswerten.«

»Toll. Und der Plan mit den saisonalen Aktionen gefällt mir.«

»Nun, den Winter werden wir in zwei Einheiten aufteilen müssen, oder? Die Weihnachtskarte können wir höchstens bis Jahresende ausspielen. Dann könnten wir uns auf den Valentinstag beziehen, auch wenn das nicht unbedingt mein Lieblingsfeiertag ist.«

Ich gehörte zu den Menschen, die am besten denken konnten, wenn sie ihre Gedanken laut aussprachen. Manchmal fiel mir eine Lösung wortwörtlich beim Reden ein.

»Warum nicht?«

»Für mich fühlt es sich an wie ein Konsumtrick. Und die Singles fühlen sich ausgeschlossen.«

»Dem stimme ich zu. Lassen Sie uns den Januar historisch betrachten und schauen, was für Feiertage wir sonst noch finden können. Vielleicht entdecken wir dabei etwas. Und dann, im Februar, können wir bereits die Vorfreude auf den Frühling wecken.«

»Perfekt.«

Wir legten eine Folie für jede Jahreszeit an, dann notierten wir alle Ideen und Schlagwörter, die uns einfielen.

»Wie sehr darf ich mich austoben?«, fragte ich. In meinem Kopf tobte ein Wirbelwind von Ideen.

»Nichts ist tabu, Sienna.« Winstons Stimme war ein dunkles Rumpeln, das gefährlich nahe erklang.

Ich hatte mich so auf die Präsentation konzentriert, den Kopf über meinen Laptop gebeugt, dass ich gar nicht bemerkt hatte, dass Winston seinen Stuhl näher an meinen herangerückt hatte. Er saß direkt neben mir. Er roch nach Pfeffer und Meer, ein überwältigender Geruch. *Er* war überwältigend.

Ich konnte mich nicht zurückziehen. Seine Nähe ließ meine Knie weich werden, doch ich sehnte mich nach mehr.

»Sind Sie sicher, dass Sie damit klarkommen werden?«, fragte ich neckend.

In seinen Augen begann ein Feuer zu leuchten. »Stellen Sie mich auf die Probe.«

»Wie wäre es, wenn wir ein großes *Goodbye Winter*-Event veranstalten, von Mitte Januar bis Mitte Februar? Wir könnten einen Teil des Food-Courts so umbauen, dass er an ein Volksfest erinnert. Vielleicht sogar einen Spielplatz für Kinder aufbauen, damit Eltern sie dort absetzen können, während sie einkaufen. Eine Rutsche vielleicht. Und wenn ich jetzt so darüber nachdenke, sollten wir den Spielplatz eigentlich das ganze Jahr über behalten.«

»Mir gefällt das dynamische Element daran«, meinte er anerkennend. »Aber wir brauchen etwas, das wir sofort starten können. Für die Rutsche und den Rest des Spielplatzes sind bauliche Veränderungen nötig.«

»Kapiert.«

Wir diskutierten gefühlt stundenlang über die Vor- und Nachteile von verschiedenen Winterideen. Schließlich fiel uns einfach nichts mehr ein. Verdammt, mein Mund war trocken, weil ich so viel geredet hatte.

»Wir sollten es für heute Abend gut sein lassen«, meinte Winston.

Ich lehnte mich zurück und streckte mich. Endlich schob Winston seinen Stuhl zurück und massierte sich die Schläfen. Ich vermisste seine Nähe sofort.

Eilig packte ich meine Sachen ein, dann schaltete ich die Lichterketten aus. Ich war mir Winstons Gegenwart sogar noch bewusster als bisher. Er hätte einfach gehen können, doch er hielt sich immer noch im Raum auf. Gerade als ich einen Stuhl herausziehen wollte, um den Schalter einer Lichterkette auf dem Regal zu erreichen, sagte Winston: »Ich mache das.«

Er musste mir näher gewesen sein, als mir bewusst gewesen war, weil ich quasi im selben Moment schon seine Körperwärme in meinem Rücken spürte. Er stand so nahe, dass ich mich nur ein wenig nach hinten hätte lehnen müssen, um meinen Kopf an seine Brust zu legen. Ich blieb unbeweglich stehen, als er den Arm ausstreckte, mühelos den Schalter erreichte und die Lichter ausschaltete.

»So.«

Ich wartete ein paar Sekunden, bevor ich mich umdrehte, doch Winston war gerade mal einen Schritt nach hinten getreten. Für meinen Seelenfrieden war er mir immer noch viel zu nahe … und das wusste er auch. Das amüsierte

Glitzern in seinen Augen verriet ihn. Ich räusperte mich lächelnd, um diese … seltsame Energie zu entschärfen, die anscheinend jedes Mal, wenn wir allein waren, noch stärker wurde.

»Und, wollen Sie mir wirklich erzählen, die Deko hätte nicht geholfen? Hätte uns nicht in Weihnachtsstimmung versetzt?«

Er zog die Augenbrauen hoch.

Ich verdrehte die Augen. »Schön. Mich hat die Deko jedenfalls in Weihnachtsstimmung versetzt und mir das Gefühl gegeben, ich wäre bei meiner Familie zu Hause. Und das wiederum regt meine Kreativität an.«

»Zur Kenntnis genommen.« Unerwartet fügte er hinzu: »Leben Ihre Eltern auch in San Francisco?«

»Sie sind gestorben, als ich noch ein Teenager war.«

»Das tut mir sehr leid.«

»Danke.«

»Wie viele Geschwister haben Sie?«

»Drei. Eine ältere Schwester, Victoria, und noch zwei jüngere Geschwister – Lucas ist siebzehn und Chloe zwölf.«

Ich sprach nur selten über meine Eltern, noch seltener mit Leuten, die mir nicht nahestanden. Doch Winston hatte mir mein Lieblingsessen serviert, und ich war umgeben von Lichterketten und anderen Weihnachtsdekorationen. Wie sollte ich da wachsam bleiben?

»Meine Mom war Krankenschwester. Lange Zeit dachte ich, ich wolle diesen Beruf auch ergreifen. Aber ich kann nicht gut mit kranken Leuten umgehen und mag den Anblick von Blut nicht. Ich konnte es einfach nicht. Einmal in den Sommerferien hat Christopher ein Praktikum im Krankenhaus für mich arrangiert, was ich allerdings nicht zu Ende bringen konnte. Ich habe mich gefühlt, als würde ich meine Mutter im Stich lassen. Aber Christopher hat mich unterstützt und meinte, ich solle den Rest der Zeit ein Praktikum bei Bennett Enterprises machen. Ich war in der Marketingabteilung und von Anfang an voller Eifer dabei. Das ist genau mein Ding.«

»Und Sie sind wirklich begabt, Sienna. Sie haben definitiv Ihre Berufung gefunden.«

»Danke. Auf jeden Fall ist Mom mit uns zur Weihnachtszeit immer hier ins Kaufhaus gekommen. Daran erinnere ich mich unglaublich gern.«

Sein Blick wurde weich, was meine Zunge nur noch mehr lockerte.

»Als ich also gesehen habe, dass im Marketing eine Stelle ausgeschrieben ist, habe ich nicht lange gezögert. Ich bin Weihnachtsenthusiastin.«

»Sie meinen Weihnachtsfanatikerin.«

»Hey! Sagen Sie so was nicht«, zog ich ihn auf. Ich hatte einfach eine flapsige Antwort geben wollen, doch Winston trat erneut näher an mich heran. Seine Gegenwart war berauschend und raubte mir den Atem.

»Oder was?«

Sein herausfordernder Tonfall und der Duft von Pfeffer und Meer, den ich auffing, waren einfach zu verlockend. Fast konnte ich seine Körperwärme spüren, obwohl er mich nicht berührte. Dieses Knistern zwischen uns wurde erneut sinnlich. So war es mit Winston immer. Das war seine Superkraft.

»Auf jeden Fall liebe ich es, für die Dekorationen verantwortlich zu sein.«

»Das habe ich schon bemerkt.«

Das Statham-Kaufhaus in San Francisco war zur Weihnachtszeit legendär. Jeder Besuch in meiner Kindheit hatte reine Magie verbreitet. Ich hatte jedes Detail geliebt: die riesigen roten Schleifen, die von der Decke hingen, die Weihnachtschöre, die Verkäufer auf allen Stockwerken, die als

Elfen verkleidet waren, das Treffen mit dem Weihnachtsmann.

Als sich dieses Jahr niemand gemeldet hatte, der die Dekorationen übernehmen wollte, hatte ich mich mit einem breiten Grinsen freiwillig gemeldet. Bald schon war mir bewusst geworden, warum niemand den Job hatte haben wollen. Ich hatte früher anfangen müssen als alle anderen, und manchmal musste ich auch noch länger bleiben. Geschmückt wurde nur, wenn der Laden geschlossen war. Da die meisten Aushilfen zur Weihnachtszeit Studenten waren, geschah es auch öfter, dass sie einfach nicht zur Arbeit auftauchten, sodass ich eilig einen Ersatz finden musste. Doch insgesamt liebte ich den Job.

»Mom, meine ältere Schwester und ich hatten die Tradition, jeden Abend im Dezember einen Weihnachtsfilm zu schauen. Das tue ich immer noch. Aber dieses Jahr hänge ich mit Ihnen hier fest, statt meine Klassiker zu schauen.«

»Noch haben wir November«, wies er hin.

»Ich habe die Tradition angepasst. Ich fange früher an, um die Vorweihnachtszeit zu verlängern. Also haben Sie etwas wiedergutzumachen.«

Er schluckte den Köder und lehnte sich noch näher zu mir. Aus irgendeinem Grund fühlte ich mich dabei, als würde *er mich* herausfordern.

»Das kriege ich hin. Das Abendessen morgen geht wieder auf mich.«

»Sie werden sich schon mehr anstrengen müssen, wenn Sie ausgleichen wollen, dass ich auf meinen Weihnachtsfilm verzichten muss.«

»Oh, ich habe durchaus vor, noch eine Schippe draufzulegen.«

»Ach, und wie?«

»Das werden Sie dann schon sehen.«

»Wollen Sie mir nicht wenigstens einen kleinen Hinweis geben?« Ich musste die Frage einfach stellen, weil ich mir nicht sicher war, ob wir auf derselben Wellenlänge waren.

»Sie sind daran gewöhnt, dass alles nach Ihnen geht, nicht wahr, Sienna? Das wird bei mir nicht funktionieren. Ich bestimme die Regeln.«

»Seien Sie nur nicht überrascht, wenn ich mich nicht dran halte.« Redete er hier lediglich über die Arbeit?

»Sie werden sich an meine Regeln halten. Sie werden schon sehen.« Seine Stimme klang plötzlich anders. Tiefer, rauer.

Innerhalb einer Zehntelsekunde veränderte sich die Atmosphäre im Raum. Ich schluckte schwer und bewegte mich nervös.

»Morgen zur selben Zeit?« Sein Blick blieb unverwandt auf mich gerichtet, und diese ständige Aufmerksamkeit war einfach zu viel. Er sprach definitiv nicht nur von der Arbeit. *O Gott, O Gott.*

Das Interesse war mit Sicherheit nicht einseitig. Die Erkenntnis traf mich wie ein Schlag. Mein Puls geriet außer Kontrolle. Doch es wäre wirklich besser gewesen, wenn mir das nicht klar geworden wäre.

»Aber sicher.«

6 Winston

Für gewöhnlich freute ich mich auf Weihnachten, doch dieses Jahr war jede Dekoration nichts weiter als eine Erinnerung daran, was auf dem Spiel stand.

Nur dass ich mich nicht gestresst fühlte, wenn ich mich in den Räumen jenseits meiner Bürotür umsah … ganz im Gegenteil. Sienna hatte recht gehabt; die Dekorationen wirkten entspannend.

Ich bekam das Bild nicht aus dem Kopf, wie sie im Sitzungszimmer tanzte. Seither musste ich jedes Mal, wenn ich sie sah, an den sinnlichen Schwung ihrer Hüften denken und daran, wie leidenschaftlich sie mitgesungen hatte. Fast wäre ich einfach zu ihr gegangen, hätte sie gegen die Wand gedrängt und ihren Mund erobert.

Seit Monaten hatte ich mit Sienna zusammengearbeitet, doch dabei hatte ich sie nicht persönlich kennengelernt. Jetzt brannte in mir allerdings das Verlangen, genau das zu tun.

Sie war klug. Das wusste ich bereits. Ich hatte mich mehr als einmal gefragt, warum sie sich mit mir herumschlug. Gestern Abend hatte ich meine Antwort bekommen … und es rang mir Respekt ab, dass sie ihre Karriere nicht auf dem Silbertablett serviert bekommen, sondern sich ihren Posten verdienen wollte.

Als ich an den Kerl vom ersten Abend dachte, begann eine Ader an meiner Schläfe zu pulsieren. Ich kannte nicht die ganze Geschichte, doch allein Siennas wachsame Miene hatte ausgereicht, um in mir den Wunsch zum Leben zu erwecken, dem Idioten die Faust ins Gesicht zu rammen, sicherzustellen, dass sie ihn nie wiedersehen musste, oder ihn auf andere Weise in die Schranken zu weisen.

***

Am Abend betrat ich das Sitzungszimmer als Erster. Ich hatte uns Burger zum Abendessen besorgt, ein weiteres von Siennas Lieblingsessen. Sie kam ein paar Sekunden später. Als sie mich erblickte, war sie offensichtlich erstaunt. Dann begann sie zu strahlen, als sie die Burger entdeckte. Verdammt, wenn sie so glücklich war, sah sie noch süßer aus.

»Ich liebe Burger!«, rief sie.

»Ich weiß. Ich habe meine Hausaufgaben gemacht.« Ich lehnte mich näher zu ihr, als wir nebeneinandersitzend unsere Kartons öffneten. Sie wurde verlegen, und für einen Moment wirkten ihre Bewegungen unkoordiniert. Diese Reaktion fand ich wunderbar. Das Knistern zwischen uns ließ sich nicht leugnen. Und es fühlte sich so verdammt gut an, dass ich nicht aufhören wollte. Ich konnte mich kaum davon abhalten, die Hand auszustrecken und ihre glatte Haut zu berühren.

»Was hat es mit den großen Kartons neben Ihrem Schreibtisch auf sich?«, fragte ich.

»Ich habe mir ein paar Sachen schicken lassen. Ich renoviere zu Hause gerade ein bisschen, aber ich wollte die Pakete nicht dorthin schicken lassen. Sie sind zu groß für den Briefkasten, und es ist einfach nervig, sie vom Postamt abholen zu müssen. Ich habe versucht, den Paketboten zu bestechen, damit er alles zu meinem Auto trägt, aber er wollte nichts davon hören.«

»Ich werde Ihnen helfen, alles zum Auto zu bringen.«

»Das ist schon okay. Ich kann …«

»Ich werde die Pakete zu Ihrem Auto tragen«, erklärte ich entschlossen.

Sie legte den Kopf schräg. »Gehört das zu Ihrem Plan, mich davon zu überzeugen, dass Sie nett sind?«

»Ich bin nicht nett, Sienna. Aber ich glaube, das wissen Sie.«

Ich hielt ihrem Blick stand. Sie antwortete nicht.

»Was ist überhaupt in den Kartons?«

»Dinge, die ich für die Renovierung brauche. Ich arbeite jeden Abend daran. Allerdings komme ich langsamer voran als erwartet. Kein Wunder, weil ich jeden Abend so lange hier bin. Ich muss in einer Woche alles fertig haben, weil dann die neuen Möbel geliefert werden. Dieses Wochenende streiche ich die Wände.«

»Ich bin nicht schlecht bei solchen handwerklichen Arbeiten. Ich könnte Ihnen dieses Wochenende helfen.«

»Wow. Danke. Sie wollen tatsächlich meine Wände streichen? Warum?«

»Ich fühle mich schuldig, weil ich Sie hier immer so lange festhalte.«

Sie strahlte mich an. »Nun dann, immer los, Chef. Was kann ich tun, um Sie dazu zu bringen, auch meine Böden abzuschleifen?«

»Heute mal wieder frech?«

Sie zuckte mit einer Schulter, doch ihr Lächeln blieb strahlend. Ich liebte es, wie positiv und spielerisch sie ans Leben heranging. Ich wollte mehr davon – von allem.

Ich wollte *sie.*

»Ich upgrade Sie hiermit offiziell von Chef aus der Hölle zu herrisch und mürrisch.«

»Wie bitte?«

Sie grinste. »Sie haben gesagt, Sie wissen meine Ehrlichkeit zu schätzen.«

»Tue ich auch.« Ich war mir nur nicht sicher, ob das Label *herrisch und mürrisch* wirklich eine Verbesserung darstellte.

»Ich muss Sie warnen. Ich arbeite gern, während im Hintergrund ein Weihnachtsfilm läuft.«

»Sie machen Witze.«

»Nein. Das unterhält mich.«

»Ich werde Sie unterhalten.« Ich schob meinen Stuhl näher an sie heran, bis uns bloß noch wenige Zentimeter trennten. Diesmal konnte ich der Versuchung, Sienna zu berühren, nicht mehr widerstehen. Nur eine flüchtige Berührung meiner Fingerspitzen an ihrem Handgelenk. Die feinen Haare auf ihren Armen richteten sich auf. Als ich zu ihr aufsah, biss sie sich auf die Unterlippe, bevor sie auf ihrem Laptop ein neues Dokument aufrief.

»Wie?«

»Sie werden schon sehen.« Ich zwinkerte ihr zu, ehe ich mich dem Bildschirm zuwandte. Wir hatten noch ein paar Stunden Arbeit vor uns. Sie hatte die Daten der Treuekarten ausgewertet, und wir diskutierten die Vor- und Nachteile der Ausverkäufe.

Branding erforderte eine Menge Zahlenarbeit, und Sienna war sehr gut darin. Wir erstellten ein halbes Dutzend Grafiken, doch ich wollte ein paar Tage darüber nachdenken, bevor wir eine endgültige Entscheidung trafen.

»Ich bin total geplättet«, sagte sie nach zwei Stunden.

»Lassen Sie uns für heute aufhören«, sagte ich. »Ich sollte sowieso aufbrechen.«

»Haben Sie etwas vor?«

»Ich habe meinen Eltern versprochen, dass ich auf ein Glas Wein vorbeischaue. Wenn ich das nicht tue, besteht die Gefahr, dass meine Mutter im Büro auftaucht. Kennen Sie ein Geschäft, wo ich gute Pralinen kaufen kann? Ich habe länger nicht in San Francisco gelebt, und mein alter Pralinenladen hat zugemacht. Ich will nicht mit leeren Händen kommen. Vor ein paar Tagen habe ich online Pralinen bestellt, aber falls Sie eine Empfehlung für mich haben, würde ich mich daran halten.«

»Ich weiß was.« Ihre Stimme klang weich, also war ich mir sicher, dass ich gerade ein paar Pluspunkte bei ihr gesammelt hatte. Zwischen zweimal Gähnen nannte sie mir die Adresse eines Ladens.

»Ich habe Sie viel zu lange hier festgehalten.«

»Wir haben noch ein paar lange Abende vor uns, wenn Sie am Anfang des neuen Jahres das Rebranding starten wollen.«

»Sobald wir das Konzept fertiggestellt haben, werde ich den Vize President of Operations mit einbinden. Aber ja, uns erwartet eine Menge Arbeit. Deswegen werde ich mir über Weihnachten auch nicht freinehmen.«

Sie zog einen Schmollmund, und ich wusste, dass ihr die Frage nach ihrem Urlaub auf der Zunge lag.

»Sienna, ich habe Ihren Urlaub bereits am ersten Tag genehmigt. Die Personalabteilung bearbeitet ihn noch.«

»Wirklich? Danke, danke, danke! Ich glaube, sonst hätte mein Bruder mich enterbt. Wenn ich jetzt so darüber nachdenke, gilt das wahrscheinlich für meine gesamte Familie.«

»Wie sehen Ihre Pläne aus? Verbringen Sie die ganze Zeit in London?«

»Nur eine Woche. Und dann fliegt ein Teil der Familie nach Aspen. Das wird toll. Ich werde die Skilehrerin für die Kinder spielen.«

Ihre Stimme war voller Wärme, und ihre Begeisterung machte süchtig.

Vielleicht war das ja der Grund, wieso ich jede Gelegenheit nutzte, mich in Siennas Nähe aufzuhalten. Natürlich fühlte ich mich schuldig, weil ich sie jeden Abend hier festhielt, aber das war nicht der einzige Grund, warum ich angeboten hatte, ihr beim Malern zu helfen.

»Klingt nach einem straffen Zeitplan.«

»Absolut.«

»Schicken Sie mir auf jeden Fall Bilder. Das wird mich unterhalten, während ich hier vor mich hin schufte.«

»Ist das ein Trick, um mir Arbeit in den Urlaub zu schicken?«

Ich sehnte mich danach, sie noch mal zu berühren, also stopfte ich die Hände in die Hosentaschen. Auf diese Weise konnte ich diesem Impuls leichter widerstehen.

»Ich brauche keine Tricks. Wenn ich etwas will, dann frage ich danach, Sienna.«

***

Ich kam eine halbe Stunde zu spät bei meinen Eltern an.

Erwartungsgemäß war Mom bereits misstrauisch.

»Ich hatte schon Angst, dass du uns anrufst und eine Entschuldigung auftischst, warum du es doch nicht schaffen wirst.«

Ich zog die Schachtel Pralinen heraus.

»Aha. Du willst dir meine Gunst erkaufen.«

Ich zwinkerte ihr zu, ehe ich meinem Dad die Hand schüttelte. Er schlug mich auf die Schulter und sagte: »Gute Idee, das mit den Pralinen.«

»Ich hatte den besten Lehrer.«

All meine Tricks hatte ich von ihm gelernt.

Meine Eltern lebten in einem Häuschen in Pacific Heights. Ich war in einem größeren Haus aufgewachsen, doch nachdem ich aufs College gegangen war, hatten sie sich verkleinert, mit der Begründung, die ganzen leeren Räume würden sie nur daran erinnern, dass ich nicht mehr da war.

Wie vermutet, hatte Mom ein Abendessen vorbereitet. Dad und ich wechselten lächelnd einen Blick, dann tätschelte er sich den Bauch. »Für mich ist es das zweite Abendessen.«

»Für mich auch. Ich habe schon im Büro gegessen.«

Mom warf mir einen strengen Blick zu.

»Wieso stresst dich das Weihnachtsgeschäft so?«, fragte Dad.

»Dein Dad und ich habe immer darauf geachtet, zum Abendessen zu Hause zu sein«, meinte Mom.

»Ich weiß, aber es ist mein erstes Jahr als Unternehmenschef. Das Team in San Francisco kennt mich kaum.«

»Was soll das denn heißen? Ich habe bis zum letzten Tag im Büro ständig von dir erzählt«, sagte Mom.

»Sie wissen von mir. Aber sie kennen mich nicht wirklich. Vertrauen aufzubauen, dauert Zeit.«

»Was du brauchst, ist ein Geschäftsführer, an den du Dinge delegieren kannst – so wie wir es mit Gerald getan haben«, meinte Dad.

Darauf antwortete ich lieber nicht. Gerald war für mich immer noch ein rotes Tuch. Doch ich hatte durchaus vor, einen Geschäftsführer anzustellen, sobald das Kaufhaus wieder schwarze Zahlen schrieb.

Sofort dachte ich an Sienna. Mit fünfundzwanzig war sie vielleicht ein wenig zu jung für so einen Posten, doch andererseits war ich auch ein sehr junger Unternehmenschef. Die Firma brauchte ein junges, dynamisches Management-Team. Und ich konnte mir lebhaft vorstellen, wie Sienna dieses Team aufbaute.

Ich hatte sie mit den anderen beim Mittagessen beobachtet. Sie konnte gut mit Menschen umgehen. Aber sie hatte klargestellt, dass der Job bei Statham Stores nur ein Sprungbrett für sie war. Ihr erklärtes Ziel war es, für Bennett Enterprises zu arbeiten. Das respektierte ich.

Ich lächelte leise. Hier war ich nun und dachte schon wieder an sie. Irgendetwas hatte diese Frau an sich, dass ich ständig an sie denken musste und in ihrer Nähe sein wollte.

»Wann kannst du zu einem echten Abendessen vorbeikommen?«, fragte Mom.

Ich deutete auf das gegrillte Hühnchen und den Kartoffelsalat vor mir. »Geht es echter als das?«

»Du weißt genau, was ich meine.«

Ich lachte.

Dad schüttelte den Kopf. »Du kommst aus dieser Sache nicht raus, Sohn.«

»Am Wochenende, Mom. Ich werde dich noch wissen lassen, ob mir Samstag oder Sonntag besser passt.«

Sie stemmte die Hände in die Hüften. »Muss ich dir wieder ein schlechtes Gewissen machen, damit du dich jetzt sofort festlegst?«

Kapitulierend hob ich die Hände. »Nein, bitte nicht.«

»Bring das nächste Mal zwei Schachteln Pralinen mit«, flüsterte Dad mir zu.

Ich grinste. Ich fand es wunderbar, dass sich manche Dinge wirklich nie änderten.

7 Sienna

Donnerstagabend überraschten mich Christopher und Blake mit einem Besuch, um mir beim Renovieren zu helfen. Zu meinem Erstaunen hatten sie auch Sebastian mitgebracht.

»Was tust du hier?«, fragte ich ihn.

»Christopher hat mir erklärt, dass du mit deinen Renovierungen im Rückstand bist. Ich stehe ganz zu deiner Verfügung«, antwortete Sebastian.

O mein Gott, ich hätte ihn am liebsten geknuddelt, bis er keine Luft mehr bekam. Eigentlich wollte ich das bei allen dreien tun. Mein Haus vor Weihnachten zu renovieren, hatte sich nicht unbedingt als die beste Idee entpuppt. Die Materialien wurden nicht zuverlässig geliefert, und die Handwerker waren bereits überlastet. Ich hatte vor, Plastikfolien über die Möbel im Wohnzimmer zu werfen, damit Winston und ich am Samstag streichen konnten.

Doch ehrlich, ich war nicht mal auf die Idee gekommen, dass es so zeitintensiv sein könnte, Möbel zu rücken.

»Vielen, vielen Dank!«

Blake zwinkerte mir zu. »Hey, wofür gibt es Tausende von Bennetts, wenn sie sich nicht gegenseitig helfen?«

Das war quasi das Familienmotto. Trotzdem fühlte ich mich ein wenig schuldig, weil die Vorweihnachtszeit für alle viel Stress bedeutete. Christopher und Sebastian hatten bei Bennett Enterprises alle Hände voll zu tun – um diese Jahreszeit stieg die Nachfrage nach Schmuck immer sprunghaft an. In Blakes Restaurants dagegen gab es ständig Weihnachtsfeiern und Ähnliches.

Wir machten uns sofort an die Arbeit. Alles fiel so viel leichter und ging so viel schneller, wenn man nicht allein arbeitete. Außerdem war es jedes Mal unglaublich lustig, Zeit mit ihnen zu verbringen.

»Ich sage ja nur, wenn Daniel und ich auch eineiige Zwillinge gewesen wären, hätten die Dinge im Bennett-Clan vollkommen anders laufen können«, sagte Blake. Ich lächelte in mich hinein. Christopher hatte einen eineiigen Zwillingsbruder – Max. Sie waren zu den »ernsten Brüdern« erklärt worden, obwohl sie ständig allen Streiche spielten.

»Das bezweifle ich.«

Die beiden Zwillingspaare machten ständig aus allem einen Wettbewerb.

»Hey!«, sagte Sebastian. »Wie wäre es, wenn wir uns auf die Arbeit konzentrieren? Sienna und ich sind doppelt so schnell wie ihr.«

Nach knapp einer Stunde waren wir fertig.

»Wann malerst du?«, fragte Sebastian.

»Samstag.«

»Wir werden vorbeischauen und dir helfen.«

»Nein, nein. Das ist wirklich nicht nötig. Ich weiß, dass ihr alle in Jennas Haus zu tun habt.«

Christopher zog die Augenbrauen hoch. »Aber allein kriegst du das auf keinen Fall an einem Tag fertig.«

Meine Ohren wurden rot. Mist, hatten sie etwas bemerkt? Aus irgendeinem Grund wollte ich nichts von dem Angebot meines Chefs verraten, auch wenn die Bennett-Männer wahrscheinlich durchschauten, dass ich nicht allein streichen würde.

»Ich komme schon klar«, versicherte ich ihnen, bevor ich mich von ihnen verabschiedete.

***

Am Freitag saß ich auf glühenden Kohlen. Besonders, als ein bestimmter mürrischer, aber unglaublich attraktiver Chef mich daran erinnerte, dass wir uns auch am Wochenende sehen würden.

»Lassen Sie uns am Samstag erst mal frühstücken gehen«, schlug er vor, nachdem ich ihm meine Adresse gegeben hatte. Wir standen auf dem Food-Court im Erdgeschoss, um meine Idee zu besprechen, einen dauerhaften Spielplatz aufzubauen. Obwohl der Umbau nicht sofort starten sollte, wollten wir doch die Kosten abschätzen.

»In Ihrer Gegend gibt es ein tolles Café.«

»Dafür haben wir keine Zeit. Ich werde Sandwiches vorbereiten.«

»Sienna …«

Ich schüttelte den Kopf und hob warnend den Zeigefinger. »Sie stellen nicht die Regeln auf.«

»Ich bin Ihr Chef.«

»Nicht in meinem Haus.«

»Noch sind wir in der Arbeit.«

»Und machen dabei Pläne fürs Wochenende … in meinem Haus.«

Winstons Augen blitzten auf. Es war deutlich zu erkennen, dass er nicht an Widerspruch gewöhnt war. Er stand vielleicht drei Meter vor mir, doch selbst auf diese Entfernung konnte ich seine maskulinen Schwingungen nicht ignorieren. Ich bemühte mich wirklich, aber es wurde immer schwerer.

Glücklicherweise war das Erdgeschoss bereits gut besucht, weil Frühaufsteher sich ein Frühstück an den Ständen gönnten, ehe sie sich ihrem Einkauf zuwandten.

Er zog die Augenbrauen hoch. »Sie sind frech.«

Ich grinste. »Ich weiß. Außerdem habe ich Sie von herrisch und mürrisch zu nur noch mürrisch hochgestuft. Riskieren Sie Ihr Upgrade nicht wegen eines Frühstücks. Es gibt eine Menge zu tun. Wenn wir erst frühstücken gehen, werden wir zu spät anfangen.«

Er sah mich mit großen Augen an. »Sie haben mich… Aha. Wie kam es dazu?«

»Ich habe meine Gründe.«

Außerdem vermute ich, dass du tief in deinem Inneren ein verträumter, romantischer Kerl bist. Wieso sollte er seiner Mutter sonst Pralinen mitbringen?

Aber nein. Ich wollte auf keinen Fall tief in sein Inneres schauen. Es sollte alles oberflächlich bleiben. Tiefgrüne Augen, sündhafte Lippen. Die Oberfläche war leider viel zu attraktiv, um wirklich hilfreich zu sein.

Ich senkte den Blick auf den Notizblock in meinen Händen und konzentrierte mich darauf, als hinge mein Leben davon ab, mir die Worte einzuprägen, die ich aufs Papier gekritzelt hatte.

»Ich habe jetzt eine gute Vorstellung davon, welche Arbeiten in den Kostenvoranschlag müssen, aber ich werde noch kurz hierbleiben und ein paar Dinge ausmessen. Sie können in Ihr Büro zurückgehen«, sagte ich.

Er stopfte die Hände in die Hosentaschen und legte den Kopf ein wenig schief. »Was? Fürchten Sie, dass ich meinen Willen bekomme, wenn ich länger bleibe?«

Lächelnd zuckte ich mit den Achseln. »Nein. Sie können mich in meiner Freizeit nicht herumkommandieren, Winston.«

Seine Augen funkelten förmlich vor Erheiterung. »Das werden wir ja dann sehen«, sagte er, ein wissendes Lächeln auf den Lippen.

Sofort fühlte ich mich, als wäre er näher gekommen und eine unsichtbare Wand trenne uns von der Geschäftigkeit des Food-Courts. Als er auf dem Weg zu den Aufzügen an mir vorbeiging, bekam ich eine Gänsehaut. Ich atmete erst auf, nachdem er verschwunden war.

***

Ganz genau, Winston war der Grund, warum ich heute so nervös war, daran bestand nicht der geringste Zweifel. Als ich sein Hilfsangebot akzeptiert hatte, hatte ich nicht damit gerechnet, dass dieses Kribbeln zwischen uns so intensiv werden könnte. Doch auf keinen Fall konnte ich unsere Wochenendpläne noch absagen. Die Wände mussten so schnell wie möglich gestrichen werden, daran führte kein Weg vorbei. Die Bennetts und alle Hensleys hatten mir bereits bei den Renovierungen geholfen. Und ich hatte keine Maler engagieren wollen, weil ich dann hätte freinehmen müssen, um die Handwerker zu beaufsichtigen.

Zu Beginn hatte ich nur kleine Veränderungen geplant, doch nach und nach waren mir so viele Ideen gekommen, dass sich das Ganze zu einem umfassenden Renovierungsprojekt ausgewachsen hatte.

Nein, ich konnte die Wochenendpläne nicht absagen. Außerdem hatte diese Abmachung auch gewisse Vorteile … hauptsächlich, dass ich Winston bei körperlicher Arbeit beobachten durfte. Ich konnte mir nur zu gut vorstellen, wie er in einem dünnen Hemd aussehen würde – ich drückte mir selbst die Daumen, dass es ärmellos wäre –, wenn er ganz verschwitzt und mit sich wölbenden Muskeln in meinem Wohnzimmer stand.

Es bestand das Risiko, dass ich meinen Chef danach nie wieder mit denselben Augen sehen konnte, aber zum Teufel damit, dieser Anblick wäre das definitiv wert.

Am Nachmittag kam Mara zu meinem Schreibtisch und sah dabei immer wieder über die Schulter.

»Mara, hey! Was kann ich für dich tun?«

»Versuchen wir immer noch, den Chef dazu zu bringen, dass er beim Wichteln auf der Weihnachtsfeier mitmacht?«, fragte sie.

»Pst … nicht so laut.«

»Winston hat sich in seinem Büro verkrochen, und die Tür ist geschlossen.«

»Er hat Ohren wie ein Luchs.« Ich senkte die Stimme zu einem Flüstern. »Ich habe es noch nicht angesprochen, aber ich habe ein gutes Gefühl.«

Ich hatte den Eindruck, dass Winston und ich Fortschritte machten. Doch bisher hatte ich ihn gerade mal dazu gebracht, die Weihnachtsdekorationen zu tolerieren. Wenn ich das Wichteln jetzt schon ansprach, würde der Schuss vielleicht nach hinten losgehen.

Ein Schritt nach dem anderen.

Es war meine Idee gewesen, die Weihnachtsfeier in der Woche nach Thanksgiving abzuhalten. Für gewöhnlich fand sie kurz vor Weihnachten statt … aber als ich letztes Jahr daran teilgenommen hatte, waren alle zu gestresst gewesen, um das Fest wirklich zu genießen. Am nächsten Tag hatten die jährlichen Bonuszahlungen verkündet werden sollen, und alle hatten nur darüber geredet. Zudem hatte die ganze Feier ziemlich steif gewirkt.

Dieses Jahr hatte ich die Organisation übernommen. Das Wichteln war ebenfalls meine Idee gewesen. Dasselbe hatten wir in der Firma gemacht, bei der ich vorher gearbeitet hatte, und es hatte sich als guter Weg entpuppt, die Angestellten zusammenzuschweißen.

Ich wollte Winston davon überzeugen, ebenfalls mitzumachen. Dass der Chef mit allen anderen teilnahm, würde dabei helfen, ihn den Leuten näherzubringen.

»Ach wirklich?« Mara zog die Augenbrauen hoch.

»Ja. Er ist gar nicht so furchtbar, wie alle immer denken.«

Ihre Augenbrauen wanderten noch höher, bis sie fast den Haaransatz berührten. »Aha. Wenn du meinst. Glaubst du, du könntest mir verraten, wer mein Geschenk kaufen muss? Dann kann ich unauffällig ein paar Hinweise fallen lassen.«

Ich wackelte mit dem Zeigefinger vor ihr herum. »Mara! Das wäre Betrug!«

Alle wussten, für wen sie Geschenke kaufen mussten, doch niemand wusste, wer sie beschenken würde.

Sie grinste. »Ich weiß. Aber ich schummle lieber, als am Ende mit einem furchtbaren Geschenk dazustehen.«

»Das verrate ich dir auf keinen Fall.«

Ich hatte die Namensverlosung organisiert, also hätte ich theoretisch nachsehen können, wer wen beschenkte … doch ich persönlich hielt rein gar nichts von Schummeln.

Außerdem: Wenn Winston wirklich teilnahm, mussten wir sowieso noch mal Namen aus dem Hut ziehen.

»Ein kleiner Hinweis vielleicht?«

»Keine Chance.«

Mara seufzte. »Du bist gemein.«

»Nein, ich bin nur davon überzeugt, dass man sich an die Regeln halten sollte.« Ich lachte, als Mara enttäuscht abzog, dann fragte ich mich, wie es wohl mit Winston und seinen Regeln aussah. Ich versuchte immer noch, mir einzureden, dass er sich nicht von mir angezogen fühlte, dass ich mir bloß etwas einredete. Das war sicherer.

Nach heute Morgen hatte ich mich sehr bemüht, dem Chef aus dem Weg zu gehen, doch um sechs Uhr abends hatte ich keine andere Wahl, als mich zum Konferenzzimmer zu begeben. Winston war bereits da, und er war genauso unwiderstehlich wie heute Morgen.

»Kein Gespräch mehr übers Frühstück«, warnte ich ihn.

Er deutete auf seinen offenen Laptop und unser Abendessen. »Noch halten wir uns nicht in Ihrem Revier auf, Sienna.«

Seine Augen funkelten. Bisher hatte das Arbeitsumfeld als Puffer zwischen uns gedient. Aber morgen, in meinem Haus? Da gäbe es diesen Schutzschild nicht mehr.

***

Am Samstag stöhnte ich, als mein Wecker um sechs Uhr klingelte. Für gewöhnlich schlief ich am Wochenende aus … doch die Pflicht rief.

Ich war immer noch nicht ganz wach, als ich anfing, die Wände abzuschleifen, gekleidet in einen Overall, mein Haar auf dem Hinterkopf zu einem Messy Bun gebunden. Im Hintergrund lief ein Weihnachtsfilm, den ich bereits so oft gesehen hatte, dass ich die Dialoge mitsprechen konnte. Daher störte es überhaupt nicht, dass ich den Fernseher mit einer Plastikfolie abgedeckt hatte.

Ich vertiefte mich so sehr in den Film und meine Arbeit, dass ich die Zeit vollkommen aus den Augen verlor. Als es an der Tür klingelte, zuckte ich zusammen. Es war neun Uhr. Winston war da. Verdammt, verdammt, verdammt. Eigentlich hatte ich vorgehabt, zu duschen und mich umzuziehen, bevor er ankam, doch ich konnte ihn ja schlecht draußen warten lassen.

Also atmete ich einmal tief durch und öffnete die Tür. Winston sah mich fragend an, als er mich musterte.

Verdammt. Es mochte Wochenende sein, aber ich wollte trotzdem nicht unprofessionell wirken. Allerdings konnte ich nichts tun, als einfach weiterzumachen, also führte ich ihn ins Haus.

»Haben Sie beschlossen, schon mal vorzuarbeiten?«, fragte er.

Ich gähnte. »Ja. Normalerweise schlafe ich am Samstag aus, aber…« Der Rest des Satzes ging in einem weiteren Gähnen unter. »Ich habe Sandwiches gemacht.«

Ich schnappte mir einen Teller, um ihm die Sandwiches vor die Nase zu halten.

»Nicht vergiftet, das verspreche ich.«

»Warum? Ich habe Ihren Urlaub bereits genehmigt.«

»Schon, aber Sie müssen noch meine Wände streichen.«

Erst nach einer weiteren Tasse Kaffee und zwei Sandwiches war ich langsam wach genug, um mir sein Outfit anzusehen. *Oh là là*. Die alten Jeans und der Pulli standen ihm toll.

Winston starrte den Fernseher an. »Sie haben es ernst gemeint, als Sie erklärt haben, dass im Hintergrund Weihnachtsfilme laufen.«

»Stimmt, aber Ihnen zuliebe werde ich den Fernseher ausmachen. Ich will Sie ja so früh am Morgen nicht foltern.«

»Das ist ein unerwarteter Akt des Mitgefühls.«

»Im Halbschlaf bin ich viel netter als sonst.«

»Das werde ich mir merken.«

Ich fühlte mich lächerlich in meinem Overall und mit meiner chaotischen Frisur. Doch noch lächerlicher hätte ich mich gefühlt, wenn ich jetzt geduscht und mich umgezogen hätte. Aber ich verschwand kurz im Bad, um mir die Haare zu kämmen und zu einem hohen Pferdeschwanz zu binden. Fast hätte ich mich auch noch geschminkt.

Doch das wäre echt lächerlich gewesen.

Ich spritzte mir etwas Wasser ins Gesicht, froh, dass ich endlich wach wurde. Als ich ins Wohnzimmer zurückkehrte, hatte Winston bereits begonnen, die Wände abzuschleifen. Er hatte seinen Pulli ausgezogen und trug nur noch ein weißes T-Shirt, das so dünn war, dass er genauso gut hätte nackt sein können.

Ich gestattete mir ein paar Sekunden, um ihn abzuchecken. Manchmal musste eine Frau sich etwas gönnen. Daran gab es überhaupt nichts auszusetzen.

»Ich kann fühlen, dass Sie mich ansehen«, sagte er träge und sah über die Schulter zu mir. Ähm… daran war nichts auszusetzen – bis man erwischt wurde.

»Ich habe nur Ihre Fähigkeiten abgeschätzt«, meinte ich so locker wie möglich.

»Und? Habe ich bestanden?«

»Mit Bravour.«

»Warum machen Sie sich dann nicht auch an die Arbeit?«

»Vielleicht verfolge ich den hinterhältigen Plan, Sie hier herzulocken und die ganze Arbeit allein erledigen zu lassen. Und zur Abwechslung mal Sie herumzukommandieren.«

»So läuft das nicht, Sienna.«

Schon wieder gelang es ihm irgendwie, aus der Entfernung dafür zu sorgen, dass meine Knie ganz weich wurden. Diese Schwingungen bewegten sich offensichtlich mit Lichtgeschwindigkeit.

Mit wackligen Knien machte ich mich an die Arbeit. Winston tat mir nur einen Gefallen. Weil ich ihm auch einen tat. Letztendlich wusch hier einfach eine Hand die andere. Doch dann entgleisten meine Gedanken vollkommen… weil ich mir einfach vorstellen musste, wie meine Hand über andere Teile seines Körpers glitt – seinen straffen Rücken und diese harten Bauchmuskeln. Hmmm.

Verdammt. Ich musste mich auf meine Aufgabe konzentrieren, aber es fiel mir schwer, den herrischen Anzugträger aus dem Büro mit dem Mann in meinem Wohnzimmer in Einklang zu bringen.

Langsam begann ich zu glauben, dass Winston nicht der Chef aus der Hölle war, für den ich ihn bisher gehalten hatte – sondern einfach bloß gestresst war. Manchmal sorgte das dafür, dass man wirklich ungeduldig wurde.

Je mehr Zeit wir damit verbrachten, die Rebranding-Kampagne zu planen, desto fester war ich überzeugt, dass es hier nicht um Veränderungen um der Veränderung willen ging. Winston stand unter Druck; ich verstand nur nicht, wo dieser Druck herkam. Er war der Chef. Seine Eltern waren, soweit ich gehört hatte, ruhige, nette Menschen, also konnte ich mir kaum vorstellen, dass sie der Grund waren.

Jetzt, da kein Film mehr im Hintergrund lief, breitete sich Schweigen im Raum aus. Ich hatte noch nie gut mit Stille umgehen können, also fing ich an zu reden.

»Bloß gut, dass ich im ersten Stock schon alles erledigt habe. Das hier sollten wir bis heute Abend fertigkriegen.«

»Wieso leben Sie allein in einem so großen Haus? Es hat zwei Schlafzimmer, oder?«

»Drei große und ein kleineres. Ich habe eine Weile mit meinen Geschwistern hier gelebt, bevor Victoria und Christopher zusammengekommen sind. Danach sind wir in sein Penthouse gezogen. Aber ich habe dieses Haus immer geliebt, also habe ich es bezogen, als es Zeit wurde, mir meine eigene Wohnung zu suchen. Wir sind hier eingezogen, nachdem unsere Eltern gestorben waren. Damals war es auch schon ein wenig heruntergekommen, doch wir haben es zu unserem Zuhause gemacht. Victoria ist Innenarchitektin, also weiß sie, wie man das Beste aus Räumen macht.«

»Wie kommt es, dass der Altersunterschied zwischen Ihnen und Ihren Geschwistern so groß ist?«

»Victoria wurde geboren, als meine Eltern noch jung waren, ich dagegen war ungeplant. Nach mir haben sie Lucas und Chloe adoptiert. Meine Eltern wollten immer eine große Familie. Wir haben so viele Dinge miteinander unternommen. Die Dekoration für Halloween und Weihnachten war jedes Jahr eine große Sache.«

»Ich bin überrascht, dass Sie nicht das gesamte Haus für Weihnachten geschmückt haben.«

Ich stemmte die freie Hand in die Hüfte. »Machen Sie sich nicht über meine Liebe zu Weihnachten lustig.«

»Das würde mir nicht im Traum einfallen.« Er lächelte leise.

Oh, er war echt unerträglich.

»Ich wollte einfach erst die Renovierung beenden, damit die Dekorationen nicht dreckig werden.«

»Sie und meine Mom würden sich sehr gut verstehen«, meinte er.

»Inwiefern?«

»Ich kann es nicht wirklich erklären. Sie ist genauso überschwänglich wie Sie.«

»Alle loben Ihre Eltern immer über den grünen Klee. Ich fühle mich, als hätte ich eine Menge verpasst, weil ich sie nicht kennengelernt habe.«

»Sie sind tolle Menschen. Haben hart gearbeitet. Behandeln andere mit Respekt und viel Verständnis.«

»Vermissen die beiden die Kaufhäuser?«

Er stieß ein bellendes Lachen aus. »Sie lieben die Firma, aber ihren Ruhestand lieben sie noch mehr. Als sie noch gearbeitet haben, haben sie nicht oft Urlaub gemacht … und das machen sie jetzt wett.«

»Klingt, als hätten sie Spaß.«

»Genau so ist es.«

»Haben Ihrer Mom die Pralinen geschmeckt?«

»Sie fand sie köstlich. Zum Abendessen morgen bringe ich gleich zwei Schachteln mit.«

»Warum? Was haben Sie getan?«

»Wer hat behauptet, dass ich etwas getan hätte?«

»Aha. Also bringen Sie Ihrer Mutter einfach ohne Grund Süßigkeiten mit?«

»Ist das verboten?«

»Nein, nur unerwartet.«

»Wieso? Passt das nicht zu dem Bild des herrischen Chefs, das Sie von mir haben? Tut mir leid ... mürrisch war das Wort, oder? Außer ich habe mir vielleicht noch ein Upgrade verdient?«

Mein Herz schlug wie wild. Winston war mehr als nur der hochintelligente Mann, von dem ich eine Menge lernte. Ich wollte ihn besser kennenlernen, und er schien nichts dagegen zu haben, sich mir zu öffnen. »Ich werde darüber nachdenken ... aber alles hängt davon ab, wie es heute läuft.«

»Also ist das eine Bewährungsprobe?«

»So könnte man es ausdrücken.«

»Nur, um das klarzustellen: Ich streiche Ihre Wände und muss mich trotzdem bewähren?«

»Sie könnten Hintergedanken haben.«

Seine Augen blitzten auf. O mein Gott, er hatte echt welche. Ich wollte mich danach erkundigen, entschied mich dann aber dagegen. Manchmal war Unwissenheit wirklich ein Segen.

Nur dass ich jetzt an nichts anderes mehr denken konnte. Ich riss den Blick von Winston los, um mich auf die Wand zu konzentrieren, die ich gerade abschliff. Schon bald verlor ich mich in meiner Arbeit ... wobei ich Winston allerdings immer noch ein Ohr abkaute.

»Ich kann nicht glauben, dass Sie Ihren Samstag so verbringen.«

»Klingt, als würde ich damit ein paar Pluspunkte bei Ihnen sammeln.« Ich zuckte zusammen, weil seine Stimme viel näher erklang, als ich erwartet hatte. Irgendwie war ich wieder direkt neben ihm gelandet. Wie war es dazu gekommen? Es war, als würde ich von Winston angezogen, ohne mir dessen wirklich bewusst zu sein.

Ich lächelte in mich hinein. »Stimmt.«

»Na ja, für mich ist es eine Belohnung.«

»Hä?«, fragte ich verwirrt.

»Wie Sie schon sagten … ich habe Hintergedanken.«

Unser ständiges Geplänkel brachte mich durcheinander und drohte, meine Sinne zu überwältigen. Winston sah mich ständig an, als trüge ich sexy Reizwäsche statt eines schmutzigen Overalls. Mir stockte der Atem, und mein Puls raste. Ich wollte den Blick abwenden – mich zurückziehen –, doch ich schaffte es einfach nicht.

Ich hatte keine Ahnung, wie ich mit dieser Situation umgehen sollte. Das Kribbeln zwischen uns war überwältigend. Ich war mir nicht einfach nur seiner Gegenwart bewusst … sondern auch meines eigenen Körpers.

»Ich wusste es«, meinte ich neckend. »Sie sind hier, um mich zum Arbeiten zu zwingen.«

Er lächelte schief. Offensichtlich dachte er momentan an alles, bloß nicht an Arbeit. Doch ich klammerte mich an dieser Ausrede fest und begann über die Rebranding-Kampagne zu reden. Das war ein sicheres Thema und lenkte mich effektiv von seinen Hintergedanken ab.

***

Sechs Stunden später begann mein Rücken langsam zu schmerzen, aber ich blieb standhaft. Wir hatten die Wände erst mit groben, dann mit feinem Sandpapier abgeschliffen und die erste Schicht Farbe aufgetragen. Momentan hatten wir nur noch eine halbe Wand vor uns, doch dann mussten wir noch ein zweites Mal streichen.

Ich wollte heute fertig werden, damit ich morgen zum großen Bennett-Treffen gehen konnte.

Irgendwie konnte man mir offensichtlich anmerken, dass meine Muskeln schmerzten, weil Winston plötzlich fragte: »Was ist los?«

»Nichts. Mein Rücken tut ein wenig weh.«

Er deutete auf die Couch. »Lassen Sie uns eine Pause machen. Setzen Sie sich. Ruhen Sie sich aus.«

»Jetzt sind Sie wieder herrisch, hm?«

»Das war noch gar nichts, Sienna. Setzen Sie sich.«

Als ich mich umdrehte, wurde mir schwindelig. Der Raum tanzte vor meinen Augen. Schwärze erschien an den Rändern meines Blickfeldes, dann konnte ich auf einmal gar nichts mehr sehen. Ich fühlte, wie ich das Gleichgewicht verlor, und rechnete jeden Moment damit, auf den Boden zu knallen. Stattdessen schlang sich ein starker Arm um meine Taille, und warme Finger berührten meinen Nacken.

»Sienna?«

Ich musste ein paarmal blinzeln, bevor mein Blick wieder klar wurde.

»Was ist passiert?«

»Wow. Mir war ein wenig schwindelig. Aber nun ist alles wieder in Ordnung.«

Winston hatte mich immer noch nicht losgelassen, doch das machte mir nichts aus. Ehrlich, ich hatte mein Gleichgewicht noch nicht ganz wiedergefunden. Je mehr ich allerdings wieder Herr meiner Sinne wurde, desto bewusster wurde ich mir seiner Gegenwart.

Seiner weichen Handfläche, den schwieligen Fingerspitzen. Der Nähe seiner Lippen. Der Sorge in seinen Augen.

»Sienna, bist du dir sicher, dass es dir gut geht?«

Ich nickte, doch dabei wurde mir sofort wieder schwindelig, also schloss ich erneut die Augen.

»Verdammt, das stimmt nicht. Komm, du musst dich hinsetzen.«

Dann führte er mich rückwärts zu der mit Plastikfolie abgedeckten Couch und schob mich in die Polster. Ich fiel um wie ein Dominostein und hätte Winston fast mit mir gerissen. Um sich abzufangen, stemmte er die Handflächen auf die Rückenlehne. Ich war zwischen diesen muskulösen Armen gefangen.

Er grinste. Ich grinste zurück. Gott, war er mir nahe. Sein Mund schwebte direkt vor meinem. Nur mit Mühe widerstand ich der Versuchung, mich ein kleines Stück nach vorne zu lehnen.

»Seit heute Morgen habe ich nichts gegessen. Ich glaube, mein Blutzuckerspiegel ist einfach im Keller.«

»Ich hole dir ein Glas Wasser.«

Bevor ich die Augen öffnen und Winston sagen konnte, dass das unnötig war, war er schon in der Küche verschwunden. Mir gefiel es, dass dieser sexy Mann sich um mich kümmerte.

Als er also mit einem Glas Wasser und einer Praline aus meinem Vorrat zurückkehrte, stieß ich einen anerkennenden Pfiff aus.

»Jetzt haben Sie sich das Upgrade wirklich verdient.«

»Sollten wir nicht beim Du sein?«

Ich nickte, dann stand ich auf. Stirnrunzelnd trat Winston vor mich.

»Was hast du vor?«

»Wir müssen noch eine Wand fertigstreichen.«

»Trotzdem solltest du noch ein paar Minuten sitzen bleiben.«

»Winston, du musst mich nicht babysitten.«

»Einspruch.«

»Es geht mir gut, wirklich. Die Schokolade hat geholfen. Ich bin wieder fit.«

Winston war mir zu nahe, und doch besaß ich weder die Kraft noch die Geistesgegenwart, mich zurückzuziehen… obwohl ich wusste, dass es besser gewesen wäre. Ich brauchte mal eine Auszeit von der ständigen Anspannung, die uns heute umgeben und mich zu ihm gezogen hatte wie ein Magnet. Aber meine Füße wollten sich nicht bewegen, und auch Winston rührte sich nicht.

»Sienna…«

»Winston…«

Mir wurde nicht klar, was er vorhatte, bis ich eine Hand an meinem Hinterkopf und seinen Mund auf meinem fühlte. Ich konnte an nichts anderes denken als daran, wie sehr ich das wollte – wie sehr ich ihn wollte. Ich vergrub die Hand in seinem Shirt und zog ihn noch näher an mich. Ich konnte fühlen, wie er an meinem Mund lächelte, ehe seine Zunge meine berührte.

Er küsste mich, bis ich vor Verlangen zitterte. Dann zog er an den Riemchen über meiner Schulter, als wollte er sie zur Seite schieben. Voller Leidenschaft erforschte sein Mund meinen.

Die Hand an meinem Hinterkopf hielt mich geschickt in dem Winkel, den er sich wünschte. Je mehr Winston die Küsse vertiefte, desto mehr begehrte ich ihn. Als wüsste er, wie sehr ich mich nach seiner Berührung verzehrte, hob er die freie Hand an meine Taille und zog mich enger an sich. Meine Brüste drückten sich gegen seine Brust. Ich fühlte mich, als hätte ich einen elektrischen Schlag bekommen, und meine Nippel wurden hart.

Mein Körper brannte vor Verlangen. Ich verzehrte mich nach mehr. Ich wollte seine Finger auf meiner nackten Haut spüren und seinen Mund… überall. Ich fühlte mich, als müsste ich jeden Moment den Verstand verlieren – oder auf jeden Fall jeden Anstand.

Als Winston sanft an meiner Unterlippe knabberte und mit den Fingern kleine Kreise über meinen Nacken zog, presste ich die Schenkel zusammen und versuchte, das sehnsüchtige Brennen dort zu ignorieren. Er hatte mich nur mit einem Kuss feucht werden lassen! Als er sich schließlich langsam von mir zurückzog, stieß ich ein protestierendes Stöhnen aus und hätte ihn fast wieder an mich gezogen, bevor die Realität langsam wieder in mein Bewusstsein drang.

Winston war mein Chef! Was hatte ich mir nur dabei gedacht? Na ja, eigentlich hatte ich gar nicht gedacht. Zu meiner Verteidigung musste ich aber Folgendes sagen: Dieser Mann war ein derart toller Küsser, dass ich schon stolz darauf war, wenigstens noch zu wissen, wie ich hieß.

Seine Augen funkelten vor Lust. Er hielt meine Taille so fest, dass ich wahrscheinlich blaue Flecken bekommen hätte, wäre der Stoff meines Overalls nicht so dick gewesen. Und Winston wirkte nicht, als hätte er vor, mich in absehbarer Zeit freizugeben.

Ehrlich, eigentlich wollte ich das auch nicht. Ich mochte es, seine Arme um mich zu spüren; seinen Körper an meinem.

Ich war mir nicht sicher, ob es damit zu tun hatte, dass er gekommen war, um mir zu helfen, obwohl er das nicht hätte tun müssen, oder damit, dass wir uns gegenseitig ein paar Dinge über unser Leben erzählt hatten … doch hier ging es nicht einfach nur um körperliche Anziehung. Ich fühlte mich verletzlich. Das machte mir Angst, aber gleichzeitig wollte ich mich an all den Gefühlen festklammern, die Winston in mir auslöste.

»Du schmeckst so gut«, murmelte er. Seine Lippen schwebten vor einem meiner Mundwinkel, sodass ich seinen heißen Atem spüren konnte. Langsam löste ich die Finger aus seinem Hemd, um meine Hand in kleinen Spiralen tiefer gleiten zu lassen, in Richtung seines Nabels. Ich hatte keine Ahnung, was ich da tat. Ich wollte ihn einfach berühren, erkunden.

Er packte mein Handgelenk, bevor meine Hand noch tiefer gleiten konnte.

»Hör damit auf, oder ich werde dich wieder küssen. Und diesmal werde ich es mit einem Kuss nicht gut sein lassen.«

Seine Stimme klang rau, fast gepresst. Ich lehnte mich ein wenig zurück, um ihm in die Augen zu sehen. Sie waren dunkler als jemals zuvor, sein Blick so intensiv, dass mir der Atem stockte.

Ich räusperte mich, und Winston senkte den Arm. Ich war sprachlos vor Nervosität. Ich wusste nicht, was ich sagen sollte oder was das hier bedeutete.

»Also, danke für heute«, sagte ich betreten.

Er schenkte mir ein sündhaftes Lächeln. »War mir wirklich ein Vergnügen.«

Meine Haut kribbelte. Nur für alle Fälle trat ich noch einen Schritt zurück.

»Ich kann den Rest fertig machen.«

»Du möchtest, dass ich gehe?« Sein Tonfall klang neckend, doch seine Miene wirkte eher erregt.

Ich errötete. »Nein, aber du hast jetzt schon Stunden gearbeitet.«

»Du glaubst doch nicht, dass ich dich allein lasse, oder?«

»Wirst du nicht?«

»Nein.«

Damit hatte ich nicht gerechnet. »Warum nicht?«

»Ich will sicherstellen, dass es dir gut geht. Ich werde ein Auge auf dich haben. Und uns in der Zwischenzeit Abendessen kochen.«

Ich starrte ihn an. »Meinst du das ernst?«

»Ja, Ma'am. Ich hätte einen Vorschlag. Ich werde die letzte Wand fertigstreichen. Dann müssen wir zwei Stunden warten, bevor wir die zweite Schicht auftragen können. In der Zwischenzeit koche ich dir ein frühes Abendessen.«

Ich schwieg ein paar Sekunden, um diese unerwartete Wende zu verarbeiten, dann beschloss ich, einfach mitzuspielen. Bisher hatte dieser Tag selbst meine kühnsten Vorstellungen übertroffen. Ich freute mich schon darauf zu sehen, was noch passieren könnte.

In meinem Bauch tanzten riesige Schmetterlinge. *Er wollte sich um mich kümmern.*

Das war … ich konnte den Gedanken kaum verarbeiten, zu überwältigt von der Wärme, die in mir aufstieg. Meine Finger zuckten in dem Drang, sein Shirt zu packen und ihn näher an mich zu ziehen.

»Nun, dann okay.«

»Setz dich hin und entspann dich, während ich den Rest der Wand streiche.«

»In Ordnung. Andererseits: Wenn ich noch mal darüber nachdenke, werde ich doch duschen. Ich bin ganz dreckig.«

Er runzelte erneut die Stirn. »Was, wenn dir unter dem warmen Wasser wieder schwindelig wird?«

»Du willst mich auch in der Dusche babysitten?«

»Lädst du mich ein, dir zuzuschauen?«

Ich errötete, dann fuhr ich mir mit der Zunge über die Lippen. Winston hielt meinem Blick stand, und Lust verdrängte die Erheiterung in seinen Augen.

»Winston …«

Er lächelte. »Dusch einfach nicht zu heiß.«

»Wow. Du willst die Wassertemperatur kontrollieren?«

Ich verschränkte die Arme vor der Brust. Ich war nicht sauer auf ihn; ganz im Gegenteil. Ich hatte die aufrichtige Sorge in seiner Stimme gehört und hätte ihn dafür am liebsten umarmt. Doch ich hatte so das Gefühl, dass es besser wäre, mich zu sträuben … denn wer wusste schon, auf welche Ideen dieser sture Mann sonst noch kommen würde.

»Sag das nicht noch mal, oder ich tue es wirklich.«

Ich hatte recht gehabt. Wenn ich keine klare Grenze setzte, bestand die Gefahr, dass er auf anzügliche Ideen kam.

»Ich habe gescherzt.«

»Ich nicht.« Seine Stimme, seine gesamte Körpersprache triefte quasi vor Sinnlichkeit. Erneut fuhr ich mir mit der Zunge über die Lippen, dann atmete ich tief durch.

»Ich werde nicht lange brauchen, aber für den Fall, dass du bis dahin bereits mit der Wand fertig bist, warte auf mich, bevor du mit dem Kochen anfängst.«

»Du vertraust mir nicht allein in deiner Küche?«

Ich deutete mit dem Zeigefinger auf die Stelle am Boden, wo er mit seinem sündhaften Kuss fast meine Höschen in Flammen hatte aufgehen lassen.

»Ich denke, ich kann halbwegs sicher erklären, dass ich deine wahren Absichten nicht kenne, Mister.«

»Ich kann sie dir gern darlegen. Noch besser, ich werde es dir zeigen.« Er trat näher an mich heran. Und ich war einfach nicht geistesgegenwärtig genug, zurückzuweichen und einen sicheren Abstand zu ihm zu wahren. »Ich werde dich küssen, bis du mich um mehr anbettelst, Sienna.«

»Tu das nicht.«

»Warum nicht?«

Mein Herz raste wie wild. Irgendwo in den Tiefen meines Hirns existierte eine ganze Liste mit Gründen.

Doch ich schüttelte nur leise lächelnd den Kopf. »Ich werde jetzt duschen gehen. Und wenn du darauf bestehst, schon mit dem Abendessen anzufangen, dann werde ich mich nicht wehren. Ich wollte bloß helfen.«

»Geh duschen. Um alles andere kümmere ich mich.«

Ich konnte mein Lächeln nicht unterdrücken. Als Winston mir auch noch zuzwinkerte, grinste ich wie ein Schulmädchen. Dieser Tag steckte wirklich voller Überraschungen.

Ich war froh darüber, die Dusche als Vorwand zu haben, weil ich Zeit zum Nachdenken brauchte. Aber natürlich entpuppte sich das als quasi unmöglich, weil ich genau wusste, dass dieser sexy Mann nur ein paar Meter entfernt für mich Abendessen kochte.

Dieses kribbelige Gefühl umhüllte mich wie eine warme Decke. Ich war einfach glücklich … und warum sollte ich daran etwas ändern?

Ich mochte es, glücklich zu sein. Und Winston wusste definitiv, wie man mich zum Lächeln brachte. Quatsch. Ich grinste breit.

Wer hätte gedacht, dass der Mann, den ich für mürrisch gehalten hatte, ein so geübter Charmeur war?

Doch ich hatte tatsächlich eine Menge E-Mails, die meine erste Annahme untermauerten, also fühlte ich mich nicht allzu schuldig.

Ich zog mir Jeans und eines meiner besseren Tanktops an. Ich versuchte nicht, ihn zu beeindrucken. Okay, vielleicht doch. Aber der Mann hatte mich den ganzen Tag in einem dämlichen Overall gesehen. Bevor ich das Bad verließ, legte ich ein wenig Make-up auf. Bloß etwas Mascara und Puder. Nichts allzu Offensichtliches. Ich wollte nichts weiter als frisch aussehen und irgendwie das Image einer professionellen Angestellten zurückgewinnen.

Doch ich fürchtete schwer, dass ich das vollkommen in den Sand gesetzt hatte, als ich zugelassen hatte, dass er mich küsste. Verdammt, ich hatte es nicht einfach zugelassen. Ich hatte ihn quasi angesprungen.

Ich nahm die Schultern zurück. Es war sinnlos, mich in Selbstvorwürfen zu ergehen.

Ich musste mich einfach nur von jetzt an besser benehmen.

Als ich im Badezimmer fertig war, wurde mir klar, dass ich keine Ahnung hatte, was »besser benehmen« eigentlich heißen sollte.

Winston hatte die Wand fertig und stand bereits kochend in der kleinen Küche. Er hatte eine Schachtel Eier, Gemüse, Reis und ein paar Gewürze herausgezogen, die ich seit... Ewigkeiten nicht mehr verwendet hatte. Ich konnte bloß hoffen, dass sie noch gut waren.

»Was ist das?«, fragte ich.

»Gebratener Reis mit Gemüse.«

»Sieht lecker aus.«

Er winkte mich mit einem Finger heran, und meine Füße bewegten sich fast ohne mein Zutun. Winston wandte den Blick keinen Moment von mir ab. Vorhin hatte er mich angesehen, als trüge ich sexy Reizwäsche. Nun sah er mich an, als wäre ich nackt.

Auf jeden Fall fühlte ich mich nackt.

Sobald ich neben ihn trat, verblassten all meine Zweifel und Fragen. Es war unmöglich, ihm so nahe zu sein und nicht von seiner Gegenwart überwältigt zu werden.

Er führte einen Löffel mit Reis an meinen Mund.

»Sag mir einfach, ob noch etwas fehlt.«

»Ich vertraue dir.«

Er zog die Augenbrauen hoch. »Du hast gerade deutlich gezeigt, dass du mir nicht vertraust.«

»In Bezug auf Essen vertraue ich dir«, passte ich meine Aussage mit einem Achselzucken an.

»Probier bitte.« Er klang herrisch. Ich konnte nur hoffen, dass nicht zu offensichtlich war, wie sehr mir das gefiel. Die Stimmung war anders als im Büro – spielerischer. Und der Kuss hatte etwas zwischen uns verändert... ich wusste bloß nicht, auf welche Weise genau.

»Das ist köstlich. Wow. Deswegen benutzen alle immer Gewürze. Ich vergesse sie irgendwie immer. Außer Vanille, Rum und Zimt, wenn ich backe. Ich werde uns einen Salat…«

»Nein, wirst du nicht. Ich kümmere mich um alles.«

Bevor ich noch etwas sagen konnte, hatte er schon die Hände auf meine Schultern gelegt, mich zu einem Stuhl geführt und mit sanftem Druck zum Sitzen animiert. Seine Finger auf meinen nackten Schultern zu fühlen – seine Daumen an den Seiten meines Halses –, brachte erneut meine Haut zum Kribbeln, und ich bekam eine Gänsehaut.

»Ich verstehe. Das also hast du gemeint, als du gesagt hast, das wäre noch gar nichts. Nur zu deiner Information: Ich denke gerade noch mal schwer darüber nach, ob du wirklich herrisch bist.«

»Ich führe dir gern genau vor Augen, was ich gemeint habe. Ich weiß auch schon, wie ich das anstellen werde.«

Er senkte den Blick auf meinem Mund. Inzwischen war es mehr als nur Wärme. In mir brannte ein echtes Inferno. O ja, ein weiterer Kuss würde mich überzeugen. Ich war mir nicht mal mehr sicher, wovon eigentlich – aber das schien aus irgendeinem Grund auch keine Bedeutung zu haben.

Wie konnte ich jetzt bereits so hingerissen von ihm sein? Dieser Mann beeinflusste mich wie keiner vor ihm.

»Ich mag den Anblick«, kommentierte ich.

Er zog die Augenbrauen hoch. »Ach wirklich?«

»Habe ihn schon den ganzen Tag genossen. Zumindest muss ich nun nicht mehr bei der Arbeit verstohlene Blicke darauf werfen. Ich werde mir all diese Muskeln genau einprägen… um die Bilder dann wieder aufrufen zu können, wenn ich allein bin.«

Seine Augen wurden dunkel. Ich flirtete, aber es fühlte sich so gut an. Vielleicht war die Situation deswegen derart eskaliert, weil wir uns beide ständig zurückgehalten hatten.

»Wenn du so weitermachst, Sienna, wird es kein Abendessen geben.«

»Auf keinen Fall, Mister. Ich bin am Verhungern. Ist das die Art, wie du dich um mich kümmern willst? Indem du mich aushungern lässt?«

»Wie wäre es, wenn ich dich einfach küsse, bis du alles andere vergisst?«

Ich kniff die Augen zusammen. »Das fällt nicht unter ›um mich kümmern‹. Mach dich wieder an die Arbeit.«

Er lächelte überglücklich, bevor er sich wieder der Pfanne zuwandte. Der Reis war vorgekocht, also war das Essen in null Komma nichts fertig.

Als wir uns gemeinsam an den Tisch setzten, wurde mir bewusst, wie klein das Möbel war. Ich konnte mich quasi nicht auf dem Stuhl bewegen, ohne Winston zu berühren: entweder seine Hand oder seine Beine unter dem Tisch.

Okay, also hatte ich mich vorhin geirrt. Hier waren wir nun, flirteten offen miteinander, und doch wurde das Knistern zwischen uns immer stärker.

Ich lachte und schob mir eine Strähne hinters Ohr. Ich wollte mehr über ihn erfahren.

»Also, was hat dich dazu bewogen, die Kaufhäuser letztendlich doch zu übernehmen?«

Winston kaute langsam, ohne mich aus den Augen zu lassen.

»Der frühere Geschäftsführer hat keine gute Arbeit geleistet. Als er in Ruhestand gegangen ist, habe ich mir die Zahlen einmal genauer angesehen. Er hat zusätzliche Kredite bei Banken aufgenommen, um kurzfristige Liquiditätsprobleme zu lösen. Als Sicherheit hat er das Kaufhaus in San Francisco eintragen lassen … und dann hat er alles in den Sand gesetzt.«

»Wow. Das wusste ich nicht.«

»Bisher weiß niemand davon außer der CFO und ihrer persönlichen Assistentin. Auf jeden Fall wollte ich in diesen schwierigen Zeiten die Kaufhäuser niemand anderem anvertrauen. Für mich ist die Firma mein Zuhause. Ich bin quasi im Kaufhaus und im Büro meiner Eltern aufgewachsen. Ich will den Laden retten.«

Ich war sprachlos. Winston war wirklich ein bemerkenswerter Mann. Ich hätte nicht gedacht, dass es überhaupt möglich war, ihn noch liebenswerter zu finden, doch er hatte mir gerade das Gegenteil bewiesen.

»Wieso suchst du keinen Investor? Oder einen Partner?«

»Das will ich nicht. Banken sind eine Sache, aber ein Partner oder ein Investor würde mitbestimmen wollen, vielleicht sogar zu fünfzig Prozent. Die Kaufhäuser sind ein Familienunternehmen. Ich will keine Fremden mit einbinden.«

»Ich verstehe.«

»Bitte erzähl niemandem davon. Ich kümmere mich darum, und ich will nicht, dass Panik ausbricht.«

»Meine Lippen sind versiegelt.«

Winston vertraute mir. Die Information, die er mir anvertraut hatte, lieferte eigentlich keinen Grund zum Lächeln, aber ich lächelte trotzdem.

»Winston, du bist ein Genie. Du wirst das Kaufhaus erfolgreich durch diese Krise führen, da bin ich mir sicher. Jede Firma, die schon so lange besteht, hat auch mal Zeiten, wo die Zahlen nicht so gut sind.«

»Danke, dass du alles ins rechte Licht rückst.«

Er wirkte besorgt. Ich musste ihn von den Kaufhäusern ablenken. Doch wie sollte ich das anstellen? Ich konnte natürlich mit ihm flirten, meine Instinkte rieten mir allerdings, das Thema neutral zu halten. Wer wusste schon, ob das Flirten nicht eskalierte? In Bezug auf Winston versagte meine Fähigkeit, irgendetwas vorherzusehen.

Also war Lob bestimmt das beste Mittel.

»Ich hatte im College einen Kurs über Krisenmanagement belegt, in dem wir ungefähr dreißig Fallanalysen von großen Firmen durchgegangen sind, die schwierige Zeiten durchgemacht haben. Und die hatten niemanden an der Spitze, der so begabt ist wie du.«

Das zauberte ein Lächeln auf seine Lippen. »Sie sind wirklich nett zu mir, Miss Hensley. Gibt es dafür spezielle Gründe?«

»Ich nenne die Dinge nur beim Namen.«

»Ich wusste gar nicht, dass du eine so hohe Meinung von mir hast.«

»Jetzt weißt du es. Und nun ... reden wir nicht mehr über die Arbeit.« Doch mit Lob wollte ich mich weiterhin nicht zurückhalten. Schließlich funktionierte es. »Der Gemüsereis ist köstlich. Bei mir schmeckt es immer nach gar nichts.«

»Das Geheimnis liegt in der Würze«, meinte er augenzwinkernd.

»Mist. Wahrscheinlich hätte ich mehr auf das Rezept achten sollen, statt dich anzugaffen.«

Winston fing unter dem Tisch meine Beine mit seinen ein. »Wahrscheinlich. Oder ich komme einfach noch mal vorbei, und wir kochen gemeinsam.«

Verdammt ... die Vorstellung, mit ihm zu kochen, hatte fast denselben Effekt wie die Vorstellung, mit ihm zu duschen.

»Wieso solltest du das tun?«, fragte ich.

»Du weißt, warum.«

Verlegen senkte ich den Blick auf den Teller. Sobald wir aufgegessen hatten, räumten wir gemeinsam den Tisch ab.

»Auf jeden Fall muss ich noch die zweite Schicht Farbe auftragen.«

»Ich mag Männer, die zu ihrem Wort stehen. Ich hatte das ganz vergessen.«

Winston wackelte mit den Augenbrauen, dann lehnte er sich vor, als wolle er mich wieder küssen. Diesmal war ich bereit.

Stattdessen sprach er nur an meinen Lippen. »Ich habe mir das Upgrade verdient, oder?«

Ich lachte. »Ich überlege noch. Sei besser vorsichtig. Bisher ist nichts entschieden, also solltest du nichts riskieren.«

»Das würde mir nicht im Traum einfallen. Ich habe große Pläne für uns, Sienna.«

Hitze brannte auf meiner Haut, als hätte er mich berührt. Ich musste nicht nachfragen, um zu wissen, dass diese Pläne definitiv unter die Kategorie »gefährlich« fielen.

8 Sienna

Nachdem Winston gegangen war, konnte ich trotz der körperlichen Arbeit und des Abendessens nicht einschlafen. Der Mann ging mir einfach nicht aus dem Kopf ... und verfolgte mich dann auch in meinen Träumen. Am nächsten Morgen fühlte ich mich dennoch erstaunlich energiegeladen.

Die Fahrt zum Haus von Richard und Jenna Bennett führte mich über die Lombard Street. Auf dem gewundenen Teil der Straße landete ich in einem Stau. Aber ehrlich, das machte mir nichts aus. Von hier oben hatte ich eine tolle Aussicht über die kurvigste Straße der Welt und die Stadt. Manche Leute beschwerten sich darüber, dass San Francisco angeblich das langweiligste Wetter hätte: Im Winter nicht warm genug, um die Sonne zu genießen, aber auch nicht kalt genug für Schneefall. Ich sah das anders. Obwohl ich weiße Weihnachten liebte, hatte das Klima in Frisco doch unzweifelhaft Vorteile: Die Vegetation war saftig grün.

Ich drehte die Musik lauter und trommelte mit den Fingern im Takt aufs Lenkrad.

Treffen im Haus von Richard und Jenna gehörten zu meinen fünf liebsten Dingen im Leben. Die gesamte Familie versammelte sich – was bedeutete, dass es laut wurde und mitunter auch ziemlich verrückt (wie zum Beispiel, wenn Christopher und Max sich mit Pippas Töchtern verbündeten, um doppelte Eineiige-Zwillinge-Streiche anzuzetteln).

Mein Bruder, Lucas, spielte ebenfalls gern Streiche (auch wenn sein Humor ziemlich schwarz war). Alle anderen waren mit ihrer Zuschauerrolle zufrieden und ließen sich einfach überraschen. Ich vermisste Lucas wie verrückt.

Zwischen Thanksgiving und Weihnachten trafen wir uns öfter. Bei den Kindern fanden verschiedenste Schulaufführungen statt, für die Kostüme und Ähnliches nötig waren. Das ließ sich alles schneller regeln, wenn wir zusammenarbeiteten. Als ich ankam, grinste ich breit. Das Haus hatte ein leuchtend rotes Dach und cremefarbene Wände. Richard und Jenna hatten bereits überall Lichterketten aufgehängt, und es sah aus, als würde eine Armee winziger Weihnachtsmänner die Wände nach oben klettern. Der riesige Vorgarten war leer, weil es einfach zu kalt war, um sich draußen aufzuhalten.

Im Inneren des Hauses roch es nach Vanille, Karamell und ein bisschen nach kandierten Erdnüssen. Lecker. Ich schloss mich sofort der großen Gruppe im Wohnzimmer an.

Heute arbeiteten wir an den aufwendigen Kostümen für ein Krippenspiel, an dem scheinbar alle Familienmitglieder unter zehn teilnehmen sollten. Logan Bennetts Frau, Nadine, war eine erfolgreiche Designerin von Abendkleidern, daher hatten ihre Angestellten den Großteil der Arbeit erledigt. Unsere Aufgabe war es nur noch, die Kostüme zu personalisieren.

Ich saß zwischen ihr und Ava, die genauso wie Pippa häufig versuchte, mich endlich für die Arbeit bei Bennett Enterprises zu gewinnen. Wenn ich den Job letztendlich annahm, würde ich direkt mit ihr zusammenarbeiten. Doch ich war noch nicht bereit für einen Jobwechsel. Später setzte ich mich neben Chloe, und wir begannen, die neuesten Gürtel-Trends zu diskutieren.

»Auf jeden Fall verwirren mich die verschiedenen Darstellungen in den Magazinen«, verkündete Chloe.

»Weißt du was? Ich werde einfach eine der Verkäuferinnen in der Damenabteilung bitten, mir einen Überblick zu verschaffen, und dann sage ich dir Bescheid.«

»Du bist die Beste.« Chloe strahlte quasi. Ich konnte nicht anders – ich umarmte sie und küsste sie auf die Wange. Sofort zog sie sich zurück.

Stimmt. Ich musste damit aufhören. Sie war zwölf. Ich konnte mich noch gut an diese Zeit erinnern. Ich hatte Moms ständige Zuneigungsbekundungen gehasst und jedes Mal versucht, mich ihnen zu entziehen. Bis wir unsere Eltern verloren hatten… dann hatte ich voller Wehmut an diese Momente zurückgedacht. Ich hätte alles für noch eine Umarmung von Mom gegeben. Aber Chloe war so jung gewesen, dass sie sich kaum an unsere Eltern erinnern konnte.

In einer Arbeitspause zeigte ich Victoria ein Video von den Dekostücken im Laden, bei denen ich mir einfach nicht sicher war.

»Diese Schleife könnte ein wenig kleiner sein. Und die hier sähe toll aus, wenn du es auf eine goldfarbene Kiste legst. Wenn du nichts in der Art zur Hand hast, kann ich sicher etwas für dich auftreiben«, meinte Victoria.

»Danke, Schwesterherz. Wow, du hast recht. Eine goldfarbene Kiste wäre die Lösung. Ich bin mir sicher, ich werde eine finden.«

»Lass es mich wissen, falls ich für dich suchen soll.« Meine Schwester war eine tolle Innenarchitektin. Meiner Meinung nach sogar die beste überhaupt. Ich hatte Victoria dieses Jahr offiziell als Beraterin fürs Kaufhaus anstellen wollen, doch sie war um Weihnachten herum immer total ausgebucht.

»Wie läuft es so mit deinem Chef?«, fragte sie.

Ich hatte ihr alles über Winston erzählt… na ja, fast alles. Es hatte sich noch keine Gelegenheit ergeben, sie auf den neuesten Stand zu bringen, also wusste sie nichts von dem

Kuss. Doch ich hatte vor, das nachzuholen. Außerdem würde darüber reden mir vielleicht dabei helfen, den Kuss nicht ständig in Gedanken noch mal zu durchleben.

»Na ja… es sind ein paar Dinge passiert.« Flüsternd beschrieb ich ihr den Kuss in allen Einzelheiten.

Victorias Miene wechselte von neugierig zu ungläubig. »O Gott. Das ist… wow… unerwartet.«

»Verrückt?«, bot ich an und lächelte, als ich Pippa auf uns zukommen sah. Ihr Grinsen ließ keinen Zweifel daran, dass sie den letzten Teil unseres Gesprächs belauscht hatte.

»Was ist verrückt?«, fragte sie. Sie deutete mit dem Zeigefinger auf mich und fügte hinzu: »Du siehst aus wie jemand, der kaum glauben kann, was da passiert ist. Ich würde darauf wetten, dass der Chef aus der Hölle sich plötzlich… als total heiß entpuppt hat?«

Ich lachte.

Victoria lächelte. »Vor Pippa kann man nichts verbergen.«

»Erzähl schon!«, drängte Pippa.

»Du meinst, du hast nicht unser gesamtes Gespräch belauscht?«

Sie zuckte mit den Schultern und klimperte dann mit den Wimpern. »Nein, nur das Ende. Ich will die ganze Geschichte hören. Wie soll ich dir sonst einen Rat geben?«

Und damit beschrieb ich noch mal alles in allen Einzelheiten. Unglücklicherweise sorgte das in keiner Weise dafür, dass ich weniger an den Kuss dachte. Allein bei der Erinnerung an seine heißen, entschlossenen Lippen auf meinem Mund brach mir der Schweiß aus. Winston hatte Besitz von mir ergriffen. Sein Kuss war mir nicht nur ins Gedächtnis eingebrannt, sondern ich fühlte ihn immer noch auf meinen Lippen. Und die Gefühle, die er in mir ausgelöst hatte, waren einfach unglaublich. Ich hatte den gesamten Abend in seiner Umarmung verbringen wollen. Er hatte für mich gekocht. Er hatte sich um mich gekümmert. Allein bei der Erinnerung an all diesen maskulinen Charme, diese Entschlossenheit und seine unerwartete beschützerische Seite schmolz ich schon wieder dahin.

Wie sollte ich es schaffen, das bis Montag alles zu vergessen?

Pippa legte den Kopf schief und schenkte mir ein Lächeln, das mir deutlich verriet, dass ich in Schwierigkeiten steckte. »Nur so als Kommentar … du klingst, als würdest du das gern wiederholen.«

»Schon, oder?«

Victoria nickte weise. Ich schüttelte den Kopf, dann presste ich die Lippen zusammen, als Christopher zu uns kam.

»Der Frauenrat sitzt zusammen.« Er legte einen Arm über Victorias Schultern, den anderen um Pippas. Die Mädels hatten beide ihr Pokerface aufgesetzt, doch das konnte Christopher nicht täuschen.

»Ihr habt Geheimnisse«, verkündete er.

Victoria seufzte, bevor sie mir einen entschuldigenden Blick zuwarf. Großer Fehler. Christopher hatte einfach bloß einen Schuss ins Blaue gewagt, aber mit ihrem Blick hatte sie seinen Verdacht bestätigt.

»Spuckt es aus«, verlangte er.

»Die Sache mit Geheimnissen, Bruderherz, ist … dass eigentlich niemand davon wissen soll«, meinte Pippa freundlich.

»Wenn es meine Frau angeht, will ich es wissen.«

»Tut es nicht«, meldete ich mich zu Wort. »Es betrifft mich.«

Ich hatte keine Ahnung, wieso ich dachte, das könnte Christopher beschwichtigen.

»Das macht keinen Unterschied.«

Ich lachte, was sein Stirnrunzeln nur vertiefte. Die Bennett-Männer waren für mich eine Mischung aus Vater- und Bruderfigur – besonders Christopher. Seine überbehütende Art hatte mich als Teenager ziemlich genervt, aber als Erwachsene wusste ich sie durchaus zu schätzen.

»Dieses Mal geht es um Weiberkram«, versicherte ich ihm.

Er zog die Augenbrauen hoch, also bedeutete ich den Mädels unauffällig, das Ablenkungsmanöver zu starten.

»Liebling, bevor ich es vergesse, wir müssen heute Abend noch meine neuen Kataloge abholen«, sagte Victoria.

»Ich dachte, das hätte Zeit bis nächste Woche«, wandte Christopher ein.

»Hätte es, aber ich will es nicht auf die lange Bank schieben.«

»Bestimmt ist um Thanksgiving herum auch überall Gedränge. Kannst du meine auch abholen? Wenn du sie mir ins Büro bringst, kümmere ich mich um den Rest«, fügte Pippa hinzu.

Es funktionierte. Ha! Ich lächelte in mich hinein. Operation Frauen-gegen-die-Bennett-Brüder gelang doch jedes Mal. Eigentlich verfolgten wir eine ganz einfache Strategie: Das Gespräch auf Routinekram lenken, sodass alles ganz harmlos wirkte.

Unsere Erfolgsaussichten stiegen immer, wenn Pippa Teil der Runde war.

»Na klar. Wir werden sie abholen«, sagte Christopher.

Er sah erneut mich an, und für einen kurzen Moment glaubte ich schon, unsere Taktik hätte versagt.

»Wie läuft es in der Arbeit?«

»Wunderbar.«

»Dein Chef ist angekommen, oder?«

»Ja.« Ich hatte schwer an meinem Pokerface gearbeitet.

»Wieso bist du dann so nervös? Macht dein Ex-Freund dir Ärger?«

»Nö. Vergiss ihn einfach, Christopher. Ich habe es bereits getan.« Ich schenkte ihm ein strahlendes Lächeln, von dem ich hoffte, dass es überzeugend wirkte. Auf keinen Fall wollte ich, dass Christopher seine Zeit damit verschwendete, über Trevor nachzudenken.

»Lass es mich wissen, falls er dir Ärger macht.«

»Natürlich.«

Nur über meine Leiche … aber das musste Christopher ja nicht erfahren. Er würde sich bloß aufregen, und dafür gab es eigentlich keinen Grund. Ich wünschte wirklich, ich hätte auf Christopher gehört, als er mir erklärt hatte, dass er in Bezug auf Trevor kein gutes Gefühl hatte. Zu meiner Verteidigung konnte ich lediglich anführen, dass er das über die meisten meiner Freunde gesagt hatte, weswegen ich selten länger über seine Kommentare nachgedacht hatte.

Ich fürchtete immer noch, dass Christopher unser Ablenkungsmanöver durchschaute, doch Blake rettete mich. Er schloss sich unserer kleinen Gruppe an und warf mir einen kurzen Blick zu, bevor er seinen Bruder musterte.

»Nimm dem armen Mädchen nicht die Luft zum Atmen«, warnte Blake seinen Bruder.

Ich tätschelte ihm die Schulter. »Endlich mal ein Bennett-Mann, der auf meiner Seite steht.«

Christopher lachte leise. »Nicht immer.«

»Hey, ich mag ja ab und zu einen schwachen Moment haben«, antwortete Blake ernst, »aber die meiste Zeit über stehe ich unerschütterlich an Siennas Seite.«

»Außer dieses eine Mal, als du mein Date vertrieben hast«, erinnerte ich ihn. »Glaub ja nicht, ich hätte dir das verziehen.«

Blake schlug theatralisch die Hände an die Brust. »Nach fünf Jahren habe ich immer noch keine Vergebung verdient?«

»Ich habe ein Gedächtnis wie ein Elefant, Blake.« Ich grinste ihn breit an. Selbst wenn ich gewollt hätte, hätte ich Blake nicht böse sein können. Er besaß einen einzigartigen Charme, mit dem er mich sofort für sich gewonnen hatte. Er nahm sich selbst nicht ernst … und dasselbe galt auch für einen Großteil des Lebens.

»Anscheinend habe ich eine Menge wiedergutzumachen.« Er wackelte mit den Augenbrauen. »Aber ich bin der Aufgabe gewachsen.«

»Sag das nicht noch mal, sonst finde ich etwas, womit ich dich foltern kann.«

»Ich kann es kaum erwarten. Wie ist das Streichen gelaufen?«

»Alles fertig.«

Blake stieß einen anerkennenden Pfiff aus. »Ich hätte nie gedacht, dass du das alleine hinkriegst.«

Ich fühlte, wie meine Ohren rot anliefen, und achtete darauf, weder Victoria noch Pippa anzusehen, in der Hoffnung, dass Blake auf diese Weise keine wissenden Blicke auffangen konnte.

Irgendetwas musste ihm verraten haben, dass ich nicht vollkommen ehrlich war, weil er fragte: »Ist alles okay?«

»Aber ja.«

»Bereitet dir irgendetwas Kopfschmerzen?«

Christopher riss triumphierend die Faust in die Luft, während ich tiefenttäuscht den Kopf sinken ließ. »Blake, du hast gerade all deine Coolness-Punkte verloren.«

»Unmöglich.«

»Ich habe Christopher bereits gesagt, dass alles in Ordnung ist.«

»Aber …«

Blake wurde von Sebastian unterbrochen, der einmal in die Hände klatschte.

»Hey, ihr da drüben, die Pause ist vorbei. Wie wäre es, wenn wir uns wieder an die Arbeit machen?«

Ich lächelte verlegen und eilte dankbar zurück auf meinen Platz neben Chloe.

***

Zwei Stunden später waren alle Kostüme fertig. Ich lächelte, als wir uns an den Mittagstisch setzten. Zeit mit den Bennetts zu verbringen, war die perfekte Art, um meine Batterien wieder aufzuladen. Egal, wie erschöpft ich auch war, wenn ich ankam, nach so einem Treffen war ich immer voller Optimismus und Energie.

Nach dem Mittagessen gingen wir alle zum Embarcadero Center, um die Building Lighting Ceremony zu beobachten. Das war eines der bekanntesten Events in der Stadt. 17 000 Weihnachtslichter wurden an den vier Bürotürmen des Gebäudes gleichzeitig angeschaltet, begleitet von einem Feuerwerk. Wir sahen es uns jedes Jahr an, und trotzdem war es immer wieder bezaubernd. Der Gedanke, Architektur einzusetzen, um Weihnachtsstimmung zu verbreiten, war einfach so clever. Meine Gedanken schossen zu Winston und seinem Stirnrunzeln, als ich an jenem Morgen die Lichterketten im Konferenzzimmer aufgehängt hatte. Was würde er wohl zu dem hier sagen?

Ich machte ein Foto. Fast hätte ich es ihm geschickt, nur um dann innezuhalten. Überschritt ich damit eine Grenze? Würde er überhaupt von mir hören wollen?

Mein Daumen schwebte ein paar Sekunden über dem Display, bevor ich beschloss, lieber abzuwarten, bis er den ersten Schritt tat.

Nach der Zeremonie wanderten wir zum Pier 39, an dem meiner Meinung nach die schönsten Weihnachtsbäume der

Stadt standen. Der Duft der Seeluft vermischte sich mit dem von Eierpunsch und Zimt von den Ständen, die hier verteilt standen. Obwohl ich eigentlich schon satt war, konnte ich der Versuchung nicht widerstehen und kaufte einen Cookie.

Bei dem Spaziergang zog Pippa mich ein wenig zur Seite. Sie lächelte. Das verhieß nichts Gutes.

»Also … willst du ein Update über meine Kuppelideen?«, flüsterte sie.

»Ähm, sicher.« Das hatte ich vollkommen vergessen. Zu meiner Überraschung freute ich mich nicht mehr darauf.

Die Vorstellung, mit einem Fremden auszugehen, übte einfach keinen besonderen Zauber mehr auf mich aus. Tatsächlich wollte ich eigentlich mit niemandem ausgehen, den sie für mich gefunden hatte.

Pippa deutete mit dem Zeigefinger auf mich. »Aha!«

»Was?«

»Ich wusste es. Der Gedanke begeistert dich nicht mehr.«

»Nein.« Ich war mir nicht sicher, worauf sie hinauswollte. Vielleicht wollte sie nur herausfinden, ob sie sich zurückziehen sollte, um nicht ihre Zeit zu verschwenden.

Sie lächelte triumphierend. Wie dumm von mir. Pippa tat nie etwas ohne Grund.

»Du weißt, was das bedeutet, oder? Du bist in deinen Chef verschossen, ob du es nun willst oder nicht.«

O Pippa, Pippa, Pippa.

Wenn man sich selbst etwas nicht eingestehen wollte, war sie immer da, um einen mit der Nase darauf zu stoßen.

***

Ich dachte immer noch an Winston, als ich die Bennetts verließ. Konnten wir uns im Büro weiterhin normal benehmen? Ich hatte keine Ahnung.

Ich zog mein Handy heraus, um meine E-Mails zu checken, und entdeckte eine Nachricht von Winston. Er hatte an mich gedacht! Ich kicherte, dann schlug ich mir die Hand vor den Mund, obwohl ich allein war.

Winston | Wie war dein Sonntag?

Perfekt! Ich war mit meiner Family unterwegs und habe SO VIELE Cookies gegessen. Ich bin im siebten Himmel. | Sienna

Winston | Freut mich, das zu hören.

Und wie war dein Tag? | Sienna

Winston | Viel weniger interessant als mein Samstag.

Ich grinste jetzt schon über beide Ohren.

Aha. Und was hat den Samstag so interessant gemacht? | Sienna

Winston | Eine gewisse erstaunliche, neunmalkluge Weihnachtsfanatikerin.

!!! | Sienna

Er hatte recht, aber hey! Er ging doch nicht wirklich davon aus, dass ich ihm solche Gemeinheiten durchgehen lassen würde, oder?

Winston | Ich habe den heutigen Tag damit verbracht, an sie zu denken.

Und sofort schmolz ich wieder dahin.

Hattest du nach gestern nicht genug von ihr? | Sienna

Winston | Aber nicht mal ansatzweise.
Nur gut, dass ich sie morgen sehe.

Mein Grinsen drohte mein Gesicht zu sprengen. Okay … wir würden uns im Büro definitiv nicht so benehmen wie vorher.

***

Ich hatte mich nicht geirrt. Im Büro lief es nicht wie vorher. Wann immer ich Winston begegnete, konzentrierte er sich ganz auf mich. Nach einem besonders langen Meeting dachte ich darüber nach, mir einen Fächer zu bestellen und per Express liefern zu lassen. So wie es aussah, würde ich mir in nächster Zeit oft Luft zufächeln müssen.

Das Positive daran war, dass seine Stimmung sich etwas verbessert hatte … was durchaus auffiel. Meine Kollegen entspannten sich in seiner Nähe ein wenig. Mit der Betonung auf *ein wenig*.

Winston machte im Umgang mit den Angestellten einen Schritt nach vorne, dann zwei Schritte zurück. Im Meeting lobte er viel, doch im Anschluss schickte er sofort eine E-Mail an alle, in der er mit deutlichen Worten auf verschiedene Fristen hinwies.

Seitdem ich wusste, was auf dem Spiel stand, hatte ich etwas mehr Verständnis für ihn. Ich konnte mir nicht mal vorstellen, wie es sich anfühlen musste, diese Last auf den Schultern zu tragen. Trotzdem … seine deutlichen Worte verstärkten nur den Stress im Büro. Und ich hielt es für meine

Pflicht, ihm mitzuteilen, dass sein Verhalten kontraproduktiv war.

Also steckte ich den Kopf durch seine Bürotür.

»Mürrischer Chef, du jagst schon wieder allen Angst ein. Ich dachte, du willst das vielleicht wissen. Das ist nicht gut für die Arbeitsmoral.«

Er lehnte sich in seinem Stuhl zurück. Er sah genauso mächtig aus, wie er auch war. Die Falten auf seiner Stirn glätteten sich, und ein anzügliches Funkeln trat in seine Augen.

»Wie sieht deine Strategie aus, etwas daran zu ändern?«

»Dafür bin ich verantwortlich?«

»Du hattest bisher ganz gute Erfolge dabei, meine Laune zu heben.«

Ich bemühte mich, nicht zu erfreut zu wirken, doch am liebsten hätte ich einen Freudentanz aufgeführt.

»Und ich brauche eine Strategie? Ich hatte nichts allzu Aufwendiges geplant.«

»Ich kann ziemlich fordernd sein.« Er grinste, und sofort fühlte ich mich, als stünde meine Unterwäsche in Flammen.

»Als wüsste ich das nicht?« Mein Tonfall war wahrscheinlich ein bisschen zu frech, doch er grinste weiter. Auftrag ausgeführt. »Ich werde darüber nachdenken.«

»Ich hätte da ein paar Vorschläge.«

Ich kniff die Augen zusammen, weil ich mir sicher war, dass er mich nur ködern wollte. »Schon okay. Mein Telefon klingelt. Ich muss mich wieder an die Arbeit machen.«

»Hast du Angst, dich zu lange mit mir in einem Raum aufzuhalten?«

Ich schüttelte den Kopf. Winston lachte, weil er mir diese Antwort offensichtlich nicht abnahm. Ich hatte nicht wirklich Angst … ich wusste bloß einfach nicht, ob ich mir selbst in seiner Nähe trauen durfte.

Ich fühlte seinen Blick in meinem Rücken, als ich den

Raum verließ. Mir war ein wenig blümerant zumute. Und meine Knie waren weich.

Langsam wurde die Stimmung hier echt etwas zu intensiv.

***

Am Nachmittag erhielt ich einen überraschenden Anruf. Ich wollte gerade eine kurze Kaffeepause einlegen, als das Telefon klingelte.

»Sienna Hensley.«

»Hi, Sienna. Sie sind die einstweilige Branding-Verantwortliche, habe ich recht?«

»Ja. Mit wem spreche ich?«

»Mit Winstons Mutter.«

»Wow. Ich habe schon so viel von Ihnen gehört. Es ist toll, Sie kennenzulernen. Und sei es nur übers Telefon.«

Ich faselte. Doch diese Frau war quasi eine Legende. Ich presste die Lippen aufeinander und nahm mir fest vor, professionell zu klingen … und nicht total aufgedreht.

»Mir wurde mitgeteilt, dass Sie von allen aus dem Team meinem Sohn am nächsten stehen.«

»Ja. So könnte man es ausdrücken.«

Ich hatte keine Ahnung, was ich noch sagen sollte. Woher wusste sie das überhaupt?

»Also, mein Problem ist folgendes: Mein Sohn ist wieder in der Stadt, aber ich sehe ihn so gut wie nie. Er erklärt ständig, er müsse bis spätabends arbeiten.«

»Das stimmt, Ma'am.«

»Nennen Sie mich nicht so. Sonst fühle ich mich steinalt.«

Ich lächelte. »Miss Statham.«

»Also, was hat es mit all diesen abendlichen Arbeitsterminen auf sich?«

»Wir bereiten ein paar große Veränderungen vor, und das geht nicht innerhalb der normalen Arbeitszeiten.«

»Also arbeiten Sie eng mit ihm zusammen?«

»Ja, Ma'am. Entschuldigung. Miss Statham«, korrigierte ich mich, begleitet von einem Lachen.

»Okay. Was für Veränderungen? Und wie lange soll dieses drakonische Arbeitspensum anhalten?«

Ich hatte den Mund schon zu einer Antwort geöffnet, als ich es mir anders überlegte. Moment mal. *Moment mal.* Versuchte sie, mich auszuhorchen? O mein Gott, genau das hatte sie vor.

Ich hatte genug Zeit mit dem Bennett-Clan verbracht, um die Taktik zu erkennen. Jenna, Pippa und Christopher hatten mir das meiste beigebracht. Victoria war im Vergleich zu ihnen vollkommen harmlos (und ging meistens so offensichtlich vor, dass ich ihren Fragen mühelos ausweichen konnte).

»Ich kenne nicht alle Details, aber ich erkundige mich bei Winston und melde mich dann wieder bei Ihnen, in Ordnung?«

»Das wird nicht nötig sein«, sagte sie eilig. Ich lächelte in mich hinein. »Wie läuft die Zusammenarbeit mit meinem Sohn so, Sienna?«

Der plötzliche Themenwechsel ließ mich die Stirn runzeln, weil ich nicht mehr wusste, wovor ich mich in Acht nehmen musste.

»Er ist ein Genie, und ich arbeite unglaublich gern mit ihm zusammen.«

»Schön zu hören. Wir fragen uns immer, wie es im Büro so läuft, wissen Sie? Es ist seltsam, nach sechsundvierzig Jahren täglicher Arbeit plötzlich nichts mehr mitzubekommen. Wir sind so froh, dass Winston beschlossen hat, die Firma weiterzuführen.«

Ich entspannte mich. Sie wollte einfach generell wissen, wie es so lief. Keine üblen Hintergedanken.

»Er macht einen verdammt guten Job.«

»Mein Sohn kennt alle Tricks. Vielleicht könnte ich helfen, wenn Sie mir verraten, um was für große Veränderungen es geht? Mein Ehemann und ich hatten zu unserer Zeit auch ein paar gute Ideen, wissen Sie?«

Ich blinzelte und richtete mich in meinem Stuhl auf. Puh, fast wäre ich ihr auf den Leim gegangen. Ich hätte die Taktik erkennen müssen – Pippa war Meisterin darin.

Schritt eins: dafür sorgen, dass die arme, nichts ahnende Seele, die man aushorchen will, sich entspannt – für gewöhnlich, indem man über etwas vollkommen anderes sprach.

Schritt zwei: angreifen, sobald das Gegenüber den Schutzschild gesenkt hatte.

»Ich versichere Ihnen, dass Winston alles unter Kontrolle hat.«

»Nun dann. Ich wünsche Ihnen einen wunderschönen Tag, Sienna.« Irgendetwas in ihrer Stimme verriet mir, dass sie nicht vorhatte, aufzugeben. »Es war nett, mal mit Ihnen zu reden.«

»Ebenso.«

Die Stathams durfte man nicht unterschätzen. Das galt genauso für die Mutter wie für den Sohn.

Mit einem Kopfschütteln und einem Lächeln legte ich auf. Ich war wieder hellwach. Die Kaffeepause hatte sich erledigt.

Doch ich fand, ich müsse Winston darüber informieren, was seine Mutter so trieb. Als ich ihn also im Flur entdeckte, winkte ich ihn in mein Büro.

Sobald er den Raum betreten hatte, senkte ich die Stimme zu einem Flüstern.

»Sehr witzig: Deine Mom hat mich angerufen.«

»Meine … Mutter?«

»Ja.«

»Warum?« Er sah auf sein Handy. »Ich habe keine Anrufe von ihr verpasst.«

»Na ja, nein … ich glaube, sie hatte gehofft, gewisse Informationen aus einer anderen Quelle zu erhalten.«

»Muss ich Angst haben?«

»Ja. Sie ahnt etwas.«

»Woher hatte sie überhaupt deine Nummer?«

»Ich vermute, sie ist einfallsreich. Sie wusste, wer ich bin und dass ich von allen Angestellten am engsten mit dir zusammenarbeite.«

»Was für Fragen hat sie gestellt?«

»Überwiegend ging es um deine Arbeitszeiten. Sie hat sich sehr für unser abendliches Projekt interessiert.«

Winston seufzte. »Was hast du ihr gesagt?«

»Dass wir etwas Großes vorbereiten. Das war ein Fehler. Sie wurde misstrauisch, aber danach bin ich ihren Fragen ausgewichen.«

»Ich habe meinen Eltern nichts von den finanziellen Problemen erzählt.«

Das hatte ich schon vermutet, doch als er meinen Verdacht bestätigte, rührte sich etwas in mir. Winston beschützte immer alle anderen … aber wer beschützte ihn?

»Nun, von mir wird sie nichts erfahren.«

Sein Blick wurde weich. »Danke. Übrigens, ich habe das Memo zur Weihnachtsfeier gelesen. Sie findet früher statt als üblich.« Der Termin war nächste Woche.

Ich hatte bereits zu lange gewartet, um das Thema anzusprechen. Jetzt oder nie.

»Ja. Ich dachte, am Anfang des Monats wären alle vielleicht etwas entspannter.«

»Das kann ich unterschreiben.«

»Außerdem wird dieses Jahr gewichtelt. Ich glaube, alle fänden es toll, wenn du auch mitmachst.«

»Wichteln?«

»Ja. Das ist ein Spiel, wo alle einen Namen aus einem Hut ziehen und ...«

»Ich weiß, was Wichteln ist, Sienna.«

Sofort wurde ich munterer. »Ich wollte nur auf Nummer sicher gehen. Also, kann ich dich auf die Liste setzen?«

»Unter einer Bedingung.«

»Und die wäre?«

»Das wirst du am Abend der Party herausfinden.«

»Du willst, dass ich einer Bedingung zustimme, von der ich nicht weiß, wie sie aussieht?«

Er antwortete nicht, sondern sah mich bloß unverwandt an. *O mein Gott.* Er wollte das wirklich.

Meine Ohren brannten. »Deine Mom hatte recht.«

»Womit?«

»Damit, dass du alle Tricks kennst.«

»Das hat sie gesagt?«

»Ja. Auch wenn ich nicht glaube, dass sie diese Art von Trick gemeint hat. Aber wenn du so weitermachst, verbünde ich mich vielleicht doch mit ihr.«

»Um was zu tun?«

»Das weiß ich noch nicht. Aber ich bin mir sicher, das wird nicht ihr letzter Anruf gewesen sein.«

Winston hatte sich bisher nicht weit in den Raum bewegt, doch jetzt kam er mit großen Schritten auf mich zu.

»Versuchen Sie, mich zu erpressen, Miss Hensley?«

9 Winston

»Natürlich nicht. Ich unterbreite dir nur … sehr vernünftige Vorschläge, Winston.«

Sienna erhob sich von ihrem Bürostuhl und ging um ihren Schreibtisch herum. Ich stand nah genug, um ihr Parfüm zu riechen. Es war frisch, aber auch sinnlich, sodass ich mir nichts mehr wünschte, als sie auszuziehen und über den Tisch zu beugen.

Ich trat einen Schritt vor und legte eine Hand an ihre Taille.

»Und weswegen genau glaubst du, ich würde zustimmen?«, zog ich sie auf.

Sie zwinkerte. »Weil meine Vorschläge wirklich sehr ansprechend sind.«

Ich ließ den Daumen leicht kreisen, und Sienna reagierte mit einem wunderbaren Erröten auf meine Berührung.

»Mein Büro, meine Bedingungen, Sienna.«

Sie kniff die Augen zusammen, antwortete aber nicht.

»Ich werde beim Wichteln mitmachen.«

»Perfekt. Und übrigens … was hältst du von einer Pflanze in deinem Büro? Vielleicht einen Philodendron?«

»Warum?«

»Ich habe Pflanzen gegoogelt, die einem beim Entspannen helfen sollen – schließlich verbessern sie das Raumklima.«

Sie hatte Recherchen angestellt … extra für mich. Ich wollte diese Frau küssen und nie wieder loslassen. Wusste sie, wie viel sie mir bedeutete?

»Du hast einfach mal … gegoogelt?«, fragte ich.

»Wenn dir die Idee nicht gefällt, sag mir einfach, was dir beim Entspannen hilft, und ich organisiere alles.«

Der Drang, sie zu küssen, brach über mich herein wie eine Flutwelle. Ich wollte ihr auf jede mögliche Art näherkommen.

Ich lächelte, dann hob ich die Hand an ihre Wange.

»Bist du dir da sicher?«

»Ja.«

Sienna musste bewusst geworden sein, dass meine Pläne von der Personalabteilung nicht unbedingt gutgeheißen worden wären, weil sie den Blick abwandte und einmal tief durchatmete. Ich hätte mich zurückhalten sollen, doch das schaffte ich einfach nicht.

»Du in meinem Büro. Das würde schon helfen. Soll ich ins Detail gehen?«

»Winston, ich meine es ernst.«

»Genau wie ich.«

Ich ließ den Daumen über ihre Lippen gleiten und spürte, wie sie leicht erschauerte. Als ich die Hand an ihren Hals senkte, leckte sie sich die Lippen. Ich beugte mich vor und drückte ihr einen kurzen Kuss auf den Mundwinkel. Sienna stöhnte leise … und da wusste ich, dass ich diese Frau auf keinen Fall hier, im Büro, küssen durfte, weil ein einfacher Kuss auf keinen Fall ausreichen würde. Ich wollte uns in diesem Raum einschließen und den Schlüssel wegwerfen. Wollte sie hierbehalten und sie mit Haut und Haaren in Besitz nehmen.

»Ich würde dich überall mit Küssen bedecken, Sienna.«

Ihre Wangen liefen rot an. »Winston, nicht!«

»Du willst nicht, dass ich dich küsse?«

Mit einem Seufzen ließ Sienna das Gesicht in die Hände sinken. »Ich bin nur … keine Ahnung.«

Verdammt, sie war süß. Ich stand kurz davor, sie über

meine Schulter zu werfen und mit ihr aus dem Gebäude zu verschwinden, doch offensichtlich ging für sie alles etwas zu schnell. Wahrscheinlich hatte sie keine Ahnung, was sie mit alledem anfangen sollte. Verdammt, nicht mal ich war mir wirklich sicher, was hier eigentlich vor sich ging. Aber ich würde es herausfinden.

»Ich verstehe. Dann lasse ich dich mal in Ruhe darüber nachdenken.«

»Okay.«

Sie nickte, danach biss sie sich auf die Unterlippe. Ich trat zurück. Seitdem ich ihr von der finanziell heiklen Lage des Kaufhauses erzählt hatte, war ich erleichtert … als hätte der Druck allein dadurch nachgelassen, dass ich mich ihr anvertraut hatte.

Siennas Einstellung war erfrischend. Sie sah das große Ganze und arbeitete auf ihre Ziele hin, ohne deswegen den Spaß am Leben aus den Augen zu verlieren. Seitdem ich davon erfahren hatte, dass es mit dem Kaufhaus nicht zum Besten stand, hatte ich mich um fast nichts anderes gekümmert. Ich hatte unablässig daran gearbeitet, dieses Problem irgendwie zu lösen, und dabei alles andere vernachlässigt, inklusive meiner Eltern. Doch das war nicht in Ordnung. Ich konnte mir durchaus eine Scheibe von Sienna abschneiden. Irgendetwas verriet mir, dass mit ihr an meiner Seite alles nicht so schlimm werden würde.

»Ich werde mich mal wieder an die Arbeit machen«, sagte ich.

»Tolle Idee.«

»Hast du Angst, mir zu nahe zu sein?«

Sie grinste. »Ich will dir keine Gelegenheit bieten, deine Meinung zu ändern.«

»Das dürfen wir auf keinen Fall riskieren, nicht wahr?«

***

Am Abend traf ich mich mit ein paar Freunden, die ich seit meiner Collegezeit nicht mehr gesehen hatte. Einen Tag darauf führte ich meine Eltern zum Nachmittagstee ins Fairmont Hotel nach Nob Hill aus.

»Das ist eine angenehme Überraschung«, meinte Mom.

»Mom, es ist eine Tradition, dass wir in der Vorweihnachtszeit zum High Tea ausgehen«, sagte ich, als wir uns an einen runden Tisch setzten. Wir besuchten den *Laurel Court*, das Restaurant des Hotels, schon seit Jahren. Ich sah mich in dem runden Raum mit den ionischen Säulen und Deckengemälden um. Die weichen Ledersessel und der hellblaue Teppich sahen genauso aus wie in meiner Erinnerung. Das Restaurant war gut besucht, doch die Tische standen weit genug voneinander entfernt, um eine intime Atmosphäre zu erzeugen.

»Schon, aber in letzter Zeit warst du so mit dir selbst beschäftigt. Ich hatte nicht damit gerechnet, dass du uns diese Woche ausführst.« Ich hatte mich für diese Woche entschieden, weil Dad mir mitgeteilt hatte, dass meine Mom mal eine Pause von den Vorbereitungen für Thanksgiving brauchte. Auf ihn hörte sie für gewöhnlich nicht, doch mir würde sie auf keinen Fall etwas abschlagen.

»Mein Anruf hat geholfen, habe ich recht?«, fragte sie, als eine Kellnerin uns eine Mischung aus Scones und Pasteten brachte.

»Mom …«

»Was? Sienna war nicht besonders gesprächig, aber ich glaube trotzdem, dass es geholfen hat.«

Ich sah Dad an. »Du kannst dich jederzeit einschalten.«

Er hob nur die Hände. »Glaub mir, ich habe es versucht.«

Mom rammte ihm den Ellbogen in die Seite. »Und ich hoffe, dass es das letzte Mal war. Wenn ich mich für meinen Sohn interessieren will, dann werde ich das verdammt noch mal auch tun. Ich habe nur dieses eine Kind.«

Ich schüttelte lachend den Kopf, dann dachte ich daran, wie Sienna mir erklärt hatte, dass es bei allen Firmen mal Probleme gab. Und natürlich ergab das Sinn. Ich erinnerte mich auch in meiner Kindheit an angespannte Zeiten, in denen meine Eltern bis spätabends gearbeitet hatten.

Fast hätte ich mich nach diesen vergangenen Krisen erkundigt, doch dann entschied ich mich dagegen. Meine Eltern würden Lunte riechen, und außerdem ging es bei diesem Ausflug doch darum, mal nicht über die Kaufhäuser nachzudenken und stattdessen das Leben zu genießen.

»Siehst du, Sohn, so läuft es nach vierzig Jahren Ehe.«

»Auf wessen Seite stehst du eigentlich?«, fragte Mom anklagend.

»Auf deiner, natürlich.«

Ich lachte in mich hinein. Mann, ich hatte fast vergessen, wie meine Eltern miteinander interagierten.

Nur wenige meiner verheirateten Freunde hatten solches Glück wie meine Eltern. Die meisten waren halbwegs zufrieden, doch ein paar schworen Stein und Bein, dass sie echte Glückspilze waren.

Ich stimmte ihnen zu. Man musste wirklich Glück haben, um die Richtige zu finden.

Ich hatte mehrere Beziehungen geführt … und jede von ihnen war irgendwann einfach im Sande verlaufen. Kein einziges Mal hatte ich mir vorgestellt, mit einer dieser Frauen mein Leben zu verbringen. Als ich herausgefunden hatte, dass die Firma vor die Hunde gehen würde, wenn ich nicht drastische Maßnahmen ergriff, war ich seit ungefähr einem Jahr in einer Beziehung gewesen. Danach hatte ich kaum Zeit zum Schlafen gefunden. Das mit Diane und mir war ungefähr einen Monat später auseinandergegangen, als sie erklärte, dass sie nicht mit dem ständigen Druck leben konnte, dem *ich* ausgesetzt war.

Wenn alles glattging, war es immer leicht, eine Beziehung zu führen; erst wenn es schwierig wurde, stellte sich wirklich heraus, ob sie auch länger halten konnte.

»Mom, lass uns eine Abmachung treffen.«

»Ich höre.«

»Wenn du nicht länger meine Angestellten belästigst, erzähle ich dir, was du wissen willst.«

»Belästigen? Das ist eine ziemlich dramatische Umschreibung, findest du nicht?«

»Du hast fünf Angestellte angerufen – ich habe mich erkundigt –, bis einer dir Siennas Nummer gegeben hat.«

Sie seufzte. »Nun, ich musste tun, was ich eben tun musste. Aber es hat dich hierhergeführt. Vergibst du mir?«

Lachend schüttelte ich den Kopf. Wie konnte ich ihr böse sein?

»Lass uns noch einen Teller mit Scones bestellen«, schlug ich vor.

Dad nickte. »Und es wird Zeit für den Champagner.«

Das erste Mal hatten meine Eltern mich als Kind hierher mitgenommen, weil ich die Lebkuchenhäuser in der Lobby so toll fand. Dann hatten wir angefangen, am High Tea teilzunehmen. Als ich einundzwanzig geworden war, hatten wir den traditionellen Tee gegen Champagner getauscht. An diesem Abend gelang es mir, meine Sorgen zu verdrängen, obwohl in zwei Tagen Thanksgiving war und direkt danach Black Friday. Das war der wichtigste Einkaufstag … und um den Aufsichtsrat zufriedenzustellen, musste ich alle Erwartungen übertreffen. Doch die Weihnachtsstimmung im Fairmont Hotel half mir, mich zu entspannen. Sienna färbte bereits auf mich ab.

***

Am nächsten Morgen kam ich später ins Kaufhaus. Wie gewöhnlich betrat ich das Gebäude durch den Haupteingang. Ich fühlte gern den Puls des Ladens und überprüfte, ob alles reibungslos lief.

Die Vorweihnachtszeit im Laden hatte offiziell begonnen. Das bedeutete, dass alle Verkäufer Weihnachtsmützen trugen. Zusätzlich stand auf jedem Stockwerk eine Person in einem Elfenkostüm, die Süßigkeiten an Kinder austeilte und Erwachsene über die besonderen Weihnachtsangebote informierte. Das mochte auf den einen oder anderen zu bemüht wirken, doch wir hatten Umfragen durchgeführt, und unseren Kunden gefiel die zusätzliche Weihnachtsstimmung, die durch die Elfen verbreitet wurde.

Ich zuckte zusammen, als ich im zweiten Stock ankam. Die »Elfe« dort wirkte sehr vertraut. Es war Sienna. Sie bemerkte mich ebenfalls und wandte eilig den Blick ab. Ich konnte sehen, dass sie errötete.

Und was genau trug sie da? Ihr Kostüm hatte einen anderen Grünton als alle anderen. Anscheinend bestand es auch aus einem anderen Stoff – irgendwie elastischer, sodass jede Kurve ihres Körpers betont wurde. Ich wollte sie über meine Schulter werfen und so verhindern, dass irgendwer anders sie in diesem Outfit sah.

»Ms Hensley.«

»Guten Morgen, Mr Statham.« Sie zwinkerte, als sie meinen Namen aussprach.

»Sie können keinen zweiten Job nötig haben. Ich werde mit der Personalabteilung über eine Gehaltserhöhung sprechen.«

»Die Studentin, die für dieses Stockwerk gebucht war, hat hingeschmissen. Ich habe bei der Agentur einen Ersatz angefordert, aber der kann erst in zwei Stunden kommen. Bis dahin halte ich hier die Stellung.«

»Lass jemand anderen den Job machen. Ich brauche dich oben.«

Ich hielt ihrem Blick stand. Sienna atmete tief durch.

»Nein, du hast in zehn Minuten eine Telefonkonferenz, die ungefähr drei Stunden dauern wird. Du wirst nicht mal merken, dass ich nicht da bin.«

Ich ließ mich nicht beeindrucken. »Du musst hier nicht einspringen.«

»Das nicht, aber ich mache es gern. Eine Schande, dass ich kein richtiges Kostüm habe. Ich musste mit Leggins und einem Sportoberteil improvisieren.«

Was den elastischen Stoff erklärte.

»Du siehst so verdammt sexy aus.« Meine Stimme drang fast als Knurren aus meiner Kehle.

Sie riss die Augen auf, dann sah sie sich um. »Nein, tue ich nicht. Bis du aufgetaucht bist, hat mich niemand groß beachtet. Es ist dein Problem, dass du schmutzige Gedanken hast.«

»Sienna …«

»Winston.«

Ich musste damit aufhören; ich wusste nur nicht, wie ich das schaffen sollte. Ich wusste, dass ich mich unvernünftig benahm. Ich hatte keinerlei Anspruch auf sie.

»Ich stelle lediglich meine Hingabe an die Firma unter Beweis.«

Sie rückte ihre Weihnachtsmütze zurecht, dann drehte sie sich einmal im Kreis. Ich musste die Hände in die Hosentaschen stecken, um sie nicht zu berühren, weil ich fürchtete, dass ich sie dann sofort für einen Kuss an mich ziehen würde. Als Sienna mich wieder ansah, wirkte sie ein wenig außer Atem, und ihr Lächeln war so breit, dass es ihr gesamtes Gesicht zum Strahlen brachte. Zum Teufel damit. Es brachte auch mich zum Strahlen.

»Ich hätte eine Belohnung verdient, keine Schelte.«

Ich trat näher an sie heran. Ich konnte mich vielleicht gerade so davon abhalten, sie zu berühren, aber im Gegenzug wollte ich alles, was mir eben vergönnt war … wie ihre Nähe.

»Kommen Sie bitte in mein Büro, wenn Sie fertig sind, Ms Hensley, dann werde ich Sie belohnen.«

***

Meine Aufmerksamkeit während der Telefonkonferenz war nicht der Rede wert. Jedes Mal, wenn ich versuchte, mich auf das Gespräch zu konzentrieren, sah ich vor meinem inneren Auge Sienna in diesem Kostüm, die sich benahm, als wäre es eine Ehre, so herumlaufen zu dürfen. Sie hatte mir nichts vorgespielt, denn sie hatte wahnsinnig glücklich gewirkt … und ich wollte wissen, was es damit auf sich hatte. Ich wollte alles wissen, was sie bereit war, mir zu erzählen, wollte ihr all ihre Geheimnisse entlocken. Was liebte sie noch? Was machte sie glücklich?

»Winston, hörst du zu?«, fragte mein Geschäftspartner am anderen Ende der Leitung.

»Selbstverständlich.«

Endlich gelang es mir, mich auf das Gespräch zu konzentrieren, auch wenn ein Teil meines Hirns immer noch mit Sienna beschäftigt war.

***

Eine Stunde später klopfte Sienna an meine Tür.

»Herein.«

Sie hielt vor meinem Schreibtisch an, eine Topfpflanze im Arm.

»Die wurde gerade geliefert. Du hast mir keine definitive Antwort gegeben, also habe ich einfach etwas gekauft. Wenn dich die Pflanze stört, wirf sie einfach weg. Wenn du sie magst… kannst du sie auf die Liste der Dinge setzen, für die du mich belohnen willst.«

»Danke, Sienna. Ich weiß das wirklich zu schätzen. Das ist sehr aufmerksam von dir.«

Sie errötete. Ich sah ihr in die Augen, bis sie den Blick abwandte und nervös am Saum ihres Shirts zog. Ich fand es wunderbar, dass ich die gleiche Wirkung auf sie hatte wie sie auf mich.

Ich stand auf und ging um meinen Schreibtisch, weil ich ihr einfach nahe sein musste.

»Hat länger gedauert, als ich dachte«, sagte sie. »Die Aushilfe hat sich ganz schön Zeit gelassen. Wir müssen uns echt etwas Besseres einfallen lassen, als Studenten zu engagieren. Sie sind billig, aber man kann sich nicht auf sie verlassen.«

Sie sprach schnell und sah mich immer noch nicht an.

»Ich meine, ich weiß, dass es vielen Leuten keinen Spaß macht, stundenlang herumzustehen, aber es ist ein sicherer Job.«

»Dir macht es Spaß. Wieso?«

»Ich weiß nicht. Ich nehme an, weil ich das Kostüm und die Rolle mag. Und ich kann dabei unauffällig die Reaktionen der Kunden abschätzen und herausfinden, wie sie auf bestimmte Artikel und Preise reagieren. Außerdem hatte ich eine Idee: Es ist nur ein Vorschlag, doch wie wäre es, wenn wir abwechselnd Angestellte aus dem Management die Rolle übernehmen lassen? Nicht für eine ganze Schicht, aber vielleicht immer mal für ein paar Stunden? Dann könnten wir unsere Eindrücke über die Einkaufserlebnisse unserer Kunden vergleichen.«

Ich lächelte sie an. »Das ist eine geniale Idee, aber ich

denke mal, dass die meisten von der Vorstellung nicht so begeistert sein werden wie du.«

Sie grinste. »Wahrscheinlich nicht. Aber wir sollten trotzdem darüber nachdenken.«

»Was hast du heute erfahren?«

»Na ja, zum Beispiel beschweren sich viele Mütter, dass wir die Kinderkleidung nach Altersgruppen getrennt haben und sich die Verkaufsbereiche an verschiedenen Seiten des Stockwerks befinden. Wenn sie mit allen Kindern gemeinsam einkaufen gehen, müssen sie dadurch viel mehr herumlaufen. Ich habe auch mit den Kassiererinnen geredet, und sie meinten, dass sich oft Kunden beschweren, weil Bücher in einem anderen Stockwerk verkauft werden als Kerzen und Geschenkartikel.«

»Könntest du das alles aufschreiben?«

»Längst erledigt, Chef. Also, weswegen wolltest du mich sprechen?«

»Was?«

»Du hast gesagt, ich solle sofort herkommen, wenn ich fertig bin.«

Grinsend beugte ich mich vor. »Ich habe nur nach einem Vorwand gesucht, allein mit dir zu sein. Dein sexy Kostüm hat mich verwirrt.«

Sie starrte mich mit offenem Mund an. Fast hätte ich mich noch ein Stück vorgebeugt und sie geküsst.

»Und ich bin nicht oft verwirrt«, meinte ich.

»Also bin ich etwas Besonderes?«

»Und wie du das bist!«

Sie schob sich eine lose Strähne hinters Ohr. Im Flur waren Geräusche zu hören, und ich zog mich ein wenig von ihr zurück. Sie warf einen Blick zu der Pflanze, die sie auf meinen Schreibtisch gestellt hatte.

»Danke für die Pflanze, Sienna.«

»Gern geschehen. Ich dachte einfach, sie könnte dir gefallen. Ich habe schon vor einer Weile auch Topfpflanzen für die anderen Abteilungen bestellt.«

»Also bin ich nichts Besonderes?«

Sofort begannen ihre Augen zu glühen. »Du willst nicht mehr einfach nur ein Upgrade, was deinen Chef-Status betrifft, sondern gleich eine Sonderbehandlung?«

»Willst du mir erklären, ich wäre das nicht wert?«, zog ich sie auf.

Sie lachte. »Na ja, du bist ungefähr fünfzig Prozent weniger mürrisch als bisher, das muss ich dir lassen. Und damit hast du ein paar Pluspunkte gesammelt.«

»Du bist eine harte Verhandlungspartnerin.«

»Das behauptet meine Familie auch ständig.« Lächelnd fügte sie hinzu: »Ich habe gerade den neuen Eintrag in deinem Terminplan gesehen. Du musst zu einem Meeting außer Haus?«

»Ja. Nimm dir den Rest des Tages frei.«

Endlich sah sich mich wieder direkt an. Ich hatte so kurz davorgestanden, ihre Wange zu berühren, um ihr Gesicht wieder in meine Richtung zu drehen.

Die ganze Zeit suchte ich nach Ausreden, sie zu berühren. Egal, was es auch sein mochte. Nur wenn ich das tat – wenn ich diesem Impuls nachgab –, konnte man überhaupt nicht absehen, wie weit ich gehen würde.

»Was? Warum?«

»Du meintest, du erwartest eine Belohnung. Das ist sie.«

»Aber ich bin nicht müde. Ich meine, ich kann meinen Job erledigen.«

»Du wirst mir niemals einfach zustimmen, oder?«

»Ich glaube, die Antwort auf diese Frage kennst du bereits. Also, zurück zu dem Meeting?«

»Ich treffe mich mit einem alten Collegefreund von mir,

der sich auf Markenberatung spezialisiert hat. Ich möchte seine Meinung zu unserer Präsentation hören, soweit wir sie bis jetzt vorbereitet haben.«

»Okay. Lass mich wissen, was er gesagt hat. Du hast nicht eingetragen, wie lange es dauern wird.«

»Weil ich mir nicht sicher bin, wie lange es dauern wird.«

»Heißt das, dass wir heute Abend nicht arbeiten werden?«

»Nein. Deswegen meinte ich ja, du sollst dir den Rest des Tages freinehmen.«

Ich hatte erwartet, dass sie erleichtert wirkte, doch sie reagierte lediglich mit einem leisen »Oh«.

»Du wirkst enttäuscht.«

Sie zuckte mit den Achseln, aber das nahm ich ihr nicht ab.

»Ich mag unsere abendlichen Arbeitstreffen.«

»Und trotzdem behauptest du weiterhin, ich wäre nichts Besonderes?«

Sie stach mit dem Zeigefinger in die Luft. »Darauf werde ich nicht antworten. Wer weiß schon, auf was für Ideen du sonst noch kommst?«

»In der Tat, wer weiß das schon?«

Ich fing ihre Hand ein und drückte sie an meine Brust. Fast hätte ich sie noch näher an mich gezogen, doch dann hätte ich sie geküsst, bis sie eingestand, dass ich etwas Besonderes war und sie genauso oft an mich dachte wie ich an sie. Aber so weit waren wir nicht.

Zumindest noch nicht.

***

Das Meeting fand am anderen Ende der Stadt statt, im Consulting-Unternehmen meines Freundes. Thomas und ich kannten uns seit unserer Collegezeit, und ich vertraute seiner Meinung. Ich wollte seinen Rat hören. Auf keinen Fall wollte ich irgendetwas dem Zufall überlassen.

In dem Moment, in dem ich die Präsentation aufrief, wurde mir klar, dass ich Sienna hätte mitnehmen sollen. Sie war energiegeladen und klug und hatte genauso viel Arbeit und Zeit investiert wie ich. Es wäre ein guter Lerneffekt für sie, Thomas' Reaktionen zu sehen.

Sofort schrieb ich ihr eine Nachricht.

Winston | Willst du auch noch zum Meeting kommen? Du hast schließlich daran mitgearbeitet.

Ich war mir nicht sicher, wo wir nach der heutigen Begegnung standen, doch schon eine Minute später kam eine Antwort von ihr.

JA! DARF ICH AUCH EINEN TEIL DAVON VORTRAGEN? | Sienna

Ich lachte in mich hinein. Ich konnte mir lebhaft vorstellen, wie sie durchs Büro tanzte. Nein, verdammt. Dieses Bild musste ich möglichst schnell wieder aus meinem Kopf verbannen.

Winston | Na klar.

Bin schon unterwegs. | Sienna

!!! | Sienna

Sienna war die Einzige, die ich kannte, die eine zweite Nachricht mit lediglich drei Ausrufezeichen schickte. Grinsend informierte ich Thomas, dass meine Branding-Verantwortliche bald kommen würde. In der Zwischenzeit erklärte ich ihm in groben Zügen, worum es ging, wartete aber auf Sienna, bis ich mit der Präsentation startete.

Ich erklärte mir selbst immer wieder, dass ich sie eingeladen hatte, weil das eine tolle Gelegenheit für sie war, und nicht etwa deswegen, weil ich sie sehen und in ihrer Nähe sein wollte. Ich hatte mich selbst fast überzeugt, doch als sie den Raum betrat, strahlte ich.

»Hi, Mr Dunhill. Ich bin Sienna. Schön, Sie kennenzulernen.«

»Ebenso. Ich bin Thomas, und ich denke, wir sollten uns duzen.«

»Okay, Thomas.«

»Sollen wir anfangen?«

»Ja.«

»Winston hat mir erklärt, dass du uns durch die erste Hälfte der Präsentation führen wirst.«

Sienna nickte aufgeregt, dann ging sie zu der Wand, an die die Bilder geworfen wurden. Ihr Vortrag war eloquent und fundiert. Sie war atemberaubend anzusehen. Es war richtig gewesen, sie einzuladen.

Nachdem ihr Teil beendet war, stellte ich mich vor die Wand, bevor wir uns gemeinsam an den Tisch setzten.

»Ihr habt einen soliden Plan mit frischen Ideen. Es überrascht mich, wie gut ihr die neuen Vorschläge in die traditionelle Markenidentität von Statham Stores integriert habt. Du hast eine Wirtschaftlichkeitsanalyse durchgeführt, um herauszufinden, wann ihr schwarze Zahlen schreibt, Winston?«

Ich nickte. »Ja. Und es sieht gut aus.«

»Und das ist noch nicht alles. Wir haben auch einen Finanzexperten mit einer Liquiditätsprüfung beauftragt, um sicherzustellen, dass wir auf dem richtigen Weg sind.«

»Sienna hat den Hauptteil der Arbeit erledigt«, meinte ich.

Thomas wandte sich an Sienna. »Ich bin beeindruckt. Winston, du hast mir gar nicht erzählt, dass du eine so exzellente Branding-Expertin in deinem Team hast. Kann ich dich vielleicht irgendwie überzeugen, von Winston in meine Firma zu wechseln?«

Auf keinen Fall. Ich hatte akzeptiert, dass Sienna letztendlich bei Bennett Enterprises arbeiten wollte, aber ich würde nicht zulassen, dass jemand anders sie abwarb.

»Ich biete auf jeden Fall dasselbe wie du«, informierte ich Thomas. Ich konnte nur hoffen, dass er meine Worte so deutete, wie sie gemeint waren: als Warnung.

Tat er nicht.

»Ich weiß nicht, Winston. Ich bin mir sicher, ich könnte Sienna ein paar zusätzliche Vorteile bieten, um ihr den Jobwechsel zu versüßen.«

Thomas musterte sie neugierig… und da verstand ich, dass er nicht nur auf beruflicher Ebene an ihr interessiert war. An meiner Schläfe begann eine Ader zu pulsieren.

»Ich bin sehr zufrieden mit meinem Arbeitgeber«, sagte Sienna. »Soll ich dir noch ein paar unserer Ersatzpläne vorstellen? Sie sind noch nicht fertig ausgearbeitet, aber zusammen können Winston und ich sie ausreichend erklären.«

»Gern.«

Zum zweiten Mal am heutigen Tag musste ich meine Aufmerksamkeit zwischen Sienna und dem eigentlichen Thema des Gesprächs aufteilen. Ich respektierte Thomas' Geschäftssinn, aber er war ein Frauenheld. Im College hatte er ständig eine andere flachgelegt. Seitdem hatte er sich nicht geändert, und ich würde nicht zulassen, dass Sienna auf ihn hereinfiel.

Bis wir schließlich alle Vor- und Nachteile der verschiedenen Taktiken und Ideen diskutiert hatten, war es später Abend.

»Ich muss jetzt weg, aber ich denke, wir haben auch alles besprochen«, sagte Thomas. »Sienna, ich habe nächstes Wochenende Karten für ein Pferderennen. Möchtest du dich mir anschließen? Ich denke, es würde dir gefallen.« Er ließ sie nicht aus den Augen.

»Sienna und ich haben am Samstag bereits etwas vor«, erklärte ich streng. Ich hatte keinerlei Absicht, Thomas die Möglichkeit zu geben, Sienna anzubaggern.

Sienna hob fragend die Augenbrauen.

Thomas schüttelte bloß den Kopf. »Lässt er dich Überstunden machen? Nur fürs Protokoll, das kommt in meiner Firma wirklich selten vor.«

»Hör bitte auf, meine Branding-Expertin abwerben zu wollen, Thomas.« Ich bemühte mich um einen lockeren, neckenden Tonfall, doch nach der Art, wie Thomas den Kopf zu mir herumriss, zu schließen, hatte ich dabei kläglich versagt.

Sienna presste die Lippen aufeinander.

»Danke, dass du dir Zeit genommen hast«, meinte ich, als er uns zur Tür führte.

»Kein Problem. Lass mich wissen, wie es läuft.«

Sobald wir allein draußen standen, drehte Sienna sich zu mir um und verschränkte die Arme vor der Brust.

»Und wie genau sehen diese Wochenendpläne aus, von denen ich nichts weiß?«

»Sienna …«

»Spar dir das. Ich verstehe nicht, was hier vor sich geht.«

»Ich war mit Thomas auf dem College. Ich kenne ihn. Er hat dich nicht nur eingeladen, weil er dachte, du könntest Spaß an einem Pferderennen haben.«

»Das habe ich auch selbst gecheckt. Er will ein Date.« Sie blinzelte. »Moment mal. Du warst eifersüchtig.«

»Ja.«

»O mein Gott, ich kann es nicht glauben.« Sie schlug die Hand vor den Mund, doch das konnte ihr Kichern nicht stoppen.

»Findest du das witzig?«

»Ja.«

»Sienna, ich denke ständig an dich. Ununterbrochen. Heute Morgen konnte ich mich kaum auf meine Telefonkonferenz konzentrieren.«

Sie kicherte. Schon wieder. Ich trat näher an sie heran und schluckte schwer. Fast hätte ich sie geküsst … einfach nur, um zu sehen, wie sie reagierte.

»Was diese Pläne angeht: Ich fliege nächstes Wochenende nach Burlington, um mit dem Aufsichtsrat zu reden. Wenn ich alle davon überzeugen kann, dass das Rebranding das Kaufhaus retten kann, könnten sie die Bank um eine Erweiterung des Kreditrahmens bitten. Ich wollte dich fragen, ob du mich begleiten willst.«

»Wow. Damit … damit hatte ich nicht gerechnet.«

»Du bist klug. Es wäre eine gute Gelegenheit für dich.«

»Natürlich wäre es das. Aber bist du dir sicher? Das ist eine wichtige Präsentation.«

»Und du bist mehr als fähig, die Präsentation zu leiten. Ehrlich. Vielleicht ist es sogar besser, wenn gewisse Dinge von dir erklärt werden. Dein Enthusiasmus ist ehrlich.«

»Wieso Burlington?«

»Dort finden die Aufsichtsratstreffen immer statt. Es ist sozusagen Tradition, das Treffen in Vermont abzuhalten. Hast du bereits etwas vor?«

»Am Sonntag, aber das lässt sich verschieben.«

»Ist nicht nötig. Wir werden Samstag mit dem letzten Flieger zurückkommen. Ich werde dem Reisebüro sagen, dass es sich um die Flugtickets und das Hotel kümmern soll.«

Sienna biss sich auf die Unterlippe und spielte an ihrem Haar herum.

»Komm schon, Sienna. Es sieht dir gar nicht ähnlich, dir eine solche Gelegenheit entgehen zu lassen.«

»Deine Tricks werden immer besser.«

»Das ist kein Trick. Ich weiß einfach bloß, was du willst. Was dich antreibt und motiviert.«

»Schön, ich werde mit nach Vermont kommen. Aber nur damit du es weißt: Du spielst nicht fair.«

»Quatsch, ich verhandle gut, das ist alles. So wie du es bei mir getan hast, als du mich davon überzeugt hast, beim Wichteln mitzumachen.«

»Hey, das ist etwas anderes. Es ist gut für die Arbeitsmoral, wenn sie sehen, dass du dich als Teil des Teams betrachtest.«

»Du glaubst, deswegen hätte ich Ja gesagt?«

Erstaunt sah sie mich an, dann lachte sie nervös. Ich wusste genau, warum. Und noch etwas wusste ich mit absoluter Sicherheit: Bei der Weihnachtsfeier würde sich zwischen uns etwas verändern. Dafür würde ich sorgen.

10 Sienna

Den Rest der Woche war ich derart beschäftigt, dass ich kaum eine Pause einlegen konnte. Alle waren darauf konzentriert, alles für den Black Friday vorzubereiten. Winston hatte unsere abendlichen Treffen ausgesetzt, weil es zu viel zu tun gab. Am Donnerstagabend war ich so müde, dass ich kaum noch die Augen aufhalten konnte.

Wie immer war es an Thanksgiving bei Richard und Jenna laut und lustig. Im ganzen Haus roch es nach Süßkartoffeln und Kürbiskuchen. Der Truthahn war perfekt gebraten, und ich liebte die besondere Füllung aus Cranberrys und Orangen. Für gewöhnlich war gutes Essen und Kontakt mit meinen Lieblingsmenschen der sicherste Weg, mich zu entspannen, doch heute Abend war ich unruhig. Alle hatten den nächsten Tag frei, nur ich nicht – nachdem der Black Friday für alle, die im Verkauf arbeiteten, der wichtigste Tag des Jahres war. Winston hatte uns stattdessen den Freitag nächste Woche freigegeben … nun ja, meinen Kollegen. Winston und ich flogen gemeinsam nach Burlington.

Ich kam relativ früh vom Abendessen zurück, aber da ich ständig über den nächsten Tag nachdachte und im Kopf Zahlen durchging, schlief ich kaum. Als ich morgens aufwachte, war ich immer noch erschöpft. Der Tag selbst war so wild, wie ein Black Friday es nur sein konnte. Doch wir machten Rekordumsätze – nicht nur in San Francisco, sondern in allen Statham-Filialen.

***

Zu Beginn der nächsten Woche dachte ich ständig an die Weihnachtsparty im Büro und meine Reise mit Winston. Am Tag der großen Feier war ich wieder mal früher da als alle anderen, weil ich schon einiges erledigen wollte. Bis die Party begann, würde ich mich wahrscheinlich kaum konzentrieren können. Ich hatte ein Geschenk für Wanda aus der Buchhaltung gekauft. Ich kannte sie recht gut, doch sobald ich herausgefunden hatte, dass ich ihr Wichtel war, hatte ich sie unauffällig befragt. Grinsend steckte ich mir die Ohrstöpsel ein, um meinen liebsten Remix von *It's Beginning to Look a Lot Like Christmas* zu hören und die Tabellenkalkulation auszufüllen, die ich Winston zum Ende der Woche versprochen hatte. Es war Donnerstag, aber ich wollte früher abgeben. Winston bot mir eine riesige Chance, indem er mir erlaubte, die Präsentation vor dem Vorstand gemeinsam mit ihm zu halten – und ich wollte ihm beweisen, dass ich mir sein Vertrauen verdient hatte.

Ich übertraf gern Erwartungen … nicht nur die von anderen, sondern auch meine eigenen. Was bedeutete, dass drastische Maßnahmen nötig waren. Ich zog eine kleine Sanduhr aus der obersten Schublade meines Schreibtisches. Der Sand darin lief ungefähr zwanzig Minuten, also drehte ich das Glas hin und wieder um und gestand mir immer wieder fünfminütige Bewegungspausen zu, damit mein Rücken nicht steif wurde.

Ich war völlig auf die Tabelle konzentriert, weshalb mir nicht einmal auffiel, dass ich nicht mehr allein war, bis Winston sagte: »Guten Morgen.«

Ich zuckte zusammen, sah auf und entdeckte ihn direkt vor meinem Schreibtisch. Sofort beschleunigte mein Herzschlag, wie es für gewöhnlich in seiner Nähe der Fall war.

»Winston, du hast mich erschreckt. Ich dachte, ich wäre die Einzige im Büro.«

Er lächelte. Du meine Güte. Wieso musste er so sündhaft sexy aussehen?

»Ich habe etwas für dich.«

»Oh?«

Er stellte eine kleine Geschenktüte vor mich.

»Was ist das?«

»Heute ist doch Wichteltag, oder?«

»Ja. Wow. Du hast meinen Namen gezogen?«

»Nein.«

Ich runzelte die Stirn. »Ich verstehe nicht. O nein. Du hast die Regeln falsch verstanden. Du musst für die Person ein Geschenk kaufen, deren Namen du gezogen hast. Und du darfst nicht verraten, dass das Geschenk von dir kommt.«

Voller Bedauern sah ich die Tüte an. Ich betrachtete den Inhalt bereits als mein Geschenk. Aber Winston hatte es für mich gekauft, also … gehörte es streng genommen doch auch mir, oder?

Ich meine … jemand anderes hätte vielleicht gar keine Freude daran.

»Das gehört dir, Sienna. Ich habe auch ein Geschenk für die Person gekauft, die ich gezogen habe, aber das hier … das ist für dich.«

Ich sah zu ihm auf. Mein Herz raste. »Was ist es?«

»Mach es auf«, sagte er leise und bestimmt.

Hitze stieg in mir auf. Ich fuhr mir mit der Zunge über die Lippen, griff nach der Tüte und zog sie über den Tisch zu mir. Mir stockte der Atem. Ich hielt meinen Blick auf die Tüte gerichtet, weil das einfacher war, selbst wenn ich das Knistern zwischen uns trotzdem spüren konnte. Es schien sogar noch an Intensität zu gewinnen.

Ich fühlte, wie Winston um den Tisch herumging, um neben mich zu treten. Mein Nacken begann zu prickeln, als ich die Schleife löste, die die Tüte geschlossen hielt.

Im Inneren entdeckte ich eine atemberaubend schöne Haarspange in Form eines Schmetterlings.

»Winston, die ist wunderschön.« Meine Stimme klang irgendwie seltsam.

»Ich habe sie gesehen und mir sofort vorgestellt, wie sie an dir aussähe. Ich wollte einfach, dass du sie bekommst, weil ich wusste, dass sie dir gefallen würde. Du trägst immer solche Spangen im Haar.«

Die Tatsache, dass er auf so etwas geachtet hatte, berührte mich auf seltsame Weise.

»Und ich würde gern sehen, wie du sie trägst. Lass mich die Spange anlegen.«

Wieder stockte mir der Atem. Ich beging den Fehler, den Kopf zu drehen und zu ihm aufzusehen. Der wilde Blick in seinen Augen sorgte dafür, dass ich seinem Wunsch nur nachgeben konnte.

Ich nickte langsam, reichte ihm die Spange und hielt mich so ruhig wie möglich.

Ich fühlte mich so verletzlich. Ich hielt den Atem an, als seine Finger über meine Schläfe glitten, um im Anschluss die Spange, die ich trug, gegen die auszutauschen, die er für mich gekauft hatte. Danach strich Winston mit den Fingern leicht über meine Wange. Ich hoffte inständig, dass er seine Hand nicht tiefer sinken lassen würde, aber… oooh, das entpuppte sich als reiner Wunschtraum. Seine Finger glitten auch noch über meinen Hals, und ich konnte kaum mehr stillhalten.

»So. Steht dir toll.«

»Danke, Winston.«

Er trat einen Schritt zurück, war mir aber immer noch nahe genug, dass meine Haut kribbelte.

»Bereit für heute Abend?«, fragte ich. »Es wäre wirklich toll, wenn du eine Weile bleiben könntest.«

Winstons Lächeln wurde breiter.

»Natürlich werde ich das tun. Ich muss doch das Versprechen einfordern, das du mir gegeben hast.«

»Ich habe nie irgendwas versprochen!«

»Ja, das hast du. Du hast mich dazu gebracht, an der Party teilzunehmen, oder?«

»Wärst du wirklich entschlossen, zur Weihnachtsfeier zu kommen, würdest du das nicht ansprechen.«

»Ich dachte, ich sollte dich noch mal daran erinnern. Sag Ja, und ich werde so lange bleiben, wie du willst.«

»Du verhandelst schon wieder.«

Er legte den Kopf schief. »Ich tue alles, um meinen Willen zu bekommen.«

»Und der wäre?«

»Ein Ja von dir, Sienna.«

Meine Handflächen wurden feucht. Gerade als ich dachte, ich hätte alles im Griff. Winston hatte die Regeln des Spiels geändert. Ich konnte nicht Nein sagen, oder? Aber es wäre gut für die Moral, wenn er blieb, nicht wahr? Doch letztendlich war es ganz einfach: Ich wollte allem zustimmen, was dieser Mann von mir verlangte.

Ich nickte, und sofort wurde sein Blick noch wilder. Das Kribbeln in meinem Körper verstärkte sich um ein Vielfaches.

***

Den Rest des Tages verbrachte ich in einem Zustand zwischen Vorfreude und Euphorie. Jedes Mal, wenn ich die Haarspange berührte, lächelte ich in mich hinein. Und ich konnte auch nichts gegen die Schmetterlinge in meinem Bauch tun oder die Hitze, die mich immer noch erfüllte.

Später am Nachmittag trat eine meiner Kolleginnen, Jane, an meinen Schreibtisch.

»Hi, Jane. Wie kann ich dir helfen?«

»Ich wollte dich um einen Rat bitten.«

»Sicher.«

»Also, beim Wichteln habe ich Winstons Namen gezogen.«

»Aha.«

»Ich habe ihm Socken gekauft. Glaubst du, das ist okay?«

Ob das okay war? Das war ein schreckliches Geschenk.

Ich wollte Jane irgendwie beruhigen, doch ich war noch nie gut darin gewesen, mich zu verstellen.

»Das wird ihm nicht gefallen, oder? Ich hatte wirklich überhaupt keine Zeit zum Einkaufen.«

»Weißt du was? Ich werde ins Kaufhaus runtergehen und etwas finden. Und das stecken wir dann einfach noch in deine Tüte.«

»Du bist echt die Beste, Sienna. Danke, danke, danke.«

Sobald sie verschwunden war, kontrollierte ich den Rest meiner Aufgabenliste, bevor ich spontan beschloss, dass ich heute sowieso nichts mehr auf die Reihe bekommen würde. Die Party sollte in zwei Stunden anfangen, und alle waren bereits in Weihnachtsstimmung. Irgendjemand hatte auch Alkohol in den Eierpunsch in der Küche geschmuggelt. Ich lächelte in mich hinein. Winston würde ihnen die Hölle heißmachen. Was hatten sie sich bloß dabei gedacht?

Es war offensichtlich, wer sich schon am Eierpunsch bedient hatte, weil diese Kollegen bereits Weihnachtslieder sangen.

Bis auf die Buchhaltung arbeitete eigentlich niemand mehr, also fühlte ich mich kein bisschen schuldig, als ich nach unten ins Kaufhaus ging.

Der Laden war rappelvoll, und die Energie war unglaublich. Aus den Lautsprechern erklang *Jingle Bells,* und überall in den Abteilungen trieben sich Elfen herum, die durch ihre grünen Uniformen selbst im Gedränge leicht zu entdecken waren.

Ich ging direkt in die Buchabteilung im ersten Stock und suchte ein Wirtschaftsbuch für Winston aus. So. Das war ein anständiges Weihnachtsgeschenk. Professionell und nützlich. Wie zu erwarten, war die Schlange vor der Kasse unglaublich lang. Ich warf der Kassiererin einen charmanten Blick zu, und zum großen Missfallen der anderen wurde ich vorgezogen. Ich tat so was eigentlich nicht gern … für gewöhnlich zumindest. Doch da die Weihnachtsfeier in einer Stunde beginnen sollte, wurde es Zeit, alle Hebel in Bewegung zu setzen. Ich fand allerdings, der Chef hätte mehr Geschenke verdient. Etwas … Persönlicheres, vielleicht. Obwohl sein mürrischer Charakter den meisten meiner Kollegen Angst machte, tat er doch alles für die Firma. Was könnte Winston noch gefallen? Geistesabwesend berührte ich meine Haarklammer und beschloss, ihm auch etwas schenken zu wollen. Etwas Persönliches, das dafür sorgen würde, dass er an mich dachte.

Ich schob diesen Gedanken auf die allgemeine Weihnachtsstimmung um mich herum. Trotzdem zog ich los und kaufte ihm ein Geschenk. Was konnte das schon schaden? Ich hatte viel Spaß dabei, mir Winstons Reaktion auf verschiedene Geschenke auszumalen, ehe ich mich schließlich für ein elegantes weißes Anzughemd entschied.

Ich hatte so viel Zeit im Laden verbracht, dass die Weihnachtsfeier direkt bevorstand, als ich nach oben zurückkehrte. Ich schob das Buch in Janes Tüte unter dem Weihnachtsbaum … aber was sollte ich mit meinem Geschenk anfangen? Ich konnte es Winston nicht vor allen schenken, weil das nur für Stirnrunzeln sorgen würde. Ich musste es ihm geben, wenn wir allein waren.

Bei diesem Gedanken wurde mein Mund trocken.

Ich hängte die Tüte mit dem Geschenk unter meinen Mantel an die Garderobe. Später würde sich schon eine Gelegenheit ergeben, es Winston zu geben.

Ich strich mir mit der Hand übers Haar, dann schloss ich mich der Menge an, die sich bereits um den Baum versammelt hatte. Dieser Raum hatte eine hohe Decke mit niedrig hängenden Lampen, die diffuses Licht verbreiteten.

Die Eierpunschschalen standen auf einem Tisch am Ende des Raumes, neben köstlichen Snacks wie in Speck eingewickelte Wasserkastanien, Käse und Kräcker sowie kleine Quiches.

Strahlend sah ich mich um. Ja! Die Party entwickelte sich bereits zu einem vollen Erfolg. Sogar die Kollegen aus der Buchhaltung, die in den nächsten zwei Wochen den Jahresabschluss erstellen mussten, wirkten relativ entspannt.

»Was hast du dem Chef gekauft?«, fragte Jane.

»Eine Sammlung von Kurzbiografien erfolgreicher Geschäftsleute.«

»Wunderbar. Das klingt wie etwas, was ihm tatsächlich gefallen könnte.«

»Das denke ich auch.«

Wir nahmen uns beide eine Tasse Eierpunsch und eine Zimtschnecke. Ich kaute glücklich und fühlte sofort, wie ich mich entspannte. Die Anspannung in meinem Körper ließ nach, und ich grinste breit. Der Abend lief genau so, wie ich es mir vorgestellt hatte. Alle bekamen nach dem Black Friday die Auszeit, die sie gebraucht hatten … und damit die Energie, die nächsten beiden anstrengenden Wochen durchzuhalten.

Es war wirklich eine Schande, dass ausgerechnet die Weihnachtszeit in unserem Geschäft so stressig war – wir mussten Verkaufsaktionen machen und das Weihnachtsprogramm organisieren. Doch meiner Meinung nach war das alles die

Mühe wert. Wir sorgten dafür, dass der Weihnachtseinkauf für die Leute zu einem Erlebnis wurde. Machten Geschenkekaufen zu einem Abenteuer und kleine Kinder glücklich, indem wir den Weihnachtsmann zu ihnen brachten.

»Mädel, ich kann kaum glauben, dass es dir tatsächlich gelungen ist, den Chef davon zu überzeugen, sich uns anzuschließen. Wie hast du das gemacht?«

Ich lachte nervös. »Ich habe ihm die Vor- und Nachteile dargelegt. Allerdings bin ich mir nicht sicher, wie lange er bleiben wird«, fügte ich eilig hinzu, damit sich niemand zu große Hoffnungen machte.

»Trotzdem besser als nichts. Verrat mir deine Tricks.«

Ich zwinkerte, obwohl ich mich eigentlich nicht danach fühlte. »Auf keinen Fall. Das sind meine Tricks.«

»Der Chef ist jetzt da«, murmelte Mara, als sie über meine Schulter sah.

Sofort war ich voller Energie, und ich richtete mich höher auf, bevor ich mich langsam zur Tür umdrehte.

***

Ich hatte ihn heute bereits gesehen. Wie zum Teufel konnte ich so auf ihn reagieren? Als sich unsere Blicke trafen, schnappte ich nach Luft.

Im Raum herrschte unnatürliche Stille. Die Hälfte der Firma hatte einen Heidenrespekt vor Winston. Die andere Hälfte hatte einfach Angst.

Da ich heute Abend die inoffizielle Moderatorin war, stellte ich mein Glas ab und ging mit langen, entschlossenen Schritten zu ihm. Winston ließ langsam seinen brennenden Blick über meinen Körper gleiten. So verdammt langsam, dass ich fast in Flammen aufging. Der Mann hielt sich gerade mal seit zwei Minuten im selben Raum auf wie ich, und schon stellte er meine Selbstbeherrschung auf die Probe.

Wie sollte ich diesen Abend nur überstehen?

»Du trägst die Haarspange«, murmelte er, als ich ihn erreichte.

»Natürlich. Ich liebe es, meine Geschenke zu tragen.«

»Zur Kenntnis genommen.« Seine ernste Miene wurde von einem Lächeln verdrängt.

»Also, die Weihnachtsfeier ist bereits in vollem Gange … offensichtlich. Wir haben auf dich gewartet, um mit dem Wichteln anzufangen. Danach wird der Caterer richtiges Essen servieren.«

»Und dann wird getanzt?«

»Ja«, bestätigte ich.

»Bereit, dein Versprechen einzulösen? Ich will heute Abend mit dir tanzen, Sienna.«

»Oh …« Ich wusste einfach nicht, was ich sonst sagen sollte. Damit hatte ich nicht gerechnet. Ich war nicht mal davon ausgegangen, dass Winston tanzen wollte beziehungsweise überhaupt tanzen konnte. »Ich muss das Wichteln starten.«

»Mach nur.«

Also drehte ich mich auf dem Absatz um und ging zum Weihnachtsbaum. Ich hatte angeboten, vorher ein paar Worte zu sprechen, das Konzept des Wichtelns ein wenig zu erklären und generell die Stimmung zu heben. Winston ließ mich keine Minute aus den Augen.

***

Das allgemeine Schenken war nett, auch wenn die lockere Stimmung insgesamt ein wenig bemüht war, hauptsächlich wegen Winstons Gegenwart. Niemand wusste so recht, wie er sich in seiner Umgebung benehmen sollten. Jane machte einen vollkommen gestressten Eindruck, als er sein Geschenk öffnete. Winston wirkte ein wenig entgeistert, als er die Socken entdeckte, doch er rettete die Situation mit einem Danke und echtem Interesse für das Buch, das ich gekauft hatte.

Ich hatte von der Betriebsleiterin, Elaine, ein Parfüm und ein Paar Handschuhe bekommen. Sofort trug ich den wunderbaren blumigen Duft auf und probierte die Handschuhe an, die mir perfekt passten. Und sie waren wirklich schön.

Nachdem alle Geschenke verteilt waren, brachte der Caterer das Essen und noch mehr Getränke.

Ich zog meine Runden durch den Raum, froh, dass die Feier genau den Effekt hatte, auf den ich es abgesehen hatte. Alle entspannten und amüsierten sich. Ich hatte das Versprechen, das ich Winston gegeben hatte, fast vergessen… bis der DJ die langsamen Weihnachtslieder stoppte, um schnellere Popversionen zu spielen, zu denen man wunderbar tanzen konnte.

Ich stand gerade am Büfett und füllte mein Glas wieder mit Eierpunsch auf. Aus dem Augenwinkel sah ich, wie Winston sich mit schnellen Schritten näherte. Mein gesamter Körper begann vor Vorfreude zu kribbeln. Als ich spürte, wie er hinter mich trat, packte ich mein Glas fester.

»Sienna.«

»Winston.«

»Ich will meinen Tanz.«

Mir war gar nicht bewusst gewesen, wie nahe er bei mir war, bis ich bei jedem Wort seinen Atem an meinem Ohr spürte.

»Nur einen Tanz, oder?«

Als er nicht antwortete, drehte ich ein wenig den Kopf. Er lächelte verschmitzt.

»Wir hatten nicht über die Anzahl gesprochen.«

Ich lachte. Gleichzeitig drückte ich mir eine Hand an den Bauch, in der Hoffnung, so die Schmetterlinge darin beruhigen zu können. Mit so was hätte ich rechnen müssen.

»Schön, aber eine Regel möchte ich aufstellen.«

»Ich bin ganz Ohr.«

»Plötzlich ist es mir gestattet, Regeln aufzustellen?«

»Ich habe nicht behauptet, dass ich zustimmen werde.«

»Wenn du mir auf die Zehen trittst, kannst du alle weiteren Tänze vergessen.«

Ich rechnete damit, dass er mir widersprach oder zumindest versuchte, zu verhandeln.

Doch Winston lächelte bloß. »Abgemacht.«

Er hatte viel zu schnell zugestimmt, was nur eines bedeuten konnte: Er war ein guter Tänzer.

Dann zog er mir das Glas aus den Fingern und stellte es auf den Tisch. Ich fühlte, wie alle uns beobachteten, während wir zur Tanzfläche neben dem Baum gingen.

Als Winston die Hand an mein Kreuz legte, fühlte ich mich, als wäre ich nackt; als berühre er meine bloße Haut.

Ich schnappte nach Luft und starrte sein Kinn an, weil ich mich fast davor fürchtete, den Blick zu heben. Seine Lippen verzogen sich zu einem Lächeln, und er zog mich näher an sich.

»Danke, dass du diese Feier organisiert hast«, sagte Winston. »Du hattest recht. Das ist toll für das allgemeine Arbeitsklima.«

»Schön, dass du das so siehst.«

»Du hast eine Begabung dafür, zu spüren, was andere brauchen«, fuhr er fort.

»Nun, ich bin mit drei Geschwistern aufgewachsen. Als wir in die Bennett-Familie aufgenommen wurden, gab es plötzlich so viele von uns, dass die Fähigkeit lebensnotwendig wurde.«

»Aber du machst das gern ... und das liebe ich an dir.«

»Was?«

»Dass du dir die Zeit nimmst, Dinge zu tun, die andere glücklich machen.«

Der Raum um uns herum schien sich in Luft aufzulösen. Selbst die Musik nahm ich kaum noch wahr – ich verließ mich einfach auf Winstons Führung.

»Ich habe mich immer gern um andere gekümmert. Aber manchmal hat mich das auch in Schwierigkeiten gebracht.«

»Was meinst du damit?«

»Es gibt Leute, die mich ausnutzen oder mich ... aufdringlich finden.«

»Die Welt ist voller Idioten. Umgib dich mit Menschen, die dich zu schätzen wissen. Wie mich.«

Sein Lächeln war so ehrlich, und seine Augen wirkten so glücklich, dass ich fast in seinen Armen dahingeschmolzen wäre.

»Du kannst dich sehr gut verkaufen«, zog ich ihn auf. Erst da wurde mir klar, dass alle anderen Paare um uns herum ihre Bewegungen verlangsamten. Der Tanz endete.

»Ich glaube, ich bin dir kein einziges Mal auf die Zehen getreten.«

»Das stimmt«, bestätigte ich.

»Weißt du, was das heißt?« Er schob seinen Mund neben mein Ohr. »Dass du den Rest des Abends mir gehörst.«

Mein Herz raste in meiner Brust. Das klang so unglaublich verlockend. Ich zog mich ein wenig zurück. *Schau ihm nicht direkt in die Augen.* Das war der sicherste Weg, mich zu verlieren und all seinen Forderungen nachzugeben.

»Aber du bist der Chef. Du musst auch mit anderen tanzen.«

Er zog die Augenbrauen hoch. »Nein, muss ich nicht.«

»Ich glaube, es wird erwartet, dass du auch mit anderen tanzt.«

»Das ist mir vollkommen egal. Ich will nur dich, Sienna.«

Ich atmete tief durch und wappnete mich innerlich, bevor ich Winston in die Augen sah – und hoffte inständig, dass ich nicht einfach so nachgeben würde, auch wenn das eine reale Gefahr darstellte. Dieser Mann war einfach hypnotisierend.

»Du hast gesagt, du möchtest, dass die Angestellten mit dir warm werden? Darum geht es doch bei dieser Feier.«

Winston schwieg ein paar Sekunden lang. »Schön. Unter einer Bedingung.«

Verdammt. Mit diesem Mann war nie etwas simpel oder unkompliziert. Aber was sollte ich sagen? Ich mochte Herausforderungen. Trotzdem fuhr ich mir mit der Zunge über die Lippen, weil ich mit nichts Gutem rechnete.

»Was?«

»Du versprichst mir, dass wir uns nach den Tänzen treffen. Nur wir beide. Aber ich warne dich: Ich kenne alle Tricks, wie ich dich dazu bringen kann, deine Meinung zu ändern.« Seine Stimme klang so unglaublich sündhaft, dass ich lediglich zu einem Nicken fähig war.

Als die letzten Akkorde des Liedes verklangen, begannen die Leute, über die Tanzfläche zu wandern.

Freddie aus dem Verkauf tippte mich auf die Schulter.

»Sienna, darf ich bitten?«, fragte er.

»Ja, gern.«

Winston sah aus, als hätte er Freddie lieber die Faust ins Gesicht gerammt, statt mich loszulassen, also entzog ich ihm unauffällig meine Hand.

Ich hatte gedacht, während ich mit Freddie tanzte, hätte ich genug Zeit, um mich zu beruhigen. Doch ich hatte mich geirrt. Jedes Mal, wenn Winston meinen Blick auffing, wurde ich unruhig. Selbst aus der Ferne war seine Gegenwart überwältigend.

Ich bekam nicht die Chance, noch mal mit Winston zu tanzen. Da ich die Party offiziell organisiert hatte, schien von mir erwartet zu werden, mit jedem Kollegen einmal um die Tanzfläche zu wirbeln. Hin und wieder entdeckte ich Winston, der seine Runden drehte und sogar ein paarmal tanzte. Immerhin ein Fortschritt.

Der DJ legte wieder Hintergrundmusik auf, als die Caterer die zweite Runde Kanapees auftrugen. Sofort sah ich mich nach Winston um – er war im Begriff zu gehen.

Ich entschuldigte mich, verließ unauffällig den Raum und holte Winston an der Garderobe ein.

»Hey. Du gehst schon?«

»Ja. Es ist bereits spät, und ich muss morgen früh, ehe wir nach Burlington aufbrechen, noch ein Telefonat führen.«

»Okay. Bevor ich es vergesse… ich habe etwas für dich besorgt.« Ich drehte mich zu meinem Mantel um, unter dem die Geschenktüte hing, und war mir dabei durchaus bewusst, wie dämmrig das Licht hier war und wie nahe wir uns standen.

»Du hast mir ein Geschenk gekauft?«

Selbst im Dämmerlicht konnte ich erkennen, dass Winston vollkommen überrascht wirkte. Mein Herz verkrampfte sich. War er an solche Gesten nicht gewöhnt?

»Ja. Ein Hemd.« Geistesabwesend berührte ich meine Haarspange.

»Ich habe kein Gegengeschenk erwartet. Du musstest mir nichts kaufen.«

Er war definitiv nicht daran gewöhnt.

»Ich konnte aber einfach nicht widerstehen«, meinte ich neckend. »Außerdem überrascht es mich sehr, dass du schon gehst. Wolltest du nach der Feier nicht noch Zeit mit mir verbringen?«

Ein Lächeln erschien auf seinem Gesicht, dann lehnte er sich abrupt vor, drängte mich fast gegen die Wand in meinem Rücken. »Mir ist klar geworden, dass kein Grund zur Eile besteht. Schließlich werde ich dich in Burlington ganz für mich allein haben.«

Ich war umgeben von dem Duft seines Aftershaves, der Hitze seines Körpers. Er untergrub all meine Verteidigungsmechanismen. Als er den Kopf senkte, schloss ich die Augen.

Winston küsste mich voller Leidenschaft. Sein Mund eroberte meinen. Seine Hände umklammerten meine Taille. Ich zerrte an seinen Haaren und drängte ihm die Hüften entgegen. Ich wollte ihn noch näher an mir spüren … doch es war nie genug.

Seitdem er mich in meinem Haus geküsst hatte, hatte mein Bauchgefühl mir verraten, dass seine Leidenschaft ausbrechen würde, wenn ich es zuließ. Allein der Gedanke überwältigte mich fast, doch im Moment wünschte ich mir nichts mehr.

Als wir innehielten, um nach Luft zu schnappen, waren meine Hände im Stoff seines Hemdes vergraben.

»Hör auf, oder ich werde dich wieder küssen. Und diesmal werde ich nicht aufhören, bis du mich anflehst, dich mit nach Hause zu nehmen.«

Ich sah zu ihm auf. Er lächelte breit. Oooh … ich schmolz schon wieder dahin. Lust und kribbelige Wärme erfüllten mich. Eine wirklich tödliche Kombination.

»Ich werde dich morgen früh auf dem Weg zum Flughafen zu Hause abholen.«

»Du musst keinen Umweg fahren. Ich kann mir ein Uber rufen.«

»Ich werde dich abholen.«

Ich lächelte, ohne noch etwas zu sagen, weil ich beschloss, Winston einfach … Winston sein zu lassen.

Ich war mir bewusst, dass sich gerade etwas zwischen uns verändert hatte. Wir standen an der Grenze zu *etwas* … und diese Reise würde dafür sorgen, dass wir sie überschritten.

***

Am nächsten Morgen rannte ich wie wild durchs Haus, um zu packen und mir unsere Präsentation noch mal anzusehen. Ich fragte mich ständig, ob ich nicht etwas vergessen hatte. Ich saß auf glühenden Kohlen und machte mir unablässig Gedanken über mein Aussehen.

Um Punkt neun Uhr schickte Winston mir eine Nachricht, um mich wissen zu lassen, dass er da war. Mir blieb keine Zeit, mich zu sammeln, weil er schon einen Moment später an meine Tür klopfte. Als ich die Tür öffnete, lächelte er breit.

»Hey.«

»Sienna, bist du bereit?«

Ich nickte und deutete auf meinen Koffer.

Winston warf mir einen ungläubigen Blick zu. »Du weißt schon, dass wir nicht lange weg sein werden, oder?«

»Ja, aber in Burlington ist es viel kälter. Ich musste neben dem Outfit für die Präsentation auch Pullis und einen Mantel einpacken.«

»Dasselbe gilt für mich, aber mein Koffer ist nur halb so groß wie deiner. Wie hast du es geschafft, dieses Ding vollzukriegen?«

»Hey. Wag es ja nicht, meine Packgewohnheiten zu kritisieren.«

Winston hob kapitulierend die Hände und lachte. »Vergiss, dass ich jemals etwas gesagt habe.«

»Schon besser.«

Er rollte den Trolley aus dem Haus. Als er das Gepäckstück in den Kofferraum hob, hielt ich mich zurück und starrte ihn ohne jede Scham an. Er trug einen Rollkragenpullover, der eng an seinen Muskeln anlag. Was für ein Anblick. Am besten gefiel mir Winston in einem T-Shirt wie dem, das er getragen hatte, als er mir beim Malern geholfen hatte, aber hey … ich nahm, was ich kriegen konnte.

»Ich freue mich schon so drauf, endlich mal Schnee zu sehen«, rief ich, sobald wir im Wagen saßen.

Winston lachte. Ich fand es wunderbar, dass ich ihn so leicht zum Lachen bringen konnte.

»Wieso liebst du den Schnee so?«

»Keine Ahnung. Er ist hübsch. Und ich muss immer an die Skiurlaube denken, die wir in meiner Kindheit gemacht haben.«

»Wo wart ihr da?«

»Überwiegend in Montana. In Vermont war ich noch nicht.«

»Das hast du bereits erwähnt. Ich habe ein paar Notizen gemacht. Uns bleibt durchaus Zeit, uns morgen nach dem Meeting ein paar Sehenswürdigkeiten anzusehen. Wir fliegen erst abends wieder ab.«

»Aber das ist eine Geschäftsreise.«

Er lehnte sich leicht in meine Richtung und flüsterte: »Wir können uns zwischendrin durchaus etwas Vergnügen gönnen.«

»Aber ich muss noch an ein paar Tabellen arbeiten.«

Er musterte mich amüsiert. »Du arbeitest dieses Wochenende bereits, indem du an dem Meeting teilnimmst.«

»Sicher, aber das dauert nur ein paar Stunden.«

»Sienna, du reist mit dem Chef. Und ich erkläre dieses Wochenende zur arbeitsfreien Zone.«

»Das hättest du mir vorher sagen müssen.«

»Warum?«

»Dann hätte ich noch mehr Klamotten eingepackt.« Ich rutschte auf meinem Sitz herum, weil mir klar wurde, dass Winston derjenige war, der hier den Ton angab – egal, wie sehr ich mir auch eingebildet hatte, ich hätte alles unter Kontrolle.

Und ich sollte den gesamten nächsten Tag in ständiger Begleitung dieses Mannes verbringen? Ich hatte so das Gefühl, dass das mehr war, als ich handhaben konnte. Trotzdem musste ich schmunzeln.

11 Winston

Wir landeten pünktlich. Kaum hatten wir das Flughafengebäude verlassen, setzte Sienna sich eine große rote Mütze auf, die das obere Drittel ihres Kopfes bedeckte. Dann sah sie sich mit einem breiten Grinsen um.

»Schau, Schnee!«, rief sie.

Ich unterdrückte ein Lachen, während der Fahrer und ich unser Gepäck in den Kofferraum hoben. Die ganze Fahrt über drückte Sienna sich die Nase am Autofenster platt.

»Wow, dieses Hotel könnte direkt einem Märchen entsprungen sein. Es ist atemberaubend«, kommentierte sie, als der Fahrer vor dem Hotel vorfuhr. Das Gebäude sah aus wie eine Blockhütte, ganz aus Holz mit Spitzdach … nur viel größer. Der Schneefall war so dicht, dass man von der Umgebung kaum etwas sehen konnte. Der Fahrer stieg aus und verkündete, dass er unsere Koffer ausladen und ins Hotel gehen würde, um uns einen Regenschirm zu bringen.

»Wieso lächelst du so?«, fragte Sienna, als wir allein waren.

»Ich bin einfach … stolz, dass ich dieses Hotel gebucht habe. Ich hatte mir gedacht, es würde dir gefallen.«

Ich fühlte den ständigen Drang, Sienna eine Freude zu bereiten, sie zu überraschen und ein Lächeln auf ihr Gesicht zu zaubern. Außerdem konnte ich mich nicht davon abhalten, mich auf dem Rücksitz näher an sie heranzuschieben.

Ihre Augen wurden groß. Sie atmete zitternd ein und senkte den Blick. Nur mit Mühe unterdrückte ich den Impuls, eine Hand in ihrem Haar zu vergraben und sie für einen Kuss an mich zu ziehen. Doch statt sie zu umarmen, schob ich den Arm an ihr vorbei und öffnete die Tür, vor der eine Hotelangestellte mit zwei Regenschirmen für uns stand.

Schon im nächsten Moment war Sienna aus dem Auto gesprungen, als wäre es gefährlich, länger bei mir im Wagen zu verweilen. Nach dem Check-in führte dieselbe Angestellte uns zu unseren Zimmern – nebeneinanderliegende Suiten. Der Gedanke, dass Sienna nachts nur eine Wand entfernt liegen würde, war die reinste Folter für mich.

Sienna sah sich ihr Zimmer an, dann trat sie mit einem breiten Grinsen wieder in meine Suite und klatschte in die Hände. »Dieses Zimmer ist unglaublich. Ich glaube, ich werde es nie wieder verlassen«, verkündete sie.

Ich wackelte mit den Augenbrauen. »Kein Problem. Ich werde uns einschließen und den Schlüssel wegwerfen.«

Sie zuckte mit den Schultern. »Ich habe nie behauptet, dass ich scharf auf deine Gesellschaft bin.«

»Ich glaube, das bist du sehr wohl. Wieso solltest du mir sonst erzählen, was du vorhast?« Ich stand schon wieder viel zu nahe vor ihr. Ich konnte mich einfach nicht von ihr fernhalten – nicht, dass ich es wirklich versucht hätte.

»Ich sehe mir dann mein Zimmer noch mal genauer an«, sagte sie eilig. Ihre Wangen hatten sich gerötet. »Abendessen in zwei Stunden?«

»Klingt gut.«

***

Sobald Sienna verschwunden war, konnte ich mich nicht mehr davon abhalten, über das morgige Meeting nachzudenken. Das war ein unglaublich wichtiger Tag für mich. Natürlich war die Präsentation nur vorläufig, doch wenn dem Vorstand meine Pläne nicht gefielen, würde ich das

Kaufhaus schließen müssen oder die gesamte Firma einem finanziellen Risiko aussetzen.

Ich hatte gerade erst die ausgedruckte Version der Präsentation aus meiner Aktentasche genommen, als ich ein Klopfen an der Verbindungstür hörte. Es war Sienna.

Sie hatte sich umgezogen. Ihre Stiefel waren so riesig, dass sie darin zu versinken schien, und sie trug erneut diese rote Mütze. Sie sah dämlich aus. Aber auch anbetungswürdig und sexy.

»Was machst du gerade?«, fragte sie.

»Ich wollte die Präsentation für morgen noch einmal durchgehen.«

»Habe ich es mir doch gedacht! Aber du hast gesagt, wir befänden uns in einer arbeitsfreien Zone, schon vergessen? Du kannst nicht erwarten, dass ich die Regeln befolge, wenn du sie brichst. Außerdem kennst du diese Präsentation bereits auswendig.«

»Schön. Was willst du stattdessen tun?«

»Einen Schneemann bauen. Willst du mitmachen?«

Ich sah über ihre Schulter zum Fenster. Der Schneefall war sogar noch dichter als vorhin.

»Du willst jetzt rausgehen? Da draußen tobt ein Blizzard.«

»Feigling«, murmelte sie.

Ich lachte. »Das hast du gerade nicht wirklich gesagt.«

»Habe ich wohl. Und wenn du mir nicht das Gegenteil beweist, werde ich das auch weiterhin denken.«

Sie lächelte mich herausfordernd an. Ich packte den Türrahmen und trat näher an sie heran.

»Schön. Ich komme mit. Aber nur, wenn du versprichst, hinterher mit mir in die Sauna zu gehen.«

»Oh?«

»Sauna. Dieser Raum, in den man sich nur mit einem Handtuch bekleidet setzt, um zu schwitzen.«

Sie kniff die Augen zusammen. »Ich weiß, was eine Sauna ist. Wieso willst du dahin?«

»Weil es die Muskelentspannung nach dem langen Flug unterstützt. Und wir können uns aufwärmen, nachdem wir uns draußen den Hintern abgefroren haben.«

»Einverstanden, Mr Statham. Dann machen wir es eben auf Ihre Art.«

Ich konnte mich einfach nicht mehr zurückhalten. Also verlagerte ich meine Hand vom Türrahmen an ihre Taille und sah Sienna tief in die Augen.

»Meine Art würde beinhalten, dass ich uns in diesem Zimmer einschließe und wir es bloß verlassen, wenn es denn gar nicht anders geht.«

Sie war mir so nahe, dass ich lediglich den Kopf hätte senken müssen, um ihre Lippen zu erobern. Und das hätte ich auch getan, wenn nicht in diesem Moment ein Hotelangestellter gekommen wäre, um Holz für den Kamin zu bringen.

»Nur für den Fall, dass Sie später am Abend ein Feuer wollen.«

»Danke.«

»Brauchen Sie sonst noch etwas?«

»Nein, vielen Dank«, sagte ich, ohne den Blick von Sienna abzuwenden.

»Ich werde draußen warten, während du dich umziehst«, flüsterte Sienna und warf einen Blick zu dem Angestellten, der sich damit beschäftigte, das Holz aufzustapeln, als wäre es ein verdammtes Kunstwerk. Ich wollte mit ihr allein sein, verdammt noch mal.

Ich lächelte, wackelte mit den Augenbrauen und flüsterte: »Oder du kommst mit in mein Schlafzimmer und riskierst einen kurzen Blick.«

Sie schüttelte den Kopf und zeigte anklagend mit dem

Zeigefinger auf mich. »Wir treffen uns in zehn Minuten draußen. Und komm ja nicht zu spät.«

»Alles klar, Ma'am.«

***

Als ich zehn Minuten später das Hotel verließ, konnte ich meinen Augen kaum trauen. Sienna hatte bereits ganz alleine eine riesige Schneekugel gerollt. Außerdem bemerkte ich Oliven und Karotten auf einem Schneehaufen.

»Wo hast du die denn her?«, fragte ich, als ich mich dranmachte, eine zweite Kugel zu rollen.

»Ich habe meinen Charme beim Küchenpersonal spielen lassen.«

»In zehn Minuten?«

Sie lachte. »Ich bin sehr effizient. Wie hätte ich dich sonst so lange ertragen können?«

»Ich werde so tun, als hätte ich das nicht gehört«, erklärte ich hochmütig und warf einen kleinen Schneeball in ihre Richtung.

Sie keuchte, dann schnappte sie sich selbst auch eine Handvoll Schnee. »Das ist die reine Wahrheit.«

Bevor sie mich damit bewerfen konnte, packte ich ihre Handgelenke.

»Also, warum hältst du mich aus?«, zog ich sie auf.

»Weil du klug bist und ich gern mit dir arbeite. Und seit du nach San Francisco zurückgekehrt bist, bist du viel … erträglicher.«

»Ich bin erträglich. Aha.«

»Hey. Du hast dich schon enorm verbessert, wenn man bedenkt, dass du mal der Chef aus der Hölle warst.« Sie grinste breit.

»Ich verstehe. Und doch hast du den Chef aus der Hölle

nach hier draußen beordert. Irgendetwas verrät mir, dass dir jede Ausrede recht ist, um mehr Zeit mit mir zu verbringen.«

Damit ließ ich ihre Handgelenke wieder los.

»Ich wollte dich beschäftigen. Wären wir drin geblieben, hättest du dir nur den Kopf wegen morgen zerbrochen… hättest dir ständig Sorgen gemacht.«

Ich war Sienna wichtig genug, dass sie sich Gedanken um mich machte. Niemals zuvor hatte ich mich mehr danach gesehnt, sie einfach in meine Arme zu heben und nach oben zu tragen. Ich wollte sie nicht mit der Welt teilen. Ich wollte diese wunderbare Kreatur ganz für mich haben.

Sie wandte ihre Aufmerksamkeit wieder dem Schneemann zu.

»Würde ich San Francisco nicht so sehr lieben, würde ich irgendwohin ziehen, wo es im Winter Schnee gibt«, meinte sie fast wehmütig. »Schnee gehört einfach zu Weihnachten, findest du nicht?«

Ich lachte. »Ich verlasse mich da ganz auf deine Expertise.«

Es kostete uns fast eine Stunde, einen kleinen Schneemann zu bauen, doch ich musste zugeben, dass er am Ende verdammt gut aussah. Besonders, da Sienna die Karotte als Nase und die Oliven als Augen verwendet hatte. Dann nahm sie ihre Mütze und ihren Schal ab und drapierte beides auf den Schneemann.

Ihre Augen wirkten ein wenig feucht.

»Was ist los?«, fragte ich.

Sie lächelte traurig und zuckte mit den Schultern. »Das letzte Mal, als ich einen so aufwendigen Schneemann gebaut habe, war ich noch ein Kind. Das ruft einfach Erinnerungen an meine Eltern wach. Gute Erinnerungen.« Seufzend rückte sie die Enden des Schals zurecht.

»Du solltest die Sachen wieder anziehen. Sonst erkältest

du dich noch«, meinte ich sanft. »Wenn du die Sachen hier draußen lässt, werden sie nur im Schnee versinken.«

Sie nickte, dann schoss sie ein Bild von dem Schneemann, bevor sie sich ihre Kleidung wiederholte.

»Lass uns reingehen«, meinte ich. »Der Schneefall wird heftiger.«

Sie nickte. Ihr Lächeln wirkte immer noch wehmütig, als wir den Lift erreichten. Jetzt war Sienna diejenige, die drohte, sich in Gedanken zu verlieren.

Das würde ich auf keinen Fall zulassen. Glücklicherweise hatte ich mir bereits einen tollen Plan zurechtgelegt.

12 Sienna

Ich schickte das Foto an meine Geschwister. Lucas und Chloe konnten sich an diesen Urlaub mit unseren Eltern natürlich nicht erinnern, aber Victoria antwortete sofort mit einem »Oooh«, was meine Gefühle ziemlich gut zusammenfasste.

Dann duschte ich, weil meine Füße so kalt waren, dass ich meine Zehen kaum noch spürte. Hätte man Schnee ohne Kälte haben können … aber der Schneemann war die Friererei wert gewesen. Eigentlich hatte ich ihn allein bauen wollen, doch Winston am Abend vor der Präsentation sich selbst zu überlassen, wäre gefährlich gewesen. Ich hätte riskiert, morgen in Begleitung des Grinch in das Konferenzzimmer zu treten.

Ich musste nicht wirklich mit ihm in die Sauna gehen, oder?

Ich wusste, dass ich es ihm versprochen hatte … doch gleichzeitig fühlte es sich an, als würde ich mit dem Feuer spielen. Ich sollte in meinem Zimmer bleiben. Tatsächlich hätte ich mir wahrscheinlich am besten etwas vom Zimmerservice bringen lassen und den gesamten Abend allein verbracht.

Doch ich hatte es nun einmal versprochen. Ich konnte keinen Rückzieher machen. Außerdem bestand immer noch die reelle Gefahr, dass Winston sich sonst selbst in den Wahnsinn trieb. Genau! Nur deswegen spielte ich mit, erklärte ich mir selbst. Allein aus diesem Grund. Nicht, weil ich Winston halb nackt und verschwitzt sehen wollte.

Wow … war ich nicht gut darin, mich selbst anzulügen? Ich hatte so viel Zeit damit verbracht, nachzudenken, dass ich nicht mal ansatzweise bereit war, als Winston an die Tür klopfte.

»Augenblick noch!«, rief ich panisch. Ich wickelte mir eines dieser schicken Saunatücher um den Körper und schloss die Spange über meinen Brüsten, dann schnappte ich mir die Badetasche, die das Hotel zur Verfügung stellte, und öffnete die Tür.

Sofort wurden meine Knie weich. Winston hatte sich das Tuch um die Hüften geschlungen, was bedeutete, dass sein Oberkörper vollkommen nackt war. Und überall, wo ich hinschaute, waren Muskeln.

Waschbrettbauch. Check.

Bizeps? Check.

Schicke Brustmuskeln? Double Check.

Nach einem kurzen Blick über seinen Körper musste ich mich quasi dazu zwingen, ihm wieder in die Augen zu sehen.

»Bereit?«, fragte er mit einem breiten Lächeln. Die ehrliche Antwort hätte eigentlich Nein sein müssen, aber ich nickte trotzdem.

Die Sauna lag im obersten Stockwerk des Hotels. Außerdem gab es einen Ruheraum mit gedämpfter Beleuchtung und gemütlichen Sesseln und Liegen.

Wir schnappten uns jeweils ein zusätzliches Handtuch und breiteten es auf den Holzbänken der Sauna aus.

Ich hatte zu keinem Zeitpunkt damit gerechnet, Winston so nahe zu kommen, während er quasi nackt war … und es war auf jeden Fall fast mehr, als ich ertragen konnte.

Der Raum hätte erstickend eng gewirkt, wäre da nicht das große Panoramafenster gewesen, das den Blick auf den Lake Champlain und die Adirondack Mountains im Hintergrund freigab. Die Aussicht war einfach atemberaubend.

»Dieses Fenster … können die Leute von draußen in die Sauna schauen?«, fragte ich.

Winston lächelte. »Streng genommen ja, aber wir sind zu weit oben, um von der Straße aus gesehen zu werden. Falls du also sexy Pläne hegst, kannst du sie jederzeit umsetzen.«

Kopfschüttelnd stieß ich ihn mit der Schulter an. Großer Fehler, weil ich mich jetzt nur noch mehr nach Berührungen sehnte.

Trotz der tollen Aussicht und des Eukalyptusdufts, der in der Luft lag, beschloss ich schon nach zwei Minuten, dass ich kein großer Fan von Saunas war.

»Das ist nicht besonders entspannend«, murmelte ich, als ich mir Luft zufächelte.

»Liegt es an der Hitze, dass du dich unbehaglich fühlst? Oder an mir?« Winstons Grinsen sorgte dafür, dass mein Magen einen Sprung machte. Ich war entschlossen, wenigstens fünf Minuten durchzuhalten, doch ich hatte Angst, jeden Moment zu ersticken. Als ich die Hitze einfach nicht mehr ertragen konnte, entschuldigte ich mich, verließ die Sauna und steuerte direkt die Saftbar an. Erst als ich ein ganzes Glas Orangensaftschorle auf Ex getrunken hatte, konnte ich wieder frei atmen.

Dann ging ich zu den Duschen. Obwohl ich gelesen hatte, dass man nach einer Sauna eiskalt duschen sollte, um die Poren zu schließen, fehlte mir der Mut dazu. Stattdessen verweilte ich unendlich lange unter lauwarmem Wasser und wusch mir sogar die Haare.

Ich wusste nicht, was ich erwarten sollte, als ich den Hahn schließlich zudrehte.

Danach wickelte ich mir ein frisches Handtuch um den Körper und trocknete mir die Haare mit einem zweiten.

Ich fand Winston im Lesezimmer. Er hatte ebenfalls geduscht und sich ein neues Handtuch um den Körper geschlungen. Auf einem zweiten saß er.

Senk den Blick nicht unter Kinnhöhe. Senk den Blick nicht unter Kinnhöhe.

»Bereit fürs Abendessen?«, fragte er.

»Ja.«

»Wir können auch etwas aufs Zimmer bestellen, wenn du möchtest.«

Ich stemmte die Hände in die Hüften, bis mir klar wurde, dass durch die Bewegung mein Handtuch ins Rutschen geraten war. Gerade rechtzeitig fing ich den Stoff noch auf.

»Fast wäre es runtergefallen«, meinte ich.

»Das dürfen wir nicht zulassen, nicht wahr?«

Ich räusperte mich, als ich mir das Handtuch eng an die Brust drückte.

»Im Speisezimmer gibt es einen großen Kamin. Das Erlebnis lasse ich mir nicht entgehen.«

»Wir haben auch einen Kamin in der Suite.«

»Schon, aber im Erdgeschoss hängen bereits Weihnachtsstrümpfe am Sims.«

»Schon verstanden, Ma'am.«

»Lässt du gar nicht mehr den Chef raushängen?«

Er warf mir einen Blick zu, der mir deutlich zu verstehen gab, dass ich die Antwort auf diese Frage lieber nicht wissen wollte.

»Wir sollten uns umziehen«, meinte er.

Ich nickte und drehte mich um. Als ich vor ihm herging, fühlte ich seinen Blick auf mir, spürte die Hitze seines Körpers. Seine körperliche Gegenwart hinter mir war wie ein Kraftfeld.

Als ich endlich mein Zimmer erreicht hatte, nahm ich mir einen Moment für mich selbst. Ich lehnte mich gegen die Tür und schloss die Augen. Winston gönnte mir wirklich keine Atempause.

***

Ich schlüpfte in ein Sweaterkleid, weil es mir für innerhalb des Hotels passend erschien. Die Atmosphäre im Erdgeschoss war gemütlich und einfach… angenehm. Alle Kellner trugen Hemden mit weihnachtlichen Mustern.

Winston wartete am Eingang zum Restaurant auf mich. Er trug Jeans und einen schwarzen Pulli und sah aus wie ein Calvin-Klein-Model.

Zu meiner Überraschung wurden wir zu einem Tisch direkt neben dem Kamin geführt. Ich konnte unser Glück kaum fassen. Nach ein paar Sekunden drängte sich mir der starke Verdacht auf, dass Winston da etwas nachgeholfen hatte.

»Wie hast du uns diesen Tisch gesichert?«, fragte ich, nachdem wir Roastbeef und zwei Gläser Wein bestellt hatten.

»Ich habe meinen unwiderstehlichen Charme spielen lassen, weil ich wusste, dass es dir hier gefallen würde.«

»Tut es. Ein wunderbarer Tisch. Du wirkst entspannt.«

»Bin ich auch. Eine gewisse freche Frau hat sich darum gekümmert.«

Ich grinste. »Und wie ist ihr das gelungen? Indem sie dich überredet hat, einen Schneemann zu bauen?«

»Das und einfach durch ihr Wesen. Sie ist witzig und herzlich.«

Er legte eine Hand auf meine. Ich schmolz förmlich dahin. Dann sah ich mich im Raum um und entdeckte, dass überall Bilder der Familie hingen, der das Hotel gehörte.

Ich hatte mich so sehr auf die Weihnachtsdekoration konzentriert, dass ich die Fotos bisher gar nicht bemerkt hatte.

»Schau, überall hängen Familienbilder.«

»Stimmt. Hatte ich noch gar nicht gesehen.«

»Ich habe den persönlichen Begrüßungsbrief in meinem Zimmer gelesen. Das Besitzerehepaar ist schon seit vierzig Jahren verheiratet.«

»Meine Eltern haben letztes Jahr ihren zweiundvierzigsten Hochzeitstag gefeiert.«

Ich grinste. »Ich weiß. Noch heute reden alle von der Party, die sie für die Angestellten geschmissen haben.« Wehmütig fügte ich hinzu: »Meine Eltern waren ebenfalls glücklich verheiratet. Das hat mich verwöhnt. Und später haben dann auch noch alle Bennetts ihre große Liebe gefunden. Es klingt vielleicht verrückt, aber ich hatte irgendwie erwartet, inzwischen schon verheiratet zu sein.«

»Wieso ist das verrückt?«

»Na ja, du kennst vermutlich die Statistiken über die Anzahl der Ehen, die nicht halten und wieder geschieden werden.«

»Ich glaube, Statistik sagt nur etwas über Wahrscheinlichkeiten aus. Man muss Glück haben. Wenn man der richtigen Person begegnet, verliert jede Statistik ihre Bedeutung.«

»Winston! Kann es sein, dass du ein verkappter Romantiker bist?«

Er machte eine finstere Miene, und ich lachte. Sofort schüttelte er grinsend den Kopf.

»Wieso hast du das nicht schon vor ein paar Wochen erwähnt? Ich hätte dich viel schneller hochgestuft.«

»Heißt das, ich habe endlich Gnade vor deinen Augen gefunden?«

»Ja, aber sei vorsichtig. Ruh dich nicht auf deinen Lorbeeren aus.«

»Das würde mir nicht im Traum einfallen.«

Lächelnd rutschte ich auf meinem Stuhl herum. Ich war

so energiegeladen, dass ich einfach nicht wusste, was ich mit meinen Händen anfangen sollte. Auf den Tisch legen? Im Schoß falten?

Und wieso analysierte ich noch die kleinsten Bewegungen?

Sobald der Kellner unseren Wein gebracht hatte, stießen Winston und ich miteinander an, wobei er die ganze Zeit meinem Blick standhielt. Ich wusste nicht, woran es lag, doch irgendwie war ich heute Abend noch empfänglicher für seine Ausstrahlung als sonst. Kurz darauf wurde unser Roastbeef gebracht. Es schmeckte köstlich. Für gewöhnlich hätte ich mehr auf das Essen und die Atmosphäre geachtet, doch Winston fesselte meine Aufmerksamkeit – wie sich seine Haut anfühlte, wann immer er meine Hand ergriff; die Nervosität, die in mir aufstieg, wenn sein Bein sich unter dem Tisch meinem näherte, ohne mich wirklich zu berühren.

»Du bist glücklich«, stellte er fest. Mein verträumtes Lächeln war ein sicherer Hinweis.

»Das ist ein toller Abend. Natürlich bin ich gut drauf.«

Wir waren uns heute Abend einfach so nahe – als erlaube uns die Tatsache, dass wir San Francisco hinter uns gelassen hatten, uns zu öffnen, sodass wir einfach wir selbst sein konnten.

Wir blieben auch an unserem Tisch sitzen, nachdem wir das Roastbeef aufgegessen hatten, bestellten uns noch ein Glas Wein und sprachen über unsere Familien. Wir standen erst auf, als die Angestellten verkündeten, dass das Restaurant geschlossen wurde.

Wie hatte der Abend so schnell verfliegen können? Ich wollte nicht, dass er endete.

Winston ging neben mir, und ich war mir seiner Nähe unglaublich bewusst. Unsere Arme berührten sich fast.

Ich hielt vor meiner Zimmertür an.

»Also, gute Nacht«, sagte ich.

Winston lächelte nur.

»Was?«

»Das ist mein Zimmer.«

»Wirklich?«

Als Beweis hielt er seine Schlüsselkarte an die Klinke. Das Schloss öffnete sich. Er öffnete die Tür, wobei er leicht meine Schulter berührte. Mir stockte der Atem. Er trat näher an mich heran. Nie zuvor hatte er mich mit einem derart obsessiven Blick angesehen – seine Augen wirkten fast wild.

***

Als er seine Lippen auf meine drückte, vergaß ich, was ich hatte sagen wollen. Ich konnte an nichts anderes mehr denken als daran, wie sehr ich ihn begehrte, wie sehr ich ihn brauchte. Winston umfasste meinen Hinterkopf, als hätte er nicht vor, mich gehen zu lassen. Er küsste mich, als wäre er entschlossen, Besitz von mir zu ergreifen und mich für sich zu beanspruchen. Und ich wünschte mir nichts mehr, als nachzugeben.

Ohne den Kuss abzubrechen, zog er mich in sein Zimmer. Die Tür schloss sich mit einem Knall. Ich zitterte in seinen Armen, bereits überwältigt von der schieren Intensität seiner Leidenschaft.

Er küsste mich mit solcher Entschlossenheit, dass ich mich ihm einfach ergeben musste.

Fürchtete ich, dass das ein böses Ende nehmen könnte? Ja. Doch noch mehr fürchtete ich mich davor, nicht herauszufinden, wieso dieser Mann so viele Empfindungen in mir auslöste. Niemals zuvor hatte ich mich so gewürdigt gefühlt. Es war, als wisse Winston jeden Aspekt meines Charakters zu schätzen.

Er ließ die Finger leicht über meinen Rücken gleiten, bis sie den Reißverschluss meines Kleides fanden. Mein gesamter Körper pulsierte vor Vorfreude. Winston brach den Kuss ab, zog sich ein kleines Stück zurück und sah mir in die Augen. Die Hitze in den grünen Tiefen überwältigte mich fast. Ich war wie betrunken von der Leidenschaft.

Er öffnete den Reißverschluss, ließ die Hand über meinen nackten Rücken gleiten. Ich zitterte, weil ich mich nach seiner Berührung verzehrte. Als mein Kleid nach unten glitt und zu Boden fiel, fuhr ich mir mit der Zunge über die Lippen. Winston ließ langsam den Blick über mich gleiten, als wolle er sich jede Kurve einprägen. Als er den Blick wieder hob, stockte mir der Atem.

»Du bist so schön«, murmelte er. »Einfach perfekt.«

Ich biss mir auf die Unterlippe, was er natürlich bemerkte. Seine Augen blitzten auf, dann beugte er sich wieder vor und ließ langsam die Zunge über meine Unterlippe gleiten. Ein Schauder glitt über meinen Rücken, und ich konnte ein Stöhnen nicht unterdrücken. Mein gesamter Körper reagierte auf die Liebkosung. Als er seine Aufmerksamkeit meiner Oberlippe zuwandte, um auch sie mit der Zungenspitze zu necken, wurden meine Nippel hart. Pulsierende Hitze sammelte sich zwischen meinen Beinen. Ich griff nach seinem Gürtel und öffnete ihn. Winston stöhnte an meinem Mund, dann küsste er mich mit solcher Wildheit, dass ich rückwärtsstolperte. Und dann waren seine Lippen plötzlich überall. Er küsste meinen Mund und meinen Hals, verlangte meine vollkommene Unterwerfung, nahm sich alles, was ich zu geben hatte. Und meine Gier stand seiner in nichts nach. Ich zog ihm das Hemd aus und ließ die Hände über seinen Oberkörper gleiten, entschlossen, jede noch so kleine Stelle zu erkunden; stellte mich auf die Zehenspitzen und drückte ihm einen Kuss auf den Adamsapfel. Das

Brummen, das aus seiner Kehle aufstieg, verriet mir, wie sehr ihm das gefiel.

Erneut umfasste er mit einer Hand meinen Hinterkopf und zog mich in einen wunderbar leidenschaftlichen Kuss. Mit der anderen Hand packte er meine Hüfte und zog mich an sich. Als ich seine Erektion an meinem Bauch fühlte, wurden meine Knie weich. Aus einem frechen Impuls heraus öffnete ich seine Hose und schob sie nach unten, um dann eine Hand in seine Boxershorts zu schieben. Als ich die Finger um seine Erektion schloss, begannen seine Hüften sich leicht zu bewegen. Gleichzeitig vertiefte er den Kuss, forderte mit jeder Berührung seiner Zunge mehr von mir. Ich ließ den Daumen über seine Spitze gleiten und entriss ihm damit ein tiefes, kehliges Stöhnen. Und dann drängte er mich rückwärts, bis meine Beine gegen das Bett stießen.

Ich legte mich auf die Matratze und genoss die Aussicht.

»Gefällt dir, was du siehst?«, fragte er lächelnd.

Ich grinste und legte den Kopf schief. »Ich denke schon.«

Ich verschlang ihn förmlich mit den Augen. Jeder Muskel war perfekt definiert. Ich konnte es kaum erwarten, meine Finger darüber gleiten zu lassen … um dann dieselben Stellen mit meinem Mund zu verwöhnen. Das wilde Funkeln in seinen Augen verriet mir allerdings, dass Winston andere Pläne hatte.

Er legte sich neben mich auf die Matratze, sodass er mich ansehen konnte. Ich lag auf dem Rücken, und mein Atem ging stoßweise.

»Ich nehme die Pille«, sagte ich. »Und ich bin gesund.«

»Ich habe auch keine Krankheiten.«

In einer federleichten Berührung ließ er die Fingerspitzen über meine Brust gleiten. Als er sich über mich beugte, rechnete ich damit, dass er dieselbe Stelle zwischen meinen Brüsten küsste. Stattdessen zog er das Körbchen meines BHs nach unten und schloss die Lippen um einen Nippel, um ihn mit der Zunge zu liebkosen. Wunderbare Gefühle erfüllten mich, und meine Hüften hoben sich vom Bett. Heiliger Strohsack!

Ich vergrub die Hände in den Laken und fühlte, wie Winston an meiner Brust lächelte, bevor er die Hand an meinen Rücken schob, um den Verschluss zu öffnen. Ungeschickt schob ich mein Höschen nach unten, um jegliche Stoffbarrieren so schnell wie möglich verschwinden zu lassen. Er entledigte sich seiner Boxershorts.

Seine Küsse wechselten zwischen zärtlich und wild. Und seine Berührung … war einfach überirdisch wunderbar. Es spielte überhaupt keine Rolle, ob er meinen Bauch oder meine Brüste oder die Innenseite meiner Schenkel berührte … ich fühlte alles so intensiv, als wäre mein gesamter Körper eine erogene Zone … als wäre jede Zelle direkt mit meiner Mitte verbunden. Und jedes Mal, wenn unsere Blicke sich trafen, fühlte ich mich entblößter als je zuvor.

»Du bist so unglaublich, Sienna. Alles an dir fasziniert mich. Dein Lachen, die Art, wie du mich berührst. Wie du mich herausforderst.«

Ich lächelte. Ich empfand die Verbindung zwischen uns, als wäre sie ein Band, das uns aneinander fesselte. Als Winston mich direkt ansah, war ich mir sicher, dass er meine Gefühle aus meiner Miene ablesen konnte, doch statt dichtzumachen oder die Flucht zu ergreifen, hieß er sie willkommen. Er zog eine Spur aus Küssen über meine Brust, ließ die Daumen über meine Nippel gleiten, bevor er seine Lippen darum schloss.

Als er sich zwischen meine Beine schob, vergrub ich erneut die Finger in der Matratze. Gespannte Erwartung erfüllte mich. Er ließ die Nasenspitze über die Innenseite meiner Schenkel gleiten, dann küsste er mich dort, ehe seine

Lippen immer höher glitten, bis er fast meine Mitte erreicht hatte. Als sein Mund die empfindliche Haut berührte, keuchte ich auf. Er drückte einen Kuss auf meinen Bauch und küsste mich dort, um dann noch höher zu gleiten. Hin und wieder hielt er inne, um mich anzusehen. Jedes Mal, wenn unsere Blicke sich trafen, drohten Gefühle mich zu überwältigen. Er sah mich an, als machte meine Anwesenheit ihn zum glücklichsten Mann auf Erden; als wäre ich etwas Kostbares.

Danach packte er seinen Ständer und liebkoste meine Klitoris mit der Spitze. Ich keuchte und hob ihm die Hüften entgegen, woraufhin er mich zurück aufs Bett drängte und mir ein teuflisches Lächeln schenkte.

»Ich habe hier das Sagen, Sienna. Und ich werde dir Lust verschaffen.«

Langsam drang er in mich ein. Ich fühlte, wie er mich langsam ausfüllte, während er Küsse auf meinen Hals niederregnen ließ. Dann glitten seine Lippen an meine Schläfe, und er murmelte meinen Namen.

13 Winston

Von Siennas weicher Haut, ihrem femininen Duft, der Art, wie sie auf mich reagierte, konnte ich nicht genug bekommen. Ich wollte ihr Vergnügen für mich beanspruchen und dafür sorgen, dass ihre Welt aus den Fugen geriet.

Sanft begann ich mich zu bewegen, weil ich Sienna Zeit lassen wollte, sich an mich zu gewöhnen. Dabei genoss ich ihre Reaktionen. Wie ihre Lider sich flatternd schlossen, ihre Lippen sich zu einem Stöhnen öffneten. Ich beschleunigte meine Bewegungen, stieß ohne jede Zurückhaltung in sie. Als ich ihre Klitoris berührte, verkrampfte sie sich um mich.

»Oh, Winston. Win-ston!« Ihre Stimme brach. Ich wollte ihr Vergnügen in die Länge ziehen, doch gleichzeitig musste ich spüren, wie sie kam, bevor ich mich meiner eigenen Lust hingab.

Sie brummte protestierend, woraufhin ich erstarrte, aber dann lächelte. Als Nächstes schloss ich die Hände um ihre Knöchel, hob ihre Beine und legte sie mir über die Schultern.

Sienna riss die Augen auf. »Winston, das … oooh.«

Ihre Worte verklangen, als ich den Daumen auf ihre Klitoris drückte und mit harten, schnellen Bewegungen in sie stieß.

So konnte ich noch tiefer in sie eindringen, ihr auf jede mögliche Art Lust verschaffen. Und ich konnte beobachten, wie sie sich der Leidenschaft hingab … wie sie sich *mir* hingab. Sienna ballte die Hände zu Fäusten und verengte sich um mich, bis ich kaum mehr atmen konnte. Ich hielt lange genug durch, um zu beobachten, wie ihr Höhepunkt sie überwältigte und sie mit einem Schrei unter mir erzitterte. Sie war so verdammt schön, wie sie da erschöpft und errötend unter mir lag. Ein dünner Schweißfilm glänzte auf ihrer Haut.

Ich kam heftig und kippte nach vorne. Gerade rechtzeitig fing ich mich mit den Händen ab, um sie nicht zu zerquetschen. Noch nie in meinem Leben hatte ich im Bett mit jemandem so viel Spaß gehabt. Sanft ließ ich mich auf sie sinken, weil ich den Körperkontakt brauchte, weil ich sie einfach spüren musste. Ich wollte unsere Verbindung nicht lösen, obwohl wir uns sauber machen sollten.

Nur noch eine Minute, erklärte ich mir immer wieder. Ich ließ die Nasenspitze sanft über ihren Hals gleiten, danach küsste ich Sienna erneut, langsam und sinnlich, da ich sie weiter erkunden wollte. Sie schmeckte fantastisch. Sie fühlte sich auch fantastisch an, und ich wollte sie einfach nicht gehen lassen.

Ich küsste sie, bis sie stöhnte. Mein Penis war bereits wieder halb hart. Ich fühlte, wie ihre Mundwinkel sich zu einem leisen Lächeln hoben, als ich sie noch mal küsste.

Schließlich zog ich mich zurück und entdeckte, dass sie keineswegs scheu war – sie grinste breit, eine strahlende Miene, die den Raum erhellte.

»Was hat es mit diesem Lächeln auf sich?«, fragte ich und zog mit dem Daumen die Konturen ihres Mundes nach.

Sie spannte ihre inneren Muskeln an, und ich stöhnte, weil ich plötzlich wieder steinhart war.

Sie grinste noch breiter. »Es gibt keinen Grund dafür.«

»Dann sollte ich dir besser einen liefern.«

14 Sienna

Nach dem Duschen fand ich eines dieser Saunatücher und schlang es um meinen Körper. Es war so weich, dass ich den Stoff ständig berühren musste.

Winston beobachtete mich mit warmem Blick. Ein leises Lächeln spielte um seine Lippen.

»Was?«, fragte ich.

»Du bist putzig.«

»Der Stoff ist so weich. Hätte ich so ein Handtuch, würde ich zu Hause ständig damit herumlaufen. Aber bisher habe ich solche Qualität noch nicht gefunden.«

Er zog mich eng an sich. »Ich werde dir gern eines kaufen.«

»Ich will einem geschenkten Gaul ja nicht ins Maul schauen, aber woher kommt die plötzliche Großzügigkeit?«

»Ich war noch nicht fertig. Unter einer Bedingung.«

»Du und deine Bedingungen. Irgendwie gelingt es dir immer, zu bekommen, was du willst.«

»Du musst mir versprechen, dass du es in meiner Umgebung nicht trägst.«

Lachend warf ich den Kopf in den Nacken. »Und was soll ich stattdessen tragen?«

»Überhaupt nichts.«

Ich konnte nicht aufhören zu lachen. Ich sah Winston in einem anderen Licht. Wer hätte gedacht, dass er so verrucht sein konnte? Damit hätte ich nie gerechnet, angesichts seiner perfekt gebügelten Hemden und seiner mürrischen Stirnfalten.

»Das Tolle an Handtüchern ist, wie schnell man sie loswerden kann.« Ich trat einen kleinen Schritt zurück, um ihm mit langsamen, entschlossenen Bewegungen eine Demonstration zu liefern. Als ich die Spange öffnete, schnappte er nach Luft. Ich lächelte in mich hinein – oder zumindest dachte ich das. Winston bemerkte sofort, dass ich ein wenig zu selbstgefällig wirkte. Er umfasste meine Wange, um meinen Kopf leicht nach hinten zu neigen. Seine Augen glühten, und er trat näher, bis unsere Körper sich auf voller Länge berührten.

»Du ziehst mich auf?«, murmelte er, den brennenden Blick unverwandt auf mich gerichtet.

»Ich mag es, deine Grenzen zu erkunden.«

»Vorsichtig, Sienna. Du könntest eine Überraschung erleben.«

Das klang wunderbar. Ich würde später dafür sorgen, dass er dieses Versprechen hielt.

Vor Vorfreude wackelte ich mit dem Hintern, und sofort trat Hitze in seinen Blick. Das sah wirklich sehr vielversprechend aus.

Wir bestellten uns ein zweites Dessert vom Zimmerservice – einfach, weil uns danach war. Ich wollte nicht, dass der Abend jetzt schon endete, und Winston schien das ähnlich zu sehen.

Der Hotelangestellte entzündete auch den Kamin. Nachdem wir uns den Apfelkuchen hatten schmecken lassen, legten wir uns auf den Teppich vor dem Feuer und unterhielten uns.

»Willst du etwas trinken?«, fragte Winston.

»Nein, danke. Ich hatte genug. Beweg dich einfach nicht. Ich habe gerade die perfekte Kuschelposition gefunden. Das hier ist scheinbar die einzige mittelweiche Stelle auf deiner Brust.«

Ein tiefes Lachen erschütterte Winstons Brust. Ich lächelte, glücklich, dass ich diesen Effekt auf ihn hatte. Ich war mir ziemlich sicher, dass ich ihn noch nie so hatte lachen hören.

»Ich dachte nicht, dass all diese Muskeln auch Nachteile haben könnten, aber anscheinend doch.«

Winston schlang den Arm fester um mich und spielte gedankenverloren mit meinen Haaren.

Ich fand das so wunderbar. Einfach nur mit ihm hier zu liegen – na ja, auf ihm –, während wir mehr übereinander erfuhren.

»Du hattest recht. Das Knistern des Feuers wirkt entspannend.«

Grinsend sah ich auf und hob zwei Finger. »Das ist heute schon das zweite Mal, dass du mir zustimmst.«

»Du zählst mit?«

Ich nickte ernst. »Ich sammle Munition für das nächste Mal, wenn du dich zierst. Und ich bin mir sicher, das wird schon bald der Fall sein.«

Bevor ich wusste, wie mir geschah, hatte er uns herumgerollt, bis er über mir lag. Seine Hüfte presste sich gegen meine, seine Hände drückten meine Handgelenke über meinem Kopf auf den Boden. Ich war seine Gefangene, was ein tolles Gefühl war.

»Also bin ich ein schwieriger Mensch?«

Ich war entschlossen, zu meiner Meinung zu stehen. »Der schwierigste Mensch, dem ich je begegnet bin.«

Er ließ die Nasenspitze über meinen Hals gleiten, dann zog er meine Hände nach unten, als sein Kopf tiefer sank, bis sein Gesicht über meinen Brüsten schwebte. Ich wand mich unter ihm.

»Was tust du da?«, flüsterte ich.

»Ich gebe dir einen Anlass, deine Meinung noch einmal zu überdenken.«

Mir stockte der Atem. Langsam ließ er die Nase über die

Unterseite meiner Brüste gleiten, und sofort kribbelte mein gesamter Körper. Als er die sinnliche Folter auf der Oberseite fortführte, fühlte ich mich, als müsste ich schreien. Was geschah hier? Wieso war meine Haut so empfindlich? Meine Nippel waren unglaublich hart und verzehrten sich nach seiner Berührung. Die Anspannung in mir baute sich immer weiter auf.

»Du bist so still«, zog Winston mich auf. Allein das Gefühl seines heißen Atems auf meiner Haut trieb mich fast in den Wahnsinn.

Trotzdem … so leicht wollte ich mich nicht ergeben. Ich hatte keine Ahnung, warum ich mich so widersetzte, doch ich tat es.

»Ich genieße einfach nur«, murmelte ich.

Winston lächelte an meiner Haut, sah zwischen meinen Brüsten zu mir auf. Dann zog er eine Spur von Küssen über mein Brustbein, ohne meine Nippel zu beachten. Er schob den Mund neben mein Ohr.

»Ich will diesen Raum nie mehr verlassen«, flüsterte er. »Ich will mit dir hierbleiben, damit ich dich mit niemandem teilen muss.«

»Und du denkst, du könntest mich davon überzeugen?«

»Da bin ich mir sogar sicher.«

»Ich glaube, du überschätzt deine Fähigkeiten«, neckte ich ihn.

Er zog die Augenbrauen hoch, und sofort wusste ich, dass ich in Schwierigkeiten steckte. Er gab eine meiner Hände frei, um die Hand nach unten und über einen meiner Nippel gleiten zu lassen. Seine Handfläche strich nur leicht darüber, doch meine Haut war so empfindlich, dass ich stöhnte und die Schenkel zusammenpresste, sodass Winston dazwischen gefangen war.

Lachend drückte er einen Kuss auf meinen Bauch. Ich gab

nicht leicht auf, aber ich wusste, wann ich das Handtuch werfen musste.

»Schön, ich gebe es zu. Ich bin vollkommen einverstanden mit deinem Plan, mich hier gefangen zu halten.«

Er lachte, dann lehnte er sich über mich und belohnte mich mit einem leidenschaftlichen Kuss. Ich nutzte die Ablenkung und warf die Hüften nach oben, um ihn gleichzeitig mit den Händen von mir zu stoßen. Er kippte zur Seite. Sofort kletterte ich auf ihn.

»Was tust du da?«, fragte er.

»Ich hatte einen Plan, bevor du mich mit deiner herrischen Art abgelenkt hast.«

»Und wie sieht dieser Plan aus?«

»Ich will deinem Körper die Aufmerksamkeit schenken, die er verdient.« Um meine Aussage zu unterstreichen, ließ ich die Finger über seine Brust gleiten.

»Bisher hast du ihn ignoriert.«

Ich schüttelte den Kopf. »Der erste Schritt war, auf dir zu liegen und mit dir zu kuscheln.«

»Und der zweite Schritt?«

»Abwarten und Tee trinken, Mr Statham. Abwarten und Tee trinken.«

Ich ließ meine Hände über seinen Oberkörper gleiten, zog mit den Fingerspitzen kleine Kreise über seine Muskeln, berührte jede Erhebung. Winston blieb geduldig, das musste ich ihm lassen. Doch der wilde Ausdruck in seinen Augen warnte mich, dass diese Zurückhaltung wahrscheinlich nicht lange halten würde.

Als ich die Lippen kurz über seinem Nabel auf seine Haut drückte, stieß er ein leises Stöhnen aus. Ja … Winston drohte jede Sekunde die Beherrschung zu verlieren. Ich bemühte mich, nicht an seiner Haut zu lächeln … und versagte kläglich. Ich konnte einfach nicht anders.

Als ich die Lippen öffnete, um meine Zungenspitze über seinen Waschbrettbauch gleiten zu lassen, zog er leicht an meinem Haar.

»Sienna«, stöhnte er, »du treibst mich in den Wahnsinn.«

»Ich weiß.«

Und schon wieder musste ich lächeln. Ich sah zu ihm auf, nur um festzustellen, dass er mich amüsiert musterte.

»Und du bist stolz darauf.«

»Sehr sogar«, gab ich zu.

Ich ließ meinen Mund höher wandern, bis ich wieder auf ihm lag. Er streichelte sanft mein Haar. Ein paar Minuten lang genossen wir schweigend die Gegenwart des anderen, bis er fragte: »Verrat mir deinen Lieblingsfilm.«

»Schwere Frage. Wahrscheinlich der zweite Teil der *Tribute von Panem*. Warum?«

»Ich will einfach mehr über dich erfahren.«

Lächelnd ließ ich mein Kinn auf seiner Brust ruhen. »Okay.«

»Lieblingsbuch?«

»Alles, was John Grisham je geschrieben hat.«

»Eine Thriller-Liebhaberin. Nett.«

Ich kniff die Augen zusammen. »Du klingst nicht, als fändest du das wirklich gut.«

»Alle Bücher, in denen Morde vorkommen, verursachen mir eine Gänsehaut.«

»Winston Statham, du hast Angst.«

»Stimmt.«

»Und was für Filme schaust du?«

»Ich schaue kaum Filme. War nie ein Filmliebhaber.«

»Nun, wenn du jüngere Geschwister hast, stellst du schnell fest, dass Filme die beste Art sind, sie eine Weile beschäftigt zu halten. Ich habe ihnen immer Disneyfilme gezeigt und selbst unheimlicheres Zeug geschaut.«

»Du hast gesagt, Lucas wäre in London. Warum?«

»An seiner Highschool gibt es ein Schüler-Austauschprogramm. Ich hoffe inständig, dass er trotzdem in den USA aufs College gehen will … am besten auf eines in der Nähe. Ich vermisse ihn total.«

»Du bist echt anbetungswürdig.« Winston schob mir eine Strähne hinters Ohr, dann verwöhnte er mich mit einem langen, tiefen Kuss, der Wärme in mir aufsteigen ließ.

Und das nicht nur, weil er nicht leidenschaftlicher bei der Sache hätte können, sondern weil er so ehrlich geklungen hatte. Er fand anscheinend nicht, dass ich eine aufdringliche Glucke war.

***

Später, als das Feuer zu verlöschen drohte, legte Winston ein neues Scheit auf die Glut.

Ich seufzte, als ich ihn beobachtete, und er warf mir einen fragenden Blick zu.

»Ich genieße einfach die Aussicht. Ich weiß nicht warum … aber dich dabei zu beobachten, wie du das Feuer neu anfachst, stellt irgendetwas mit mir an. Ich glaube, so sehe ich dich am liebsten.«

»Am liebsten? Es gibt eine Rangliste?«

»Offensichtlich. Das ist Platz eins.«

»Und Platz zwei?«

»Ich habe mich noch nicht ganz entschieden: entweder Winston in einem Anzug oder in diesem heißen Outfit, das du getragen hast, als du mir beim Streichen geholfen hast.«

Er lachte. »Du bist echt frech.«

»Nicht immer.«

»Also liegt das nur an mir?«

»O ja.«

Er setzte sich neben mir auf den Boden, zog mich auf seinen Schoß und drückte einen Kuss auf meine Schulter.

»Deine Haut ist so wunderbar weich«, murmelte er.

»Danke.«

»Und dieser knackige Hintern. Seitdem ich dich tanzen gesehen habe, führt er mich im Büro jeden Tag in Versuchung.« Er legte mich sanft auf den Rücken, küsste meinen Hals und knetete meine Pobacken. »Mir gefällt das Gesamtpaket.«

Ich schlang die Arme um seinen Hals, um ihn an mir festzuhalten, dann drückte ich ihm einen Kuss auf den Mundwinkel. Ich fand seine Worte einfach wunderbar.

»Dasselbe könnte ich von dir sagen.«

Er ließ die Fingerspitzen über meinen Rücken gleiten, bis ich eine Gänsehaut bekam.

»Was hat dich überzeugt? Wie ich Holz im Feuer nachlege?«

»Na ja, das hat natürlich auch eine Rolle gespielt. Aber letztendlich entwickelt sich schon seit einer Weile alles zu deinen Gunsten. Spätestens, als du gesagt hast, dass du deine Eltern schützen willst, damit sie sich keine Sorgen machen müssen, ist mir klar geworden, dass du gar nicht so schlecht sein kannst.«

Er sah mich überrascht an. »Du bist wirklich eine Nummer.«

»Ich will hier ja nicht die Stimmung verderben, aber wenn wir nicht langsam schlafen gehen, bin ich morgen zu nichts zu gebrauchen.«

»Ganz meine Meinung.«

Allerdings war ich überhaupt nicht müde. Als Winston mich schließlich hochhob, als wäre ich federleicht, um mich ins Bett zu tragen, lieferte mir das gleich den nächsten Energieschub.

Zu viele Gedanken rasten in meinem Kopf. Ich konnte nicht schlafen, weil das Leben einfach zu aufregend war. Ich befand mich in einem wunderschönen Hotel, lag neben diesem unglaublichen Mann. Je länger ich darüber nachdachte, desto kribbeliger fühlte ich mich.

Heiliger Strohsack, wenn ich so weitermachte, würde ich keine Minute schlafen. Wieso war ich überhaupt so aufgedreht? Na ja, eigentlich musste ich mich fragen: Wie zum Teufel sollte ich nicht aufgedreht sein?

Allein das Gefühl von Winstons Körper neben mir erfüllte mich mit Energie. Als er schließlich besitzergreifend einen Arm um mich schlang und flüsterte: »Du wirst hier schlafen. Auf keinen Fall verlässt du heute Nacht mein Bett«, grinste ich breit, um dann den Schneefall vor dem Fenster zu beobachten.

Es machte mir überhaupt nichts aus, dass dieser sexy Mann mich hier gefangen hielt. Allein seinen Körper an meinem zu fühlen, war unglaublich. Ich war so energiegeladen, dass ich mich die ganze Nacht mit ihm hätte unterhalten können, doch er schlief fast sofort ein.

Also lag ich neben ihm und lauschte auf seine gleichmäßigen Atemzüge. Es fiel mir schwer, mich ruhig zu halten, weil ich mich dringend umdrehen und ihn küssen wollte.

Irgendwie gelang es mir, still liegen zu bleiben und einfach nur aus dem Fenster zu starren – immer noch breit grinsend.

***

Als am nächsten Morgen der Wecker klingelte, brummte mir der Kopf. Winston lag eng an mich gedrückt hinter mir. Ich wäre gern jeden Morgen so aufgewacht – besonders, wenn ein wichtiges Meeting anstand.

Das Meeting! Mein Magen verkrampfte sich, und ich zwang mich, die Augen zu öffnen.

»Wie viel Uhr ist es?«, fragte ich.

»Sieben.«

»Nein, nein, nein, nein.«

Ich sprang aus dem Bett. Dummer Fehler. Sofort wurde mir so schwindelig, dass ich fast das Gleichgewicht verloren hätte. Ach du Scheiße. Ich konnte kaum mehr als vier Stunden geschlafen haben. Als ich gestern Nacht das letzte Mal auf den Wecker neben dem Bett geschaut hatte, war es halb vier gewesen, und ich war auch danach nicht sofort eingeschlafen.

Winston trat neben mich, um mich zu stützen. Er wirkte hellwach.

»Was ist los?«

»Ich habe vergessen, meinen Wecker zu stellen. Ich wollte um fünf Uhr aufstehen, um mir die Haare zu waschen und alles.«

Er umfasste mit beiden Händen mein Gesicht. »Du siehst fantastisch aus.«

»Du darfst mir so früh am Morgen nicht schmeicheln. Ich bin noch nicht wach genug, um dir zu widerstehen.«

Ich bemühte mich, streng zu klingen, und deutete anklagend mit dem Zeigefinger auf ihn. Er fing mein Handgelenk ein, um mir lächelnd einen Kuss auf den Handrücken zu drücken.

»Jetzt habe ich nicht mehr genug Zeit für meine volle Morgenroutine.«

»Zieh einfach ein Kostüm an, und alles ist in Ordnung.«

»Typische Antwort für einen Mann. Ich brauche mehr Zeit, um mich fertig zu machen. Aber heute werde ich schummeln müssen.«

»Ich werde Frühstück aufs Zimmer bestellen, während du dich umziehst. Was möchtest du?«

»Kaffee. In jeder zur Verfügung stehenden Form. Ich glaube, ich habe nicht mehr als drei Stunden geschlafen.«

»Warum? Wir sind doch früh ins Bett gegangen.«

Ich konnte fühlen, wie meine Wangen erröteten. »Ich … ähm, konnte nicht einschlafen.«

»Warum?«

Ich zuckte nur mit den Achseln. Winstons Miene veränderte sich fast unmerklich: Er kniff die Augen leicht zusammen und lächelte schief.

»Hey, hast du über unseren Abend nachgedacht?«

»Vielleicht.«

Er beobachtete mich weiter mit scharfem Blick, bis ich ihn in die Brust kniff. »Schön. Schön. Du willst ein Geständnis hören? Ich war einfach zu aufgeregt und glücklich, um zu schlafen.«

Er schluckte schwer und musterte mich noch einen Moment, bevor er mein Gesicht umfasste und mich so leidenschaftlich küsste, dass meine Knie weich wurden. Ich klammerte mich an seinen Schultern fest und ergab mich seinem Kuss.

Ich wollte ihn nicht loslassen. Unglücklicherweise rief die Pflicht. Ich wusste, je länger ich mich ablenken ließ, desto stressiger würde der Morgen werden.

Aber wie sollte ich mich von Winston lösen, wenn doch alles in mir sich noch eine Minute an ihm festklammern wollte … oder zumindest eine Sekunde?

Als Winston den Kuss noch vertiefte und mich rückwärtsschob, bis er mich mit dem Rücken gegen die Wand drückte, wusste ich, dass ich mich zusammenreißen musste, um dem Charme dieses Mannes nicht mit Haut und Haar zu verfallen.

Ich stieß ihn spielerisch von mir, dann hob ich erneut mahnend den Zeigefinger.

»Lass uns für heute Morgen ein paar Regeln aufstellen. Ja zum Frühstück. Nein zu Küssen oder irgendwelchem sexy Unfug.«

Winston legte den Kopf schief. »Diese verrückten Ideen muss ich zurückweisen.«

»Winston, wir werden zu spät kommen!«

Er richtete diesen brennenden Blick auf mich. Ich war mir sicher, dass er mich gleich noch mal leidenschaftlich küssen würde, doch zu meiner Überraschung trat er stattdessen einen Schritt zurück. Allerdings wandte er den Blick keine Sekunde von mir ab.

***

In meinem Zimmer begann ich eilig meine Morgenroutine. Für gewöhnlich brauchte ich mindestens eine Stunde, aber heute schaffte ich es, mich in zwanzig Minuten fertig zu machen, während ich gleichzeitig noch mal meinen Teil der Präsentation durchging.

Mit meinem Haar ließ sich nicht viel anfangen, also band ich es einfach zu einem strengen Dutt, der gut zu meinem schicken Kostüm passte. Normalerweise trug ich in der Arbeit lässigere Kleidung, doch heute nicht.

Kostüme trugen viel zu einem professionellen Image bei.

Ich wollte auf keinen Fall, dass irgendwer mich wegen meines Alters oder meiner Kleidung nicht ernst nahm.

Winston war bereits im Wohnzimmer, als ich eintrat. Wir aßen schnell und schweigend. Ich wusste, dass auch er in Gedanken schon bei der Präsentation war. Es gab keine Anzüglichkeiten oder Flirtversuche mehr.

Ich überlegte, ob ich ihn noch mal küssen sollte, verwarf diesen Gedanken aber eilig wieder. Ich wollte ihn zwar beruhigen, doch gleichzeitig mussten wir konzentriert bleiben.

Allerdings konnte ich durchaus bereits planen, wie ich ihn hinterher verwöhnen wollte.

***

Wir fuhren mit dem Taxi zu dem Gebäude, in dem wir uns mit dem Vorstand treffen sollten. Schon nach fünf Minuten waren wir am Ziel.

Wir traten gemeinsam ein und wurden von einer sehr hilfsbereiten Empfangsdame zum richtigen Zimmer geführt.

Bald darauf schlossen sich uns fünf weitere Personen an, drei Männer und zwei Frauen. Wir schüttelten uns die Hände.

»Mr Statham, freut mich, Sie wiederzusehen. Ms Hensley, schön, Sie persönlich kennenzulernen«, sagte einer der Männer. Ich hatte letzte Woche E-Mails mit ihm ausgetauscht.

Ich holte tief Luft und nahm die Schultern zurück, bevor ich auch ihm die Hand schüttelte.

Showtime.

Ich war für die Einführung in unsere Präsentation verantwortlich, um den Anwesenden einen kurzen Überblick über den Zweck des Rebrandings und unsere Ziele zu geben. Inzwischen hatte ich genug solcher Vorträge gehalten, um zu wissen, wie wichtig Blickkontakt war.

Obwohl die Mienen um mich herum zweifelnd wirkten, machte ich keinen Rückzieher und ließ mich auch nicht einschüchtern. Zweifel zu zeigen, war der sicherste Weg, die Glaubwürdigkeit unserer Präsentation zu untergraben.

»Danke, Sienna«, sagte Winston, nachdem ich meine letzte Folie gezeigt hatte.

Wir tauschten die Plätze. Sobald ich mich auf einen der Stühle gesetzt hatte, überschlug ich unter dem Tisch die Beine. Ich sah Winston nicht an. Die Präsentation kannte ich auswendig. Stattdessen beobachtete ich die anderen, versuchte, ihre Mienen zu deuten und zu erraten, welche Notizen sie sich machten.

All die Zweifel, die ich zurückgedrängt hatte, als ich vor ihnen gestanden hatte, schlugen jetzt über mir zusammen.

Was, wenn ihnen das Rebranding nicht gefiel? Ich konnte mir nicht mal vorstellen, das Kaufhaus zu schließen. Das war einfach keine Option.

»Winston, um ehrlich zu sein, hatte ich mir drastischere Maßnahmen erhofft«, sagte einer der Männer.

»Das Programm für wohltätige Zwecke könnte ganz gestrichen werden«, meinte eine Frau.

Sofort wurde ich wütend.

Winston blinzelte. »Das Wohltätigkeitsprogramm gehört zur Kernmarke der Statham Stores. Es bleibt.«

Ich fand es unglaublich liebenswert, dass er für das Wohltätigkeitsprogramm kämpfte, auch wenn er sich das Leben damit schwerer machte.

»Unsere Kunden erwarten es«, warf ich ein. »Sie mögen das warme Gefühl, etwas Gutes getan zu haben.«

»Dieses warme Gefühl bringt keinen Profit.«

»Es gefällt den Leuten, einen kleinen Betrag spenden zu können. Ich kann Ihnen gern die Zitate aus unserer Kundenbefragung zeigen, die sich speziell auf das Wohltätigkeitsprogramm beziehen. Es macht die Kunden glücklich. Und glückliche Kunden geben mehr Geld aus.«

»Solange Sie das auch mit Zahlen belegen können.«

»Können wir«, antwortete Winston voller Überzeugung.

Danach diskutierten wir noch diverse andere Punkte der Rebranding-Kampagne.

Als wir wieder auf die Straße traten, war ich sehr bedrückt. Und Winston schien es genauso zu gehen.

Ich hatte wirklich gehofft, dieses Treffen würde besser laufen. Sicher, das war erst die einleitende Präsentation gewesen, aber wir hatten uns mit dem Vorstand auf so gut wie nichts einigen können. Okay … wir hatten noch jede Menge Zeit, uns darum Sorgen zu machen. Im Moment kannte ich nur ein Ziel: Winston von dem Meeting abzulenken.

»Also, Mister. Ich sehe, dass Ihnen das alles sehr zu schaffen macht. Dagegen müssen wir etwas unternehmen.«

Winston schenkte mir ein Lächeln. »Und was genau?«

Ich tippte mir nachdenklich ans Kinn. »Ich versuche noch, mich für den effektivsten Weg zu entscheiden.«

Winston hielt an und sah mich direkt an. Das Funkeln in seinen Augen machte mich ganz wuschig. Und dann trat er vor, um den Abstand zwischen uns zu schließen, und schlang die Arme um mich.

»Lass uns unsere Flüge auf morgen verlegen.«

Ich stieß den Atem aus. Wow. Damit hatte ich überhaupt nicht gerechnet.

»Du willst noch eine Nacht hier verbringen?«

Er nickte. »Ich möchte dich dieses Wochenende ganz für mich haben, Sienna. Mit dir allein sein.«

Mein Herz schlug so heftig, dass ich mich kaum konzentrieren konnte. Ich fühlte nur Winstons Wärme und seine Stärke.

Gefühle flackerten in seinem Blick, und mir wurde klar, dass dies ein entscheidender Moment war. Wenn ich Ja sagte, würde sich zwischen uns alles ändern.

Letzte Nacht hatten wir uns dem Moment ergeben und uns in der Hitze zwischen uns verloren. Doch das hier war … na ja, anders. Ich könnte mich mühelos in diesen Mann verlieben. Was, wenn er mir das Herz brach? Diese Angst war allerdings nicht stark genug, um den Impuls zu verdrängen, mich ihm vollkommen zu ergeben. Ich müsste meine Pläne für morgen anpassen, aber das war kein Problem … also nickte ich, froh, mehr Zeit zu haben, um ihn von diesem Meeting abzulenken.

»Perfekt. Das heißt, dass ich dir mehr von der Gegend zeigen kann, als ich dachte.«

Das war Musik in meine Ohren. Eine Win-win-Situation. Sorgen konnten wir uns immer noch machen, wenn wir wieder in San Francisco waren.

»Ich bin beeindruckt. Ich dachte, du würdest mich einfach im Hotel gefangen halten.«

Seine Augen blitzten auf. »Dieser Plan wäre auch in Ordnung. Meine Suite.«

Mahnend hob ich den Zeigefinger. »Nun ja, wenn du einen Kamin hast und es Zimmerservice gibt, bin ich dabei.«

»Ich verstehe. Das sind also die ausschlaggebenden Kriterien?«

»Was sollte sonst eine Rolle spielen? O ja, ein gewisser sexy Chef, der erst ein Feuer anfacht und dann meine Leidenschaft.«

Er küsste mich direkt dort auf der Straße, dann lächelte er an meinen Lippen. Mir wurde ganz warm ums Herz, weil Winston scheinbar wieder so glücklich war wie gestern.

Wir beschlossen, zuerst ins Hotel zu fahren und uns etwas Bequemeres anzuziehen.

»Lass uns nach Joey schauen«, sagte ich, als wir vor dem Hotel aus dem Taxi stiegen.

»Nur du verpasst einem Schneemann einen Namen.«

»Hallo? *Frosty, der Schneemann?* Hast du *Jack Frost* nie gesehen?«

»Ich bin kein Filmmensch, schon vergessen?«

Ich sah über die Schulter zu ihm zurück. »Okay. Vielleicht wird es Zeit, das zu ändern. Weißt du, was Joey braucht?«

»Was?«

»Einen Freund.«

Winston wirkte vollkommen entgeistert. »Du willst noch einen Schneemann bauen? Bitte sag mir, dass das ein Witz ist.«

Ich konnte mein Grinsen nicht länger unterdrücken. Bereits in der nächsten Sekunde stürzte Winston sich auf mich. Gemeinsam fielen wir in den weichen Schnee, der sofort überall war: in meinem Mund, meiner Nase, meinem Haar. Und unsere Kleidung wurde feucht.

Aber all das spielte keine Rolle mehr, als Winston mich auf den kalten Boden drückte und küsste.

Wir gingen erst ins Hotel, als es uns zu kalt wurde.

Im Aufzug ließ Winston die Hände über meine Arme gleiten. Ich zitterte.

»Es überrascht mich, dass du nicht versuchst, mich zu einem weiteren Saunagang zu überreden«, scherzte ich.

»Das war nur eine Ausrede, um mehr Zeit mit dir zu verbringen.«

»Und jetzt hast du verstanden, dass du solche Tricks gar nicht anwenden musst?«

»Genau.«

***

Morgen sollte ich eigentlich bei den Bennetts sein. Natürlich konnte ich behaupten, dass die Geschäftsreise verlängert worden war, was nur eine halbe Lüge gewesen wäre. Aber ich log nicht gern. Außerdem würde mir das sowieso niemand abnehmen, also beschloss ich, Victoria einfach zu erzählen, was vor sich ging.

Sienna | Winston hat mich gefragt, ob ich das ganze Wochenende bleiben will, und ich habe zugestimmt, also muss ich mich vom Familientreffen abmelden.

Dieselbe Nachricht schickte ich auch an Pippa. Die Mädels antworteten quasi zeitgleich.

Victoria | Du schläfst mit deinem Chef, oder? Schön für dich. ;-) Halt mich auf dem Laufenden.

OMG! Ich will alles ganz genau wissen. | Pippa

Ich tippte und löschte fünf Nachrichten an Pippa, bevor ich mich endlich für eine Version entschied.

Sienna | Das wäre eine sehr lange Nachricht. Ich werde es dir dann persönlich erzählen.

Du bist gemein. :-(| Pippa

Glucksend steckte ich mein Handy weg. Wenn ich die beiden das nächste Mal sah, würde ich definitiv auspacken müssen. Ich konnte es kaum erwarten.

Für mich war es ganz natürlich, über alles zu reden, was bei mir passierte. Victoria und ich hatten uns immer nahegestanden. Als wir uns dann der Bennett-Familie angeschlossen hatten, nun … hatte Pippa alles auf eine ganz neue Ebene gehoben.

Ich fand es wunderbar, mit den Mädels jedes Detail zu analysieren. Und das half auch dabei, eventuelle Warnzeichen zu entdecken. Ich machte mir selbst nichts vor. In gewissen Punkten war ich ziemlich naiv. Victoria und Pippa hatten mehr Erfahrung. Als ich mit Trevor zusammen gewesen war, hatten sie darauf hingewiesen, dass er große Teile seines Lebens von mir fernhielt. Ich erinnerte mich noch genau daran, wie klein ich mich gefühlt hatte, als er klargestellt hatte, dass er sich unter Druck gesetzt fühlte und nichts mehr mit mir zu tun haben wollte.

***

Obwohl ich eigentlich nicht mehr über die Arbeit reden wollte, brannte mir eine Frage auf den Nägeln.

»Was passiert mit dir und deinen Eltern, wenn das Kaufhaus geschlossen werden sollte?«, fragte ich, als Winston mein Zimmer betrat, nachdem er sich umgezogen hatte.

»Sie haben genug Rücklagen. Und ich habe gut investiert, seitdem ich mit dem Studium angefangen habe, also gilt für mich dasselbe. Hier geht es nicht um uns. Es ist eher … dieses Kaufhaus ist der Stolz meiner Familie. Dort arbeiten eine Menge Leute, deren Leben durch eine Schließung aus den Fugen geraten würde. Einige arbeiten schon seit Jahren dort. Sie gehören quasi zur Familie. Ich trage Verantwortung für sie, und ich werde sie nicht im Stich lassen.«

Ich glaube, in diesem Moment verliebte ich mich noch mehr in Winston. Aber verdammt, mit meiner Frage hatte ich die Stimmung ruiniert. Ich konnte quasi sehen, wie die Sorgenfalten auf seiner Stirn erneut erschienen.

»Ich möchte Regeln für den heutigen Nachmittag aufstellen«, verkündete ich.

»Ach, wirklich? Wieso hast du mir das nicht vorher gesagt?«

Ich erhob den Zeigefinger. »Warte. Hör mir erst zu. Du wirst die Regeln lieben. Wir dürfen weder über die Arbeit reden noch daran denken. Aber Spaß ist natürlich erlaubt, genauso wie alles, was sexy ist.«

Er trat näher an mich heran. Sein brennender Blick verriet mir, dass wir das Hotel nicht sofort verlassen würden.

»Ich will trotzdem Vermont kennenlernen«, warnte ich.

»Wie meine Lady befiehlt.«

***

Eines musste ich Winston lassen: Er blieb seinem ursprünglichen Plan treu, mir die Umgebung zu zeigen. Die Stadt war wirklich schön. Wir verbrachten eine Menge Zeit in einem kleinen Wohnviertel, weil mir die idyllischen Häuser dort so gut gefielen. Ständig dachte ich mir Geschichten über die Leute aus, die dort lebten.

Als wir fertig waren, war ich so berauscht von Burlington – und Vermont generell –, dass ich es kaum glauben konnte.

15 Winston

»Ich weiß, dass das verrückt klingt, aber ich könnte mir vorstellen, hier zu leben. Ich meine, rein theoretisch natürlich. Ich würde San Francisco nie im Leben verlassen. Aber ich kann mir vorstellen, in einem dieser Häuser zu leben, mit einem weißen Zaun und einem gepflegten Garten. Ich hätte einen Weihnachtsbaum für draußen und einen für drinnen. Und ich würde …« Sienna unterbrach sich. »Wieso siehst du mich so an?«

»Ich finde dich faszinierend, das ist alles.«

Für mich war es ein Haus, nicht mehr und nicht weniger. Doch für Sienna war es ein Ort zum Träumen, eine Geschichte – ein Leben, das sich darin abspielte. Ich konnte es kaum erwarten, das Leben noch öfter durch ihre Augen zu betrachten.

»Es ist Samstag. Das bedeutet, es besteht die realistische Chance, dass irgendwo in der Umgebung heute eine Tree-Lighting-Zeremonie stattfindet. Zumindest, wenn wir Glück haben«, meinte ich.

»Ja. Die liebe ich. Ich weiß, dass es so was auch in San Francisco gibt, aber ich fände es wunderbar, das mal an einem Ort zu sehen, wo neben den Weihnachtsbäumen keine Palmen herumstehen, verstehst du?« Sie klatschte in die Hände und wirkte so begeistert, dass ich lachen musste.

»Lass mich kurz nachsehen.«

Ich suchte im Internet nach Events in der Nähe und fand eine Liste.

»Hier. Zwei Städte entfernt. Vierzig Minuten Fahrt.«

»Können wir hin?« Ihre Augen leuchteten, und sie wippte vor Aufregung auf den Zehen.

»Ja, wir fahren hin.«

Sie schlang die Arme um meinen Hals und küsste mich. Bevor ich verstand, was sie vorhatte, sprang sie in meine Arme. Ich packte ihren Hintern, um sie festzuhalten.

»Mach das nicht noch mal mitten auf der Straße, Sienna.«

»Warum nicht?«, fragte sie herausfordernd.

»Ich könnte auf… interessante Ideen kommen.«

»Ich dachte, wir wollten uns die Lichter-Zeremonie ansehen.«

»Werden wir auch. Aber im Moment könntest du von mir so gut wie alles haben.«

»Dafür muss ich dich nur küssen?«

»Und mich anspringen.«

»Ich bin mir sicher, in Zukunft wird einiges in meinem Sinne laufen, wenn das alles ist, was ich tun muss, um dich zu überzeugen.«

***

Der Abend verging schneller, als ich gehofft hatte. Ich hatte die Gegend schon ein paarmal besucht, als Vorstandstreffen angestanden hatten, doch jetzt entdeckte ich alles neu. Es war bereits sehr spät, als wir ins Hotel zurückkehrten. Sienna strahlte über das ganze Gesicht und redete unablässig über das Event und darüber, ob wir nicht ein paar Details auch in das Weihnachtsprogramm des Kaufhauses übernehmen könnten.

»Was würdest du davon halten, auch eine Tree-Lighting-Zeremonie zu veranstalten?«, fragte sie.

»Ich finde, du bist genial. Das passt zu unserer Marke, also, warum sollten wir kein richtiges Event daraus machen?«

»Wir sind ein tolles Team.«

»Das sind wir.«

Ich machte mich am Kamin zu schaffen. Sienna nippte an ihrem Wein und sah einfach aus dem Fenster. Es schneite schon wieder.

»Worüber denkst du nach?«

»Ich will hier niemals weg. Es ist so schön hier.«

»Das kann ich problemlos arrangieren.«

»Ach wirklich? Irgendwie bezweifle ich das.«

»Ich bin der Chef, schon vergessen?«

»Natürlich nicht. Aber wenn du mich noch mal daran erinnern willst, werde ich nicht Nein sagen.«

»Ich kann meine eigenen Arbeitszeiten bestimmen, also könnte ich beschließen, dass wir noch bleiben und von hier arbeiten.«

Sienna kniff die Augen zusammen, danach ließ sie den Zeigefinger langsam über meinen Oberkörper gleiten. »Aber irgendwie glaube ich nicht, dass wir dann viel erledigt bekämen, oder?«

»Du hast recht. Was, wenn wir einfach an einem anderen Wochenende wiederkommen?«

»Warum würdest du das gern tun?«

Ich fuhr mit den Fingern die Konturen ihres Mundes nach. »Sieh dir dieses Lächeln an.«

Sie versuchte, ihre Mundwinkel zu senken, doch letztendlich grinste sie breit. Sie kuschelte sich eng an mich und verbarg das Gesicht an meiner Brust.

»Ich werde nicht ablehnen. Willst du mit mir zusammen in die Wanne steigen?«

»Nichts lieber als das.«

»Wunderbar. So kann ich dafür sorgen, dass du dich entspannst. Ich sehe da schon wieder Denkfalten, die mir gar nicht gefallen.«

Ich schluckte. »Bin ich so offensichtlich?«

»Ein bisschen.«

»Ich versuche nur, den besten Weg zu finden, um alle Arbeitsplätze zu sichern. Aber ich will die Stimmung auch nicht mit Gerede über die Arbeit zerstören.«

Sie stellte sich auf die Zehenspitzen und schlang die Arme um meinen Hals. »Tust du nicht. Du kannst so viel darüber reden, wie du willst.«

Diese Frau berührte mich, wie es niemand anderem je gelungen war. Die Ehrlichkeit in ihrem Blick vernichtete mich fast.

»Also, Mister. Steig in die Wanne. Und während du alles aussprichst, was dir im Kopf herumgeht, werde ich dich massieren.«

Sie fing an meinen Schultern an, doch ihre Hände glitten immer wieder auf meine Brust, während ich redete.

»Diese Massage ist mehr für dich als für mich. Du befingerst mich.«

»Ich könnte das leugnen, aber es stimmt.«

»Vielleicht sollte ich dir eine Lektion erteilen. Ich könnte dich auch befingern. Dich necken und in den Wahnsinn treiben.«

»Du warst mit mir bei einer Weihnachtsbaum-Zeremonie. Im Moment würdest du mit einer Menge durchkommen. Okay … das hätte ich wahrscheinlich nicht verraten sollen.«

Ich zog sie so plötzlich auf meinen Schoß, dass Wasser in alle Richtungen spritzte, dann wackelte ich mit den Augenbrauen. »Wahrscheinlich nicht.«

16 Sienna

Auch am Montag schien die Stimmung der Weihnachtsfeier noch im Büro nachzuwirken. In der Küche standen noch Reste vom Eierpunsch, auch wenn niemand so früh schon Alkohol trinken wollte. Irgendwer hörte Weihnachtslieder.

Ich lächelte in mich hinein, als ich mir Winstons Miene vorstellte, wenn er die Musik hörte. Allein bei dem Gedanken an ihn wurden meine Handflächen bereits feucht, und meine Wangen brannten.

Erst nachdem ich gestern bei mir zu Hause meinen Koffer ausgepackt hatte, war mir klar geworden, dass wir gar nicht über uns gesprochen hatten – oder genauer gesagt, darüber, wie es von nun an zwischen uns laufen sollte.

War das nur etwas für ein Wochenende gewesen? Bei dieser Vorstellung wurde mir eiskalt. Das konnte nicht sein. Winston war so süß und liebevoll gewesen. Und er hatte immer geklungen, als wäre das für ihn mehr als bloß ein kleines Techtelmechtel.

Je länger ich darüber nachdachte, desto aufgedrehter wurde ich. Als Winston ankam, versammelten sich alle zum monatlichen Zielsetzungsmeeting.

Ich sprach so oft wie möglich von »Mr Statham«. Vielleicht übertrieb ich es damit sogar ein bisschen, zumindest vermutete ich das nach Winstons amüsierten Blicken. Aber ich gab mein Bestes, mich so professionell zu benehmen wie möglich.

Schnell wurde offensichtlich, dass wir in diesem Punkt

nicht einer Meinung waren. Winston bemühte sich nicht einmal und stellte sich insgesamt nicht gerade geschickt an.

Er antwortete auf jedes meiner »Mr Stathams« mit einem »Sienna«. Und die Blicke, die er mir zuwarf, waren schamlos. Jedes Mal, wenn er mich ansah, fühlte ich mich, als hätte er mich gerade berührt. Konnten andere dieses Knistern zwischen uns ebenfalls wahrnehmen?

Sobald das Meeting vorbei war, trafen sich ein paar von uns in der Küche am Kaffeeautomaten.

»Ist euch aufgefallen, dass der Chef gelächelt hat?«, fragte eine meiner Kolleginnen.

»Ich dachte, ich hätte mir das nur eingebildet. Ich wusste nicht mal, dass Winston lächeln kann«, meinte Mara.

Ungefähr die Hälfte des Teams drehte sich zu mir um. »Sienna, weißt du irgendwas?«

Ich fühlte mich unwohl. »Was meint ihr damit?«

»Du stehst ihm am nächsten. Gibt es einen bestimmten Grund dafür, dass der Chef heute weniger mürrisch ist? Wir müssen herausfinden, was seine gute Stimmung ausgelöst hat, damit wir dafür sorgen können, dass es so bleibt.«

Mist. Wenn ihnen aufgefallen war, dass Winston sich anders verhielt, hatten sie sicherlich auch bei mir etwas bemerkt. Mir kam es so vor, als stünde es mir auf die Stirn geschrieben. Bloß mit Mühe konnte ich mir das Grinsen verkneifen.

»Kann ich nicht sagen.«

»Nun, gerade hat er gute Laune, das sollten wir ausnutzen«, meinte Mara. »Da die Weihnachtsfeier so ein großer Erfolg war, hätte ich eine Idee: Wieso bauen wir nicht einen Eierpunschstand nur für die Angestellten auf? Hier oben, damit die Kunden nichts davon mitbekommen. Sodass wir nach der Arbeit vorbeischauen und uns entspannen können? Wir könnten den Stand bis Silvester stehen lassen. Die

Tage zwischen Weihnachten und Silvester sind für die armen Wesen, die arbeiten müssen – wie mich –, die stressigsten des ganzen Jahres. Wäre toll, jeden Tag etwas zu haben, worauf man sich freuen kann.«

»Ich liebe diese Idee«, verkündete ich.

»Genug, um dem Chef den Vorschlag zu unterbreiten?«, fragte Mara.

Langsam entwickelte ich mich zum Boten des Teams, aber das konnte ich ihnen kaum übel nehmen.

»Werde ich machen«, versicherte ich.

Ich versuchte, mir vorzustellen, wie unsere Begegnung wohl laufen würde. Selbst vor dem Wochenende hatte jede Interaktion mit Winston dafür gesorgt, dass mir ganz heiß wurde.

Und jetzt, wo dieses Gefühl sich um ein Zehnfaches verstärkt hatte … verdammt! Mein Herzschlag beschleunigte sich schon bei dem Gedanken, allein mit ihm zu sprechen. Wie sollte ich meinen Job erledigen, wenn ich die Hälfte der Zeit nur an Winston dachte?

Fast den gesamten Vormittag hing ich am Telefon, um Angebote für das Weihnachtsprogramm auszuhandeln. Nach dem letzten Gespräch checkte ich meine E-Mails, und eine Nachricht fiel mir sofort ins Auge.

Betreff: DRINGEND
Sienna, komm bitte in mein Büro.

Die Mail war erst vor ein paar Minuten verschickt worden. Ich stutzte, dann erhob ich mich von meinem Schreibtisch.

Warum wollte er mich sehen? Es sah Winston gar nicht ähnlich, eine Nachricht ohne weitere Informationen zu schicken.

Die Tür zu seinem Büro stand offen. Sobald ich den Raum betreten hatte, stockte mir der Atem. Er lehnte an seinem Schreibtisch, die Arme vor der Brust verschränkt.

»Schließ die Tür«, sagte Winston heiser.

17 Winston

»Worum geht es denn? In deiner Mail stand nichts Genaueres.«

Ich hatte mich schon den gesamten Vormittag darauf gefreut, Sienna endlich ganz für mich allein zu haben.

War es verrückt, dass ich sie vermisst hatte, obwohl ich das gesamte Wochenende mit ihr verbracht hatte? Sobald ich sie gestern vor ihrem Haus abgesetzt hatte, hatte ich nur daran denken können, sie zu wiederzusehen.

Ich legte den Kopf schräg, um sie zu mustern. Im Meeting hatte ich mich kaum davon abhalten können, sie aus dem Raum zu zerren, wann immer sie »Mr Statham« gesagt hatte … weil ich sie küssen wollte, bis sie mit zitternder Stimme »Winston« flüsterte, wie sie es auf unserem Ausflug so oft getan hatte.

»Ich wollte einfach mit dir allein sein.«

»Okay.« Sie schenkte mir ein scheues Lächeln, und sofort ging meine Selbstbeherrschung flöten. Mit großen Schritten durchquerte ich den Raum und küsste sie, direkt dort, hinter der Tür.

Verdammt, so hatte ich die Sache nicht angehen wollen. Eigentlich hatte ich vorgehabt, erst mit ihr über unser gemeinsames Wochenende und darüber zu reden, wie es weitergehen sollte, doch ich konnte mich einfach nicht von ihr fernhalten. Sie schmeckte so süß, dass ich mich nicht zurückhalten konnte, also vertiefte ich den Kuss und drängte sie gegen die Tür.

»Winston«, murmelte sie.

»Genau. Winston. Nicht Mr Statham.« Ich sah ihr tief in die Augen. »Was hatte es damit auf sich?«

»Ich war eben … keine Ahnung. Ich habe versucht, professionell zu klingen.« Errötend senkte sie den Blick und zuckte mit den Achseln. Das sorgte bloß dafür, dass ich sie wieder küssen wollte, doch ich hielt mich davon ab. Wenn ich das noch mal tat, würde ich mich nicht nur ihrem Mund widmen.

»Ich wollte dich schon den gesamten Vormittag küssen.« Ich ließ den Daumen über ihre Lippen gleiten, woraufhin sie mich mit großen Augen ansah. »Überrascht dich das?«

»Ich wusste nicht, wie es zwischen uns weitergehen würde. Wir haben nicht darüber geredet.«

»Genau deswegen habe ich dich hergebeten. Um zu reden. Aber jetzt will ich dich einfach bloß küssen und berühren. In diesem Meeting musste ich mich ständig daran erinnern, dass wir nicht allein sind. Dieses Wochenende war für mich schöner als alles, was ich seit Jahren erlebt habe, Sienna. Allein Zeit mit dir zu verbringen, macht mich schon fast lächerlich glücklich.«

Sie grinste. »Das ist Musik in meinen Ohren, Mr Statham.«

Ich legte beide Hände an ihren Hintern und zog sie an mich. Sie schnappte nach Luft.

»Wenn du mich das nächste Mal so nennst, werde ich dich an Ort und Stelle küssen.«

»Das würdest du nicht tun.«

»Doch, würde ich. Und das weißt du auch.«

Sie versuchte, sich aus meinem Halt zu lösen, aber ich gab sie nicht frei.

»Was werden die anderen sagen?«

»Du willst nicht, dass die anderen davon erfahren?«, fragte ich scharf.

»Ich will es nicht geheim halten. Aber ich mache mir ein bisschen Sorgen, dass wir zum Dauerthema werden könnten.«

Ich grinste. »Ich kann nichts versprechen.«

»Siehst du? Du bist schrecklich.«

Sie seufzte. Plötzlich wirkte sie ehrlich besorgt.

»Was ist los?«

»Nichts.«

»Sienna, ich möchte wissen, was du gerade denkst. Was dich beschäftigt. Sag es mir.«

»Durch und durch herrisch, hm?«

»Die Antwort auf diese Frage kennst du bereits. Also, sag es mir. Ich werde dich nicht freigeben, bevor du das getan hast.«

»Das klingt gar nicht so schlecht.« Sie rieb sich leicht an mir. Nur mit Mühe konnte ich ein Stöhnen zurückhalten.

»Sienna, lenk nicht ab.«

»Okay. Also ... ich mache mir ein wenig Sorgen, dass unsere Beziehung Auswirkungen auf meine Interaktion mit dem Team haben könnte. Und falls wir uns trennen, dürfte es wirklich seltsam werden.«

Ich legte einen Finger unter ihr Kinn und hob ihren Kopf, weil ich ihr in die Augen sehen wollte. Sienna war immer so fröhlich, dass die Angst, die ich in ihrem Blick entdeckte, mich wie ein Schlag in die Magengrube traf. Dieses Gefühl wollte ich unbedingt vertreiben.

»Sienna, es wird nicht seltsam werden. Alle beten dich an.«

Ich betete sie an.

»Und was eine Trennung angeht ... ich will nicht mal eine Sekunde an diesen Gedanken verschwenden. Ich weiß, dass wir uns noch nicht lange kennen, uns vorher eigentlich bloß monatelang per E-Mail gezankt haben und jetzt gerade mal ein fantastisches Wochenende miteinander verbracht haben … aber ich will nicht, dass du dir deswegen Sorgen machst. Das werde ich nicht zulassen.«

»Ich sage nicht, dass ich mir Sorgen machen werde … aber nur für den Fall, dass es doch passiert, wie willst du verhindern, dass ich mir den Kopf zerbreche?« Sie lächelte wieder, als sie mich aufzog.

»Ich habe da so meine Mittel und Wege.« Ich ließ die Finger von ihrem Kinn zu ihrem Mundwinkel gleiten, und sofort strahlten ihre Augen wieder. Gut. So sollte es sein.

»Übrigens haben alle bemerkt, dass du öfter lächelst«, erklärte sie.

Ich zog fragend die Augenbrauen hoch.

»Verfall nicht in deine herrische Art zurück. Sie werden gerade mit dir warm. Oh, und allen hat die Weihnachtsfeier gefallen. Wir finden, es wäre toll, bis Silvester für die Angestellten einen Eierpunschstand aufzustellen.«

»Wieso ist die Personalabteilung nicht mit diesem Vorschlag an mich herangetreten?«

»Sie glauben, du würdest eher zustimmen, wenn ich dich frage.«

»Du setzt deinen Einfluss auf den Chef ein, um die Dinge zu deinen Gunsten zu regeln?«

»Schuldig im Sinne der Anklage. Funktioniert es?«

»Ja, was den Eierpunschstand betrifft. Aber im Gegenzug möchte ich auch etwas.«

Sie fuhr sich mit der Zunge über die Lippen. »Okay.«

»Lass mich dich morgen zum Abendessen ausführen.«

»Ich habe bereits Pläne mit der Familie.«

»Dann vielleicht übermorgen?«

»Da veranstalten wir die Weihnachtsbaum-Zeremonie im Kaufhaus, schon vergessen?«

»Ich kann nicht glauben, wie schnell du das organisiert hast. Wir können danach essen gehen.«

»Wird es dann nicht sehr spät? Übrigens gibt es bei dem Event auch etwas zu essen. Außerdem essen wir doch sowieso jeden Abend miteinander, während wir an der Rebranding-Kampagne arbeiten.«

»Sienna, ich will dich einfach ausführen. Hör auf, dich stur zu stellen, und nimm meine Einladung an, sonst werde ich dich küssen, bis du es tust.«

Sie fing an zu lachen. Erst in diesem Moment wurde mir klar, dass sie mich nur aufgezogen hatte.

»Zu Befehl, Chef. Nicht, dass ich etwas gegen einen leidenschaftlichen Kuss einzuwenden hätte.«

18 Sienna

Ich konnte das Ende des Nachmittags kaum erwarten. Winston hatte noch ein spätes Meeting, also fiel unser abendliches Arbeitstreffen aus. Victoria, Pippa und ich wollten uns auf einen Drink treffen – was letztendlich nur der Code dafür war, dass ich ihnen alles über mein Wochenende erzählte.

Um fünf Uhr, als ich gerade meine Sachen einsammelte, hörte ich Victorias und Pippas Stimmen im Flur. Wieso waren sie hier? Für gewöhnlich trafen wir uns vor dem Kaufhaus.

»Hey, Mädel«, begrüßte mich Victoria, als sie mein Büro betrat.

»Was tut ihr hier? Ich dachte, ihr wartet unten auf mich.«

Victoria zuckte so lässig mit den Schultern, dass ich sofort misstrauisch wurde.

Und als Pippa sagte: »Ich habe dein Büro noch nie gesehen. Ich war einfach neugierig«, wusste ich sicher, dass die beiden irgendetwas im Schilde führten.

Victoria und Pippa sahen sich ständig um. Ich meinte zu wissen, warum die Mädels nach oben gekommen waren – sie wollten einen Blick auf Winston erhaschen.

Er war noch im Büro. Gerade wollte ich nach meinem Handy greifen und ihm eine Nachricht schicken, in der ich ihn warnte, dass er in die Höhle des Löwen gehen würde, wenn er sein Büro verließ, doch diese Chance wurde mir nicht mehr vergönnt. Schon in der nächsten Sekunde hallte Winstons Stimme durch den Flur.

»Sienna, bist du noch da?«

»Ja.«

Victoria und Pippa wechselten einen triumphierenden Blick. Ha! Ich hatte mit meiner Vermutung den Nagel auf den Kopf getroffen.

Dem sündhaft heißen Blick nach zu schließen, den er mir zuwarf, als er den Raum betrat, hegte er keineswegs unschuldige Gedanken. Dann bemerkte er Victoria und Pippa.

»Winston, das ist meine Schwester Victoria«, sagte ich eilig. »Und das ist Pippa Bennett-Callahan, ihre Schwägerin.«

Winston schüttelte zuerst Victoria die Hand.

»Victoria, Sienna hat mir verraten, dass Sie sie dieses Jahr bei der Weihnachtsdekoration beraten haben. Bisher hatte ich noch nicht die Gelegenheit, Ihnen dafür zu danken.«

»War mir ein Vergnügen.«

»Sienna meinte, Sie wären zu dieser Jahreszeit immer weit im Voraus ausgebucht, aber ich hoffe, wir können Sie nächstes Jahr beauftragen. Ich bin mir sicher, Sienna fände es wunderbar, offiziell mit Ihnen zusammenzuarbeiten. Natürlich nur, wenn sie Statham Stores bis dahin nicht schon verlassen hat.« Er richtete den Blick auf Pippa und fügte hinzu: »Sie hat mir nämlich verraten, dass Sie immer wieder versuchen, sie zu Bennett Enterprises zu locken.«

»In der Tat«, meinte Pippa mit einem Grinsen.

»Nur zur Warnung: Ich werde jede mir zur Verfügung stehende Taktik anwenden, um sie so lange wie möglich in meiner Firma zu halten.«

Ich kannte die Mädels gut genug, um zu wissen, dass sie gerade beide dahinschmolzen. Verdammt, *ich* schmolz dahin.

Machte Winston das absichtlich? Was für eine dumme Frage. Natürlich war es Absicht. Er nahm die Mädels vollkommen für sich ein. Also hatte er vor, mich im Unternehmen zu halten, ja? Mit mir hatte er noch nicht darüber gesprochen.

Er zeigte gerade eine ganz neue Seite von sich und war ganz der Charmeur – was ich wunderbar fand!

»Okay. Was ich sagen wollte, hat auch Zeit bis morgen, Sienna. Viel Spaß heute Abend.« Seine Augen blitzten amüsiert.

»Wir werden am Lift auf dich warten«, sagte Pippa und setzte sich in Bewegung.

Victoria folgte ihr eilig. Jetzt verschwanden die beiden einfach wieder, ja? Nachdem sie Winston in seinen eigenen Büroräumen aufgelauert hatten?

»Habe ich die Prüfung bestanden?«, fragte Winston, kaum dass wir allein waren.

»Welche Prüfung?«

»Keine Ahnung. Verrat du es mir.« Er wedelte mit der Hand in Richtung der Tür.

Ich grinste. »Sie werden es mir später verraten, aber ich würde auf ein lautes Ja tippen. Du warst ziemlich charmant.«

»Alles, was ich gesagt habe, entsprach der Wahrheit.«

»Inklusive der Ankündigung, dass du alles tun wirst, um mich in deinem Unternehmen zu halten?«

»Das besonders.«

»Und was genau beinhaltet das?«

Er lächelte fast reuevoll, als er näher kam. »Du wirst schon sehen.«

»Du hältst mich auf Trab, hm?«

Er strich mit der Nasenspitze leicht über meine Schläfe. »Ich will dich nicht auf Trab halten. Ich will dich einfach nur behalten.«

Ich errötete. Kein Mann, mit dem ich bisher ausgegangen war, hatte je so mit mir geredet. So offen und doch so voller Entschlossenheit.

Nachdem er so nah vor mir stand, war ich mir absolut sicher, dass er mich küssen würde. Aber dann strich er mir bloß lächelnd eine Strähne aus der Stirn, bevor er sich zurückzog.

»Die beiden warten auf dich.«

»Kein Abschiedskuss?«

Winston lachte. »Wenn es nach mir ginge, würde ich dich die ganze Nacht küssen. Du solltest also besser gehen, wenn du nicht willst, dass ich dich davon überzeuge, das Gebäude mit mir zu verlassen.«

Nun musste ich lachen. »Ha! Du leidest an ziemlicher Selbstüberschätzung, wenn du wirklich glaubst, ich würde die Mädels für dich sitzen lassen.«

»Wollen wir die Theorie testen?« Seine Stimme klang locker, doch sein Blick brannte so heiß, dass mir sofort warm wurde. Die Macht, die er über mich hatte, machte mir fast Angst. Ehe ich antworten konnte, hatte er mich schon an sich gezogen, senkte sich sein Mund auf meinen, und ich fürchtete vor Leidenschaft zu explodieren.

Ich vergrub die Hände in seinem Haar und zerrte daran, während ich mich eng an ihn drückte. Als er mich nach hinten schob, um mich zwischen dem Schreibtisch und seinem Körper einzufangen, stöhnte ich in seinen Mund.

Dann stieß ich ihn spielerisch von mir und drohte ihm mit dem Zeigefinger.

»Du darfst mich nicht so küssen.«

»Warum denn nicht? Habe ich dich schon umgestimmt?«

Ich schüttelte den Kopf. »Natürlich nicht.«

»Lügnerin. Und was ist, wenn ich das hier tue?« Er ließ seine Finger in einer federleichten Liebkosung über meinen Hals nach unten gleiten, um dann kleine verführerische Kreise um die Träger meines Kleides zu ziehen.

»Nein.« Meine Stimme klang nicht besonders fest.

»Und das hier?« Er schob die Daumen unter den Stoff. Wow. Ich musste mich wirklich zusammenreißen. Stark bleiben. Als er den Stoff auf einer Seite zur Seite schob und einen Kuss auf die freigelegte Haut presste, zitterte ich in seinen Armen.

Verdammt.

Ich war nicht einfach nur schwach, ich war Winston vollkommen ausgeliefert. Und so, wie er an meiner Haut lächelte, wusste er das auch.

»Winston, das kannst du nicht machen«, sagte ich schwach.

»Doch, kann ich. Und du liebst es.«

Er richtete sich auf und musterte mich verschmitzt, bevor er einen Schritt zurücktrat.

»Aber ich habe dich morgen ganz für mich allein. Ich darf nicht zu gierig werden.«

»Wow. Mit solcher Großzügigkeit hatte ich nicht gerechnet.«

»Gewöhn dich nicht zu sehr daran. Je näher ich dir bin, desto mehr begehre ich dich. Und das meine ich nicht nur rein körperlich, Sienna.«

Sein eindringlicher Blick durchdrang Schutzmauern, deren Existenz ich bisher nicht einmal erahnt hatte.

»Ich weiß«, flüsterte ich. »Mir geht es genauso.«

Noch nie in meinem Leben hatte ich dieses drängende Bedürfnis verspürt, jede freie Minute mit einem Mann zu verbringen und herauszufinden, wie tief unsere Verbindung reichen konnte, wenn wir es nur beide wollten.

»Wir sehen uns morgen.« Mit einem Lächeln zog Winston sich einen weiteren Schritt zurück.

»Ich wünsche dir einen schönen Abend.«

Ich fühlte seinen Blick auf mir, als ich mein Büro verließ.

***

Die Mädels warteten tatsächlich am Lift auf mich.

»Hey, ihr beide, wir müssen reden.« Meine Stimme klang streng, auch wenn ich mir nicht wirklich einbildete, damit viel erreichen zu können.

»Wir hören«, meinte Victoria.

»Wenn ihr vorbeikommt und Winston überfallen wollt, müsst ihr mich vorwarnen. Ich versuche gar nicht erst, euch solche Aktionen zu verbieten, weil ihr sowieso nicht zu stoppen seid, wenn ihr euch etwas in den Kopf gesetzt habt.«

Pippa lachte. »Danke für die Blumen. Aber, Sienna-Schätzchen, wir haben uns von unserer besten Seite gezeigt. Hätten wir ihn wirklich überfallen wollen, müsste er sich jetzt im Moment einem Verhör unterziehen.«

»Ich hätte mich trotzdem über eine Vorwarnung gefreut.«

»Aber dann hättest du dich aufgeregt. Und wir wollten die Situation nur mal kurz abschätzen«, erklärte Pippa.

»Und?«

»Er steht total auf dich.«

Sofort fühlte ich mich leichter. Im Moment wollte ich dringender als je zuvor an Pippas Fähigkeit glauben, Leute zu durchschauen. Doch nach der kurzen Begegnung schien mir die Schlussfolgerung dennoch ein wenig übereilt.

»Und das kannst du aus den zwei Sätzen ablesen, die ihr gewechselt habt?«

Pippa machte eine wegwerfende Handbewegung. »O nein. Das habe ich daran erkannt, wie er sich verhalten hat, sobald er uns bemerkt hatte. Seine Miene hat gewirkt, als wolle er, dass sich Victoria und ich einfach in Luft auflösen, damit er mit dir allein sein kann.«

Meine Wangen brannten. »Trotzdem … mal ernsthaft. Sagt mir vorher Bescheid, wenn ihr ins Büro kommt.«

»Wir werden nicht noch mal auftauchen«, versicherte mir Victoria.

»Wir brauchten nur ein paar Informationen aus erster Hand, um Beweise für Christopher zusammenzutragen. Wir überlegen noch, wie wir vorgehen sollen.« Pippa hob die Augenbrauen. »Bisher war ich mir nicht sicher, aber inzwischen schätze ich seine Chancen, eine Begegnung mit Christopher und dem Rest meiner Brüder zu überleben, auf ungefähr fünfzig Prozent.«

Ich lachte, dann sah ich Victoria an.

»Hast du dem noch etwas hinzuzufügen?«

»Nö. Pippa hat alles abgedeckt. Auch wenn ich eher auf fünfundfünfzig Prozent tippe.«

»Dein Vertrauen rührt mich tief«, zog ich sie auf.

Wir verließen das Gebäude und enterten eine Nagelstudio-Bar, weil sie die perfekte Kombination aus Drinks und Maniküre bot. Wir hatten uns für ein Studio am Fisherman's Wharf entschieden, weil wir im *Blue Moon* zu Abend essen wollten, dem Restaurant von Blake und Alice. Das Studio sah über das Wasser hinweg, mit einem fantastischen Blick auf die Fischereiflotte. Alle Boote und Jachten waren seit der Bootsparade hell erleuchtet. Ich konnte die einzelnen Schiffe kaum voneinander unterscheiden, weil der Nebel heute so dicht war, doch die Lampen tauchten alles in zauberhaftes Licht.

In der Ferne waren kurze Blicke auf die Golden Gate Bridge zu erhaschen – kaum mehr als kleine Lichtpunkte vor dem dunklen Himmel.

Pippa war Wellness-süchtig. Sie liebte es, sich verwöhnen zu lassen. Victoria und ich gehörten eher zur Do-it-yourself-Fraktion. In unserer Jugend hatten wir uns jeden Samstag einen Wellness-Tag gegönnt, wo wir unserer weiblichen Seite freien Lauf gelassen hatten: Gesichtsmasken, Nagelpflege, Peeling. Seitdem Victoria ein Kind bekommen hatte, fehlte ihr allerdings die Zeit dafür, also landeten wir einfach hin und wieder in einem Nagelstudio. Für gewöhnlich begleitete uns Chloe, aber sie musste heute Abend an einem Schulprojekt arbeiten.

»Ich muss etwas gestehen«, sagte ich, nachdem ich mir einen Schluck Wein gegönnt hatte. »Ich bin froh, dass Chloe heute Abend nicht dabei ist.«

Victoria stieß mich grinsend mit der Schulter an. »Fühl dich nicht schuldig. Mir geht es genauso. Und das bedeutet, dass du uns alles haarklein erzählen kannst.«

»Aber vielleicht will ich ja warten, bis wir im *Blue Moon* sind, damit Alice auch alles mitbekommt.«

»Oder … du erzählst uns alles einfach noch mal, sobald wir im Restaurant sind«, schlug Victoria grinsend vor. »Mir macht es jedenfalls nichts aus, alles zweimal zu hören.«

»Das ist eine tolle Idee«, sagte ich.

Pippa machte es sich auf ihrem Stuhl gemütlich. »Fang so schnell wie möglich an und lass nichts aus.«

»Hatte ich auch nicht vor.«

***

Weihnachtsbaum-Zeremonien gehörten zu meinen absoluten Lieblingsevents. Als Kind hatte ich jede besucht, die ich finden konnte, weil es einfach zauberhaft war zu beobachten, wie alle Lichter am Baum gleichzeitig angingen. Selbst als Teenager hatte ich immer einen besonderen Platz in meinem Herzen für sie reserviert – als Beginn einer magischen Zeit.

Am Tag der Weihnachtsbaum-Zeremonie bei Statham kam ich noch früher als sonst in die Arbeit. Ich ging gar nicht erst ins Büro, sondern blieb im Laden, um noch einmal alles genau zu kontrollieren.

Nachdem ich die Zeremonie sehr kurzfristig organisiert

und ins Weihnachtsprogramm aufgenommen hatte, hatten wir eine Unzahl von Änderungen vornehmen müssen. Ich hatte Nachforschungen angestellt. Die meisten Läden schlossen ein paar Stunden lang, um das Erdgeschoss für die Zeremonie vorzubereiten – doch das wollte ich nicht. Natürlich bedeutete das für uns zusätzliche Arbeit, weil wir uns ständig um die Kunden herumlavieren mussten – aber ich wollte, dass sie alles von Anfang an mitbekamen.

Das Aufbauteam kam um acht Uhr, dann machten wir uns an die Arbeit. Ich konnte mich kaum davon abhalten, begeistert zu kreischen wie ein Teenager bei einem Konzert, als der riesige Tannenbaum hereingetragen wurde. Er sollte während der Adventszeit das Herz des Kaufhauses bilden.

Wie ich vorhergesehen hatte, war das Kaufhaus schon um neun Uhr genauso voll wie sonst in der Rushhour. Wir hatten ein rotes Band mit einer Schleife daran um uns gezogen, um uns Bewegungsfreiheit zu sichern, bis wir fertig waren. Kinder jubelten bei jeder Dekoration und Weihnachtsbaumkugel, die wir aufhängten. Die glitzernde Lichterkette würde erst heute Abend um sechs Uhr eingesteckt werden, bei der Zeremonie.

Ich war so glücklich, dass ich mich verzweifelt davon abhalten musste, nicht ebenfalls zu jubeln. Wäre es möglich gewesen, hätte ich das hier jeden Tag getan. Sobald der Baum dekoriert war, machte ich mich daran, die Schaufensterdekoration zu verschieben, damit jeder, der auf der Straße vorbeiging, den Baum sehen konnte. Das hielt mich bis in den Nachmittag hinein beschäftigt. Trotz des engen Zeitplans wirkten alle entspannt.

Bis um fünf Uhr, als sich die Atmosphäre plötzlich veränderte. Alle standen hoch aufgerichtet da und wirkten auf einmal sehr konzentriert. Ich machte mir keine großen

Gedanken und arbeitete einfach weiter, bis ich hörte, wie jemand sagte: »Alles läuft plangemäß, Mr Statham.«

Ich stutzte. Winston war hier?

»Ich hätte nicht erwartet, dass er solche Aktionen wie diese hier überwacht«, sagte einer der Männer, der noch damit beschäftigt war, die Schaufensterpuppen zu verschieben.

Ehrlich, ich auch nicht. Wieso war er hier? Ich sah nach rechts und war überrascht, als mein Blick sofort auf Winston fiel – als hätte ich instinktiv gefühlt, wo er sich aufhielt. Er beobachtete mich … und zwar nicht besonders unauffällig.

Ich schenkte ihm ein Lächeln, bevor ich mich wieder auf meine Arbeit konzentrierte. Doch meine Haut fühlte sich an, als stünde sie in Flammen. Winston beobachtete mich immer noch, dessen war ich mir sicher. Als die Schaufensterdekoration fertig war, zog ich los, um die Lichter anzuschalten, die alles ins rechte Licht rückten.

Ich hatte den Stecker kaum berührt, als ich einen brennenden Schlag spürte. Mit einem Schrei riss ich die Hand zurück. Aua, aua, aua.

Der Schmerz verblasste schnell, doch wo meine Haut das Kabel berührt hatte, war sie gerötet. Ich spürte noch ein leichtes Brennen, aber ich ließ mir nichts anmerken, als ich nach einer neuen Lichterkette rief, weil diese hier offensichtlich kaputt war.

Ich war davon überzeugt, alle getäuscht zu haben, bis Winston neben mich trat.

»Zeig mir deine Hand.«

»Nicht der Rede wert.«

»Zeig mir deine Hand«, wiederholte er leise, aber bestimmt. Ich hob den Arm. Mit brennendem Blick musterte er die Rötung. Sie sah schlimmer aus, als ich gedacht hatte, und fühlte sich genauso schlecht an.

»Komm, lass uns gehen.«

»Wohin?«

»In die Notaufnahme.«

»Mach dich nicht lächerlich. Ich muss einfach nur ein wenig Honig draufschmieren.«

Fragend hob er die Augenbrauen. »Honig?«

»Wirkt antibiotisch.«

»Sienna, hör auf mich.«

»Ich bleibe, bis die Baumbeleuchtung angeschaltet wird.«

»Nein, tust du nicht.«

»Winston …«

»Wir bleiben nicht, sondern fahren jetzt los. Schlimmstenfalls trage ich dich vor allen aus dem Laden.«

»Das kannst du gern versuchen.«

Etwas blitzte in seinen Augen auf. Heiliger Strohsack, Winston herauszufordern, wenn er bereits einen Entschluss gefasst hatte, schien gewisse Gefahren zu bergen. Trotzdem gab ich nicht nach. Ich wollte nicht nachgeben, selbst wenn er seine Drohung wahr machte.

»Ich werde hierbleiben, um die Zeremonie zu beaufsichtigen. Und es tut gar nicht mehr weh.«

»Verbrennungen zweiten Grades schmerzen nicht sofort, weil die Nerven nicht mehr funktionieren.«

»Verbrennungen zweiten Grades … Winston«, schnaubte ich genervt.

Die Besorgnis in seiner Stimme rührte mich ein wenig. Okay, sie rührte mich sehr. Aber trotzdem war seine Reaktion lächerlich. Ich hatte das Kabel kaum berührt. Doch je länger ich Winstons Blick standhielt, desto offensichtlicher wurde, dass er nicht aufgeben würde, wenn ich ihm nicht wenigstens ein kleines Stück entgegenkam.

»Wir können es von einem Arzt anschauen lassen, wenn wir hier fertig sind.«

»Wir bleiben bis zum Ende der Zeremonie. Keine Minute länger.«

»Ja, Sir.«

Da ich ihm keine Gelegenheit geben wollte, seine Meinung zu ändern, ging ich eilig zu meinem Team. Ein Blick über die Schulter verriet mir, dass Winston mich immer noch genauso intensiv ansah wie gerade eben. Aber gleichzeitig spielte ein leises Lächeln um seine Lippen.

Ich besorgte mir ein wenig Honig aus dem Food-Court. Kaum hatte ich den Honig aufgetragen, fühlte sich die Verletzung nicht mehr so schlimm an.

Um sechs Uhr war alles bereit. Ich hatte keine Ahnung, wer aufgeregter war: die Kunden oder ich. Allein der Gedanke, dass die Lichter gleich aufleuchten würden, machte mich so glücklich, dass ich am liebsten auf und ab gesprungen wäre.

Aus dem Augenwinkel bemerkte ich Winston, der direkt auf mich zukam.

»Ich hätte nicht gedacht, dass du bleibst«, sagte ich, sobald er nah genug war. »Tatsächlich hatte ich überhaupt nicht damit gerechnet, dich hier zu sehen, Mr Grinch.«

Winstons Lächeln verriet mir, dass ich irgendetwas verpasst hatte.

»Ich hatte eine starke Motivation: eine bestimmte, wunderbare Frau sehen.«

»Und wer soll das sein? Glaubst du, sie weiß, dass du hier bist?«, fragte ich neckend. Innerlich schmolz ich förmlich dahin.

»Könnte sein, dass ich sie jetzt sofort küssen muss, damit alle Zweifel ausgeräumt werden.« Er senkte den Blick auf meinen Mund, und sofort erfüllte Wärme meinen gesamten Körper. Er spielte seine Karten wirklich sehr geschickt aus, doch eigentlich war nur eine Berührung nötig, und es war um mich geschehen. Oder in diesem Fall … ein Blick.

»Winston, schhhh«, murmelte ich, wobei ich ein Lächeln unterdrückte.

Nacheinander gingen die Lichter am Baum an. Ich war vollkommen gefesselt von dem Schauspiel. Die Kinder in der Menge jubelten, genauso wie ein paar Erwachsene – unter anderem ich. An Weihnachten fühlte ich mich immer wie ein Kind. Der fünf Meter hohe Baum sah einfach fantastisch aus mit seinem Schmuck aus großen roten Schleifen, goldfarbenen Kugeln und anderen Dekorationen. Und auf dem Boden davor standen riesige Geschenke.

Allerdings wurde es mir ein wenig schwer ums Herz, als ich darüber nachdachte, ob Winston sich wohl amüsierte oder ob er nur daran denken konnte, dass ihm die Zeit davonlief.

Ich sah erneut zu Winston – der immer noch mich ansah.

»Du hast nicht hingesehen, als die Lichter angeschaltet wurden?«, fragte ich tadelnd. Er zuckte bloß mit den Achseln, grinste aber breit. Es machte mich wahnsinnig glücklich, dass ihm die Zeremonie gefallen hatte und ich ihm wenigstens ein wenig Weihnachtsfreude hatte zurückgeben können.

»Die Zeremonie ist vorbei«, sagte er.

»Meiner Hand geht es pri…«

Ich hatte prima sagen wollen, brach allerdings ab, als ich seine Miene sah.

»Es ist albern, deswegen in die Notaufnahme zu fahren. Dort müssen sie sich mit echten Notfällen herumschlagen. Ich kann morgen zu meinem Arzt gehen.«

Winston antwortete nicht, doch seine Miene wirkte entschlossen.

»Schön. Dann lass uns gehen.«

Ich fühlte seine Hand an meinem Kreuz, als er mich aus dem Laden führte. Keine Ahnung, warum, aber diese kleine

Geste sorgte dafür, dass ich mich unglaublich beschützt fühlte. Mehrere meiner Kollegen sahen in unsere Richtung, und erst da wurde mir klar, dass nach dieser kleinen Show alle die richtigen Schlüsse ziehen würden. Als Winston dann noch einen Schritt weiterging, indem er den Arm um meine Taille legte und mich an sich zog, schmolz ich förmlich dahin.

Na ja… warum etwas vortäuschen? Ich arbeitete hart. Wenn irgendwer dachte, dass ich mir Vorteile erschlich, konnten sie sich ihre Meinung sonst wohin stecken.

Winston setzte mich in seinen Wagen, und kurze Zeit später betraten wir das Krankenhaus. Sofort fühlte ich mich ein wenig albern, weil die Leute im Wartebereich der Notaufnahme echte Probleme hatten, nicht nur eine kleine, leichte Verbrennung. Wir verschwendeten hier nur die Zeit des medizinischen Personals. Ich versuchte, mit Winston zu diskutieren, doch er wollte nichts hören.

»Sienna! Wir bleiben hier, bis sich jemand deine Hand angeschaut hat. So lautete die Abmachung.«

Ich konnte einfach nicht anders: Ich salutierte vor ihm mit meiner unverletzten Hand. »Sir, verstanden, Sir!«

Winston musterte mich einen Moment, bevor er mich an sich zog. Sein Kuss war sanft, als fürchte er, ich könne zerbrechen.

»Ich weiß, dass es nervig ist, aber Vorsicht ist die Mutter der Porzellankiste, okay?«, murmelte er. »Ich will auf keinen Fall, dass du später Schmerzen bekommst, bloß weil wir zu ungeduldig waren.«

***

Es dauerte zwei Stunden, bis endlich ein Arzt meine Hand untersuchte und erklärte, dass alles in Ordnung war.

»Für solche Dinge gibt es niedergelassene Ärzte«, erklärte er mir streng. »Wir kümmern uns hier um echte Notfälle.«

»Das war alles nur seine Idee«, erklärte ich sofort und zeigte anklagend auf Winston, der mich in das Untersuchungszimmer begleitet hatte. »Ich habe mich wirklich bemüht, ihn zu überzeugen.«

Der nette Arzt musterte Winston mit einem Kopfschütteln. Ich saß mit baumelnden Beinen auf der Liege und musterte Winston mit hochgezogenen Augenbrauen. Er wirkte nicht mal ansatzweise schuldbewusst oder beschämt.

Der Arzt wandte sich wieder mir zu. »Warten Sie nur ab, bis Sie Kinder haben. Ich wette, er wird einer von diesen Vätern, die wegen jedes Kratzers ins Krankenhaus fahren.«

Meine Wangen begannen zu brennen. Dann breitete sich die Hitze über meinen Hals nach unten aus. Winston grinste breit.

»Mit Ihrer Hand ist alles in Ordnung. Fahren Sie nach Hause und lassen Sie sich nicht mehr von ihm in die Notaufnahme bringen, wenn es kein echter Notfall ist.«

»Verstanden. Vielen Dank.«

Mein Gesicht brannte immer noch, als ich von der Liege sprang und mit Winston in den Flur trat.

»Wohin willst du mich ausführen?«, fragte ich ihn.

»Hm?«

»Unser Date. Du hast mich unter Druck gesetzt, heute mit dir zu Abend essen zu gehen, und stattdessen hast du mich in die Notaufnahme geschleppt. Ich will dieses Abendessen noch immer. Und da ich am Verhungern bin, sollte der Laden, den du aussuchst, besser schnell servieren.«

»Wie wäre es, wenn ich dir etwas koche?«

»Aber gern. Das letzte Essen war köstlich.«

»Wir können auf dem Weg anhalten, um uns ein Dessert zu besorgen.«

»Das klingt dekadent. Ich bin dabei.«

Lächelnd senkte er den Mund auf meinen. Beim letzten Kuss mochte er sich zurückgehalten haben, aber jetzt?

Er küsste mich, als stünde er kurz davor, mir die Kleider vom Leib zu reißen.

***

Winston lebte in einem wunderschönen Apartment mit Blick über die Bucht von San Francisco. In der Ferne konnte ich sogar die Golden Gate Bridge erkennen.

Mit einem breiten Grinsen auf dem Gesicht sah ich mich um. Ich fand es wunderbar, endlich seine Wohnung zu sehen. Sie gewährte mir Einblick in seine Persönlichkeit.

»Was geht dir gerade durch den Kopf?«

»Nichts Besonderes«, antwortete ich ein wenig zu schnell, was ihm scheinbar sofort verriet, dass ich nicht die Wahrheit sagte.

»Dieses Lächeln sieht nicht aus wie nichts.« Er schlang einen Arm um meine Taille, zog mich an sich und drückte mir erst einen Kuss auf den einen Mundwinkel, dann auf den anderen, bevor er seine Zungenspitze in einer federleichten Berührung über meine Unterlippe gleiten ließ. Trotzdem wurde mir sofort heiß.

Es war unglaublich, wie schnell dieser Mann meine Haut zum Kribbeln bringen konnte. Es war, als hätte er das Geheimnis aufgedeckt, was mein Körper brauchte – und das war vor ihm noch nie jemandem gelungen.

Als er sich von mir löste, lächelte er breit.

»Mir gefällt es einfach, deine Wohnung zu sehen. Das verrät mir eine Menge über dich«, sagte ich.

»Nur Gutes, hoffe ich?«

»Was glaubst du, warum ich lächle?«

Sein Lächeln verwandelte sich in ein Grinsen, als ich mich umsah. Die Möbel waren nagelneu, in Schattierungen von Weiß und Dunkelblau.

Zu meiner Überraschung entdeckte ich in einer Ecke einen ungeschmückten Plastikweihnachtsbaum – der einsam und verlassen wirkte.

»Was hat es damit auf sich?«, fragte ich.

»Die Hausverwaltung stellt in jeder Wohnung einen solchen Baum auf.«

»Ich bin kein großer Fan von Plastikbäumen.«

»Ich mag sie auch nicht. Wenn du möchtest, kaufen wir einen richtigen Baum.«

O mein Gott. Wollte er damit sagen, was ich dachte?

»Nur, damit ich das richtig verstehe, Mr Grinch. Du willst einen Weihnachtsbaum? In deiner Wohnung?«

»Ja.«

Ich konnte mich kaum davon abhalten, mich in seine Arme zu werfen. Und dann wurde mir klar … warum sollte ich mich zurückhalten? Ich legte die Hände auf seine Schultern und sprang ihn einfach an.

Winston hatte gute Reflexe, allerdings war er nicht schnell genug, weil er eine Sekunde zu spät verstand, was ich vorhatte. Er fing mich auf, doch sein Gleichgewicht hätte besser sein können.

Gemeinsam stolperten wir Richtung Couch.

Grinsend legte er mich auf die Polster. »Was hatte es damit auf sich?«

»Ich wollte dir einfach nur demonstrieren, wie glücklich ich bin. Und ich verspreche, dich das nächste Mal vorzuwarnen.«

Er ließ den Daumen über meinen Mund gleiten und sah mich so liebevoll an, dass ich ihn an mich ziehen und nie wieder loslassen wollte.

»Sag mir Bescheid, wenn du die Tanne kaufen gehen willst. Wir brauchen auch Weihnachtsbaumschmuck. Ich bin gerade erst eingezogen und hatte bisher so gut wie keine Zeit. Gott sei Dank war das Apartment schon möbliert.«

»Wie viel Weihnachtsbaumschmuck darf ich kaufen?«

»Das liegt ganz bei dir.«

»Hast du das Büro gesehen? Du darfst mir auf keinen Fall freie Hand lassen.«

Er drückte seine Nasenspitze an meine. »Doch, kann ich. Und tue ich.«

»Warum?«

»Ich möchte, dass es dir hier gefällt, Sienna.«

Waren das Schmetterlinge in meinem Bauch? Ja, definitiv. Ein riesiger Schwarm.

Winston hielt sich immer noch über mir aufgestützt, ein Knie zwischen meinen Beinen auf den Sofakissen.

»Ich möchte dich glücklich machen. Ich möchte, dass du so oft wie möglich hier bist. Ich will dich hierbehalten.«

Mir stockte der Atem. Seine Finger glitten über meine Lippen, dann über meinen Hals. Er sah mich an, als wäre ich sein Ein und Alles.

»Und was genau willst du hier mit mir anstellen?«, fragte ich neckend.

Erneut drückte er den Daumen auf meinen Mund. Ich öffnete leicht die Lippen und leckte seine Fingerspitze. Seine Miene verdunkelte sich.

»Zuerst werde ich dich füttern. Und danach werde ich es dir besorgen. Die ganze Nacht lang, Sienna.«

Er stand auf und ging in die Küche. Mich überlief ein Zittern, dann stand ich ebenfalls auf. Dieser Mann war auf eine Weise redegewandt, die mich einfach wahnsinnig machte.

»Was machst du für mich?«, fragte ich.

»Sind Käsetoasts okay?«

»Na klar. Ich bin nicht heikel.«

Er deutete anklagend mit dem Zeigefinger auf mich. »War das der Ansatz eines Schmollmundes?«

Verdammt. Das hatte er bemerkt?

»Na ja … nach der köstlichen Reispfanne, die du bei mir gemacht hast, hatte ich gedacht, du würdest mir in deiner Wohnung etwas Köstliches kochen. Zumindest haben wir Cupcakes als Dessert mitgebracht.«

Er lachte. »In meinem Kühlschrank herrscht gähnende Leere. Im Moment fehlt mir die Zeit zu kochen. Ich hole mir einfach etwas.«

»Was tust du abends, wenn du das Büro verlassen hast?«, fragte ich verwirrt.

»Meistens gehe ich in den Fitnessraum. Im obersten Stock gibt es einen. Nur so kann ich mich entspannen. Sonst bin ich einfach zu verspannt, um wirklich zu schlafen.«

In gewisser Weise konnte ich das nachvollziehen, doch ich trug bei Weitem nicht so viel Verantwortung wie Winston. Ich konnte mir nicht mal vorstellen, wie sich das anfühlen musste. Aber ich konnte helfen, oder?

Ich legte den Kopf schief und trommelte nachdenklich mit den Fingern auf die Arbeitsfläche.

»Da ist schon wieder dieses Lächeln«, meinte er neckend.

»Nichts gegen den Fitnessraum, aber mir fallen da unterhaltsamere Arten der Entspannung ein.«

»Das gehört zu meinem Plan.«

»Wie dumm von mir. Natürlich.«

Ich half ihm bei der Zubereitung der Sandwiches. Als ich den Käse schnitt, rutschte mir das Messer aus der Hand und fiel auf den Boden.

»Ups. Tut mir leid.«

»Du bist keine große Köchin?«

»Na ja …« Ich legte den Kopf schief und meinte scherzhaft: »Ich bin mir nicht sicher, ob ich dir das wirklich verraten sollte …«

»Mir was verraten?«

»Ich kann mich in deiner Nähe einfach nicht konzentrieren. Du lenkst mich ab.«

Er riss den Kopf hoch, und o Mann … sein Blick war eine Mischung aus sinnlicher Hitze und warmer Zuneigung.

»Was genau lenkt dich ab?«

»Ich könnte es dir zeigen, aber dann kriegen wir vielleicht kein Abendessen.«

»Das macht mir nichts aus. Ich verzehre mich nach dir, Sienna.« Seine Stimme klang plötzlich viel tiefer als bisher. Mein Körper kribbelte, als berühre er bereits meine nackte Haut.

»Nein, nein. Ich bin am Verhungern, Mister.«

Wir machten weiter, und bald schon waren die Käsetoasts fertig. Wir verschlangen sie direkt an der Arbeitsfläche. Offensichtlich war Winston doch auch hungrig gewesen.

»Weißt du, im Kaufhaus haben wir Häppchen serviert. Hättest du nicht Panik geschoben und darauf bestanden, dass wir in die Notaufnahme fahren, hätte wir sie kosten können.«

Winston schob seinen leeren Teller nach hinten, dann kam er auf mich zu, ohne mich auch nur einen Moment aus den Augen zu lassen.

»Du überschätzt meine Selbstbeherrschung, wenn du wirklich glaubst, dass ich noch länger darauf hätte warten können, dich ganz für mich zu haben.«

Wow. Was sollte ich darauf auch antworten? Irgendwie fasste er mich schon wieder überall an. Er legte die Hände an meine Taille und öffnete mit einem Knie meine Beine. »Ich habe mich den ganzen Abend danach gesehnt, dich zu berühren. Dich zu kosten.«

Er ließ die Lippen seitlich über meinen Hals gleiten, bis jede noch so kleine Hautstelle dort brannte. Ich hatte keine Ahnung, wieso mein Körper auf eine so leichte Berührung dermaßen heftig reagierte.

»Ich werde nicht dagegen protestieren, verwöhnt zu werden.«

Er lachte an meinem Hals, und ich fand es wunderbar, seinen stoßweisen Atem zu spüren. Ich freute mich auch, dass ich ihn so mühelos zum Lachen bringen konnte. Noch vor ein paar Wochen war ich mir nicht sicher gewesen, ob Winston überhaupt wusste, wie man lächelte. Was für ein Kontrast zu heute.

»Also schiebe ich Panik, wenn ich dich in die Notaufnahme bringe, aber verwöhnen darf ich dich schon?«

»Genau.«

Er musterte mich eingehend, eine Hand an meiner Wange. »Was soll ich nur mit dir anfangen, Sienna?«

Ich wollte auf keinen Fall, dass er jemals aufhörte, mich so anzusehen. Der Ausdruck in seinen Augen erfüllte mich mit Wärme und so viel Glück, dass ich fast fürchtete, ich würde gleich vor Freude platzen.

»Keine Ahnung. Welche Optionen gibt es?«

»Ich denke noch darüber nach.«

»Wie wäre es, wenn du mir die Wohnung zeigst, während du das tust?«

19 Winston

»Gern.«

Die Wohnung hatte drei Schlafzimmer, und neben meinem Zimmer gab es ein riesiges Bad mit einer fast schwimmbadgroßen Badewanne.

Die Wohnung war insgesamt riesig, aber da es keine anderen Leerstände im Gebäude gegeben hatte und ich möglichst nah am Kaufhaus leben wollte, hatte ich sie trotzdem gemietet. Eigentlich war das Platzverschwendung, schließlich hielt ich mich so gut wie nie hier auf; doch jetzt, wo es Sienna in meinem Leben gab, würde sich das vielleicht ändern.

Ich hatte geglaubt, ich wäre in Burlington so entspannt gewesen, weil ich mal die Stadt verlassen hatte und weil Wochenende gewesen war.

Doch ich hatte mich geirrt. Sienna war für meine Stimmung verantwortlich gewesen. Ich konnte mich einfach nicht in ihrer Nähe aufhalten und mich *nicht* entspannen. Irgendetwas an ihr sorgte dafür, dass ich im Moment leben und das Leben einfach genießen wollte.

»Du hast gar kein Arbeitszimmer eingerichtet?«, fragte sie, nachdem sie einen Blick in das dritte Schlafzimmer geworfen hatte.

»Ich dachte, es wäre besser, wenn ich das nicht tue … aber letztendlich habe ich dann einfach am Laptop gearbeitet.«

Überall in der Wohnung lagen Berichte herum. Ich sammelte sie ein, als ich Sienna herumführte, und trug alles ins Wohnzimmer.

»Ich denke ständig, dass ich mit einem Ortswechsel und

der damit verbundenen neuen Perspektive vielleicht eine Lösung finden kann, die mir bisher nicht eingefallen ist.« Ich stand kurz davor, wie so oft über die Rebranding-Kampagne zu reden, konnte mich aber gerade noch rechtzeitig stoppen. »Tut mir leid. Ich will nicht schon wieder über die Arbeit reden. Schließlich sollst du nicht denken, ich wäre zu nichts anderem fähig.«

Sienna ließ die Fingerspitzen über meinen Oberkörper gleiten, bis ihre Hände auf meinen Schultern lagen.

»Winston, genau das mag ich an dir. Du fühlst dich so für das Team verantwortlich, dass du ständig nach einer Lösung suchst. Du besitzt eine Menge Geld. Du könntest das Kaufhaus einfach schließen und es gut sein lassen. Viele andere Leute in deiner Position würden sich all diese Mühe nicht machen. Ich bewundere, dass du dich nicht für den Weg des geringsten Widerstandes entschieden hast.«

Sie bewundert mich. Diese Reaktion unterschied sich so sehr von der, die ich gewöhnt war, dass ich Siennas Worte kaum verarbeiten konnte, und noch weniger konnte ich etwas erwidern. Also versuchte ich es gar nicht. Stattdessen küsste ich Sienna, lange und leidenschaftlich, und wusste genau, dass ich es mit diesem einen Kuss nicht gut sein lassen konnte. Ich verzehrte mich nach ihr, seitdem wir aus Burlington zurückgekehrt waren. Sie ständig im Büro zu sehen, hatte sich als ganz eigene Art der Folter herausgestellt. Sie war mir ganz nah, gleichzeitig durfte ich sie allerdings nicht berühren. In Reichweite, aber doch nicht ganz. Ich hatte mich ständig davon abhalten müssen, sie unter irgendwelchen Vorwänden in mein Büro zu rufen, um sie zu küssen … weil ich wusste, dass jeder Kuss schnell eskalieren konnte. Ich war immer stolz auf meine Disziplin und Selbstkontrolle gewesen, doch in Siennas Nähe löste sich beides in Luft auf.

Aber nun hielt sie sich in meiner Wohnung auf, war meiner Gnade ausgeliefert. Ich hatte ihr erklärt, dass ich es ihr die ganze Nacht besorgen wollte, doch langsam wurde mir bewusst, dass ich nie genug von ihr bekommen konnte. Alles an Sienna – ihr Lachen; wie sie mich ansah; wie sie mich scheinbar besser verstand als jeder andere Mensch; die Art, wie sie meine Küsse erwiderte – sorgte dafür, dass ich immer mehr wollte.

Ich konnte mir mühelos vorstellen, jeden Abend auf diese Weise mit ihr zu verbringen … und auch den nächsten Morgen.

Wenn ich ihr das sagte, würde sie mich wahrscheinlich für verrückt halten, und doch malte ich mir auch ihre Reaktion auf dieses Geständnis ständig aus.

Sie gab bei unserem Kuss köstliche leise Geräusche von sich, die ich mit dem Mund auffing.

Ich war bereits hart, aber ich wollte das Vorspiel in die Länge ziehen, ihren Körper erkunden. Jedes Stöhnen, das sie ausstieß, fühlte sich für mich an wie ein kleiner Sieg.

»Winston, was stellst du nur mit mir an?«, flüsterte sie.

Ich hätte ihr dieselbe Frage stellen können. Wenn ich mit ihr zusammen war, war ich wie ausgewechselt.

Zum ersten Mal seit Monaten war ich entspannt. Nein, mehr als das. Ich fühlte mich stärker … und ich wusste einfach, dass sie mir diese Kraft schenkte.

Ich ließ die Lippen über ihren Hals gleiten, um zärtlich an der Haut zu knabbern, bevor ich meine Zunge über dieselbe Stelle gleiten ließ. Sienna erschauerte in meinen Armen. Als ich erneut ihren Mund zu einem Kuss einfing, so tief, wie ich konnte, wanderten meine Hände gleichzeitig zum Saum ihres Kleides. Ich musste mehr von ihrer Haut spüren.

Ein leises Zittern überlief ihren Körper, als ich die Finger über die Innenseite ihres Schenkels nach oben gleiten ließ, um mich langsam ihrem Höschen zu nähern.

Ich hielt mich davon ab, sie schon zu berühren, wollte sie noch necken und die Spannung steigern, obwohl ich bereits unendlich erregt war.

Als ich endlich die Fingerspitzen über den Stoff zwischen ihren Beinen gleiten ließ, schluckte ich schwer, als ich fühlte, wie bereit sie längst war; wie sehr sie mich wollte.

»Sienna, verdammt.«

Ich schob den Stoff zur Seite, um einen Finger durch ihre Schamlippen gleiten zu lassen. Sie packte meine Schultern fester, lehnte sich gegen die Wand im Wohnzimmer und schloss die Augen. Ich liebkoste sie mit langsamen, entschlossenen Bewegungen, drückte den Handballen gegen ihre Klitoris und erfreute mich daran, wie ihre Beine zitterten und ihr der Atem stockte.

»Winston«, keuchte sie. Als sie den Kragen meines Hemdes packte, um mich näher an sich zu ziehen, verlor ich die Selbstkontrolle. Ich ließ ihr Kleid los, packte ihre Hüften und küsste sie, bis sie ihre Hüften gegen meinen Ständer drängte.

Instinktiv rieb ich mich an ihr.

Ich musste Sienna in mein Bett bringen, sonst würde ich sie direkt hier nehmen, an dieser Wand. Gott, ich konnte an nichts anderes mehr denken als daran, wie sehr ich sie begehrte. Ich musste Besitz von ihr ergreifen, jede noch so kleine Stelle ihrer Haut berühren, bis sie keine Sekunde mehr daran zweifelte, dass sie mir gehörte.

Um sie vor der harten Wand zu schützen, legte ich eine Hand um ihren Hinterkopf und küsste sie dann abermals leidenschaftlich. Sie wimmerte keuchend und drängte mir auf der Suche nach Reibung erneut die Hüften entgegen.

»Bett. Jetzt«, stieß ich hervor. Auf dem Weg ins Schlafzimmer hörte ich nicht auf, sie zu küssen, sie zu berühren. Und ich bemerkte ihr Lächeln durchaus. Es wirkte anders als ihr übliches Lächeln – fast ein wenig selbstgefällig.

»Dir gefällt das, oder? Zu sehen, wie ich die Selbstkontrolle verliere?«

Grinsend zuckte sie mit einer Schulter. »Absolut. Was willst du dagegen unternehmen?«

»Du wirst schon sehen.«

Doch bevor ich irgendetwas unternehmen konnte, umfasste Sienna erneut meine Schultern und sprang mich an. Schon in der nächsten Sekunde fielen wir gemeinsam auf die Matratze. Ich fing mich mit den Händen neben ihren Schultern ab, um sie nicht zu zerquetschen.

Mein Gesicht schwebte direkt über ihrem. Sie grinste breit.

»Ich dachte, du wolltest mich das nächste Mal vorwarnen.«

»Schon … aber nicht, wenn du vorhast, mich auf köstliche Weise zu foltern. Ich will dich. Jetzt sofort, Winston.«

Die Art, wie sie meinen Namen aussprach, trieb mich vollkommen in den Wahnsinn. Sienna wand sich unter mir. Es kostete mich einige Sekunden zu verstehen, dass sie ihr Kleid nach oben zog, dann starrte ich die Haut an, die sie langsam entblößte. Als ihr Höschen sichtbar wurde, konnte ich nicht mehr an mich halten. Ich packte den Stoff ihres Kleides und riss ihn über ihren Kopf. Sie trug einen weißen Spitzen-BH, der ihr einfach fantastisch stand. An einem anderen Abend hätte ich mir vielleicht die Zeit genommen, ihre Schönheit zu bewundern, doch im Moment musste ich sie einfach mit den Lippen verwöhnen und zusehen, wie sie ihrer Lust erlag.

»Weg mit dem Ding!«, befahl ich.

Ich wollte beobachten, wie sie sich für mich auszog, und sah ihr unverwandt in die Augen, als sie den Verschluss löste. Ihre Wangen röteten sich noch mehr. Diese Frau war so verdammt anbetungswürdig, dass ich ihr wahrscheinlich nie wieder erlauben würde, mein Bett zu verlassen … oder zumindest meine Wohnung. Auf jeden Fall mein Leben.

Als der BH verschwunden war, ließ ich mich langsam tiefer sinken, bis mein Mund direkt über ihrer Haut schwebte. Ich atmete schwer.

»Winston, bitte.«

Ich ließ die Handfläche über einen Nippel gleiten, während ich mit dem Mund jede Körperstelle in Reichweite erkundete.

»Sienna, ich liebe deinen Geschmack. Deine Haut.«

Sie bewegte sich unter mir, öffnete einladend die Beine. Dann sank ich noch tiefer, zog ihr das Höschen aus und beobachtete, wie allein die Vorfreude sie fast zum Höhepunkt brachte. Ich liebte es, sie so zu sehen. So bereit für mich, so offen. Ich ließ meinen Mund über ihrem Schamhügel zu ihrer Klitoris gleiten, danach trieb ich sie mit Zunge und Lippen in den Wahnsinn. Ich verwöhnte sie, bis sie die Fersen auf die Matratze stemmte, die Finger in den Laken vergrub … und in meinem Haar. Als sie an meinen Haaren zerrte, konnte ich nicht länger warten.

Ich rollte mich vom Bett und warf meine Kleidung zur Seite. Sienna stemmte sich auf die Ellbogen, um mich begierig zu beobachten. Als ich vollkommen nackt war, streckte sie die Hand nach meiner Brust aus. Ich fing ihr Handgelenk ein, drehte die Handfläche nach oben und presste einen schnellen Kuss darauf, bevor ich mich über sie schob und ihren Mund eroberte. Sie seufzte an meinen Lippen, als ich uns herumrollte, sodass sie auf mir lag.

»Winston«, flüsterte sie. Sie senkte sich auf mich, bewegte sich in einem langsamen Rhythmus, der mich in den Wahnsinn trieb. Es fühlte sich besser an als alles, was ich je gespürt hatte. Ich wollte mich so lange wie möglich an diesem Gefühl festklammern.

Sienna steigerte mein Vergnügen so langsam, dass ich es kaum aushielt. Jede Bewegung ihrer Hüften katapultierte mich ein weiteres Stück meinem Höhepunkt entgegen. Jedes Stöhnen aus ihrem Mund sorgte dafür, dass ich ihre Taille packen und die Kontrolle übernehmen wollte, bis wir beide vor Lust explodierten. Ich hob den Oberkörper, bis ich halb saß, weil ich sie einfach küssen, sie noch näher an mir fühlen musste. Dann schob ich zwei Kissen hinter meinen Rücken und das Kopfende und ließ mich nach hinten sinken, damit ich die Hände frei hatte, um Siennas Körper zu erkunden. Ich ließ die Fingerspitzen über ihre Wirbelsäule gleiten; fühlte, wie sich dort sofort eine Gänsehaut bildete. Anschließend senkte ich die Hände an ihren Hintern, knetete die wunderbaren Hügel dort und strich mit den Fingerspitzen über ihre Pofalte.

»Winston …« Siennas Innerstes schloss sich so fest um mich, dass ich beinahe gekommen wäre. *Nein.* Ich wollte, dass sie zuerst den Höhepunkt erreichte.

Wir waren beide verschwitzt, jagten verzweifelt unseren Orgasmus, und ich konnte mich einfach nicht mehr zurückhalten.

Mit einer Hand an Siennas Hüfte lenkte ich ihre Bewegungen. Sofort folgte sie meiner Führung. Ich fand es wunderbar, wie schnell sie sich mir ergab. Ich vergrub die Faust in ihrem Haar, um ihren Kopf nach hinten zu ziehen und ihren Hals zu küssen. Dann zog ich sie nach vorne, presste meinen Mund auf ihren und saugte im selben Takt an ihrer Zunge, wie ich in sie stieß.

Ihr Stöhnen wurde lauter, während ihre inneren Muskeln um mich pulsierten. Sie stand so kurz vor dem Orgasmus … und dasselbe galt für mich. Ich hörte nicht auf, sie zu küssen, als sie kam. Ich wollte ihr lustvolles Stöhnen einfangen und in mich aufnehmen.

Schon ein paar Sekunden später kam auch ich, so heftig, dass es fast schon schmerzhaft war.

Mein Blick verschwamm vor Vergnügen.

»Sienna, verdaaaaammmt. Baby. Du bist …«

Ich konnte keinen vollständigen Satz formulieren, also hielt ich sie einfach im Arm.

Keuchend lag sie in meinen Armen, die Knie gegen meine Oberschenkel gedrückt, die Stirn an meiner Schulter.

Ich lächelte, als ich spürte, wie ihre Atmung sich beruhigte und Sienna sich leicht bewegte.

Ich wusste nicht, wie viel Uhr es war, doch ich hatte es nicht eilig. Ich wollte Sienna einfach so festhalten, sie an mir spüren und ihre Gegenwart genießen.

»Was hast du mit mir angestellt?«, murmelte sie. Ihre Stimme klang erschöpft.

Ich lachte, dann legte ich eine Hand an ihren Nacken und massierte sie leicht.

»Das fühlt sich gut an.«

»Wir sollten duschen gehen.«

»Nein. Ich will hierbleiben. Und ich glaube, du siehst das genauso.«

Ich war immer noch in ihr und hatte es auch nicht eilig, mich zurückzuziehen. Sienna spannte ihre inneren Muskeln an, als wolle sie mir etwas beweisen.

Mit einem Stöhnen packte ich ihre Hüften.

»Du bist eine echte Verführerin, weißt du das eigentlich?«

Sie lachte leise. »Eigentlich hatte ich gar nicht die Absicht, dich in Versuchung zu führen, aber jetzt, wo du es erwähnt hast …«

Wieder umklammerte sie mich. Mir blieb keine andere Wahl, als sie von mir herunterzuschieben, bevor die Versuchung einfach zu groß wurde.

»Was tust du da?«

»Ich trage dich in die Dusche. Wer weiß schon, was du anstellen würdest, wenn ich dich losließe.«

Sie kniff die Augen zusammen, als wolle sie mir eine freche Antwort geben. Doch zu meiner Überraschung schlang sie einfach nur die Beine um mich, als ich sie hochhob.

»Ha! Und du glaubst, das wäre sicherer?« Sie pikste mit dem Zeigefinger in meine Brust. »Das hier ist die reine Verlockung für mich.« Sie ließ den Finger tiefer sinken, auf meine Bauchmuskeln. »Genau wie die hier.«

Dann drängte sie sich enger gegen meine halbe Erektion. Beinahe hätte ich das Gleichgewicht verloren.

»Und das dürfte auch unter Verlockung fallen«, informierte sie mich lässig.

»Dann werde ich wohl etwas unternehmen müssen.«

»Mir gefällt, wie das klingt. Könntest du das genauer ausführen?«

Ich presste die Lippen an ihr Ohr, ehe ich leicht an ihrem Ohrläppchen knabberte.

»Dann musst du die Nacht hier verbringen.«

Verdammt, das hatte eher wie ein Befehl geklungen. Doch nun, wo die Worte ausgesprochen waren, konnte ich ihre Antwort kaum erwarten. Meine Brust wurde eng, als Sienna ein paar Sekunden lang schwieg.

Ich hob den Kopf, um ihr in die Augen schauen zu können.

»Das klang fast herrisch.«

»Ich habe es als Frage gemeint.«

»Du fragst eigentlich nie.« Sie zog die Augenbrauen hoch. Zu meiner großen Erleichterung entdeckte ich gleichzeitig ein Funkeln in ihren Augen, bevor sich ihre Lippen zu einem breiten Lächeln verzogen.

»Wie lautet deine Antwort? Ich verspreche, dass ich mich wunderbar um dich kümmern werde.« Leiser fügte ich hinzu: »Auf jede vorstellbare Weise.«

Inzwischen war aus dem Lächeln ein Grinsen geworden. Seit sehr langer Zeit war ich nicht mehr so glücklich gewesen.

»Ich werde bleiben, du mürrischer, herrischer Mann. Aber du solltest dein Versprechen besser halten.«

»Ja, Ma'am.«

20 Sienna

»Also ich finde, wir haben tolle Arbeit geleistet.«

Winston lachte leise. »Du meinst, *du* hast tolle Arbeit geleistet.«

Ich zwinkerte ihm zu. »Spiel deinen Teil nicht herunter. Du hast mich angefeuert und mir heiße Blicke zugeworfen. Sehr motivierend, das alles.«

Ein paar Tage nachdem Winston mich mit in seine Wohnung genommen hatte, waren wir losgezogen, um einen Weihnachtsbaum zu kaufen. Das war gestern gewesen… und ich war in meiner Begeisterung bei den Dekorationen ein wenig ausgetickt. Winston hatte mich dabei eigentlich nur beobachtet, um dann ein paar schmutzige Tricks anzuwenden, damit ich noch mal über Nacht blieb. Aber ratet mal, wer sich darüber keinen Moment beschweren wollte? Richtig: ich.

Also war ich bestens gelaunt, obwohl Montagmorgen war.

Seitdem wir aus Burlington zurückgekehrt waren, hatte ich sehr viel Zeit mit Winston verbracht. Abends saßen wir noch lange zusammen im Büro, und ich hatte zusätzlich ein paarmal in seiner Wohnung übernachtet, da mein Haus ja immer noch eine Baustelle war.

Das bedeutete auch, dass Winston und ich an den meisten Tagen gemeinsam im Kaufhaus ankamen. Ich hatte so das Gefühl, dass sowieso alle von uns wussten – da mir ein paar Leute nicht allzu subtil zugezwinkert hatten. Aus irgendeinem Grund wurden auch alle Bitten an den Chef erst einmal an mich herangetragen.

Nun ja. Ich hatte eine recht gute Erfolgsquote, wenn es darum ging, Winstons Erlaubnis einzuholen, also warum ein funktionierendes Konzept ändern?

Kaum waren wir im Büro angekommen, ging ich mit ihm in sein Büro, weil wir ein paar Verpackungsfragen für die Ausverkäufe nach Weihnachten klären mussten.

»Ich hätte dann alles, was ich brauche«, sagte ich, den Blick auf meine Liste gerichtet.

Winston nickte. »Ich habe in zehn Minuten eine Telefonkonferenz. Niemand soll mich stören. Außer dir. Du kannst jederzeit reinkommen.«

Ich erhob mich von meinem Stuhl, ging zu ihm und drückte ihm einen kurzen Kuss auf die Lippen, bevor ich mich mit einem Nicken wieder aufrichtete.

»Aye, aye, Kapitän.«

»Ich bin mir nicht sicher, ob das besser oder schlechter ist als mürrischer Chef.«

Neckend legte ich den Kopf schief. »Definitiv ein Upgrade zu herrisch, oder?«

Seine Augen blitzten auf. »Ich werde dir gleich ein Upgrade zeigen.«

»Nein, wirst du nicht. Deine Telefonkonferenz fängt jetzt an, schon vergessen?«

Eilig zog ich mich ein paar Schritte zurück, dann verließ ich das Büro, ehe dieser gefährliche Mann noch auf dumme Ideen kam.

***

Den gesamten Vormittag hing ich am Telefon und sprach mit der Verpackungsfirma. Kurz vor dem Mittagessen betrat eine Frau das Büro, die mir irgendwie bekannt vorkam. Sie sah aus, als wäre sie ungefähr Mitte sechzig, und trug ihr langes, graues Haar offen um die Schultern. Ein paar Sommersprossen leuchteten auf Nasenrücken und Stirn. Sie war wirklich schön. Und ich hätte schwören können, dass ich sie schon mal gesehen hatte – zumindest auf Bildern.

»Sie müssen Sienna sein«, sagte die Frau und hielt direkt auf meinen Schreibtisch zu.

»Stimmt.«

»Ich bin Evelyn, Winstons Mutter. Wir haben bereits telefoniert.«

»Es ist wunderbar, Sie persönlich kennenzulernen. Ich habe so viel von Ihnen gehört. Sie sind quasi eine Legende.«

»Sehr nett von Ihnen.«

Mein Magen verkrampfte sich, und meine Handflächen wurden feucht. Ich musste sie beeindrucken. Schließlich war sie nicht einfach nur Evelyn Statham, sondern auch Winstons Mom.

»Wo ist Winston?«

»Er ist in seinem Büro, in einer Telefonkonferenz. Soll ich ihm sagen, dass Sie hier sind?«

»Das ist nicht nötig. Wir wollten gemeinsam zu Mittag essen, aber ich kann warten. Ich bin absichtlich früher gekommen.«

»Okay«, sagte ich langsam, weil ich mich fragte, warum. Doch ich hegte auch einen leisen Verdacht. Die Jahre mit der Bennett-Familie hatten mich gelehrt, die Zeichen zu deuten, und Evelyn war offensichtlich auf einer Aufklärungsmission.

»Mein Ehemann und ich müssen zu dieser Jahreszeit auf eine Menge Partys gehen. Seitdem Winston wieder in der Stadt ist, laden viele unserer Freunde auch ihn ein. Aber wir wissen einfach nie, ob er allein kommt oder jemanden mitbringt. Daher haben mein Ehemann und ich uns gefragt, ob Winston mit jemandem ausgeht. Er erzählt uns ja nichts.«

Meine Mundwinkel zuckten. »Und Sie hoffen, dass ich etwas weiß.«

»Na ja, ja. Helfen Sie einer verzweifelten Mutter. Geht er mit jemandem aus?«

Ich fühlte, wie Hitze in meine Wangen schoss. Was sollte ich sagen? Ich war mir nicht sicher, ob Winston wollte, dass seine Eltern … nein. Er hatte ihnen nichts von uns erzählt, also wollte er offensichtlich auch nicht, dass sie etwas davon erfuhren.

Innerlich sackte ich in mich zusammen.

Die Beziehung ist noch ganz frisch.

Sicher, aber trotzdem …

Zwei Stimmen stritten sich in meinem Kopf, doch ich wollte nicht schwarzmalen. Schließlich hatte ich bisher auch nur Victoria, Pippa und Alice von Winston erzählt, nicht der gesamten Familie. Allerdings wäre auch eine kleine Pressemitteilung nötig, um den gesamten Clan zu informieren.

»Mrs Statham, kann ich Ihnen vielleicht einen Kaffee bringen, während Sie auf Winston warten?«

Ich hoffte, mit meinem Tonfall deutlich zu machen, dass meine Lippen versiegelt waren.

»Nur, wenn Sie mir dabei Gesellschaft leisten.« Sie hatte nicht vor, mich vom Haken zu lassen, doch ich besaß genug Übung und viel Erfahrung darin, auch unter Druck den Mund zu halten (sprich: Pippa und Jenna hatten mich schon gemeinsam in die Mangel genommen).

»Natürlich. Ich habe auch immer eine Schachtel Pralinen in der Schreibtischschublade. Kann ich Sie vielleicht in Versuchung führen?«, fragte ich grinsend.

»Ein persönlicher Schokoladenvorrat? Sie gefallen mir.«

21 Winston

Ich beendete die Konferenz vorzeitig, als ich die Stimme meiner Mom im Flur hörte. Sie war früh dran. Wahrscheinlich führte sie irgendetwas im Schilde.

Schon eine Sekunde nach dem Auflegen eilte ich in den Flur. Die Stimmen kamen aus Siennas Büro. Ein weiterer Beweis dafür, dass Mom eine geheime Agenda verfolgte. Sie kam eigentlich immer zu spät. Wenn sie überpünktlich war, war das auf keinen Fall Zufall. Sie hatte einen Plan. Als ich den kleinen Raum dann betrat und feststellte, dass die beiden Frauen sich gerade angeregt über einer Tasse Kaffee unterhielten, wurde mir auch klar, was genau Mom im Schilde führte: Sie wollte Sienna unter die Lupe nehmen.

»Mom, du bist zu früh.«

»Liebling, schön, dich zu sehen. Und mach dir keine Sorgen um mich. Sienna hat mich wunderbar unterhalten.«

Ich zwinkerte beiden zu. »Ich mache mir eher Sorgen um Sienna.«

Sienna lächelte wissend.

»Und auch um sie musst du dir keine Sorgen machen. Sie ist sehr gut darin, deine Geheimnisse zu wahren.«

»Du kannst mich alles fragen, was du wissen willst, Mom.«

»In Ordnung.« Sie verschränkte die Arme vor der Brust – ein sicheres Zeichen, dass ich in Schwierigkeiten steckte. »Gehst du mit irgendwem aus? Und falls ja, würdest du sie bitte morgen mit zur Kunstausstellung bringen? Dein Dad und ich gehen hin, und wir würden gern ein wenig Zeit mit dir verbringen.«

Mom redete nicht lange um den heißen Brei herum. In dieser Hinsicht kam ich ganz nach ihr.

Es sah Mom ähnlich, mich so in Zugzwang zu setzen. Aber ich hatte ihr gerade mitgeteilt, dass sie mich fragen konnte, was immer sie wollte, und sie hatte die Gelegenheit genutzt.

Ich sah Sienna an, die stocksteif dastand und nervös Däumchen drehte. Was dachte sie?

Wir hatten noch nicht darüber gesprochen, wie wir in der Öffentlichkeit mit unserer Beziehung umgehen wollten. Ich hatte durchaus vorgehabt, das zu tun … doch jedes Mal, wenn wir zusammen waren, verlor ich mich so sehr in ihr, dass solche Details einfach unwichtig schienen. Aber wenn es nach mir ging, sollten alle erfahren, dass sie zu mir gehörte – angefangen mit meinen Eltern.

Plötzlich erfüllte mich der drängende Wunsch zu erfahren, ob Sienna meine Gefühle teilte; ob ich ihr genauso wichtig war wie sie mir. Ich traf einen schnellen Entschluss, der fast vollkommen meinem Instinkt entsprang.

Ich trat neben Sienna und legte einen Arm um ihre Schultern. Sie sah mit großen Augen zu mir auf, die Lippen leicht geöffnet, sodass ich mich kaum davon abhalten konnte, sie zu küssen. Ein Kuss hätte jedenfalls alle offenen Fragen geklärt. Ich atmete tief durch, um mich zu zügeln und meiner Sehnsucht nach Sienna nicht nachzugeben.

Worte. Diese Situation erforderte Worte.

»Um ehrlich zu sein, Mutter, gehe ich mit dieser wunderbaren Frau hier aus.«

Sienna errötete, dann stieß sie den Atem aus. Aus Erleichterung oder aus Anspannung? Verdammt, wie üblich war ich zu impulsiv vorgegangen. Ich war es nicht gewöhnt, um Erlaubnis zu fragen, doch ich wollte bei Sienna alles richtig machen.

»Ich wusste es«, sagte Mom.

Wir starrten sie beide an.

»Ach wirklich?«, fragte ich.

»Na ja … ich hatte zumindest eine starke Vermutung. Sienna hier ist rot geworden, als ich sie gefragt habe, ob du mit jemandem ausgehst. Und jedes Mal, wenn du von ihr gesprochen hast, hatte deine Stimme einen ganz besonderen Klang. Eine Mutter merkt so was.«

»Meine Mom hat früher dasselbe gesagt.« Sienna lachte. Ich atmete erleichtert auf.

»Dann ist es abgemacht. Ich sehe euch beide morgen bei der Ausstellung. Acht Uhr.«

Verdammt, nein. Ich liebte meine Mutter, aber bei Kunstausstellungen endete meine Geduld. Ich war nicht gerade ein Fan, und auf keinen Fall wollte ich Sienna dieser Qual aussetzen. Wir konnten uns immer noch hinterher zum Abendessen treffen.

»Ich kann es kaum erwarten. Ich liebe zeitgenössische Kunst«, sagte Sienna.

Ich sah sie an, weil ich ihr sagen wollte, dass sie nicht aus Höflichkeit zustimmen musste, doch ihre Miene traf mich unvorbereitet. Ein träumerisches Lächeln spielte um ihre Lippen. Nun, das änderte alles.

***

Am nächsten Abend strahlte Sienna förmlich von innen. Die Ausstellung fand in zwei großen Konferenzräumen im Westin St. Francis Hotel statt. Das Erste, was Sienna nach unserer Ankunft getan hatte, war, ein Selfie von uns beiden vor der riesigen Zuckerburg in der Mitte des Raums zu schießen.

»Hey, so was könnten wir nach dem Rebranding auch im Kaufhaus machen«, meinte sie. »Irgendeine riesige Süßigkeit, die zusammen mit dem Baum die Aufmerksamkeit fesselt. Das Westin hat diese Zuckerburg, das Fairmont ein großes Lebkuchenhaus. Aber in Kaufhäusern gibt es so was bisher kaum.«

»Ich bin mir sicher, bis nächste Weihnachten wird dir etwas Tolles einfallen.«

Damit wies ich nicht allzu subtil auf meinen Wunsch hin, dass sie nächstes Jahr um diese Zeit noch für mich arbeitete. Ich konnte einfach nicht anders. Sienna errötete und schenkte mir ein scheues Lächeln.

Wir stiegen die Treppe zu den Konferenzräumen nach unten und sahen sofort die Menge, die sich versammelt hatte.

»Die Galerie, die diese Ausstellung organisiert hat, gehört Summer … der jüngsten Bennett-Schwester. Sie gibt oft aufstrebenden Künstlern eine Chance. Ich liebe es.«

Mom und Dad warteten neben dem Eingang zum ersten Raum auf uns.

»Hi, Mom. Dad, das ist Sienna.«

»Sie sehen wunderbar aus«, sagte Mom und küsste ihre Wange. Dad schüttelte ihr die Hand.

»Ich kann nicht glauben, dass meine Frau schon wieder recht hatte«, meinte mein Vater.

»In Bezug worauf?«

»Sie hat ständig behauptet, dass du eine Schwäche für Sienna hast. Wie üblich hatte ich von nichts eine Ahnung und habe ihr erklärt, sie würde sich das nur einbilden.«

»Machen Sie sich keine allzu großen Vorwürfe, Mr Statham«, meinte Sienna. »Manchmal glaube ich, dass wir Frauen einfach einen sechsten Sinn für so etwas haben.«

Mom strahlte Sienna an. »Möchten Sie sich die Biografien der Künstler anschauen, die heute Abend ausgestellt werden?«

»Gern«, antwortete Sienna.

Die beiden setzten sich und sahen sich gemeinsam die Broschüre an. Dad und ich gingen etwas zu trinken holen.

»Sohn, du siehst aus, als wärst du lieber woanders.«

»Du weißt, dass Ausstellungen nicht so mein Ding sind.«

Dad legte mir eine Hand auf die Schulter. »Lass mich dir nach vielen Jahren der Ehe einen Rat geben: Wenn etwas die Frau an deiner Seite glücklich macht, tu es einfach. Selbst wenn du nicht viel davon hältst.«

»Ich werde … Moment mal. Du hast Mom nie erzählt, dass dich Kunstausstellungen nicht interessieren?«

»Wieso sollte ich? Dann würde sie sich nur schlecht fühlen, weil sie mich hinschleppt.« Er zwinkerte mir zu und fügte hinzu: »Das Geheimnis einer glücklichen Ehe liegt darin, die Person an deiner Seite glücklich zu machen.«

Ich war sprachlos. Dad hatte nie große Begeisterung gezeigt, aber ich hatte immer gedacht, das wäre einfach so seine Art.

Er tat das nur für Mom. Und ich verstand das vollkommen. Vor ein paar Monaten wäre das noch anders gewesen. Doch nun leuchtete mir sein Verhalten ein.

Sobald der Barkeeper unsere Getränke vorbereitet hatte, griff sich jeder von uns zwei Gläser, und wir kehrten zu unseren Damen zurück.

Sienna und Mom unterhielten sich mit zusammengesteckten Köpfen, wobei sie immer wieder erst auf die Broschüre und dann auf die verschiedenen Gemälde im Raum zeigten. Dad und ich wechselten einen amüsierten Blick.

Ich wusste jetzt schon, dass so etwas von nun an öfter passieren würde: Wir würden Events besuchen, die unsere Damen interessierten, mit Dad und mir als Beobachter am Rand. Und ich wollte verdammt sein, wenn ich mich darauf nicht schon freute.

Doch ich hielt mich nicht von Sienna fern. Sobald sie wieder allein war, trat ich neben sie und wanderte mit ihr durch den Raum.

»Das ist toll«, rief Sienna vor einem Bild.

»Schön, dass es dir gefällt.«

»Nun, es ist … Moment mal.« Sienna stoppte abrupt und musterte mich. Ich hatte keine Ahnung, wonach sie suchte, aber für alle Fälle ließ ich mir nichts anmerken.

»Was hat es mit der angedeuteten mürrischen Miene auf sich?«

Verdammt. Dad war es dreißig Jahre lang gelungen, seinen Mangel an Begeisterung zu verbergen. Ich dagegen stand nicht mal einen Abend durch, ohne dass Sienna mir auf die Schliche kam.

»Das hier ist irgendwie nicht mein Ding.«

Sie zog einen Schmollmund. »Warum hast du dann zugestimmt, dass wir herkommen?«

Ich legte einen Arm um ihre Schultern und zog sie an mich. Ich wollte sie einfach so oft wie möglich neben mir spüren.

»Weil du so begeistert von der Idee warst.«

Sienna stellte sich auf die Zehenspitzen und drückte mir einen Kuss auf die Wange. »Ich verspreche, ich werde es dir später vergelten. So richtig.«

Ich ließ die Lippen über ihre Wange zu ihrem Ohr gleiten.

»Wie wäre es, wenn du mir schon mal einen Vorschuss gibst?«

Sie stieß mich gespielt empört von sich und hob mahnend den Zeigfinger. »Winston, du wirst mit jedem Tag schamloser.«

»Nur, weil ich dich so sehr begehre.«

»Also ist es meine Schuld?«

»Natürlich.«

Ich grinste, und sie lächelte zurück. In diesem Moment kamen wir an einem leeren Konferenzzimmer vorbei, und ich ergriff die Chance. Ich zog sie um die Ecke, bevor Sienna verstand, was ich vorhatte.

»Was tust du da?«, fragte sie flüsternd.

»Ich bringe dich auf ein paar Ideen.«

»Was für Ideen?«

»Wie du es mir später vergelten kannst.«

Sie lachte. »Du schummelst, findest du nicht?«

»Vielleicht. Ich wollte einfach ein paar Minuten mit dir allein sein.«

Ich ließ die Lippen über ihren Hals gleiten, verschränkte meine Finger mit ihren. Dann schob ich sie rückwärts, tiefer in den nur schwach erleuchteten Raum, bis ihr Rücken gegen eine Wand stieß. Ich drängte mich gegen sie, bis unsere Körper sich auf voller Länge berührten. Das Gefühl ihrer Brüste an meiner Brust ließ sofort Erregung in meine Adern schießen.

Jetzt wollte ich mehr – nein, ich brauchte mehr, verzehrte mich danach. Doch ich packte Siennas Finger fester, um sie davon abzuhalten, mich zu berühren.

»Wir sollten besser zu den anderen zurückgehen. Ich kann spüren, dass du anzügliche Gedanken hegst«, zog Sienna mich auf.

»Anzüglich ist ein viel zu schwaches Wort.«

Ich fühlte ihr Lächeln an meiner Wange. »Spar dir das für später auf, ja? Wir sollten uns heute von unserer besten Seite zeigen.«

»Was immer du dir wünschst.«

Ich ließ den Arm um ihre Schultern liegen, als wir uns erneut der Menge anschlossen … weil ich sie einfach nicht freigeben wollte.

22 Sienna

Ich liebte Ausstellungen – auch weil ich den Mut der Künstler bewunderte, sich so zu offenbaren. Allerdings hatte ich ein schlechtes Gewissen, weil ich Winston damit quälte. Meine Schuldgefühle hielten sich jedoch in Grenzen, da ich vorhatte, ihn später am Abend ausgiebig zu verwöhnen. Aber ich schaffte es einfach nicht, ihm zuliebe früher zu gehen, weil ich mich unglaublich gern mit Evelyn unterhielt.

»Mein Sohn war schon immer verantwortungsbewusst, sogar als Kind. Ich wünschte nur, er würde nicht alles für sich behalten. Das ist einfach nicht gesund, besonders, wenn man unter Stress steht. Reden hilft tatsächlich.«

Evelyn wollte mir immer noch Winstons Geheimnisse entlocken. Ich stimmte ihr grundsätzlich zu, aber letztendlich war das nicht meine Entscheidung. Ich konnte Winstons Vertrauen nicht enttäuschen.

Daher antwortete ich lediglich: »Ich verspreche, dass ich mich gut um ihn kümmern werde.«

»Das ist offensichtlich. Er ist ganz anders, wenn du in der Nähe bist. Seine Augen leuchten, wann immer er dich ansieht.«

Wirklich? Ich hätte vor Freude in die Luft springen können.

»Erzähl mir mehr davon, wie Winston als Kind war.« Evelyn hatte mir bereits nach ein paar Minuten das Du angeboten.

»Da gibt es so viele Geschichten.«

»Ich bin ganz Ohr.«

Danach redete sie so schnell, dass ich ein Lächeln kaum unterdrücken konnte.

»Er will ständig alle beschützen«, beendete sie ihre Geschichte. »So war er schon immer. Manchmal übertreibt er es damit ein bisschen, und für gewöhnlich ist das nicht gut für ihn.«

Damit lag sie richtiger, als ihr wahrscheinlich bewusst war. Winston wirkte bloß so mürrisch, weil er versuchte, den Druck von anderen fernzuhalten. Am liebsten hätte ich sofort damit angefangen, ihn zu verwöhnen.

Tiefe Zuneigung für Winston erfüllte mich, und ich sah unauffällig zu der Ecke, in die er und sein Dad sich zurückgezogen hatten. Winston sah unverwandt in meine Richtung. Ich schenkte ihm ein leises Lächeln, und mein Herzschlag beschleunigte sich. War ich eine Närrin, mich so schnell zu verlieben? Nun, selbst wenn es so war, konnte ich nichts dagegen tun.

Gegen diese Gefühle war ich machtlos.

Je mehr Evelyn mir von Winston erzählte, desto stärker wurden diese Gefühle – als hätten sie einen eigenen Willen und ich keinerlei Einfluss auf sie.

Als der Abend endete, war ich ein gutes Stück mehr in Winston verliebt als bei unserer Ankunft.

»Meine Schöne, verrätst du mir, was du jetzt vorhast?«, fragte Winston, sobald wir im Auto saßen.

»Ja. Ich bringe dich nach Hause, und dann werde ich mich die ganze Zeit mit dir vergnügen.«

»Der Plan gefällt mir.«

***

Die Wochen vor Weihnachten waren in der Bennett-Familie immer der reine Wahnsinn. Die Vorbereitungen fürs Fest – von der Menüplanung bis zum Geschenkekaufen – waren so ausufernd, dass es sich fast anfühlte, als hätte jeder in der Familie einen zweiten Job angenommen. Dank meiner spätabendlichen Sitzungen mit Winston im Büro, um die Planungen für die Rebranding-Kampagne abzuschließen, kam es mir zumindest so vor, als würde ich drei Tätigkeiten gleichzeitig nachgehen.

Alle gaben immer vor, sie würden nur wegen der Kinder an Weihnachten solchen Trubel veranstalten, doch in Wahrheit genossen die Erwachsenen das Ganze mindestens genauso sehr. Dieses Jahr hatten wir das traditionelle Weihnachtsessen zwei Wochen vorgezogen, weil wir am eigentlichen Weihnachtstag überall verstreut wären. Ich wäre bei meinem Bruder in London, und der Teil des Clans, der nicht mit nach Aspen fuhr, startete nächste Woche zu einer vierwöchigen Reise nach Australien.

Für gewöhnlich schwebte ich vor dem Abendessen auf Wolke sieben, doch heute war ich nervös, weil Winston sich mir anschloss. Ich hatte noch nie einen Freund mit zum Weihnachtsessen gebracht. Als wir zum Haus gingen, drückte ich Winstons Hand.

»Sienna, du bist so still. Stimmt etwas nicht?«

»Schon mal den Begriff Feuertaufe gehört?«

»Ja.«

»Nun, das hier wird eine Bennett-Feuertaufe.«

Winston lachte und zog mich in eine halbe Umarmung. Ihm so nahe zu sein, sorgte immer dafür, dass ich mich sicher und beschützt fühlte. Wenn er mich dann auch aus diesen warmen, grünen Augen ansah, dann fühlte ich mich wie die glücklichste Frau auf Erden.

»Worauf genau muss ich achten?«

»Keine Ahnung. Lass aber keinesfalls in deiner Wachsamkeit nach. Sobald du das tust, wird jemand es bemerken und sich auf dich stürzen.«

»Zur Kenntnis genommen.«

Als die Tür aufschwang, bekam ich fast einen Herzinfarkt. Mein Bruder Lucas war hier! Chloe stand direkt hinter ihm.

»Wieso hat mir niemand erzählt, dass du kommen wirst?«, fragte ich Lucas.

»Niemand wusste es. Ich wollte dich überraschen.«

Ich drückte meinen Bruder so fest, dass er kaum mehr Luft bekam. Sobald ich ihn wieder losgelassen hatte, zwinkerte ich Chloe zu. »Du wirst heute von einer Umarmung verschont.«

Chloe grinste. »Nur für alle Fälle werde ich trotzdem einen gewissen Sicherheitsabstand einhalten.«

»Ich möchte euch jemanden vorstellen. Lucas, Chloe, das ist Winston, mein Freund.«

Meine kleine Schwester lächelte Winston an und schüttelte ihm die Hand, dann tat Lucas dasselbe. Doch was hatte es mit diesem Blick in den Augen meines Bruders auf sich? Ich konnte ihn nicht so recht deuten.

»Du wirkst irgendwie zu dünn, Lucas«, sagte ich.

Er stöhnte. »Das sagst du jedes Mal.«

»Aber es stimmt.«

»Vorsicht, sonst lasse ich mich nicht mehr von dir umarmen.«

»Ha! Als bräuchte ich dafür deine Erlaubnis.«

Gott, ich hoffte echt inständig, dass Lucas ein College in der Umgebung besuchen würde, doch diesen Gedanken behielt ich lieber für mich. Es wäre nicht fair, ihn unter Druck zu setzen. Jeder musste seinen eigenen Weg im Leben finden, und das respektierte ich. Hoffentlich würde sein Weg ihn eher früher als später zurück nach San Francisco führen.

Und ich hoffte auch, dass Chloes Weg sie nirgendwo anders hinführen würde … oder zumindest nicht in absehbarer Zeit.

»Wie lange bleibst du?«, fragte ich Lucas.

»Bloß übers Wochenende.«

»Du hast nur für zwei Tage einen zehnstündigen Flug auf dich genommen?« Ich zog einen Schmollmund.

»Ich wollte einfach das Weihnachtsessen nicht verpassen. Aber es stehen noch Prüfungen an, also muss ich zurück.«

Chloe und ich wechselten einen Blick, den Lucas natürlich bemerkte.

»Hey! Ihr werdet euch nicht gegen mich verbünden.«

Chloe riss theatralisch den Mund auf. »Gegen dich? Das würden wir nicht wagen.«

Ich fing an zu lachen. »Niemals.«

»Keine Sorge, ich werde nicht zulassen, dass sie Pläne schmieden.«

Lucas stieß einen anerkennenden Pfiff aus. »Danke, Mann.«

»Wir Kerle müssen doch zusammenhalten.«

Chloe stemmte die Hände in die Hüften und trommelte mit der Fußspitze auf den Boden. »Hey! Nicht vergessen: Ich bin diejenige, die auf dieser Seite des Atlantiks lebt. Wenn du dir schon einen Liebling aussuchst, bin ich die bessere Wahl.«

Winston lachte und zog mich an sich. »Die beiden sind sogar noch witziger, als du sie mir beschrieben hast.«

Ich kuschelte mich an ihn. Es schwang so viel Wärme in seiner Stimme mit … und ich war so glücklich, dass er hier war.

Wir gingen weiter, und sofort tauchte Christopher auf, um Winston die Hand entgegenzustrecken.

»Christopher, das ist Winston.«

»Willkommen«, sagte Christopher. »Ich habe bereits viel von dir gehört. Schön, dich endlich kennenzulernen.«

Puh. Er wirkte durchaus freundlich. Ich hatte mit zumindest ein oder zwei Stirnfalten gerechnet. Aber wenn ich jetzt so darüber nachdachte, konnte ich mir in diesem Punkt gar nicht sicher sein, weil ein paar rebellische Strähnen seines Haares über sein Gesicht hingen. Moment mal! Christopher trug sein Haar kürzer.

»Max, das ist wirklich unfassbar!«, rief ich.

Er grinste breit. »Was hat mich verraten? War es meine Frisur? Verdammt, ich lasse wirklich nach.«

Gegen meinen Willen musste ich lachen. »Winston, mein Fehler. Das ist Christophers eineiiger Zwillingsbruder Max.«

Eine Sekunde später trat auch Christopher in den Flur. Auch er lächelte breit.

»Habt ihr das so geplant?«, fragte ich.

»Aber natürlich«, antwortete Christopher.

»Was hilft es, einen eineiigen Zwillingsbruder zu haben, wenn man es nicht hin und wieder ausnutzt?«, meinte Max. »Wir sollten das öfter machen. Langsam komme ich aus der Übung.«

»Mir geht es genauso. Wir lassen nach.«

Christopher und Winston schüttelten sich die Hände. »Winston, willkommen.«

»Schön, dich kennenzulernen«, sagte Winston mit einem warmen Lächeln. Ich dagegen strahlte über beide Ohren.

Christopher nickte. »Kommt, wir sollten uns den anderen anschließen.«

Der Clan hatte sich im riesigen Wohnzimmer verteilt, das mit diversen Couchen und Sessel eingerichtet war. Victoria winkte mir begeistert zu. Als Erstes begrüßten wir Richard und Jenna, dann stellte ich Winston allen versammelten Bennetts vor, bevor wir zu Victoria gingen. Blake stand neben ihr.

»Willkommen«, sagte Victoria.

»Danke. Ich habe schon viel über solche Familientreffen gehört. Freut mich, dass ich dabei sein darf.«

Nun setzte er wieder seinen Charme ein. Mein Ex-Freund war meiner Familie jedes Mal sehr distanziert begegnet… wahrscheinlich war das der Grund, warum ich ihn nicht allzu oft eingeladen hatte. Manchmal konnte ich immer noch nicht glauben, dass ich so lange an dieser Beziehung festgehalten hatte.

»Mach es dir gemütlich. Weihnachten ist bei uns eine große Sache. Lass dich nicht einschüchtern«, sagte Christopher. »Aber eine Warnung will ich noch loswerden: Wenn du Sienna nicht anständig behandelst, bekommst du es mit uns Bennetts zu tun.«

Damit hatte ich gerechnet.

»Und die Bennett-Familie ist wirklich groß«, fügte Blake hilfreich hinzu.

Hey! Das hatte ich nicht vorausgesehen.

Winston lachte leise. »Dessen bin ich mir durchaus bewusst.«

Blake grinste, als sein Zwilling, Daniel, neben uns trat. »Haben Max und Christopher ihr Ding schon durchgezogen?«

»Ja, haben sie«, bestätigte ich.

»Wie lange hast du gebraucht, die Sache zu durchschauen?«, fragte Daniel.

»Ungefähr fünf Sekunden.«

Er zwinkerte mir zu. »Das ist meine Sienna.«

Victoria schüttelte den Kopf. »Wollen wir was trinken, jetzt, wo wir diesen unangenehmen Moment hinter uns gebracht haben?«

»Ja. Gern. Jede Menge Eierpunsch für mich«, meinte ich. »Winston?«

»Aber gern.«

Ich fühlte mich immer wohl, wenn ich Zeit mit den Bennetts verbrachte, doch heute schwebte ich im siebten Himmel und konnte einfach nicht genug kriegen.

Allein die herumrennenden Kinder zu beobachten, zauberte schon ein Lächeln auf mein Gesicht.

Es war laut, es war verrückt, und ich liebte jede Sekunde. Blieb nur zu hoffen, dass es Winston auch gefiel, weil ich mir vorstellen konnte, mit ihm zusammen auch zum nächsten Weihnachtsessen zu gehen. Und zu dem im Jahr darauf ebenfalls. Es war offensichtlich, dass ich bereits mehr für ihn empfand, als ich mir bisher bewusst gemacht hatte.

Wir hatten nie über die Zukunft geredet. Und ehrlich, ich wollte auf keinen Fall eine dieser drängelnden Freundinnen werden. Außerdem hätte ich sowieso nicht gewusst, wie ich das Thema ansprechen sollte.

Ich war total in diesen Mann verliebt. Das konnte ich ihm doch sagen, oder? Darauf freute ich mich schon.

Sebastian hob sein Glas und räusperte sich, was dafür sorgte, dass ich mich auf ihn konzentrierte.

»Das ist kein Toast, Leute. Ich wollte bloß allen danken, dass sie gekommen sind. Einige Dinge in der Bennett-Familie bleiben immer gleich, und das finde ich wunderbar. Dad bleibt stur, wir nutzen jede Gelegenheit, uns zu treffen, und jeder mischt sich in die Angelegenheiten aller anderen ein.«

Das fasste es gut zusammen.

»Vergiss nicht, dass Blake jede Woche die Fronten wechselt«, rief ich. Alle lachten, dann gingen wir ins Esszimmer.

***

Mein Lieblingsteil des Abends kam nach dem Essen. Es gab die Tradition, dass wir alle gemeinsam dem Weihnachtsbaum seinen Stern aufsetzten. Das war immer ein bittersüßer Moment für mich, weil Mom den Stern handbemalt hatte. Victoria, Lucas und Chloe begannen sofort zu strahlen.

Auch ich hatte Freude an der Tradition, doch gleichzeitig empfand ich für den Rest des Abends jedes Mal eine tiefe Wehmut. Glücklicherweise war es mir bisher ganz gut gelungen, das zu verbergen.

Mein Herz verkrampfte sich, als wir den Karton öffneten und den Stern herausholten. Das hatte Mom immer getan. Sie hatte den Stern aus der Schachtel genommen und poliert, bevor sie und Dad sich darüber kabbelten, wer auf die Leiter steigen und den Stern auf die Spitze setzen sollte. Es war wie eine Vorführung gewesen, die stets damit endete, dass wir Kinder abstimmen durften.

23 Winston

Mir fiel sofort auf, dass etwas nicht stimmte, als der Karton hervorgeholt wurde. Siennas Körpersprache veränderte sich. Nicht überdeutlich, aber genug, dass ich es bemerkte. Sie wirkte plötzlich irgendwie kleiner. Sie hatte die Arme vor der Brust verschränkt – nicht auf defensive Weise, sondern eher, als müsse sie sich wappnen. Als Chloe den Stern aus dem Karton zog, wandte sich Sienna für einen Moment ab und schloss die Augen. Mir wurde klar, dass sie versuchte, die Tränen zurückzuhalten. Sofort legte ich eine Hand an ihre Taille. Sie zuckte leicht zusammen, ehe sie sich an mich lehnte. Ich hatte keine Ahnung, woher diese Gefühlsaufwallung kam, aber ich wollte für sie da sein und sie trösten, wie auch immer es mir möglich war.

Ich wartete auf eine Gelegenheit, mit ihr allein zu sein. Als alle sich wieder auf Couchen und Sessel verteilten, nutzte ich meine Chance und zog sie kurz in den Flur.

»Geht's dir gut?«, flüsterte ich.

»Ja. Es ist nur … Mom und ich haben diesen Stern gemeinsam bemalt. Bei seinem Anblick werde ich immer emotional. Aber Victoria, Lucas und Chloe lieben den Stern so sehr.« Sie lächelte, doch gleichzeitig zitterten ihre Lippen leicht.

Jedes Mal, wenn ihre Geschwister diesen Stern aus seinem Karton zogen, traf sie das tief. Es fiel ihr schwer, der Tradition zu folgen … aber sie tat es trotzdem, weil es ihre Geschwister glücklich machte. Noch nie in meinem Leben war mir jemand begegnet, der so eine innere Stärke wie Sienna hatte. Ich wollte sie an mich ziehen und nicht mehr loslassen.

Niemals.

Ich ließ den Daumen über ihre Lippen gleiten, bevor ich ihren Mund zu einem Kuss einfing. Ich musste sie einfach küssen, mich ihr nahe fühlen, eins mit ihr werden. Diese Frau. Wusste sie überhaupt, was für Gefühle sie in mir auslöste? Ich wollte sie lieben. Und beschützen.

»Wir sollten uns den anderen wieder anschließen«, flüsterte sie, als ich mich von ihr löste.

»Wenn du darauf bestehst.«

Sie grinste. »Das tue ich. Komm, die besten Gespräche finden immer nach dem Abendessen statt, wenn alle einen vollen Magen haben.«

***

Sienna hatte recht. Es war, als hätten alle viel mehr Energie als vor dem Essen. Sie unterhielten sich über alles. Es war faszinierend, die Geschwister dabei zu beobachten, wie sie die Meinung der anderen zu Geschäftsentscheidungen oder sogar ihr Privatleben einholten. Blake und Alice befragten Christopher, welche Vorteile eine neue Software für ihr Restaurant- und Bargeschäft haben könnte. Mich traf förmlich der Schlag, als mir klar wurde, dass Summer Bennetts Ehemann niemand anderes war als der Hollywoodstar Alexander Westbrook. Ich war kein großer Filmliebhaber, aber von ihm hatte ich natürlich schon gehört. Im Moment besprach er die Vor- und Nachteile gewisser Merchandising-Kampagnen mit Sienna und Sebastians Ehefrau Ava.

Nach einer Weile kamen Sebastian und Logan, der CFO von Bennett Enterprises, zu mir, um übers Geschäft zu reden. »Statham Stores hat keine Juwelierabteilung. Bestünde die Chance, dass du darüber noch mal nachdenkst?«

»Ich könnte mich überreden lassen. Ich denke schon eine Weile darüber nach. Wollt ihr nur in die Kaufhäuser in den USA eingebunden werden, oder habt ihr auch Interesse am europäischen Markt?«

»Überall«, antwortete Logan sofort.

Wir einigten uns darauf, uns Anfang nächsten Jahres noch mal zu treffen und darüber zu reden.

***

Den ganzen Abend über behielt ich Sienna genau im Blick. Ich musste zugeben, dass ich mich wirklich wohlfühlte, also bot ich an, neues Wasser zu holen, als die Karaffen leer waren. Kurz nachdem ich die Küche betreten hatte, schlossen Lucas und Chloe sich mir an. Zuerst hielt ich das für Zufall, doch irgendetwas an ihrer Körpersprache ließ mich etwas anderes vermuten.

»Können wir mit dir reden?«, fragte Chloe.

»Natürlich.«

»Also, wir wollten dich bitten, nett zu Sienna zu sein«, meinte Chloe.

Moment mal … wollten sie mir etwa ins Gewissen reden? Ja. Ja, das war tatsächlich ihre Absicht.

»Genau. Sehr nett«, betonte Lucas. »Nicht wie das letzte Arschloch, mit dem sie ausgegangen ist.«

»Er hat sie ein paarmal zum Weinen gebracht.« Chloes traurige Miene brach mir fast das Herz. Außerdem spürte ich, wie Wut in mir aufstieg. Ich hätte diesem Trottel doch die Faust ins Gesicht rammen sollen.

»Ich verspreche, dass ich sie nicht zum Weinen bringen werde. Sienna hat nur das Beste verdient, und genau das will ich für sie.«

Chloe seufzte. »Das ist echt romantisch. Genau wie in Filmen. Ich habe dir doch gesagt, dass er ein anständiger Kerl ist, Lucas. Er sieht schon so aus.«

Lucas ließ mich nicht aus den Augen und musterte mich genau. »Das wird sich erst im Laufe der Zeit zeigen.«

»Ich verspreche, dass ich dich informiere, falls Sienna weint«, versprach Chloe ernst.

Ich lachte. »Ihr beide habt euch bereits eine Strategie zurechtgelegt?«

Lucas nickte.

»Mir gefällt eure Gründlichkeit.«

Dieser Kommentar wurde mit einem breiten Grinsen von Lucas belohnt. »Wir haben auch mit Christopher geredet, als er angefangen hat, mit Victoria auszugehen«, informierte der Junge mich.

Ich grinste. Natürlich hatten sie das getan.

»Lass uns zurückgehen, bevor Sienna misstrauisch wird«, sagte Lucas zu seiner Schwester.

»Ja. Das hat ungefähr eineinhalb Minuten länger gedauert, als wir geplant hatten«, antwortete Chloe.

Sie hatten das Gespräch bis auf die Minute geplant? Lächelnd folgte ich ihnen ins Wohnzimmer. Ich fand die beiden jetzt schon toll.

***

Im Verlauf des Abends wurde klar, dass Sienna am liebsten das gesamte Wochenende mit Lucas verbracht hätte. Es war wunderbar, ihren inneren Kampf zu beobachten, weil sie ihm nicht zu sehr auf die Pelle rücken, doch gleichzeitig eben auch so viel Zeit mit ihm verbringen wollte wie möglich.

»Hast du morgen Zeit für ein Mittagessen? Und vielleicht könnten wir danach ins Kino gehen?«

»Mittagessen kriege ich hin, aber danach treffe ich mich mit Freunden.«

»Und Sonntag?«

»Sonntag habe ich bereits etwas vor, zum Abendessen hätte ich allerdings Zeit.«

Sienna zog einen Schmollmund. »Ich dachte, du wärst nur für uns eingeflogen.«

»*Auch* für euch. Aber wenn ich schon da bin, will ich mich auch mit meinen Freunden treffen.«

Sienna war wirklich zauberhaft in ihrer liebevollen Nervosität. »Okay. Dann sehen wir uns morgen zum Mittagessen.«

***

Sienna wirkte immer noch ein wenig benommen, als wir in die Wohnung zurückkehrten.

»Wie fandst du den heutigen Abend?«

»Das beste Weihnachtsessen, bei dem ich jemals eingeladen war. Aber erzähl das auf keinen Fall Mom! Wir haben keine große Familie, also lädt sie immer ein paar Freunde ein … doch das ist einfach nicht dasselbe. Ich liebe den Clan. Lucas und Chloe sind wirklich toll.«

»Finde ich auch.«

»Sie lieben dich sehr.«

»Ich … Moment mal, woher weißt du das?«

»Das ist offensichtlich.«

»Du verschweigst etwas.«

Ich verdrehte die Augen. »Könnte sein, dass sie mir ins Gewissen geredet haben.«

»Heiliger Strohsack! Echt? Wann?«

»Als ich Wasser geholt habe.«

»Das haben sie von mir gelernt. Wir haben auch Christopher in die Mangel genommen.«

»Das haben sie mir erzählt. War ein nettes Gespräch.«

»Ich kann nicht glauben, dass Lucas mir nichts von seinem Besuch erzählt hat. Und dass er nur für zwei Tage hier ist. Ich vermisse ihn jetzt schon.«

»Du siehst ihn doch Samstag und Sonntag«, erinnerte ich sie.

Sie presste die Lippen aufeinander. »Das bedeutet nicht, dass ich ihn nicht schon wieder vermissen kann. Was willst du heute noch machen? So spät ist es noch nicht.«

»Ich hätte eine Idee. Wie wäre es, wenn wir uns einen dieser Weihnachtsfilme anschauen, die du so liebst?«

Sie blinzelte, dann drückte sie eine Hand an meine Stirn. »Mr Grinch, hast du Fieber?«

»Nein, aber ich hatte ein paar Gläser Eierpunsch. Und ich weiß, dass der Film deine Laune heben wird.«

Wieder wurden ihre Lippen schmal, dann trat sie zurück und wackelte mit den Hüften.

»Was tust du da?«

»Ach, das ist ein Freudentanz. Ich kann nicht glauben, dass ich es tatsächlich langsam schaffe, aus dir einen Filmmenschen zu machen.«

»Aber ich hätte eine Bitte.«

»Bei dir ist nie etwas einfach.«

»Wir müssen den Film nackt schauen.«

Und wieder ließ sie die Hüften kreisen. »Klingt fair.«

Ich zog sie an mich und drückte ihr einen Kuss auf die Schulter. »Dann komm. Such einen Film aus.«

»Du vertraust mir blind?«

»Ja.«

»Könnte sein, dass du das noch bereuen wirst.«

»So schlimm kann es schon nicht werden.«

***

Letztendlich wählte sie den Film *Liebe braucht keine Ferien* aus. Ich hielt Sienna einfach im Arm und wartete darauf, dass sie mir verriet, was sie belastete … oder auch nicht. Ich hätte auch verstanden, wenn sie einfach nur ein wenig Ruhe brauchte – und das Wissen, dass ich für sie da war.

»Das fühlt sich so gut an«, murmelte sie, als ich die Arme fester um sie schloss.

»Ich fange an zu glauben, dass meine Arme deine Lieblingskissen sind.«

»Sei nicht albern. Mein Lieblingskissen ist deine Brust.«

»Mein Fehler. Natürlich.«

Sie konzentrierte sich wieder auf den Film.

»Kennst du nicht schon jede Szene?«

»Wahrscheinlich sogar jeden Satz.« Sie lag auf mir auf der Couch und rückte immer mal wieder hin und her. »Du bist ein sehr bequemes Ganzkörperkissen.«

»Autsch.«

»Hey, das war ein Kompliment.«

»Bequemes Kissen? Ernsthaft?«

»Wäre muskulöses Kissen besser?«

Ich umfasste ihre Wange, weil ich sie für einen Kuss an mich ziehen wollte, doch sie wehrte mich spielerisch ab.

»Sorg nicht dafür, dass ich verpasse, wie Jude Law betrunken ins Haus stolpert.«

»Du kennst den Film doch sowieso auswendig.«

»Was hat das denn damit zu tun?«

Ich lachte, als sie den Kopf wieder auf meine Brust sinken ließ. Okay, vielleicht war der Film ja gar nicht so schlecht. Und Sienna lächelte wieder.

Bis der Film endete, war es bereits nach Mitternacht, doch ich fühlte mich hellwach. Sienna stemmte das Kinn auf meine Brust und musterte mich. Ihr breites Grinsen war zurück. Sogar ihre Augen strahlten wieder.

»Du denkst über irgendetwas nach. In Bezug auf die Arbeit«, sagte sie.

»Woher weißt du das?«

Sie ließ eine Fingerspitze über meine Stirn gleiten. »Diese bestimmte Falte erscheint nur, wenn du an die Arbeit denkst.«

Ich fing ihre Hand ein und biss neckend in ihre Fingerspitze. »Ich muss eine Tabelle noch mal durchgehen, um einiges zu kontrollieren.«

»Hat Jo es sich schon angesehen?«

Jo war unsere CFO.

»Sie hat die Tabelle noch nicht gesehen.«

Sienna setzte sich auf und rieb sich die Hände. »Lass sie uns zusammen durchgehen. Vier Augen sehen mehr als zwei.«

»Ist das dein Ernst?«

»Aber sicher, Kapitän.«

»Was hat es mit diesem Kapitän auf sich?«

Sie zuckte mit den Achseln. »Keine Ahnung. Irgendwie passt der Titel zu dir. In allen Filmen, die ich gesehen habe, sind Kapitäne ziemlich herrisch.«

Ich holte den Laptop aus meinem Schlafzimmer. Als ich ins Wohnzimmer zurückkehrte, trug Sienna wieder ihr Kleid.

»Wieso das?«

»Nackt kann ich nicht arbeiten. Fühlt sich einfach falsch an.«

Ich sah sie neckisch an. »Darf ich nackt arbeiten, oder lenkt dich das zu sehr ab?«

Errötend strich sie mit den Händen über ihre Schenkel, antwortete aber nicht.

Zusammen sahen wir uns die Tabelle an.

»Für mich sieht das alles korrekt aus«, meinte Sienna schließlich.

»Danke.«

»Wenn du das Kaufhaus schließt, gibt es dann einen Weg, sofort neue Anstellungen fürs Team zu finden? Besonders für diejenigen, die schon über fünfzig sind? Sie dürften es auf dem Arbeitsmarkt am schwersten haben.«

»Ich arbeite daran. Steht auf meiner Liste.«

Als mir klar wurde, dass ihr die Angestellten genauso am Herz lagen wie mir, verliebte ich mich noch ein wenig mehr in Sienna. Für sie bestand keinerlei Risiko. Eine riesige Firma wartete nur darauf, sie anzustellen, und trotzdem machte sie sich Gedanken.

»Ich denke, du solltest mit deinen Eltern darüber reden. Ich an deiner Stelle würde es ihnen auf jeden Fall sagen. Verdammt, ich erzähle Victoria alles. Na ja … im Bennett-Clan erzählt eigentlich jeder jedem alles.«

Ich lachte. »Das habe ich heute bemerkt.«

»Ich bin mir sicher, deine Eltern hätten ein paar Ideen. Schließlich haben sie jahrelange Erfahrung.«

»Ich werde darüber nachdenken.«

Das meinte ich ernst. Sienna hatte meine Sicht auf diverse Dinge geändert. Nachdem ich das Leben von ihrem Blickwinkel aus betrachtet hatte, ordnete ich einiges anders ein. Ich achtete auf Sachen, die ich vorher nie bemerkt hatte. Mit der bisherigen Vorstellung von meinem Leben war ich eigentlich recht zufrieden gewesen, doch jetzt, wo ich diese wunderbare, bewundernswerte Frau kennengelernt hatte, konnte ich mir ein Leben ohne Sienna einfach nicht mehr vorstellen.

»Was hat es mit diesem Blick auf sich?«, fragte sie.

»Gar nichts«, sagte ich neckend.

Sie kniff die Augen zusammen. »Ich glaube, da steckt mehr dahinter … und ich will es wissen.«

»Du bist heute sehr fordernd.«

»Das habe ich von einem gewissen herrischen Chef gelernt.« Sie setzte sich rittlings auf meinen Schoß und presste die Hände an meine Brust. »Ich warne dich, wenn du es mir nicht erzählst, werde ich meine überragenden Überzeugungskünste einsetzen.«

»Falls du mir damit Angst einjagen willst: Es funktioniert nicht.«

»Weil ich noch nicht angefangen habe.«

»Du machst mich glücklich, Sienna. So einfach ist das.«

Ich sah ihr an, was in ihr vorging. Ich war nicht der Einzige, der fühlte, wie tief unsere Verbindung reichte. Sie rutschte auf meinem Schoß herum.

»Siehst du, das sind die Vorteile unserer Zusammenarbeit. Wir können direkt von der Arbeit zum Vergnügen übergehen.«

Ich umfasste ihre Wange und zog sie näher an mich. »Wir arbeiten nicht einfach nur zusammen. Ich bin in dich verliebt, Sienna. Ich liebe dich. So sehr.«

Grinsend lehnte sie sich in meine Berührung, dann rutschte sie noch enger an mich heran. »Ich bin bis über beide Ohren in dich verliebt. Ich war mir nur nicht sicher, ob ich es schon aussprechen soll oder ob es dafür noch zu früh ist.«

»Was hat den Ausschlag gegeben?«

»Mit diesem Weihnachtsfilm hast du mich vollkommen für dich gewonnen.«

»Ich liebe deine Prioritäten.«

Bereits im nächsten Moment küsste ich sie. Gleichzeitig stand ich auf und zog sie mit mir auf die Beine. Ich schob sie rückwärts durch den Raum, meine Finger in ihrer Taille vergraben. Mein Mund glitt über ihren Hals. Ich verzehrte mich so sehr nach Sienna, dass ich mich kaum davon abhalten konnte, ihr den dünnen Stoff vom Körper zu reißen. Ich bekam einfach nicht genug von ihr. Ich wollte sie immer weiter küssen und berühren. Im schmalen, dunklen Flur drängte ich sie gegen die Wand und folgte mit den Lippen der Kontur ihres V-Ausschnitts.

»Winston«, flüsterte Sienna. Zu hören, wie sie atemlos und leise meinen Namen flüsterte, stellte unbeschreibliche Dinge mit mir an. Schon in der nächsten Sekunde war das Kleid verschwunden.

Ich ließ die Finger zwischen ihren Brüsten hindurch direkt zu ihrem Nabel gleiten. Ihren Körper konnte ich kaum sehen, doch Sienna in der Dunkelheit zu erkunden, hatte seinen ganz eigenen Reiz, weil meine anderen Sinne auf Hochtouren arbeiteten. Ich fühlte das leichte Zittern, das ihren Körper überlief; hörte, wie sie in gespannter Erwartung dessen, was ich mit ihr anstellen wollte, den Atem anhielt.

Dann ließ ich den Daumen über den Saum ihres Höschens gleiten und spürte, wie sich die Muskeln an ihrem Bauch anspannten. Ich ließ ein Knie zwischen ihre Beine gleiten und spreizte sie sanft. Bereits in der nächsten Sekunde öffnete sie sich für mich. Ich stöhnte, als ich ihren Mund an meinem Hals fühlte. Ich hatte nicht gesehen, dass sie sich vorgelehnt hatte, hatte die Liebkosung nicht vorhergeahnt und spürte die Berührung ihrer Zunge quasi zwischen den Beinen. Verdammt, wenn sie so weitermachte, würde ich sie direkt hier im Flur nehmen.

»Baby«, flüsterte ich, doch der Rest meiner Worte verklang, als sie meinen Ständer umfasste. Ich küsste sie, weil ich ihren Mund brauchte, ihre Wärme, ihre Liebe. Ich verzehrte mich nach alldem und mehr.

»Winston, ich weiß, dass ich heute Abend etwas seltsam war, aber ich verspreche dir, morgen geht es mir wieder gut.«

Den ganzen Abend über hatte ich eine ganz andere Seite von Sienna beobachtet. Sie war verletzlich und gleichzeitig stark gewesen. Ich hatte keine Ahnung, wie das überhaupt möglich war, doch eines wusste ich sicher … und ich wollte, dass auch sie sich dessen bewusst wurde.

»Du warst ein wenig emotional, Baby. Das zeigt nur, wie tief du empfindest. Dafür solltest du dich nie entschuldigen. Glaub ja nicht, du müsstest das jemals vor mir verbergen. Ich möchte für den Rest unseres Lebens in den Genuss des Privilegs kommen, an deiner Seite zu sein.«

»Ich liebe dich so sehr, Winston.«

Ich spürte, wie sich eine Gänsehaut unter meinen Fingern bildete, doch das reichte mir nicht mehr. Ich wollte Sienna sehen, ihr Mienenspiel beobachten, und um sie richtig zu erkunden, brauchte ich mehr als diese Wand in ihrem Rücken. Heute Nacht würden wir nicht schlafen. Dafür verzehrte ich mich zu sehr nach ihr.

Ich ergriff ihre Hand und zog sie Richtung Schlafzimmer; verlangsamte meine Schritte erst, als ich Sienna leise lachen hörte.

»Was?«

»Da ist jemand ziemlich verzweifelt.«

»Du nicht?«

»Offensichtlich nicht so sehr wie du.«

»Wirklich? Dagegen muss ich unbedingt etwas unternehmen.«

Sobald wir das Schlafzimmer betreten hatten, konnte ich im Mondlicht ihr Grinsen sehen.

»Genau auf diese Antwort hatte ich gehofft.«

Ich fand es wunderbar, wie frech sie war, wie schlagfertig. Ich liebte einfach alles an ihr. Sie wusste genau, was sie sagen musste, um mich zu reizen. Ich wollte, dass sie dieselbe Verzweiflung empfand wie ich, sich genauso nach unserer Verbindung verzehrte.

Ich griff im selben Moment nach ihr, in dem sie ihre Hände an meine Brust presste.

»Du wolltest etwas sagen?«, zog ich sie auf.

»Oh, halt den Mund. Ich will mich einfach an deinem Anblick weiden.«

»Aha.«

»Und dich mit den Händen erkunden.«

Sie sank auf die Knie und saugte meinen Ständer in ihren Mund. Lust schoss durch meinen Körper. Ich beugte mich vor, vergrub eine Hand in ihrem Haar und zog sie wieder nach oben, bis unsere Lippen sich trafen. Dann küsste ich sie so leidenschaftlich, dass ein Schauder ihren Körper überlief. Selbst beim Küssen konnte ich nicht aufhören zu lächeln. Sienna zog sich zurück und schlug mich leicht auf die Schulter.

»Womit habe ich das verdient?«

»Du bist ein wenig zu selbstgefällig.«

»Du lieferst mir gute Gründe dafür.«

Sie versuchte erneut, mich zu schlagen, doch ich fing ihren Arm ein und drückte den Daumen auf den Puls an ihrem Handgelenk. Ich küsste die Stelle, bevor ich die Hände um ihren Hintern schloss; ihre Pobacken umfasste, um sie an mich zu ziehen, bis die Spitze meiner Erektion ihre Mitte fand.

Sie wimmerte an meinem Mund, als ich sie zum Bett trug, in die Mitte legte und ihre Beine weit spreizte. Kurz richtete ich mich auf, um den Anblick ihres Verlangens zu genießen. Danach zog ich eine Spur von Küssen über ihren rechten Schenkel, während ich gleichzeitig mit zwei Fingern ihre Mitte liebkoste. Ich hörte nur, wie sie die Finger in den Laken vergrub.

»Winston …«

Ihr flehender Tonfall traf mich bis ins Mark. Ich ließ den Mund über ihren Oberkörper gleiten, verweilte an ihren Brüsten, die Hand immer noch zwischen ihren Beinen. Ich liebkoste sie, dann versenkte ich einen Finger in ihr und begann, sie langsam zu quälen. Als sie an meinen Haaren zerrte und kaum hörbar meinen Namen flüsterte, nahm ich einen zweiten Finger hinzu. Ihre inneren Muskeln verkrampften sich um mich. Als ich schließlich fühlte, wie sie sich unter mir wand, mir die Hüften entgegenwarf, weil sie sich nach meiner Berührung verzehrte, verlor ich fast den Verstand.

»Ich werde dir wahnsinnig viel Vergnügen bereiten, Baby. Deine Lust gehört mir. Du gehörst mir.«

Ich fühlte mich Sienna unglaublich näher, doch ich wollte noch mehr. Ich wollte Teil von ihr werden, sie besitzen und von ihr besessen werden. Und das nicht nur heute Nacht, sondern jede Nacht.

24 Sienna

Jeder Teil meines Seins gehörte diesem sündhaften, sexy Mann. Der heutige Abend war … ich konnte nicht ansatzweise verarbeiten, welche Gefühle Winston in mir ausgelöst hatte. Welche Gefühle er immer noch in mir auslöste. Ich wusste nur, dass ich mich daran festklammern wollte, denn ich fühlte mich begehrt, geliebt und angebetet gleichzeitig.

Als Winston die Hand zurückzog und meine Schenkel noch weiter spreizte, um sich dazwischen niederzulassen, schlang ich die Beine um seine Hüfte, um ihn anzutreiben. Ich stieß den Atem aus, als er in mich glitt.

Unser Liebesspiel heute Abend fühlte sich anders an. Ich empfand alles so viel intensiver. Ich konnte einfach nicht genug davon kriegen. Seine Küsse waren genauso tief und leidenschaftlich wie seine Bewegungen in mir. Anspannung ergriff Besitz von mir, bis mein gesamter Körper zitterte. Ich taumelte so schnell dem Höhepunkt entgegen, dass ich kaum zu atmen vermochte. Verzweifelt suchte ich die Erlösung.

Jeder Kuss entriss mir ein Wimmern, jeder Stoß sorgte dafür, dass ich mich um ihn verkrampfte.

Winston stöhnte an meinem Ohr, als ich um ihn pulsierte. Doch dann zog er sich aus mir zurück, stützte sich über mir auf, sodass sein Mund Zentimeter über meinen Lippen schwebte.

Seine Erektion schwebte knapp über meinem Bauch. Ich hob mich ihm entgegen, aber er zog sich noch weiter zurück und schenkte mir ein wunderbar anzügliches Lächeln. Das konnte nur bedeuten, dass er etwas plante.

Er sah ein paar Sekunden auf mich herunter, bevor er mir einen Kuss auf die Wange drückte. Ich war mir sicher, dass er gleich wieder meinen Mund erobern würde, doch stattdessen glitt er von mir herunter und drehte mich auf die Seite, sodass er hinter mir lag.

»Was tust du da?«, flüsterte ich.

»Ich habe dir gesagt, dass deine Lust mir gehört, Sienna.« Er sprach an meiner Schulter, während er gleichzeitig mit den Fingern einen Nippel liebkoste. Erneut bekam ich eine Gänsehaut. Ich brauchte ihn, verzehrte mich nach ihm.

»Winston … bitte … ich will dich wieder in mir spüren.«

»Das wirst du auch. Bald.«

Sein fordernder Tonfall trieb mein Verlangen bloß noch höher.

Winston ließ seine Finger in einer langsamen, entschlossenen Spiralbewegung tiefer gleiten. Seine Berührung war zu leicht, um wirklich befriedigend zu sein, sondern sorgte nur dafür, dass ich mich nach mehr sehnte.

***

Als seine Hand meine Klitoris erreichte, stöhnte ich und warf einen Arm nach hinten. Ich musste ihn berühren – egal wo.

Wenn er nicht bald in mich eindrang, würde ich in Flammen aufgehen. Mein Körper war so angespannt, dass ich nicht einmal still liegen konnte. Alles in mir schrie nach ihm.

»Du bist so schön«, murmelte Winston, bevor er den Kopf an meiner Halsbeuge vergrub und seine Finger meine empfindlichste Stelle fanden.

»Bitte …« Ich wand mich, weil ich den Druck einfach

nicht mehr ertrug, doch Winston hielt mich fest … um sich dann ganz auf meine Klitoris zu konzentrieren. Er bewegte die Hand schneller, übte mehr Druck aus … und ich kam.

»Ich will deine Schreie hören, Baby. Ich will dich hören.«

Ich versuchte, ins Kissen zu beißen, doch dann ergab ich mich dem Vergnügen, das durch meinen Körper schoss und mich innerlich fast verbrannte. Mir blieb nicht mal genug Zeit für einen tiefen Atemzug, als Winston sich bereits bewegte und in einem einzigen, tiefen Stoß in mich eindrang.

»Oooh, Winston.«

Er erstarrte, hielt mich fest, während ich weiter um ihn pulsierte, weil mein Höhepunkt immer noch nicht ganz verklungen war.

»Ich liebe dieses Gefühl«, stieß er hervor. »Du bist alles für mich, Sienna. Hast du mich gehört?«

Ich nickte zitternd, erfüllt von solcher Glückseligkeit, dass ich kaum wahrnahm, wie die Lust sich erneut in mir aufbaute. Bis Winston beim ersten Stoß meine Klitoris liebkoste und mein gesamter Körper vor Vergnügen zusammenzuckte. Mir stockte der Atem. Meine Beine zitterten, genauso wie meine Finger, als ich erneut hinter mich griff, um ihn zu berühren.

Winstons Hände waren überall. Mit jedem Stoß, jedem Kuss, jeder Berührung trieb er mich dem nächsten Höhepunkt entgegen. Ich nahm nichts mehr wahr außer ihn.

Der Druck baute sich immer höher auf, sodass ich an nichts anderes mehr denken konnte als daran, wie wunderbar er sich in mir anfühlte. Wie nahe ich mich ihm fühlte. Niemals zuvor in meinem Leben war ich so glücklich gewesen und hatte auch noch nie solches Vergnügen empfunden. Ich hatte meine Zweifel, ob ich noch mehr ertragen konnte. Meine inneren Muskeln verkrampften sich heftig, bevor ich explodierte. Meine Beine zuckten. Sekunden später drang

Winston noch tiefer in mich ein und rief meinen Namen, als er sich seinem eigenen Orgasmus ergab. Er hielt mich eng an sich gedrückt, bewegte sich sanft in mir.

Auch nachdem wir uns beruhigt hatten, hielt er mich fest. Gott, ich liebte diese Umarmungen. Wir waren beide verschwitzt, doch ich genoss die Intimität, seinen Atem und seine Lippen an meiner Schulter zu fühlen, als wolle er mich weiterhin küssen, in Besitz nehmen, mir Vergnügen bereiten.

»Was stellst du nur mit mir an? Ich bin mir nicht sicher, ob ich heute Nacht noch laufen kann. Oder morgen früh. Meine Beine fühlen sich ganz wacklig an«, sagte ich und drehte mich auf den Rücken, als ich sein Glucksen hörte.

Winston ließ die Hand über meine Taille gleiten. Er hörte immer noch nicht auf, mich zu berühren! Wow, ich hätte echt nicht glücklicher sein können. Gerade hatte ich einen tollen Abend mit den Leuten verbracht, die ich auf der Welt am meisten liebte – inklusive dieses wunderbaren Mannes, der einfach seine Hände nicht bei sich behalten konnte.

Er fuhr mit einer Fingerspitze meine Mund nach und musterte mich mit hochgezogenen Augenbrauen. Wie üblich las er in mir wie in einem offenen Buch.

»Du bist wirklich so was von herrisch.«

»Wieso, was habe ich denn getan?«

»Ich durfte dich so gut wie nicht berühren.« Schmollend pikste ich erst seinen Arm, dann seine Bauchmuskeln.

»Ich verstehe. Also hast du nicht genossen, was ich mit dir gemacht habe?«

»Auf diese Frage verweigere ich die Antwort.«

Er schenkte mir ein atemberaubendes Lächeln. »Lass mal schauen: Die Beine fühlen sich ganz wacklig an.« Er ließ die Hand über meinen Oberschenkel und meinen Bauch gleiten, um kurz vor meinen Brüsten zu stoppen. »Deine Haut ist immer noch empfindlich.«

Ich schnappte nach Luft, als er die Handfläche erst über einen, dann über den anderen Nippel gleiten ließ. Natürlich verhärteten sich die empfindlichen Spitzen sofort. Damit war meine Tarnung aufgeflogen.

»Und der Blick in deinen Augen … verrät mir alles, was ich wissen muss. Ich werde alles Nötige tun, damit du mich weiterhin so ansiehst.«

»Nur als Vorwarnung: Wenn du mir so viel Munition lieferst, könntest du echt Probleme bekommen.« Ich lächelte verschmitzt.

»Ich bin bereit für alles.«

Daran zweifelte ich keinen Moment. Winston war ein Mann mit vielen Talenten. Je länger er mich ansah, desto schneller schlug mein Herz. Ich war ihm wichtig.

Ich konnte mein Lächeln nicht unterdrücken. Ich war so glücklich, dass ich vor Freude fast platzte.

»Also sind wir wieder an dem Punkt, wo ich dich schelten muss. Ich werde mich rächen, bist du dir dessen bewusst?« Ich bemühte mich wirklich sehr, ernst zu klingen. Winston warf lachend den Kopf in den Nacken. Hm, offensichtlich musste ich dringend an meinen schauspielerischen Fähigkeiten arbeiten.

»Jetzt kannst du mich berühren, so viel du willst, Sienna. Räche dich an mir. Aber ich bin davon überzeugt, dass dir die Energie dafür fehlt.«

Also schob ich ihn auf den Rücken, kletterte auf ihn und rutschte auf seinem Schoß herum, um ihm zu zeigen, wie viel Energie ich noch besaß. Ich war voller Tatendrang.

Dann beugte ich mich vor, bis meine Lippen direkt vor seinen schwebten, und konnte ein irres Grinsen einfach nicht unterdrücken. »Es wird mir ein Vergnügen sein, dir deinen Irrtum vor Augen zu führen.«

25 Winston

Am nächsten Morgen wachte ich früh auf, doch statt ins Wohnzimmer zu gehen, blieb ich gemütlich im Bett liegen. Ich küsste Siennas nackte Schulter und lächelte an ihrer Haut. Sie aufzuwecken, gehörte zu meinen Lieblingsbeschäftigungen. Oder zumindest hatte ich das geglaubt – bis sie mich bei dem Versuch, mich von sich zu schieben, in den Bauch trat. Dann starrte sie mich mit großen Augen an.

»Tut mir unglaublich leid. Habe ich dir wehgetan?«

»Wie wirst du es wiedergutmachen, wenn ich Ja sage?«

Sie kniff die Augen zusammen und wandte mir danach den Rücken zu. »Und ich hatte schon Schuldgefühle.«

»Solltest du auch.«

»Aha.«

Ich ließ die Nasenspitze über die Seite ihres Halses gleiten, bis ich fühlte, dass sie vor unterdrücktem Lachen zitterte. Anschließend schlang ich einen Arm um ihre Taille, um sie festzuhalten. Sie verstand, was ich vorhatte, sobald ich den Daumen über ihren Unterarm gleiten ließ. Sie kreischte vor Lachen und bemühte sich verzweifelt, sich aus meinem Halt zu lösen.

Also drückte ich sie noch enger an mich, hörte aber auf, sie zu kitzeln. Ich hatte sie nur zum Lachen bringen wollen. Es war nicht meine Absicht, sie zu quälen.

»Du bist so fies«, stieß sie zwischen Lachsalven hervor.

Dann vergrub ich die Nase in ihrem Haar. Ich wollte sie nicht loslassen. Ich konnte mir keinen schöneren Ort vorstellen als dieses Bett, wo ich Sienna in den Armen hielt, und falls es ihn gab, interessierte es mich nicht. Sie hier zu haben, in meinem Heim, war genau das, was ich brauchte – genau das, was in meinem Leben bisher gefehlt hatte.

»Wirst du mich wieder kitzeln?«, fragte sie.

»Nein.«

»Aber du hältst mich immer noch fest. Planst du anzügliche Dinge?«

»Im Augenblick nicht.«

Sie erschauerte in meinen Armen. Ich fand es wunderbar, welchen Effekt ich auf sie hatte. Sie drehte sich leicht und drängte mir ihren Hintern entgegen, bis ihre Pobacken meinen Ständer umschlossen.

Ich stöhnte leise, dann atmete ich tief durch, um meine Instinkte zu zügeln. Ich wollte sie verschlingen.

»Du Lügner. Du hast sehr wohl sexy Gedanken.«

»Immer. Aber im Moment habe ich andere Pläne für uns.«

»Ach ja?«

»Komm schon, meine Schöne. Lass uns frühstücken.«

»Klingt wunderbar. Was wirst du mir servieren?«

»Lass uns mal nachsehen.«

Ich stand auf und verschränkte unsere Finger, um sie durch die Wohnung zu führen. Als wir uns in der Küche zu schaffen machten, beobachtete ich sie genau. Meine Freundin hatte zu ihrem üblichen fröhlichen Ich zurückgefunden, redete nonstop und lächelte ohne Grund.

Wer hätte gedacht, dass diese temperamentvolle Frau, die immer offen ihre Meinung kundtat, mein Leben so sehr verändern würde?

***

Unser Frühstück bestand aus Rührei, gebratenem Speck und einer Menge Kaffee.

»Hey, willst du noch einen Film schauen, bevor wir uns mit meinen Geschwistern zum Mittagessen treffen?«

»Wenn das heißt, dass du mich weiterhin so ansiehst, dann ja.«

Sie grinste mich an. »Du hast heute Morgen wirklich gute Laune.«

»Allerdings.«

»Bin ich in irgendeiner Weise dafür verantwortlich?«

Gespielt nachdenklich runzelte ich die Stirn. »Das ist eher fraglich.«

Sienna hob drohend ihre Kaffeetasse. »Versuch nicht, mich anzuschmieren, Mister.«

»Weil sonst?«

Sie machte große Augen, als ich neben sie trat. Ich löste die Kaffeetasse aus ihrer Hand und stellte sie auf den Tisch, bevor ich Sienna an mich zog. Ich hielt sie fest, fing ihren Mund ein und küsste sie, bis sie stöhnte.

»Habe ich etwas von einem Film gesagt?«, murmelte sie. »Denn eigentlich wollte ich mich nur auf dich konzentrieren.«

Ich lachte an ihren Lippen. »Ich hatte sowieso vor, dich während des Films zu verführen.«

»Natürlich.« Seufzend tätschelte sie meine Schulter. Ich spreizte mit dem Knie ihre Schenkel und trat dazwischen. Sie keuchte, als ich mich an sie drängte, um sie spüren zu lassen, wie sehr ich sie bereits begehrte.

»Wie wäre es, wenn wir den Film nach dem Mittagessen schauen?«

»Wow. Wirklich?«

Sie wirkte immer so überrascht, wenn ich etwas für sie tat. Ich wollte unbedingt so weitermachen … wollte sie weiterhin regelmäßig überraschen, um dieses Lächeln auf ihr Gesicht zu zaubern.

»Und das ist noch nicht alles, was ich dieses Wochenende für dich auf Lager habe.«

»Ach nein? Was noch? Nein, warte. Ich will es gar nicht wissen.«

»Ich hatte sowieso nicht vor, es dir zu erzählen.«

»Hey, ich habe eine Frage. Willst du mit mir nach London und Aspen kommen? Wir werden eine Woche in London verbringen und dort Weihnachten feiern«, meinte Sienna.

»Das würde ich unglaublich gern tun, aber du weißt, dass ich die Verhandlungen mit dem Vorstand abschließen muss.«

»Was wäre, wenn ich mit dir zusammenarbeite, während wir unterwegs sind? Ein bestimmter Jemand hat mir mal erklärt, er könnte überall arbeiten.«

Ich liebte es, wenn sie meine eigenen Argumente gegen mich verwendete.

»Du könntest dich mit dem Vorstand treffen, bevor wir nach Aspen fahren«, schlug sie vor.

»Das wäre möglich.«

»Also ist das ein Ja?«

»Ja.«

Siennas Lächeln war so breit, dass ich einfach nicht anders konnte, als sie zu küssen – schon wieder.

Wir verloren uns so sehr ineinander, dass wir fast zu spät zum Mittagessen gekommen wären.

Christopher, Victoria, Lucas und Chloe standen bereits vor dem Restaurant, als wir ankamen.

»Chloe, Sienna und ich gehen hinterher noch ins Kino. Willst du uns begleiten?«

Chloes Augen begannen zu leuchten. Ich wusste schon, dass sie mich mochte, doch ich war durchaus bereit, sie zu bestechen, um mir ihre Gunst zu sichern.

»Oooh, gern. Ich bin ein Filmfreak.«

Lucas tätschelte mir grinsend die Schulter, als wir ins Restaurant gingen. »Gerade hast du Pluspunkte bei mir gesammelt, indem du gleich zwei meiner Schwestern glücklich gemacht hast.«

»Gut zu wissen.«

Ich wollte, dass Sienna ein Teil meines Lebens wurde – und zwar dauerhaft. Doch gleichzeitig war das aufgrund der allgemeinen Unsicherheit die schlechteste Zeit in meinem Leben dafür. Es hing so viel davon ab, wie die nächsten Wochen sich entwickelten – von meinem Treffen mit dem Vorstand. Es lag so vieles außerhalb meiner Kontrolle, dass ich mir einfach nicht sicher war, ob es fair wäre, Sienna dauerhafte Versprechen zu geben. Aber ich konnte einfach nicht anders. Ich wollte mir eine gemeinsame Zukunft mit ihr aufbauen, und diese sah ich so deutlich vor mir, dass ich sie fast anfassen konnte. Und ich würde darum kämpfen.

***

Ich folgte Siennas Ratschlag und sprach in der folgenden Woche mit meinen Eltern.

»Sohn, ich bin mir sicher, du tust schon das Richtige«, meinte Dad.

Mom blieb nicht ganz so ruhig. »Du meine Güte, wir wussten nicht, dass Gerald so einen schrecklichen Schlamassel angerichtet hat. Wieso hast du uns das nicht erzählt?«

»Ich wollte nicht, dass ihr euch Sorgen macht. Schließlich ist das jetzt mein Verantwortungsbereich.«

»Aber es war unsere Entscheidung, Gerald einzustellen. Was wird nun mit den ganzen Angestellten passieren?«

»Ich werde dafür sorgen, dass sie versorgt sind. Habt ihr irgendwelche Tipps für mich?«

»Stell einfach sicher, dass du das Problem von allen Seiten betrachtest und die Vor- und Nachteile deines Handelns abwägst, bevor du eine endgültige Entscheidung triffst«, meinte Dad.

Ich lächelte. »Du willst mir nicht sagen, wie ich deiner Meinung nach vorgehen sollte?«

»Nein. Du bist jetzt der Chef. Egal, welche Entscheidung du auch triffst, du bist derjenige, der damit leben muss. Und das muss nicht dieselbe Entscheidung sein, die ich vielleicht getroffen hätte.«

Das half mir auch nicht viel weiter, aber allein zu wissen, dass meine Eltern mir hundertprozentig vertrauten, sorgte schon dafür, dass ich mich etwas erleichtert war.

Die nächsten Tage waren hart, auch wenn es mir gelang, alle Sorgen zu verdrängen, wann immer Sienna und ich uns ineinander verloren. Wenn wir das Büro verließen, schalteten wir sogar unsere Handys aus. Doch am Morgen, wenn mein Telefon anfing zu klingeln, konnte ich meine Verantwortung nicht ignorieren. Regelmäßig fand ich fünfzig ungelesene Mails in meinem Posteingang, von denen zwanzig mit DRINGEND! überschrieben waren.

Sienna und ich waren dabei, der Rebranding-Kampagne den letzten Schliff zu geben. Ich war stolz auf unsere Arbeit – was allerdings nicht bedeutete, dass der Vorstand und die Bank zustimmen würden, den Kreditrahmen zu erhöhen.

Ich war so angespannt, dass mir manchmal sogar das Atmen schwerfiel. Es stand so viel auf dem Spiel: Ich musste das Kaufhaus geöffnet halten und wollte auf keinen Fall die Angestellten, meine Eltern oder sogar Sienna enttäuschen. Ich war mir nicht mal sicher, ob sie ihre Meinung über mich nicht ändern würde, sollte das hier schiefgehen.

Wie oft hatte sie mir erzählt, dass sie gerade meinen ausgeprägten Geschäftssinn bewunderte? Beim Lesen der Cashflow-Berichte fühlte ich mich jedoch wie ein Versager.

Ein Bericht war schlimmer als der nächste. Ich hatte gedacht, ich könnte die Vorstandssitzung erst nach Weihnachten abhalten, aber inzwischen wurde immer offensichtlicher, dass dieser Zeitplan sich nicht einhalten ließ. Sie mussten früher als erhofft eine Entscheidung treffen.

»Erde an Mr Statham«, rief Sienna. Wir hielten uns in meinem Büro auf. Sie hatte mir noch ein paar Ideen für die Rebranding-Kampagne präsentiert. Zu Beginn hatte ich ihr sogar zugehört, doch dann hatte ich mich von diesen atemberaubenden Lippen ablenken lassen und der verführerischen Art, wie sie sich bewegte.

Wie gewöhnlich musste ich in Siennas Nähe lächeln.

»Was habe ich dir über diese Anrede gesagt?«

»Nun, du bist schon wieder grummelig, also habe ich dich wieder auf ›mürrischer Chef‹ runtergestuft.«

Ich zog die Augenbrauen hoch, aber Sienna hielt meinem herausfordernden Blick stand.

»Was? Du jagst schon wieder allen Angst ein.«

»Ich stehe heftig unter Druck.«

»Ich weiß«, antwortete sie sanft. »Rede mit mir.«

»Ich muss mich früher als gehofft mit dem Vorstand treffen. Diesen Donnerstag fliege ich nach Burlington.«

»Mist.«

»Ja … Kannst du mitkommen?«

Sie schüttelte den Kopf. »Ich habe vormittags ein wichtiges Meeting, das ich auf keinen Fall absagen kann. Gibt es etwas, womit ich dir im Moment helfen kann?«

Ich legte den Kopf schräg. »Helfen? Schließ die Tür und komm näher.«

Sie fuhr sich mit der Zunge über die Lippen. »Keine allzu gute Idee …«

»Schließ die Tür, Sienna.«

Sie folgte meiner Aufforderung. Als sie sich wieder zu mir

umdrehte, bemerkte ich, dass ihre Wangen gerötet waren. Doch sie stand immer noch am anderen Ende des Raums.

»Komm näher«, wiederholte ich.

Sie schüttelte den Kopf. »Nein. Ich weiß, was du vorhast.«

»Und das wäre?«

Sie spielte nervös an einer Haarsträhne herum.

»Sienna, komm her.«

Seufzend kam sie in meine Richtung. Ich ließ meinen Bürostuhl nach hinten rollen und deutete auf meinen Schoß.

»Winston!«

»Ach, jetzt bin ich wieder Winston?«

Sie sah über die Schulter. »Was, wenn jemand reinkommt?«

»Niemand wagt es, mein Büro zu betreten, ohne vorher anzuklopfen. Ich will dich im Arm halten, Sienna.«

Sie musterte mich misstrauisch … und das hatte ich auch verdient. Ich wollte sie nicht nur im Arm halten, aber … immer langsam. Sie kam zu mir und zog leicht den Rock hoch, bevor sie sich rittlings auf meinen Schoß setzte. Allein der Duft ihres Parfüms und ihre Berührung beruhigten mich sofort. Sie war mein Leuchtfeuer in dunkler Nacht.

Doch ich brauchte mehr als das. Ich musste sie küssen, sie berühren. Ich ließ die Hände über ihre nackten Arme gleiten und bemerkte sofort, dass sie schwerer atmete. Dann schob ich Sienna ein kleines Stück nach hinten, um mir zu nehmen, was ich wollte. Ich küsste ihre Wange, ließ meine Lippen über ihren Hals und ihr Schlüsselbein gleiten, ehe mein Mund noch tiefer sank, zu der Stelle, wo nackte Haut in Stoff überging.

»Winston …«, flüsterte Sienna zitternd. Ich öffnete den Mund und ließ kurz meine Zunge über ihre Haut gleiten. Sienna stieß ein leises Geräusch aus, irgendwo zwischen einem Keuchen und einem Stöhnen, das mich sofort hart werden ließ. Ich konnte einfach nicht genug von ihr bekommen, und ich wollte sie direkt hier nehmen, auf meinem Schreibtisch.

Also packte ich mit beiden Händen ihren Hintern und hob sie von meinem Schoß auf die Tischkante.

»Was glaubst du, was du da tust?«, fragte sie. Ich lachte ihr ins Ohr, ließ meine Lippen erneut über ihre Wange gleiten.

»Wonach sieht es denn aus?«

Sie richtete sich auf und rutschte ein Stück von mir weg. »Wir werden keinen Sex auf deinem Schreibtisch haben.«

Ich trat näher, doch sie drückte eine Hand an meine Brust, um mich zurückzuhalten.

»Nicht mal einer deiner unglaublichen Küsse wird in diesem Punkt meine Meinung ändern.«

Sienna hatte mich um den kleinen Finger gewickelt. Das wäre für mich vollkommen in Ordnung gewesen, wäre da nicht die beunruhigende Erkenntnis gewesen, dass ich sie nicht dazu überreden konnte, sich mir hinzugeben.

»Offensichtlich muss ich an meiner Technik arbeiten.«

Lachend senkte sie die Hand. »Da stimme ich dir zu. Ich würde dir ja Tipps geben, aber das würde mein vorrangiges Ziel torpedieren.«

»Das da wäre?«

»Im Büro Immunität gegen deinen Charme zu entwickeln.«

»Ich würde sagen, du machst das schon recht gut.«

Sie seufzte, dann deutete sie mit dem Daumen über die Schulter. »Würde das stimmen, hätte ich diese Tür nicht geschlossen.«

Ich fing ihre Hand ein und spreizte leicht ihre Beine.

»Ich verstehe.« Inzwischen war ich ihr so nahe, dass ich ihren Atem auf meiner Haut fühlen konnte. Ich beobachtete sie genau und konnte quasi den Moment sehen, als ihr

Widerstand erlosch. Sie rutschte ein kleines Stück näher an mich heran. Ich ließ die Hand von ihrem Knöchel zu ihrem Knie gleiten, bevor meine Finger unter dem Stoff ihres Rockes verschwanden.

»Schön. Ein Kuss. Aber nur einer. Und nicht zu leidenschaftlich … oder ich werde dich die gesamte Woche über Mr Statham nennen.«

Ich lachte leise, als ich ihre Wange umfasste. In den letzten zehn Minuten mit Sienna hatte ich mehr gelächelt als den gesamten Rest des Tages bisher.

»Ich gebe dir keinen Blankoscheck«, meinte sie warnend, doch ihr neckisches Lachen sandte eine andere Botschaft.

»Ich fordere ihn trotzdem, Sienna.«

26 Sienna

An dem Tag, an dem Winston nach Burlington flog, hatte ich am Morgen ein Meeting. Danach war ich nicht mehr besonders produktiv, weil ich ständig meinem Posteingang und mein Handy auf Nachrichten von Winston überprüfte. Inzwischen sollte die Vorstandssitzung zu Ende sein, doch ich hatte noch nichts von ihm gehört. Ich wünschte mir inständig, ich hätte ihn begleitet. Das hätte zwar nichts am Ausgang der Sitzung geändert, aber zumindest hätte ich für ihn da sein können; hätte mich um ihn kümmern können, nachdem es vorbei war.

Am Nachmittag kam Angela aus der Personalabteilung in mein Büro.

»Sienna, könnte ich einen Moment mit dir sprechen?«

»Natürlich.«

Angela betrat den Raum und schloss die Tür hinter sich. Oh, Mist. Irgendetwas war passiert.

»Was ist los?«, fragte ich sofort.

»Ich habe gerade eine Mail vom Vorstand erhalten und konnte Winston nicht erreichen. Da du am engsten mit ihm zusammenarbeitest, dachte ich, du könntest mir vielleicht einen Tipp geben, wie ich mit den Neuigkeiten umgehen soll.«

»Okay. Was steht in der E-Mail vom Vorstand?«

Mein Herz und mein Magen verkrampften sich so heftig, dass es fast wehtat.

»Das Kaufhaus wird geschlossen. Die nächsten drei Monate haben alle noch Arbeit, und danach bekommen alle eine Abfindung, deren Höhe von der Dauer der Beschäftigung im Unternehmen abhängt.«

Ich verschränkte die Hände vor der Brust und atmete tief durch.

»Ich bin mir nicht sicher, ob Winston überhaupt zurückkommt«, fuhr sie fort. »In der Mail steht, ein Mitglied des Vorstandes würde die Schließung überwachen und dass sie versuchen werden, für so viele Angestellte wie möglich innerhalb der Kaufhauskette neue Jobs zu finden, wenn sie bereit sind, umzuziehen. Am Ende der E-Mail steht, dass Winston von jetzt an die Verantwortung für den europäischen Markt übernehmen wird … und zwar von Paris aus. Es wurde keine Angabe gemacht, ab wann. Und ich kann ihn nicht erreichen. Was hat Winston dir erzählt?«

Nichts. Ich war zu schockiert, um auf Angelas Frage zu antworten. Ich konnte kaum klar denken.

»Lass uns auf Winstons Anruf warten«, sagte ich schließlich.

»Okay. Wenn du meinst.« Seufzend sah sie sich im Raum um. »Echt schade, dass ich mir etwas anderes suchen muss.«

Kopfschüttelnd verließ Angela mein Büro. Sobald ich allein war, ließ der erste Schock nach. Meine Brust wurde eng. Ich schluckte schwer, dann versuchte ich, mich auf die Tabelle zu konzentrieren, an der ich arbeitete. Ich weigerte mich, irgendwelche voreiligen Schlüsse zu ziehen. Ich würde einfach warten, bis Winston mich anrief und erklärte, was geschehen war.

Dieser Vorsatz blieb gerade mal zehn Minuten bestehen, bevor ich Angela bat, mir die Mail des Vorstandes weiterzuleiten. Ungefähr auf der Hälfte des Textes wurde mir bewusst, dass es ein Fehler gewesen war, sie zu lesen. Die Worte schwarz auf weiß vor mir zu sehen, machte alles nur noch schlimmer.

Meine Brust war wie zugeschnürt.

Ich schloss die E-Mail und starrte in dem Versuch, meine Gedanken zu beruhigen und meine Ängste zu zügeln, angestrengt auf den Schreibtisch.

Aber es funktionierte nicht.

Meine Glieder waren schwer, und ich fühlte mich, als hätte jemand mich an meinen Stuhl gefesselt. Ich konnte nicht mal aufstehen, um die Anspannung, die von mir Besitz ergriffen hatte, durch Bewegung zu mindern.

Wieso hatte Winston mir von alledem nichts erzählt? Er hatte immer gesagt, einen Plan B zu haben, aber er hatte nie erwähnt, dass er dafür ins Ausland ziehen musste. Und doch hatte der Vorstand es in der Mail dargestellt, als wäre sein Umzug nach Paris bereits beschlossene Sache. Winston hatte nie etwas davon erwähnt. Lag das daran, dass er keine gemeinsame Zukunft für uns sah? Das konnte nicht sein.

Wie er mich im Arm hielt, mich liebte ... wie er mit mir sprach ... das alles kam immer von Herzen. Allein der Gedanke an unsere Gespräche und daran, wie wir gekuschelt und uns geliebt hatten, zauberte ein Lächeln auf mein Gesicht. Für ein paar Sekunden verdrängte die Wärme in mir meine bösen Vorahnungen.

Doch dann musste ich wieder an diese verdammte E-Mail denken, und ich erstarrte. Ich musste jeden Gedanken daran verdrängen.

Ich drückte mir die Hand an die Stirn und zwang mich, an etwas anderes zu denken.

O ja! Ich sollte heute die Handtaschen abholen, die Pippa für ihre Töchter bestellt hatte. Eine ähnliche Tasche hatte ich für Chloe bestellt. Bei dem Gedanken, wie glücklich die Mädchen sein würden, wurde mir warm ums Herz.

Genau. Ich würde mich auf meine Familie konzentrieren. Ich griff nach dem Handy und wählte Victorias Nummer.

Wir wollten uns heute treffen, damit ich ihr die Tasche für Chloe geben konnte, aber wir hatten noch keinen Treffpunkt ausgemacht.

»Hi! Bereits fertig mit der Arbeit?«, sagte Victoria zur Begrüßung.

»Ja. Weißt du schon, wo du hingehen willst?«

»Worauf hast du Lust?«

»Keine Ahnung.«

»Stellt sie auf Lautsprecher«, erklang Pippas Stimme im Hintergrund.

»Wo bist du?«, fragte ich.

»Pippa und ich sind unterwegs, um ein paar Möbel abzuholen. Warte. Ich stelle dich auf laut.«

Mehrere Sekunden später hörte ich erneut die Stimme meiner Schwester.

»Willst du was essen gehen?«, fragte Victoria.

»Gern. Klingt gut.«

»Moment mal. Du hörst sich irgendwie seltsam an.« Das war Pippa.

Ich lachte leise. Pippas Fähigkeit, die Stimmung anderer allein über den Klang ihrer Stimme einzuschätzen, überraschte mich immer wieder.

»Mir ging es schon mal besser«, gab ich zu.

»Wir müssen dich aufmuntern. Kein Wort mehr. Ich weiß genau, was du brauchst«, verkündete Pippa.

»Und das wäre?« Ich war superneugierig, weil ich selbst keine Ahnung hatte, was ich gerade brauchte.

»Nadine ist heute in ihrem Laden. Ich bin mir sicher, wir können sie überreden, für uns die Öffnungszeiten zu verlängern. Wir können die anderen Mädels anrufen und schauen, wer Zeit hat, und dann veranstalten wir einen Mädelsabend.«

Meine liebsten Frauen und unser übliches Glas Wein? Ja, ja, ja!

»Pippa, du bist ein Genie.«

»Nicht wahr?«

»Allein bei dem Gedanken daran fühle ich mich schon besser.«

»Auftrag ausgeführt.«

»Ich mache hier nur kurz ein paar Dinge fertig, dann komme ich zu Nadine.«

Kaum dass ich aufgelegt hatte, sprang ich förmlich aus meinem Stuhl, um meine Sachen einzusammeln. Ich war so scharf darauf, aus dem Gebäude zu kommen, dass ich beinahe vergessen hätte, die Handtaschen abzuholen. Ich hatte den Ausgang fast erreicht, doch dann fielen sie mir wieder ein, und ich drehte noch mal um. Als ich das Kaufhaus letztendlich verließ, hatte Pippa mir bereits eine Nachricht geschrieben.

Pippa — Die Party STEHT! Ava und Alice werden sich uns anschließen.

Nadines Laden lag zehn Blocks vom Kaufhaus entfernt. In letzter Zeit hielt sich Nadine selten in ihrem Laden auf. Für gewöhnlich arbeitete sie in ihrem Studio, um neue Schnitte zu entwerfen oder die Näherinnen zu überwachen. Jedes Kleid war handgefertigt.

Ihre Kreationen wurden in Warenhäusern im ganzen Land verkauft, doch sie hatte auch zwei eigene Geschäfte: eines in New York und dieses hier in San Francisco, in dem schon unzählige Mädelsabende stattgefunden hatten. Wir fanden das wunderbar: Wir verließen mal das Haus, aber gleichzeitig war uns so trotzdem Privatsphäre vergönnt.

»Komme gleich!«, rief Nadine von hinten, als ich den Laden betrat und die Glocke über der Tür bimmelte.

»Lass dir Zeit. Es bin nur ich.«

Ich liebte die Atmosphäre im Laden. All diese wunderbaren Kleider und eine bequeme Sitzecke im vorderen Bereich. Außerdem teilte Nadine meine Liebe für Weihnachtsdeko. Ihr Laden sah aus wie die Werkstatt des Weihnachtsmannes. Überall, wo ich hinschaute, glitzerten Lichter, hingen Weihnachtsbaumkugeln oder zogen sich grüne Girlanden mit künstlichem Schnee entlang.

Ein paar Sekunden später tauchte Nadine auf. Sie trug ein atemberaubend schönes rotes Kleid, und ihr dunkles Haar fiel in weichen Locken um ihre Schultern.

In ihren Augen war ein Glitzern. »Also, ich habe den anderen gesagt, sie sollen keinen Wein mitbringen, weil ich Eierpunsch habe. Ist das okay?«

»Was für eine Frage. Ich liebe Eierpunsch!«

Ich strahlte, weil ich mich endlich wieder besser fühlte. Seitdem ich das Kaufhaus verlassen hatte, fiel es mir viel leichter, nicht an diese verdammte Mail zu denken.

»Danke, dass du den Laden für uns länger offen lässt.«

»Ein Mädelsabend war überfällig. So können wir uns alle ein wenig entspannen. Die Wochen vor Weihnachten sind immer stressig für alle. Lieferungen annehmen, Verkaufsziele erreichen. Ganz zu schweigen von den ganzen Weihnachtsvorbereitungen.«

»Aber es ist doch positiver Stress, oder?«, fragte ich.

»Du hast recht. Du rückst immer alles ins rechte Licht.«

Normalerweise traf das auch zu. Aber im Moment suchte ich immer noch nach einem Lichtblick. Bestimmt würde mir bald schon etwas einfallen, wie man das Ganze nicht so negativ sehen könnte. Es musste jeden Moment so weit sein, dessen war ich mir sicher. Außerdem begünstigte Eierpunsch sowohl Kreativität als auch positive Gedanken, weil er quasi Weihnachtsstimmung in Flaschen war.

Ein paar Minuten später kamen Victoria und Pippa an,

gefolgt von Alice, die zwei riesige Tüten voller Take-away-Essen trug.

»Ist das der Duft von gebratener Ente?«, fragte ich und rieb mir den Bauch.

Alice zwinkerte mir zu. »Ich konnte doch nicht herkommen, ohne allen ihr Lieblingsessen mitzubringen, oder?«

»Gib her, gib her.« Ich nahm Alice die Tüten ab. Wie üblich hatte sie auch Pappteller und Becher mitgebracht. Innerhalb weniger Minuten hatten wir alles auf dem kleinen Couchtisch zwischen den Sesseln ausgebreitet.

»Bevor ich es vergesse: Hier sind die Handtaschen für deine Mädchen.« Ich gab Pippa die Tüte.

»Sie werden sich unglaublich freuen. Ich habe ihnen nicht verraten, dass ich die Taschen schon bestellt hatte, bevor sie ausverkauft waren. Danke, dass du das möglich gemacht hast.«

»Gern geschehen.«

Wir hatten bereits angefangen zu essen, als Ava ankam.

»Ist es noch zu früh für Eierpunsch?«, fragte sie, dann leuchteten ihre Augen auf, als sie die gebratene Ente entdeckte.

»Die Antwort darauf ist jederzeit ein klares Nein«, antwortete Pippa lachend und reichte Ava einen Becher.

»Anstrengender Tag?«, fragte Nadine.

Ava presste wie zum Gebet die Hände zusammen. »Bitte, bitte, bitte rede mit deinem Ehemann. Ich habe den gesamten Nachmittag damit verbracht, mit Logan über Geld zu diskutieren. Es ist nicht zu fassen, aber er ist bei Ausgaben immer noch genauso stur wie zu Beginn meiner Zeit bei Bennett Enterprises.«

Nadine hob abwehrend die Hände. »Da mische ich mich besser nicht ein.«

Ava ließ mit einem dramatischen Seufzen das Kinn auf

die Brust sinken. »Das sagt Sebastian auch immer. Wieso steht niemand auf meiner Seite?«

Pippa klimperte mit den Wimpern. »Das tun wir. Du bist nur einfach mutiger als der Rest von uns. Besteht irgendeine Chance, dass du auch die Verhandlungen für meine Abteilung übernimmst?«

Ava starrte sie mit offenem Mund an. »Verräterin. Wieso solltest du mir das antun wollen?«

»Besser du als ich«, gab Pippa grinsend zurück.

Ava nahm einen tiefen Schluck von ihrem Eierpunsch, dann schloss sie die Augen und seufzte.

»Wenn du mir genug Eierpunsch einflößt, denke ich vielleicht sogar darüber nach.«

»Zum Wohle.« Pippa hob ihren Becher, und der Rest folgte fröhlich ihrem Beispiel.

»Auf meine Brüder, die alle mutige Frauen geheiratet haben«, verkündete Pippa. Ich hätte es nicht besser ausdrücken können – ich liebte diese Frauen.

»Ich habe keine Ahnung, wie ihr es das alles schafft«, meinte ich. »Karriere, Kinder und alles andere.«

»Nun ja, wir haben ziemlich tolle Männer«, meinte Ava verträumt.

Victoria nickte heftig. »Dem stimme ich absolut zu. Sie sind unglaublich.«

»Außer, wenn sie in den Neandertaler-Modus verfallen«, meinte Nadine grinsend. »Ach nein, selbst dann. Sie sind süß. Wäre irgendwer bereit, ihnen einen Streich zu spielen?«

Ich spitzte die Ohren. »Ja, Ma'am. Was hast du im Sinn?«

»Ich bin mir noch nicht sicher. Lasst uns schauen, ob der Eierpunsch Inspirationen bringt.«

Mehrere Becher später wogen wir bereits verschiedenste Ideen ab.

»Wenn wir ihnen erzählen, dass wir gerade von einer

Gruppe Männer, die einen Junggesellenabschied feiern, umringt sind, werden sie innerhalb einer Stunde auftauchen«, meinte Nadine.

Victoria lachte so heftig, dass sie sich fast ihren Eierpunsch übers Kleid geschüttet hätte. »Innerhalb von zwanzig Minuten. Oder zumindest gilt das für Christopher.«

Ha! Das stimmte absolut. Alle murmelten zustimmend, dass die Junggesellenabschiedsgeschichte sicher funktionieren würde … aber letztendlich entschlossen wir uns, noch ein wenig zu warten.

Nach dem dritten Becher Eierpunsch hatte ich mich endlich entspannt. Oder war das schon der vierte Becher gewesen? Ich war mir nicht sicher. Nadine füllte mein Getränk ständig nach, als wäre das ihre ureigenste Aufgabe.

Sobald wir mit dem Essen fertig waren, schlug jemand vor, dass wir Musik auflegten. Ich tanzte mit Victoria, Ava und Nadine. Pippa und Alice sahen uns zu und steckten regelmäßig die Köpfe zusammen, um sich flüsternd zu unterhalten. Ich hatte den starken Verdacht, dass sie über mich sprachen. Einerseits wollte ich mir von den Mädels Rat holen, doch andererseits hatte ich einfach keine Lust, mich mit dem Thema zu beschäftigen. Dann erklang Kylies *Santa Baby* aus den Lautsprechern, und all meine Sorgen drängten gleichzeitig auf mich ein. Schon in der nächsten Sekunde tätschelte Pippa den Boden neben sich.

»Komm her, Sienna. Setz dich hin und erzähl uns, warum du so durcheinander bist.«

Meine Schultern sackten nach unten. Mit einem Seufzen ließ ich mich zwischen Alice und Pippa nieder.

Victoria folgte mir und setzte sich mir gegenüber. Nun, je mehr, desto besser.

»Die Statham-Filiale in San Francisco wird geschlossen«, setzte ich an.

»Aber ich dachte, Winston hätte sich heute mit dem Vorstand getroffen?«, fragte Victoria.

»Hat er. Und dann hat der Vorstand eine E-Mail an die Personalabteilung geschrieben, um sie über das Ergebnis zu informieren… und darüber, dass Winston nach Paris umzieht.«

»Ach du Scheiße. Seit wann weißt du davon?«, fragte Pippa.

»Seit die Personalabteilung mich darüber informiert hat. Winston hat nie etwas erwähnt.«

»Hast du heute bereits mit ihm gesprochen?«

»Nein. Niemand konnte ihn erreichen.«

Meine Unterlippe begann zu zittern. Der Eierpunsch half auch kein bisschen. Statt meine Kreativität zu beflügeln, schien der Alkohol nur meine Ängste zu verstärken. Doch ich versuchte trotzdem, mich an positive Gedanken voller Liebe und Wärme zu klammern.

Vielleicht sollte ich daran denken, wie Winston mich küsste? O ja.

Wie er sich nach der kleinen Verbrennung um mich gekümmert hatte. Definitiv.

Sein Lächeln, als er mir grünes Licht dafür gegeben hatte, seine Wohnung weihnachtlich zu dekorieren? Dieses Bild spielte ich gleich mehrfach vor meinem inneren Auge ab.

Doch half mir all das dabei, positiv zu denken? Nein, tat es nicht. In meiner Zukunft sah ich nichts als Gewitterwolken.

»Wieso hat er mir von seinen Plänen nichts erzählt? Der Vorstand hat die E-Mail direkt nach dem Meeting losgeschickt, also müssen sie schon vorher darüber gesprochen haben.«

»Dafür könnte es tausend Gründe geben«, meinte Pippa weise. »Und egal, was der Grund dafür auch sein mag, wir können eine Lösung für das Problem finden. Aber … zuerst möchten wir wissen, wie ernst es dir mit Winston ist. Wir haben nämlich einen Plan entwickelt.«

»Beinhaltet dieser Plan noch mehr Eierpunsch?«, fragte ich.

»Na ja, Eierpunsch und gebratene Ente waren der erste Schritt«, gab Pippa zu.

Ich kicherte. »Aber natürlich waren sie das. Und jetzt werde ich gebratene Ente für immer als Mittel zum Zweck sehen.«

»Also, auf einer Skala von *Ich würde ihn als Freund in Erwägung ziehen* zu *Ich will ein Kind von ihm* … wie sehr stehst du auf diesen Mann?«, fragte Pippa ernst.

Ich konnte mich nicht zurückhalten. Nicht, nachdem ich Eierpunsch gehabt hatte. Und gebratene Ente.

»Ich habe bereits darüber nachgedacht, Nadine zu bitten, mein Hochzeitskleid zu designen«, gab ich zu.

Victoria lächelte, dann wechselte sie einen schnellen Blick mit Nadine. »Nun … sie hat bereits einen Entwurf gemacht.«

»Hat sie? Warum? Wann?«

»Ich hatte einen Anfall von Inspiration, nachdem ich Winston beim Abendessen kennengelernt habe«, sagte Nadine.

»Mir ging es ähnlich. Könnte sein, dass ich einen Verlobungsring entworfen habe, bei dem ich an dich gedacht habe«, fügte Pippa hinzu. »Zusammen haben wir quasi schon deine Hochzeit geplant.«

Ich seufzte, weil es mir unendlich guttat, von so viel Liebe umgeben zu sein. Trotzdem fühlte ich mich gleichzeitig auch überwältigt und hoffte immer noch, dass mein Handy bald klingeln würde.

Wenn ich allerdings jetzt so darüber nachdachte … warum warten? Ich stand auf und ging zur Kassentheke, wo ich meine Tasche abgestellt hatte.

Ich würde die Sache selbst in die Hand nehmen und Winston eine Nachricht schreiben. Sobald ich mein Handy entsperrt hatte, wurde mir klar, dass ich mir damit einiges vorgenommen hatte. Ich war bereits angetrunken. Doch ich schaffte es.

Der Alkohol mochte meine Kreativität nicht beflügelt haben, aber eines hatte er mir jedenfalls geschenkt: Mut.

O ja.

Ich tippte beängstigend langsam. Dann schickte ich die Nachricht ab und kehrte erleichtert und gleichzeitig besorgt zu den Mädchen zurück.

»Du hast Winston geschrieben, habe ich recht?«, fragte Pippa.

Ich nickte.

»Kluges Mädchen.« Sie klopfte erneut neben sich auf den Boden. »Komm her. Ich weiß genau, was du brauchst.«

Als ich mich setzte, griff Pippa nach einer weiteren Essenstüte, die ich bisher noch nicht bemerkt hatte.

»Mehr gebratene Ente?«, fragte ich.

»Nein. Cupcakes.«

»Wieso hast du die nicht sofort auf den Tisch gestellt?«

Grinsend öffnete sie die Papiertüte. »Das Beste kommt immer zum Schluss.«

27 Winston

Nach der Vorstandssitzung verlegte ich meinen Flug zurück nach San Francisco von abends auf ein Uhr mittags. In der halben Stunde, die mir zwischen dem Packen und dem Zeitpunkt blieb, wo ein Uber mich abholen sollte, machte ich einen Spaziergang. Eigentlich wollte ich dadurch abschalten, aber es funktionierte nicht.

Meinen Laptop und mein Telefon hatte ich im Hotel gelassen. Ich wollte die Anspannung abschütteln und Ruhe finden. Damit, alle elektronischen Geräte zurückzulassen, verfolgte ich eine klare Absicht: Ich wollte mir selbst keine Möglichkeit geben, voreilig zu handeln – wie den Vorstand anzurufen und allen zusammen gründlich die Meinung zu sagen. Ich hatte Wichtigeres zu tun. Zum Beispiel meine nächsten Schritte zu planen.

Doch je länger ich unterwegs war, desto mehr regte ich mich auf. Als ich das letzte Mal durch diese Straßen gelaufen war, war genau das Gegenteil der Fall gewesen. Ich hatte mich entspannt, mich frei und glücklich gefühlt. Das hatte nicht an Burlington gelegen oder am Schnee, sondern nur an Sienna. Sie hatte meine Sichtweise verändert und auch die Art, wie ich die Welt wahrnahm. Sie hatte *mich* verändert.

Auf der Fahrt zum Flughafen und dem sechsstündigen Flug fühlte ich mich ruhelos. Mein Handy schaltete ich erst wieder an, nachdem ich in San Francisco gelandet war. Sofort wurde ich über ein Dutzend verpasste Anrufe von der Personalabteilung und genauso viele von Sienna informiert. Was war hier los?

Dann wurde eine Nachricht angezeigt, und mein Magen verkrampfte sich.

Sienna | Wieso hast du mr bis jetzt nichts gsagt? Wenn du mich einfach dmt überfallen willst, dass du verschwindest, werde ich SEHR, SEHR sauer.

Mein Blut rauschte in meinen Ohren, und mein Magen verkrampfte sich noch mehr. In der Nachricht fehlten diverse Buchstaben, aber ich verstand trotzdem, was sie sagen wollte.

Als Nächstes checkte ich meine E-Mails. Der Vorstand hatte bereits eine Benachrichtigung versendet?

Was zum Teufel sollte das? Wir hatten nie darüber gesprochen, so etwas loszuschicken. Obwohl ich mit jeder Zeile wütender wurde, zwang ich mich, den Text bis zu Ende zu lesen.

Sie hatten sogar Paris erwähnt? Himmelherrgott, was für ein Chaos. Sienna musste mich für einen unglaublichen Schwachkopf halten. Allein der Gedanke, dass sie momentan vielleicht litt, nagte an mir. Ich rief sie sofort an.

Nach ein paarmal Klingeln hob sie ab.

»Ach, hallo, mürrischer Chef.«

Das war nicht Sienna, aber die Stimme klang vage vertraut, obwohl die Frau flüsterte.

»Wer ist da?«

»Pippa. Wir haben uns in Siennas Büro getroffen und dann noch mal im Haus meiner Eltern, erinnerst du dich?«

»Ja. Ist Sienna bei dir?«

»Ja.«

»Kann ich mit ihr reden?«

»Nö.«

Ich trommelte mit den Fingern auf den Griff meines Koffers, weil mich ihre Reaktion besorgte.

»Ist ihr etwas passiert?«

Bitte sag Nein. Bitte.

»Schon. Zu viel Eierpunsch. Zu viel Ente. Zu viele Cupcakes.«

»Ich kann dir nicht ganz folgen.«

»Hör mal, sie war heute ziemlich bedrückt, daher haben die Mädels und ich beschlossen, sie aufzumuntern. Aber ein Gespräch mit dir würde wahrscheinlich besser helfen.«

»Da hast du recht. Gib ihr das Telefon.«

»Nein, weißt du … ich finde, du solltest vorbeikommen und persönlich mit ihr reden. Was immer du zu sagen hast, deine tiefgrünen Augen und deine charmante Art werden dir sicher helfen.«

Ich war mir nicht sicher, ob ich lachen sollte oder nicht.

»Wo seid ihr?«

»In Nadine Hawthornes Laden. Du findest die Adresse online. Um die zu tippen, habe auch ich zu viel Eierpunsch intus.«

»Wieso flüsterst du?«

»Weil ich mich vor den anderen verstecke.«

Wieder verkrampfte sich mein Magen. »Sienna will nicht mit mir reden?«

»Doch … zumindest wollte sie es vor ein paar Stunden noch. Keine Ahnung, wie sie das jetzt gerade sieht, deswegen übernehme ich die Initiative.«

»Das weiß ich zu schätzen.«

»Ha! Sag das noch nicht. Wenn du Sienna verletzt, werde ich dich in den Hintern treten. Und ich kann jederzeit Verstärkung anfordern.«

Dieses Mal lachte ich wirklich. »Darauf wette ich. Ich bin gerade erst gelandet. Ich werde die Adresse heraussuchen, sobald ich aufgelegt habe, und direkt hinkommen. Kannst du Sienna noch eine Weile im Laden festhalten?«

Pippa kicherte. »Du musst noch eine Menge über Mädelsabende in der Bennett-Familie lernen. Nur ein Tipp: Wir wissen, wann sie anfangen. Aber wann sie enden, steht in den Sternen.«

»Das werde ich mir merken. Und, Pippa? Vielen Dank.«

***

Vierzig Minuten später kam ich beim Laden an und sprang förmlich aus dem Uber, bevor der Wagen wirklich zum Stillstand gekommen war.

Nadine Hawthornes Laden war der einzige in der Straße, in dem noch Licht brannte. Ich traute meinen Augen nicht. Als Pippa erklärt hatte, sie würden einen Mädelsabend veranstalten, hatte ich mir … keine Ahnung, was ich mir vorgestellt hatte, aber jedenfalls nicht das. Da drin lief eine Party. Einige Frauen tanzten. Als ich auch Sienna auf der Tanzfläche entdeckte, war ich erleichtert.

Ich klopfte an die Glastür, doch wegen der lauten Musik hörte mich niemand, also trat ich einfach ein. Die Glocke über der Tür bimmelte, und sofort erstarrten alle. Die tanzenden Frauen hielten inne, und jegliche Gespräche verklangen.

»Hi! Sienna, könnte ich mit dir reden? Allein?«

Alice sprang auf die Beine, gefolgt von Victoria, die sich zu ihrer Schwester umdrehte und fragte: »Hast du mit ihm gesprochen?«

»Habe ich nicht. Zumindest kann ich mich nicht daran erinnern.«

Mit einem Stirnrunzeln zog sie ihr Handy heraus und sah aufs Display. »Oh, habe ich doch. Aber ich kann mich wirklich nicht daran erinnern.«

Pippa hob die Hand und schenkte Sienna ein schuldbewusstes Lächeln. »Das war ich. Ich habe ihm gesagt, wo wir sind.«

Mit einem Stöhnen schlug Sienna sich die Hände vors Gesicht. »Aber ich bin betrunken.«

»Auch egal«, meinte Pippa mit einer wegwerfenden Handbewegung. »Meine Damen, sollen wir den beiden ein bisschen Freiraum gönnen?«

Genau. Unser »Freiraum« bestand aus vielleicht drei Metern Abstand, da der Laden nicht allzu groß war. Doch das war mir egal. Ich hatte nur Augen für Sienna.

Mit großen Schritten ging ich auf sie zu, woraufhin sie einen Schritt zurücktrat und umgehend ins Schwanken geriet. Ich legte die Hände an ihre Arme, auf die nackte Haut unter dem Ende der Ärmel, um sie leicht zu streicheln. Sienna fuhr sich mit der Zunge über die Lippen, bevor sie den Blick auf die Stelle senkte, wo ich sie berührte.

»Wir müssen reden, auch wenn du ganz schön betrunken bist.«

»Hey! Mach dich nicht über mich lustig. Sie sind schuld.« Damit deutete sie auf die Gruppe der Frauen, die auf den Sesseln verteilt saßen.

»Stimmt«, gab Pippa zu. Ich lachte. So viel zur Illusion von Privatsphäre.

»Ich kann nicht mit dir reden, wenn sie alle zuhören«, flüsterte Sienna.

»Dann reden wir draußen. Komm.«

»Hey! Du kannst hier nicht einfach reinstolzieren und den Ton angeben.«

Ich beugte mich vor, bis meine Lippen direkt vor ihrem Mund schwebten. Gleichzeitig verschob ich eine Hand an ihre Hüfte.

Sie keuchte leise, dann senkte sie den Blick und richtete ihn auf meinen Mund.

»Ich stehe ganz kurz davor, dich über meine Schulter zu werfen und irgendwo anders hinzubringen … also los, nach draußen. Jetzt.«

»Hmpf.« Mit vor der Brust verschränkten Armen stampfte Sienna an mir vorbei. Ich folgte ihr auf dem Fuß. Victoria und Pippa zeigten mir die Daumen nach oben, als ich an ihnen vorbeikam.

Sobald wir vor der Tür standen, wurde mir klar, dass Sienna nicht ganz sie selbst war. Sie fächelte sich Luft zu und bemühte sich, tief durchzuatmen.

»Ist dir schlecht?«

»Nein, ich bin einfach nur … betrunken. Sie haben mich mit Eierpunsch, gebratener Ente und Cupcakes gefüttert.«

»Gebratene Ente und Cupcakes machen dich betrunken?«

»Nein, aber das Essen hat dafür gesorgt, dass ich noch mehr Eierpunsch getrunken habe.«

»Ich verstehe.« Ich konnte ein Grinsen nicht zurückhalten.

»Hey! Mach dich nicht über mich lustig.«

»Was willst du dagegen unternehmen?«

Sie kniff die Augen zusammen. »Wieso hast du mich nach der Vorstandssitzung nicht angerufen?«, fragte sie, bevor sie leiser hinzufügte: »Wieso hast du mir nichts von Paris erzählt?«

Und einfach so verschwand die Leichtigkeit aus ihrem Tonfall und ihren Augen. Sofort wollte ich alles in meiner Macht Stehende tun, um Sienna wieder aufzumuntern.

»Ich wollte nach der Sitzung erst einmal den Kopf freibekommen. Also habe ich meinen Flug vorverlegt und mein Handy ausgeschaltet, da ich den Vorstandsmitgliedern sonst die Meinung gegeigt hätte. Dass sie diese Mail geschrieben haben, war nicht ausgemacht. Sie sind einfach irgendeinem dämlichen Protokoll gefolgt. Ich wusste nicht mal von der Mail. Ich wollte mit dir reden, dir alles erklären.«

»Paris?«, hakte Sienna nach, ihre Stimme kaum mehr als ein Flüstern. »Wieso hast du mir davon nichts erzählt?«

»Der Vorstand und ich hatten vor Monaten mal darüber gesprochen. Das war der Plan B für das Worst-Case-Szenario. Seitdem habe ich überhaupt nicht mehr daran gedacht, weil ich eine freche, weihnachtsbesessene Branding-Expertin kennengelernt habe, die mein ganzes Leben auf den Kopf gestellt hat. Und in die ich mich so heftig verliebt habe, dass ich kaum noch geradeaus schauen kann.«

»Mr Statham, versuchst du, mich mit Schmeicheleien weichzuklopfen?«

»Ja, Ma'am. Funktioniert es?«

»Bin mir noch nicht sicher. Aber du kannst gern weitermachen. Vielleicht hilft es ja.«

»Ah. Ich verstehe.«

»Wieso hast du diese Abmachung mit dem Vorstand überhaupt getroffen?«

»Nur so konnte ich sie dazu bringen, sich dazu zu verpflichten, für so viele Angestellte wie möglich neue Jobs zu finden. Ihre Bedingung war, dass ich mich bereit erkläre, den europäischen Teil der Firma zu überwachen.«

Sofort verlosch das Licht in ihren Augen wieder. Ihre Reaktion traf mich wie ein Schlag.

»Winston, ich will dich auf keinen Fall davon abhalten, zu tun, was nötig ist, um allen zu helfen.«

»Sienna, das ändert nichts zwischen uns.«

»Wie kannst du das sagen?«

»Weil ich dich liebe.« Ich umfasste mit beiden Händen ihr Gesicht, weil ich das dringende Bedürfnis hatte, mich ihr nahe zu fühlen und ihr zu zeigen, dass die Verbindung zwischen uns stärker war als je zuvor. Sie gehörte zu mir. Wir gehörten zusammen.

»Ich weiß, dass vieles noch unklar ist, aber egal, was

kommt, ich möchte, dass wir zusammenbleiben. Willst du das nicht?«

»Natürlich, aber … was ist mit dem Vorstand?«

Obwohl sie meine Berührung zu genießen schien, beobachtete sie mich voller Wachsamkeit. Nein. Ich würde alles tun, was ich konnte, um ihr diese Zweifel zu nehmen.

»Ich werde diesen Deal nicht eingehen. Zufällig liebe ich eine unglaublich kluge Frau. Ich bin mir sicher, wenn wir die Köpfe zusammenstecken, finden wir eine bessere Lösung für die Angestellten.«

»Aha. Noch mehr Schmeicheleien«, flüsterte sie mit einem leisen Lächeln. »Nur, damit du es weißt: Es funktioniert.«

»Also ist das ein Ja?«

Ihr Lächeln wurde breiter, bis es von einem Ohr bis zum anderen reichte.

»Verdammt, ja!«

Damit stellte sie sich auf die Zehenspitzen und legte die Hände auf meine Schultern. Sie war diejenige, die den ersten Schritt wagte und ihre Lippen auf meine drückte, doch schon im nächsten Moment übernahm ich die Kontrolle über den Kuss. Ich musste fühlen, dass sie mir gehörte. Dass sie mich liebte.

Sie nahm mir das ganze Schlamassel nicht übel. Sie war bereit, sich den anstehenden Aufgaben mit mir zusammen zu stellen. Ich hätte nicht geglaubt, dass es möglich war, Sienna noch mehr zu lieben, aber in diesem Moment verstärkten sich meine Gefühle noch.

Ich küsste sie, bis sie mir mit einem leisen Wimmern die Hüften entgegendrängte. Ich drückte eine Hand an ihr Kreuz, die andere zwischen ihre Schulterblätter, wobei ich mich davon abhalten musste, meine Finger unter den Stoff ihres Kleides zu schieben. Wenn ich jetzt nackte Haut berührte, würde ich den Kopf verlieren.

Ich musste dringend mit ihr allein sein.

Nur mit Mühe hielt ich mich davon ab, sie gegen das Schaufenster zu drücken und den Kuss noch zu vertiefen. Stattdessen löste ich mich von ihr. Sie zog einen Schmollmund.

Sie war unglaublich süß, wie sie da angetrunken vor mir stand, sich die Augen rieb und von einem Fuß auf den anderen trat.

Heute Nacht würde ich sie verwöhnen. Ich wollte ihr zeigen, dass ich dazu bestimmt war, sie *jede Nacht* zu verwöhnen.

Doch bevor ich etwas sagen konnte, öffnete sich die Ladentür, und Pippa steckte den Kopf nach draußen.

»Ich will euch ja nicht stören oder irgendwas, aber ich dachte, ich sollte euch warnen. Demnächst schließt sich uns ein ganzer Haufen Bennett-Männer an. Sebastian, Blake und Christopher sind unterwegs hierher.«

Sienna drehte sich auf dem Absatz um. »Mist. Du hast tatsächlich unseren Scherzanruf gestartet?«

»Nein, nein«, erklärte Pippa eilig und öffnete die Tür weiter. Der Rest der Frauen stand direkt hinter ihr. »Ich habe ihnen keine Nachricht geschrieben.«

»Ich schon«, sagte Victoria.

Pippa stöhnte. »Aber jetzt werden sie Winston in die Mangel nehmen. Zumindest ist das Gespräch der beiden beendet.«

»Woher weißt du das?«, fragte Sienna mit zusammengekniffenen Augen. Pippa senkte den Blick auf die Hände.

»Es gab einen Versöhnungskuss.«

»Du hast uns ausspioniert.«

Lachend beobachtete ich das Schauspiel.

»Ich … ähm … na ja, wir konnte durchs Schaufenster alles sehen. Aber ich habe nicht gelauscht. Die Tür war zu.«

»Und du kannst nicht Lippen lesen«, meinte Sienna mit einem Lächeln.

»Noch nicht.« Pippa zwinkerte ihr zu, bevor sie zur Straße sah, weil ein Auto vorfuhr. Sebastian, Blake und Christopher stiegen aus.

»Victoria, wieso sehen die drei aus, als hätten sie eine Mission zu erfüllen?«

»Ich… ähm, es könnte eventuell sein, dass ich Christopher erzählt habe, dass Sienna ein wenig bedrückt ist… und auch warum«, gestand Victoria.

Sienna rieb sich das Gesicht. »Okay. Okay. Wir brauchen einen Plan. Auf keinen Fall möchte ich, dass die drei in den Superbeschützer-Modus schalten.«

»Baby, ist schon in Ordnung«, sagte ich. Zu meiner Überraschung kommentierte sie das nur mit einem Lachen. Ihr Mangel an Vertrauen beleidigte mich.

»Pippa, kannst du sie vielleicht irgendwie ablenken?«

Pippas Schultern sanken nach unten. »Ich kenne meine Stärken. Aber es ist unmöglich, meine Brüder abzulenken, wenn sie sich auf einer Mission befinden.«

In der nächsten Sekunde standen die Männer dann auch schon neben uns.

»Was treibt ihr hier?«, fragte Pippa sie.

»Ich bin nur hier, weil Christopher darauf bestanden und Blake sich auf seine Seite geschlagen hat. Mir blieb keine andere Wahl«, meinte Sebastian.

Christopher richtete den Blick sofort auf mich. »Du hast einiges zu erklären.«

Blake nickte. »Genau.«

»Sienna und ich werden das alles klären«, beruhigte ich sie.

»Alles, was eine Bennett betrifft, geht uns alle an«, verkündete Christopher.

Langsam verstand ich, was das bedeutete. Es fiel mir schwer, ein Lachen zurückzuhalten. »Aber es ist alles in Ordnung.«

»Das stimmt wirklich! Ich habe gesehen, wie sie sich einen Versöhnungskuss gegeben haben und alles«, warf Pippa ein.

»Oh«, meinte Blake. »Ich würde ja gern versprechen, dass ich das nächste Mal nicht überstürzt handle, aber ich verspreche nicht gern Dinge, die ich nicht halten kann. Ich bin ein Hitzkopf. Und ich stehe zu meinen Fehlern. Außerdem muss ich meine Lieblingsmenschen beschützen.«

Christopher starrte seinen Bruder an. »Wenn ich so was sage, machst du mir für gewöhnlich die Hölle heiß.«

Blake zögerte keinen Moment. »Ich bin anpassungsfähig.«

Sebastian schüttelte nur den Kopf. »Vielleicht wird es Zeit, dass alle sich zur Abwechslung um ihren eigenen Kram kümmern dürfen.«

»Sebastian, hör auf, so vernünftig zu sein. Das lässt uns schlecht aussehen«, schoss Blake zurück. Alle lachten.

»Ich werde meine Freundin jetzt nach Hause bringen«, sagte ich.

Victorias Blick glitt über Blake, Christopher und mich, bevor sie sich an Pippa wandte: »Was habe ich dir gesagt? Das Neandertaler-Gen ist in der Bennett-Familie ziemlich ausgeprägt.«

***

Direkt im Anschluss brachte ich Sienna nach Hause. Ich konnte es kaum erwarten, endlich mit ihr allein zu sein. Mit Mühe hielt ich mich davon ab, sie im Taxi zu küssen, aber ich musste sie einfach berühren. Wenigstens diese Verbindung zwischen uns brauchte ich. Ich verschränkte unsere Finger, hob Siennas Hand an den Mund und küsste ihren

Handrücken. Ein leiser Schauder überlief ihren Körper, dann verschränkte sie die Beine. Dieser Moment gefährdete meine Selbstkontrolle mehr als alles andere.

Auf der Hälfte der Heimfahrt verlor ich den Kampf gegen mich selbst. Ich hob mit einem Finger Siennas Kinn und eroberte ihren Mund. Verdammt, es war wunderbar, wie sie sich mir öffnete, sich mir sofort hingab.

Ich hatte gedacht, ich könnte mein Begehren mit einem Kuss stillen, doch da hatte ich mich geirrt. Wenn überhaupt, wurde meine Sehnsucht dadurch nur angefacht. Als sie an meinem Hemd zerrte, vertiefte ich den Kuss. Im Anschluss schob sie ihre Hand unter den Stoff, doch ich packte ihr Handgelenk und stoppte sie. Ich wusste einfach nicht, was geschehen würde, sollte ich ihre weichen Finger auf meiner nackten Haut spüren. Sienna lächelte, während sie versuchte, mir ihre Hand zu entwinden. Ich brach den Kuss ab und sah ihr tief in die Augen.

Neckisch flüsterte sie: »Hast du Angst, dass du mir nicht widerstehen kannst?«

»Du bist echt fies.«

Sie lachte leise, dann ließ sie sich gegen mich sinken.

»Deine Strafe besteht darin, dass ich dich erst zu Hause wieder küsse«, erklärte ich streng.

Sie klimperte mit den Wimpern.

Ich schüttelte den Kopf. Erneut versuchte Sienna, die Hand unter mein Hemd zu schieben. Ich fing ihr Handgelenk ein – schon wieder. Danach ließ ich den Daumen über die empfindliche Haut unter ihrer Unterlippe gleiten, bis sie in meinen Armen zitterte.

Sienna nicht zu küssen, war für mich genauso eine Bestrafung wie für sie, doch nur so konnte ich verhindern, dass ich vollkommen den Kopf verlor.

Ich gratulierte mir selbst dafür, dass ich diesen, wenn

auch geringen Abstand zwischen uns wahren konnte, bis wir endlich die Wohnung betreten hatten. Dann fiel mir wieder ein, dass ich mir vorgenommen hatte, mich heute Abend um Sienna zu kümmern. Vor dem Laden hatte sie leichte Gleichgewichtsprobleme gehabt. Obwohl ich mir nichts mehr wünschte, als sie gegen die nächste Wand zu drücken und mich in ihr zu versenken, benahm ich mich ritterlich.

»Wie fühlst du dich?«

»Ich bin wieder nüchtern.« Sie tippte sich selbst auf die Nase und fügte hinzu: »Ich sehe nicht doppelt. Du musst keine Rücksicht auf mich nehmen. Du kannst mit mir anstellen, was immer du willst, Winston.«

Diese wenigen Worte vernichteten mich. Schon in der nächsten Sekunde zog ich Sienna an mich und tat, was ich bereits den ganzen Abend hatte tun wollen: Ich fing ihren Mund ein, liebkoste sie. Als Nächstes hob ich ihren Pulli und ließ meine Finger über jede Hautstelle gleiten, die ich enthüllte. Mit einem leisen Stöhnen vergrub Sienna die Finger in meinem Arm. Als ich ihren Rock hob, um eine Hand zwischen ihre Schenkel zu schieben und zwei Finger langsam über ihr Höschen gleiten zu lassen, keuchte sie und stellte sich auf die Zehenspitzen, als wäre schon diese kurze Berührung fast zu viel für sie. Dabei hatte ich noch nicht mal richtig angefangen. Ich wollte, dass sie sich geliebt fühlte, geschätzt, wie eine Göttin – denn genau das war sie für mich.

Anschließend ließ ich die Hand unter den Stoff ihres Höschens gleiten und liebkoste ihre nackte Haut. Neckend umkreiste ich ihre Klitoris. Mit der freien Hand befreite ich Sienna von Pulli und Rock, dann presste ich meine Finger fester gegen ihre empfindlichste Stelle und fing ihr lustvolles Wimmern mit dem Mund ein. All diese Geräusche waren nur für mich.

Ich zog eine Spur aus Küssen über Siennas Hals und tiefer, während ich sie vom Rest ihrer Kleidung befreite. Als ich meinen Mund von ihrem Nabel zu ihrer Klitoris gleiten ließ, begann sie, schwer zu atmen. Es wurde also Zeit, sie noch mehr zu erregen.

Als ich die Zunge über das empfindliche Nervenbündel gleiten ließ, gaben ihre Knie nach. Ich stützte sie mit den Händen an der Taille.

Ich knabberte und leckte, bis Sienna aufschrie und versuchte, die Finger in der Wand zu vergraben.

»Du bist so heiß, Sienna. Und schmeckst so süß.« Gleichzeitig mit meinen Worten ließ ich den Mund wieder höher wandern, bis unsere Münder auf einer Höhe schwebten.

Sie atmete zitternd, doch ihre Bewegungen waren entschlossen, als sie mir ungeduldig erst das Hemd und dann auch den Rest meiner Kleidung auszog.

Sie lächelte, als sie die Finger über meine Brust gleiten ließ. Je tiefer ihre Finger sanken, desto sinnlicher wurde ihr Lächeln.

Sie umfasste meinen Ständer, um die Hand in langsamen, sicheren Bewegungen über mich gleiten zu lassen.

»Sienna, verdammt. Baby, hör auf.«

Sie machte das perfekt, und ich stand bereits kurz vor dem Höhepunkt. Aber ich brauchte sie. Ich wollte fühlen, wie sie mich umfing, ganz warm und weich – und sie gehörte mir. Die Lippen an ihrem Ohr ließ ich meine Finger seitlich über ihre Brüste tiefer gleiten, bis ich ihren Hintern umfasste. Als ich sie an mich zog, stützte sie sich auf meinen Armen ab.

Meine Erektion war zwischen uns gefangen. Ich bewegte mich sanft und beobachtete, wie sie langsam die Kontrolle verlor, als ich meinen Ständer über ihre Klitoris gleiten ließ. Ich knabberte leicht an ihrer Unterlippe, dann eroberte ich erneut ihren Mund.

Sienna stöhnte an meinen Lippen, vergrub die Fingernägel in meiner Haut, verzweifelt und verlangend. Ich fand es wunderbar.

Ich berührte jeden Teil ihres Körpers, den ich erreichen konnte, doch ich wollte mehr. Als ich den Kuss vertiefte, stolperten wir rückwärts in den Raum. Ich versuchte, mich lange genug zu konzentrieren, um zu entscheiden, wo ich sie hinführen sollte. Nach links? Rechts? Geradeaus? Ich konnte keinen klaren Gedanken fassen, weil ich nichts anderes wahrnahm als Sienna.

Die Couch. Bis dorthin war es nicht weit, und Sienna wäre weich gebettet. Lachend ließen wir uns in die Polster sinken. Doch Siennas Lachen verklang in einem Stöhnen, als ich meine Spitze neckend über ihre Mitte gleiten ließ. Ich stemmte mich auf den Ellbogen und beobachtete, wie sie die Beine für mich spreizte. Als ich ein kleines Stück in sie eindrang, schlossen sich ihre Lider flatternd. Sie wollte die Hüften heben, aber ich drückte sie zurück in die Kissen.

»Wieso hast du es so eilig?«, flüsterte ich, bevor ich ihr einen Kuss aufs Kinn drückte.

»Winston …«

Obwohl ich mich voller Verzweiflung nach ihr verzehrte, glitt ich langsam in sie, weil ich unsere Verbindung genießen wollte. Als ich so tief in sie eingedrungen war, wie ich nur konnte, hielt ich ein paar Sekunden ganz still, um dieses unglaubliche Gefühl zu genießen. Hitzige Energie erfüllte mich, und auf ihrer Haut bildete sich ein dünner Schweißfilm.

Ich bewegte mich leicht, umfasste Siennas Brüste und ließ zungenintensive Küsse darauf niederregnen. Ich liebte es, ihren Herzschlag zu fühlen. Wenn ich lange genug stillhielt, vermochte ich den Rhythmus der Schläge an meinen Lippen zu fühlen. Nur, dass ich mich einfach nicht stillhalten konnte. Ich empfand ein allumfassendes Bedürfnis, jeden Teil von ihr zu berühren und zu küssen. Ich stieß in sie, beanspruchte ihren Körper, ihre Gedanken, ihre Liebe für mich. Zu fühlen, wie sie unter mir dem Höhepunkt entgegenstrebte, war unglaublich. Ich packte eine ihrer Pobacken und neigte Siennas Hüften leicht, um dann so tief in sie zu stoßen, dass ich fast den Verstand verlor.

Auf diese Weise konnte ich ihren Hals erreichen … und bei jedem Stoß presste sich mein Schambein gegen ihre Klitoris. Ich fühlte, wie sie jedes Mal um mich pulsierte.

Meine Muskeln verspannten sich immer mehr, bis mir klar wurde, dass ich nicht mehr lange durchhalten würde.

»Komm, Baby. Ich will fühlen, wie du dich um mich verkrampfst.«

Ich stoppte meinen fiebrigen Rhythmus, um eine Hand an ihre Klitoris zu führen und dort mit dem Daumen kleine Kreise zu beschreiben. Siennas innere Muskeln umklammerten mich so fest, dass ich glaubte, ich müsste vor Leidenschaft vergehen. Ich war mir sicher, dass es passieren würde. Das fühlte sich einfach zu gut an. War zu intensiv. Doch ich hörte nicht auf, wurde nicht einmal langsamer. Ich wollte Sienna auf die höchsten Höhen der Lust katapultieren und beobachten, wie sie sich ihrem Verlangen ergab – und ich wollte es fühlen.

Sienna stöhnte meinen Namen, und gleichzeitig umklammerten ihre inneren Muskeln mich so heftig, dass ich kaum noch Luft bekam. In der nächsten Sekunde ließ ich die Hüften nach vorne schießen, weil ich einfach nicht mehr stillhalten konnte, und ritt so mit ihr ihren Orgasmus aus. Ich küsste ihre Schultern und ihren Hals, dann fing ich erneut ihren Mund ein. Unsere Zungen duellierten sich im wilden Takt unseres Liebesspiels. Ich konnte einfach nicht genug von ihr bekommen. Ich wollte sie vollkommen für mich beanspruchen.

Ich kam so heftig, dass mein gesamter Körper zuckte. Meine Muskeln brannten, doch ich hörte nicht auf, ließ in meinen Bewegungen nicht nach, sondern bewegte mich weiter in ihr, bis wir beide erschöpft waren.

Dann drehte ich uns, bis Sienna auf mir lag, die Wange auf meine Brust gebettet.

Träge ließ ich die Fingerspitzen über ihren Rücken gleiten. Sienna war ins Schwitzen geraten.

»Tu das nicht«, mahnte sie.

»Tu was nicht?«, fragte ich. Ich bemühte mich, unschuldig zu klingen, versagte aber kläglich.

»Lach mich nicht aus, weil ich verschwitzt bin.«

Ich konnte einfach nicht anders: Ich gluckste in mich hinein. »Woher wusstest du, dass ich das vorhatte?«

Sie sah zu mir auf, indem sie ihr Kinn auf meine Brust stemmte, dann wackelte sie vielsagend mit den Augenbrauen.

»Wann immer du ein Lachen unterdrückst, berührst du mich auf eine ganz bestimmte Weise. Total verräterisch.«

Sie kannte mich eben gut.

»Ich bin so müde, dass ich nie wieder aufstehen will.«

»Ich habe kein Problem damit. Auf diese Weise kann ich dich berühren, solange ich will.«

»Perversling. Du nutzt die Situation aus.«

»Immer.«

Ich umfasste ihren Hintern und liebkoste die weichen Hügel. Sofort umschlossen mich ihre inneren Muskeln fester.

Ich stöhnte. »Und ich dachte, du wärst zu müde.«

»Nicht dafür.«

»Und wer ist hier jetzt pervers?«

Grinsend tat sie es wieder.

»Sienna, mach das nicht«, warnte ich leise.

»Halt mich doch davon ab, wenn du kannst.«

»Das ist ja der Punkt: Ich will dich nicht davon abhalten.«

Ihr Mund bildete plötzlich ein perfektes O, doch bevor sie reagieren konnte, drehte ich uns gemeinsam auf die Seite. Ich wurde bereits wieder hart. Nachdem ich mich aus ihr zurückgezogen hatte, stieß ich erneut in sie. Ich senkte den Kopf, ließ die Lippen sanft über ihre Nasenspitze gleiten, dann über ihre Lippen.

Den ganzen Tag über hatte ich mich gefühlt, als läge ich unter einem Felsen begraben und könnte nicht atmen – bis ich endlich Sienna wieder in meinen Armen hielt.

»Was denkst du gerade?«, murmelte sie.

»Dass du unglaublich bist und mein Leben verändert hast.«

»Habe ich das? Wie?«

»Ich kann es nicht erklären. Du hast verändert, wie ich gewisse Dinge wahrnehme und empfinde.«

Lächelnd vergrub sie das Gesicht an meiner Brust. »Ich werde ganz rot.«

»Und das steht dir.«

»Ich verstehe. Schmeicheleien. Ich glaube, du verfolgst Hintergedanken. Und deine Hintergedanken sind für gewöhnlich nicht allzu unschuldig.«

»Vielleicht.« Ich grinste. Als ich meine Finger über ihre Schulter gleiten ließ, sah Sienna zu mir auf. Ich konnte einfach nicht aufhören, sie zu berühren, wenn sie mir so nahe war.

»Ich wusste es.«

»Komm her und küss mich, Frau. Heute Nacht gehörst du ganz mir.«

28 Sienna

Am nächsten Morgen wachte ich mit erstaunlich klarem Kopf auf. Ich hatte keinen Kater. Nicht mal Kopfweh. Und dafür musste ich diesem atemberaubenden Mann danken, der darauf bestanden hatte, dass ich zwischen unseren sexy Vergnügungen ausreichend Wasser trank. Im Moment schlief er tief und fest.

Er lag mit dem Rücken zu mir, doch das gefiel mir nicht. Ich wollte ihn ansehen. So behutsam wie möglich glitt ich auf die andere Seite des Bettes. Viel besser. Jetzt konnte ich ihn mustern, wie ich wollte. Ich weidete meinen Blick an ihm, aber dann wurde die Versuchung einfach zu stark, und ich ließ in einer federleichten Berührung die Finger über seine Brust gleiten.

Moment mal! Winston schlief gar nicht. Ich konnte sehen, dass seine Augen sich hinter den geschlossenen Lidern leicht bewegten. Und seine Mundwinkel zuckten.

Er hatte sich nur schlafend gestellt. Aha. Ich würde auf sein Spielchen einsteigen. Ich ließ die Hand sinken und wartete einfach ab. Eine Minute verging, dann zwei. Dann fünf. Okay … er war offensichtlich geduldiger als ich. Da ich mich einfach nicht mehr zurückhalten konnte, pikste ich ihn in die Schulter.

Sofort riss er die Augen auf und begann zu lachen. »Ich war neugierig, wie lange du durchhältst«, meinte er glucksend.

»Und ich habe doch wirklich versucht, dich nicht zu wecken.«

»Du hast mich überall angefasst. Inwiefern soll mich das nicht wecken?«

Ich zuckte lächelnd mit den Schultern. »Ich habe gesagt, ich hätte es versucht. Dass ich damit gerechnet habe, Erfolg zu haben, habe ich nie behauptet.«

»Du hast eine Lektion verdient, weil du mich geweckt hast.«

»Du hast gar nicht geschlafen, also zählt das nicht.«

»Du dachtest, ich würde schlafen, und hast es trotzdem getan. Natürlich zählt das.«

Ich fuhr mir mit der Zunge über die Lippen. »Und wie soll diese Lektion aussehen?«

Mir war nicht bewusst, was er plante, bis er die Finger bereits in meinen Achselhöhlen vergraben hatte. Ich kreischte vor Lachen, unfähig, mich zu verteidigen. Winston hörte erst auf, mich zu foltern, als ich kaum noch Luft bekam.

Er lachte tief. »Wie geht es deinem Kopf?«

Das war der perfekte Moment für einen Erpressungsversuch.

»Wenn ich vorgebe, verkatert zu sein, wirst du dich dann um mich kümmern?«

»Ich werde mich auf jeden Fall um dich kümmern.«

Damit drückte er mir einen Kuss auf die Stirn. Seine Worte sorgten dafür, dass mir ganz warm ums Herz wurde.

»Und wie?«, murmelte ich. Ich liebte das Gefühl seiner Lippen auf meiner Stirn, seiner Hand an meiner Wange.

Ich hatte keine Ahnung, wie es Winston gelang, so viele Gefühle gleichzeitig in mir wachzurufen, daher genoss ich es einfach.

»Erster Schritt: Frühstück.«

»Jetzt, wo du es erwähnt hast, merke ich, dass ich tatsächlich hungrig bin.«

»Bleib hier. Bin gleich zurück.«

»Frühstück im Bett? Du verwöhnst mich.«

»Immer gern.«

Winston drückte noch einen Kuss auf meinen Bauch, ehe er aufstand. Ich bewunderte seine Sexyness einen Moment, dann beschloss ich, dass ich es mir auf keinen Fall entgehen lassen konnte, ihn dabei zu beobachten, wie er nackt durch die Wohnung spazierte.

Doch als ich versuchte, mich ebenfalls vom Bett zu erheben, zog er die Augenbrauen hoch.

»Also war das ein Befehl.«

»Darauf kannst du wetten. Du solltest zumindest noch mal etwas trinken, bevor du aufstehst. Ich werde dir ein Glas Wasser bringen.«

Das war einfach zu süß. Ich war fast in Versuchung, im Bett liegen zu bleiben, einfach, damit er sich um mich kümmern konnte. Aber … die Verlockung, ihn nackt in der Wohnung zu beobachten, war stärker.

»Es geht mir gut, Winston.«

Er zog eine finstere Miene, die mich zum Lachen brachte. Daraufhin verdüsterte sich sein Blick noch mehr.

»Außerdem kannst du mir so viel zu trinken geben, wie du willst, wenn wir in der Küche sind. Du bringst mir Wasser, ich beobachte dich dabei, wie du nackt herumläufst. Eine Win-win-Situation.«

»Schön. Aber sobald du leichtes Kopfweh hast, gehst du ins Bett zurück.«

»Aye, aye, Kapitän.«

Es gab noch andere Gründe, warum ich in seiner Nähe bleiben wollte. Ich wollte Winstons Laune abschätzen, herausfinden, wie es ihm nach den Geschehnissen des gestrigen Tages wirklich ging.

Beim Frühstück behielt ich ihn genau im Blick. Wir gönnten uns Pfannkuchen mit Ahornsirup. Außerdem trank ich unter Winstons aufmerksamem Blick Kaffee und noch ein Glas Wasser.

Sobald wir fertig waren, stand ich auf und ging zu ihm. Er hatte den Stuhl weit genug vom Tisch weggeschoben, dass ich auf seinen Schoß klettern konnte.

Ich hatte Winston ziemlich in die Mangel genommen, als er darauf bestanden hatte, dass wir uns anzogen, doch inzwischen erkannte ich die Vorteile. Weniger Ablenkung, auch wenn sein Shirt so eng an seiner Brust anlag, dass ich quasi jeden Muskel sehen konnte.

»Also, herrischer Kerl, ich möchte, dass du mir die Wahrheit sagst. Wie geht es dir … angesichts der Probleme des Kaufhauses?«

Er legte die Hände an meine Taille und drückte mir einen schnellen Kuss aufs Kinn, bevor er sich aufrichtete.

»Ich habe darüber nachgedacht, einen Partner zu suchen. Du weißt, dass schon mehrere Firmen angefragt hatten.«

»Wow. Okay. Ich hätte nicht geglaubt, dass du bereit bist, über diese Lösung nachzudenken. Als ich vor einer Weile eine Partnerschaft angesprochen habe, hast du dich kategorisch dagegen ausgesprochen.«

»Ich habe dir doch gesagt, dass du mich verändert hast.« Er zwinkerte mir zu, doch ich konnte sehen, dass er es ernst meinte.

Ich umfasste sanft sein Gesicht, um meine Daumen über seinen Mund gleiten zu lassen.

»Du meinst das ernst?«

»Ja. Ich glaube, es war ein Fehler, mir einzubilden, dass ich alles allein schaffen könnte. Auch wenn du mich für ein Genie hältst.«

»Hey, es zeugt auch wirklich von Größe, zuzugeben, dass der eigene Plan nicht funktioniert hat und man umdenken sollte. Wie willst du den Partner aussuchen?«

»Ich werde diese Branding-Expertin, die ich liebe, bitten, mir bei der Auswahl zu helfen.«

»Aber natürlich, Sir. Ich stehe ganz zu Ihrer Verfügung.«

Ich gönnte mir einen kleinen Sieges-Sitztanz auf seinem Schoß.

»Sienna, hör auf, oder das wird ein sehr kurzes Gespräch.«

»Ups. War keine Absicht. Wirklich. Wann willst du mit der Suche anfangen?«

»Jetzt sofort.«

Ich fand es wunderbar zu sehen, wie sehr Winston mir vertraute. Niemals zuvor hatte ich mich so stark und geschätzt gefühlt.

Ich kletterte von seinem Schoß, dann ging ich als Erstes ins Schlafzimmer, um Winston ein ordentliches Hemd zu bringen.

»Wofür ist das?«, fragte er verwirrt.

»Das musst du anziehen. Das Shirt, das du gerade trägst, ist quasi durchsichtig. Das hilft meiner Konzentration kein Stück, glaub mir.«

Er stieß ein bellendes Lachen aus, dann nickte er. Ratet mal, was ich bei meinem Plan nicht berücksichtigt hatte? Um das neue Hemd anzuziehen, musste er erst das alte ausziehen, was bedeutete, dass er mir seinen Oberkörper präsentierte.

»Gott, bist du sexy.«

Mir wurde erst klar, dass ich die Worte laut ausgesprochen hatte, als Winston lachte.

»Du hättest einfach die Augen schließen können.«

Sofort wurden meine Wangen heiß. »Hätte ich natürlich machen können. Aber wo bliebe da der Spaß?«

Winston hatte seinen Laptop hier. Ich hatte meinen natürlich nicht dabei, doch ich konnte genauso gut mit Stift und Papier arbeiten – besonders, da es im Moment hauptsächlich darum ging, Pro- und Kontra-Listen für alle Firmen zu erstellen.

Wir bewerteten die potenziellen Partner nach bestimmten Faktoren, wie generelle Markenattraktivität, Kapitalausstattung, nicht monetärer Vorteile und so weiter und so fort.

Vier Stunden später hatten wir vier Seiten Notizen und eine Tabelle mit dreihundert Einträgen. Vor uns lag noch eine Menge Arbeit, aber wir hatten einen guten Anfang geschafft.

»Mein Blick verschwimmt«, sagte ich gähnend.

»Lass uns für heute aufhören. Ich überarbeite dich.«

Ich klimperte mit den Wimpern. »Das hast du absolut getan, also musst du das jetzt den Rest des Tages wiedergutmachen.«

»Die Dame muss sich entspannen?«

»Ja, muss sie.«

»Ich mache mich immer gern nützlich.«

»Nur als Vorwarnung: Ich bin sehr fordernd.«

Er rutschte auf dem Boden vor dem Sofa näher an mich heran, bis unsere Knie sich berührten.

»Ich kann es kaum erwarten«, sagte er mit einem leisen Lächeln.

»Okay ... ich muss sagen, ich hatte damit gerechnet, du wärst ... wie soll ich das sagen ... *gestresster* ist nicht ganz das richtige Wort.«

»Neurotischer?«, bot er an.

»Na ja, ja.«

Er lehnte sich nach vorne und flüsterte verschwörerisch: »Deine Nähe hat diesen Effekt auf mich. Ich bin ruhiger, sehe die Dinge klarer.«

»Also musst du eigentlich nur ständig mit mir zusammen sein, um nicht mürrisch zu werden?«

»Genau.«

Breit grinsend drückte ich ihm einen Kuss auf die Wange. »Das kriegen wir hin.«

»Verdammt. Ich dachte, du würdest mich dafür arbeiten lassen.«

»Wenn du darauf bestehst, kann ich mich gern ein wenig zieren.«

»Komm her.« Er zog mich auf seinen Schoß. Sofort rutschte ich ein wenig hin und her.

»Wie schaffst du es, mich immer genau dorthin zu kriegen, wo du mich haben willst?«

»Das ist nicht der Ort, wo ich dich gerade haben will, Süße«, sagte er mit plötzlich verdächtig rauer Stimme.

»Und wo willst du mich?«

»Im Bett, wo du keuchend meinen Namen rufst. Du solltest dich unter mir winden, während mein Mund deinen Körper erkundet.«

Sofort fühlte ich mich, als wäre ich an eine Stromleitung angeschlossen worden. Doch ich war entschlossen, mich zu behaupten. Es gab hier einen bestimmten Jemand, der es verdient hatte, ein wenig aufgezogen zu werden.

»Also, das klingt nicht unbedingt vielversprechend.«

»Ach nein?« Er ließ die Hände über meine Arme gleiten, bis seine Finger auf meinen Schultern lagen. »Ich hätte da auch noch andere Ideen.«

»Wag es ja nicht, mich noch mal zu kitzeln.«

Ich zog mich ein kleines Stück zurück. Er wackelte mit den Augenbrauen. Ich schüttelte den Kopf, wobei ich ihn wachsam beäugte. Ich war mir immer noch nicht sicher, ob ich ihm wirklich vertrauen konnte, als mein Handy piepte.

»Ich werde mich benehmen. Versprochen.«

»Im Moment nehme ich dir deine Versprechungen nicht ab, Mister.«

Er hob kapitulierend die Hände, also griff ich schnell nach meinem Handy.

»Victoria hat mir geschrieben. Sie fragt, ob wir zum Abendessen bei ihr vorbeikommen wollen. Anscheinend wird die halbe Familie da sein. Hast du Lust?«

Ich warf ihm einen hoffnungsvollen Blick zu. Mit einem Haufen Bennetts wurde ein Abend einfach besonders lustig.

»Sieh dir dieses Lächeln an. Glaubst du wirklich, ich könnte irgendetwas anderes tun als zustimmen?«

»Gut zu wissen. Ich werde dieses spezielle Lächeln auf die Liste meiner emotionalen Erpressungstaktiken setzen.«

***

Ich hatte nicht übertrieben, als ich verkündet hatte, der halbe Clan würde anwesend sein. Die gesamte Gruppe von gestern war da, plus Logan und Alice' Ehemann Nate sowie Blakes Frau Clara. Sie war schwanger, und Blake kümmerte sich ständig um sie. Es war faszinierend zu beobachten, wie Blake sich in der Nähe seiner Frau veränderte. Sie hatten bereits einen Jungen, Maddox – der aussah wie eine Miniversion von Blake –, und jetzt erwarteten sie ein Mädchen.

Sobald ich das Wohnzimmer betrat, warf ich Christopher einen bösen Blick zu.

»Ich werde mich heute benehmen, ich schwöre es«, sagte Christopher mit abwehrend erhobenen Händen.

Blake nickte eilig. »Ich auch. Ich werde mich von meiner besten Seite zeigen, um den gestrigen Abend wettzumachen.«

Ich kniff die Augen zusammen. »Blake, das nehme ich dir nicht ab. Jedes Mal, wenn ich dich sehe, wirkst du verspannter. Sei vorsichtig, sonst verwandelst du dich noch in Logan.«

Blake schlug sich theatralisch die Hände ans Herz. »Du verletzt mich tief, Sienna.«

»Hey, das habe ich gehört«, rief Logan irgendwo aus den Tiefen des Raums. Ich grinste verlegen, machte aber keinen Rückzieher. Schließlich hatte ich recht.

Sebastian war der besonnene Bruder, Logan der Hitzkopf, mit Christopher dicht auf den Fersen. Blake war grundsätzlich eher entspannt. Für gewöhnlich zumindest. Langsam wurde mir klar, dass diese Rollen keineswegs in Stein gemeißelt waren.

»Das liegt daran, dass wir ein Mädchen bekommen. Sein Beschützerinstinkt erwacht mit Macht zum Leben«, meinte Clara.

Das klang nach einer glaubwürdigen Erklärung.

Als Victoria mich bat, ihr beim Tragen der Getränke zu helfen, nutzte ich die Chance, um sie auszuhorchen.

»Was hat es mit diesem spontanen Treffen auf sich?«

Victoria errötete, und sofort schrillten meine Alarmglocken. Was ging hier vor sich?

»Ähm … du weißt doch, dass wir gestern alle ein bisschen zu viel Eierpunsch getrunken haben?«, setzte sie an.

»Ja …«

»Und du weißt, dass ich eigentlich nicht dazu neige, anderer Leute Geheimnisse zu verraten.«

Na ja … das war fragwürdig. Sehr fragwürdig. Aber im Moment hätte es mir nicht geholfen, darauf hinzuweisen.

»Spuck es aus, Schwesterherz.«

»Na ja, Christopher und ich haben uns über Statham Stores und den Vorstand unterhalten. Danach hat er mit dem Rest der Bennetts geredet. Und sie haben eine Idee.«

»Okay …«

Eine Bennett-Familienverschwörung? Die liebte, liebte, *liebte* ich!

»Sebastian wird alles erklären.«

Ich sah die Versammlung mit anderen Augen, als ich ins Wohnzimmer zurückkehrte. Jetzt, wo ich so darüber nachdachte… als wir angekommen waren, waren alle anderen schon da gewesen. Was lief hier?

Ich wollte abwarten, bis Sebastian das Thema ansprach… konnte mich aber gerade mal zehn Minuten zurückhalten, bis wir uns alle zum Essen hingesetzt hatten.

»Sebastian, Victoria meinte, du wolltest mit Winston und mir über das Kaufhaus sprechen?«

Victoria lachte. Sebastian musterte uns mit einem Lächeln. Winston, der neben mir saß, richtete sich in seinem Stuhl auf. Ich hätte ihn vorwarnen sollen, doch ich hatte es einfach vergessen.

»Ja. Winston, wir haben gehört, dass die Banken die Kredite nicht verlängern wollen, um das vorübergehende Liquiditätsproblem zu lösen. Und dass der Vorstand das Kaufhaus schließen will.«

»Stimmt.«

»Wir haben beim Mittagessen eine Familienversammlung abgehalten und hätten dir einen Vorschlag zu unterbreiten.«

Eine Familienversammlung? Wow! Das war superkomplex. Wie hatten sie das überhaupt geschafft? Summer, Daniel, Max und Familie sowie die Bennett-Eltern reisten gerade durch Australien.

»Wir haben ja schon einmal angesprochen, dass wir daran interessiert wären, unseren Schmuck über die Statham-Kaufhäuser zu vertreiben.«

»Ja.«

»Bisher haben wir nur über eine Juwelierabteilung gesprochen… aber wie wäre es, wenn du das Recht exklusiv an Bennett Enterprises vergibst? Im Gegenzug werden wir die notwendige Summe investieren, um deine Liquiditätsrate zu normalisieren. Wir wären stille Teilhaber, die sich lediglich bei Entscheidungen einmischen, die Auswirkungen auf unsere Produkte haben.«

Ach du Schande. Sie hatten sich wirklich zusammengesetzt und alles haarklein durchgesprochen.

Ich hatte mich als Teil der Bennett-Familie gefühlt, seitdem meine Schwester angefangen hatte, mit Christopher auszugehen … doch niemals mehr als in diesem Moment. Ich musste gegen den Drang ankämpfen, alle am Tisch zu umarmen.

»Das ist ein sehr großzügiges Angebot. Danke«, sagte Winston. Er klang verblüfft. Ich konnte gut nachvollziehen, dass dieses Angebot jeden, der die Familie nicht so gut kannte wie ich, überraschen musste.

»Lass dir Zeit, um darüber nachzudenken«, fuhr Sebastian fort.

»Ich werde mich bald bei dir melden, aber vorher muss ich mit dem Vorstand sprechen. Nur, um das klarzustellen, von eurer Seite aus haben bereits alle einer möglichen Partnerschaft zugestimmt?«

Sebastian lächelte, dann wechselte er einen Blick mit Logan und Pippa.

»Die Anteile an der Firma sind auf die Familie verteilt. Wir haben bei der Familienversammlung beim Mittagessen alles besprochen. Summer, Max und Daniel haben per Videoanruf teilgenommen.«

»Ihr habt das … bei einem Familientreffen entschieden.« Winston klang immer noch wie vor den Kopf geschlagen, doch er lächelte.

»So packen wir im Bennett-Clan die Dinge an«, meinte Christopher.

»Sobald wir aufhören, dich in die Mangel zu nehmen«,

stellte Blake klar. »Sieh es als Initiationsritual. Und jetzt, wo wir den geschäftlichen Mist erledigt haben, lasst uns das Thema wechseln. Wir wollen Winston doch nicht glauben machen, dass wir bei Treffen ständig nur über Geld reden«, meinte Blake. Alle lachten zustimmend.

Der Rest des Abendessens verging in gemütlicher Atmosphäre. Niemand sprach noch mal den Deal an, auch wenn ich vermutete, dass alle darüber nachdachten. Für mich galt das auf jeden Fall.

Ich hoffte wirklich inständig, dass Winston das Angebot ernsthaft erwog. Ich hätte sofort Ja gesagt, aber na ja, ich war natürlich voreingenommen.

Plötzlich war ich so energiegeladen, dass ich kaum still sitzen konnte. Meine Euphorie stieg mit jeder Sekunde und erreichte ihren Höhepunkt beim Dessert (Stracciatella-Eis mit Karamell- und Pistaziensoße).

Ich wollte mit Winston allein sein und hören, was er von dem Angebot hielt... aber was gehörte zu den Dingen, die es auf Treffen des Bennett-Clans nicht gab? Genau – Zeit für sich allein.

Beim Digestif gelang es mir schließlich, meine Euphorie ein wenig zu zügeln. Ich musste nüchtern und objektiv argumentieren, wenn Winston und ich über die potenzielle Partnerschaft sprachen; eine Liste mit Vor- und Nachteilen präsentieren, wie Winston und ich sie heute Morgen für all die anderen Firmen aufgestellt hatten. Im Kopf begann ich genau diese Liste zu schreiben. Ehrlich (und ganz objektiv!), das war der beste Deal von allen. Sicher, es wären Investitionen nötig, um Juwelierabteilungen in die Kaufhäuser und in die Marke Statham zu integrieren, doch die Vorteile wären gewaltig.

Und dann gab es da noch mich! Ja! Ich kannte Bennett Enterprises und konnte dafür sorgen, dass die Integration viel reibungsloser ablief, als es bei irgendeiner anderen Firma der Fall wäre. Ich musste mich selbst definitiv zu den Vorteilen auf der Pro-und-Kontra-Liste setzen.

Dann kam mir ein finsterer Gedanke. Was, wenn Winston diesen Punkt nicht so sah? Wir waren noch nicht lange zusammen. Was, wenn er zu der Überzeugung kam, dass unsere Beziehung an Bedingungen geknüpft war oder dass es bestimmte Erwartungen meinerseits gab? *O mein Gott.*

Meine Gedanken begannen, außer Kontrolle zu geraten. Mein Hochgefühl verpuffte, und stattdessen stieg Angst in mir auf. Fühlte Winston sich unter Druck gesetzt?

Als wir Victorias Haus schließlich verließen, war ich unglaublich nervös. Ich spielte die gesamte Fahrt zu meinem Haus am Saum meines Pullovers herum.

»Was beschäftigt dich?«, fragte Winston, sobald wir die Haustür hinter uns geschlossen hatten.

»Ich denke einfach über das nach, was Sebastian gesagt hat.«

Wie dachte Winston darüber? Ich hatte keine Ahnung.

Im Haus herrschte Halbdunkel. Mein Pulsschlag raste so heftig, dass ich das Blut in den Ohren rauschen hören konnte.

»Also … ich halte das für ein tolles Angebot. Ich habe im Kopf bereits eine Liste mit Vor- und Nachteilen aufgestellt, und ich bin der Meinung, das ist das beste Angebot.«

»Sienna … wieso bist du so nervös?«

Mist, natürlich hatte er das bemerkt. Winston stand direkt vor mir, und wie üblich konnte ich mich kaum konzentrieren, wenn er mir so nahe war. Eigentlich war der Effekt im Moment sogar noch schlimmer als sonst. Vielleicht, weil ich Angst hatte, ihn zu verlieren.

»Weil ich nicht möchte, dass du denkst, eine Partnerschaft der zwei Firmen würde bedeuten, dass *ich* damit irgendwelche Erwartungen verknüpfte … unsere Beziehung muss sich nicht ändern. Fühl dich bitte nicht unter Druck gesetzt. Ich bin sehr zufrieden damit, wie die Dinge momentan zwischen uns stehen«, sagte ich eilig.

Winston schwieg so lange, dass das Rauschen in meinen Ohren in Pochen umschlug.

»Ich bin nicht zufrieden, Sienna.«

»Was?«

Er trat noch näher an mich heran, bis seine Nasenspitze quasi meine Wange berührte.

»Ich liebe unsere Beziehung, aber ich will mehr.« Ich fühlte, wie seine Lippen sich auf meiner Haut zu einem Lächeln verzogen, doch ich konnte nichts anderes tun, als auf jedes Wort zu lauschen. »Offensichtlich stelle ich mich auch nicht besonders geschickt dabei an, dir zu zeigen, wie sehr ich dich liebe, wenn du wirklich glaubst, dieses Angebot könnte mir Angst machen. Ich soll mich nicht unter Druck gesetzt fühlen, hm? Du kannst mich gern jeden Tag der Woche unter Druck setzen, Liebes.« Dann kniff er mich leicht in den Hintern und senkte den Kopf, um mich gleichzeitig spielerisch in den Hals zu beißen, bevor er dieselbe Stelle küsste.

»Ich bin der Richtige für dich, Sienna. Der Richtige, hast du das gehört? Ich will mein Leben mit dir teilen – in guten wie in schlechten Tagen. Du bist unerwartet in mein Leben getreten, und ich habe mich Hals über Kopf in dich verliebt. Ich werde dich nicht gehen lassen. Ich liebe dich, ohne Wenn und Aber. Vergiss das nie, verstanden?«

»Ja.« Meine Stimme zitterte, doch was erwartete er nach diesen wunderbaren Worten, die mein Herz zum Schmelzen gebracht hatten?

»Das hört sich schon besser an.« Wieder kniff er mich in den Hintern.

»He! Hör auf damit!«

»Habe ich nicht vor. Du gehörst mir, um dich zu kneifen, zu tätscheln, zu küssen und zu befingern. Du gehörst mir, Sienna. Jeder Teil von dir.«

Ich zog an seinem Kragen, bis unsere Lippen auf einer Höhe schwebten. Ich sehnte mich nach einem Kuss. Er tat mir den Gefallen, und zwar ohne seine Leidenschaft irgendwie zu zügeln.

Er küsste mich so innig, dass ich mich fühlte, als müsste jeden Moment mein Herz explodieren. Ich wollte, dass dieser Kuss niemals ein Ende fand.

Winstons Brust drückte sich an meinen Oberkörper; seine Hüften drängten sich gegen meine. Fordernd vergrub er die Hand in meiner Hüfte, vergrub die Finger in meinem Haar und vertiefte den Kuss noch.

Lachend stolperten wir durchs Haus. Dann drehte er mich um, schlang die Arme um meine Taille und lehnte das Kinn in meine Halsbeuge.

»Wir sollten sehen, wo wir hingehen«, meinte er.

»Aber bisher konnte ich dich berühren.«

»Sobald wir im Schlafzimmer sind, kannst du mich berühren, wie auch immer du willst. Und was das Angebot von Sebastian angeht: Ich habe vor, es anzunehmen. Ich wollte schon beim Essen zustimmen, aber vorher wollte ich mit dir reden. Ich bin mir sicher, dass der Vorstand zustimmen wird.«

Ich stieß einen begeisterten Schrei aus und wackelte mit den Hüften, sodass mein Po sich an seinem Schritt rieb. Als ich fühlte, wie erregt er war, stieg Hitze in meinem Körper auf.

Winston stöhnte. Ich tat es wieder. Er ließ die Hände auf meine Hüften sinken, um sie festzuhalten.

»Aber ich habe eine Bedingung«, sagte er.

»Oh?«

»Ich möchte, dass du für alle Aspekte dieser Partnerschaft verantwortlich bist.«

»Das klingt vielversprechend.«

»Du würdest gleichzeitig für Bennett Enterprises und Statham Stores arbeiten. Ich habe die ganze Zeit nach einem Schlupfloch gesucht, um dich in der Firma zu halten … und jetzt habe ich es endlich gefunden.«

Ich lachte, als wir vor der Tür zum Schlafzimmer anhielten. Sofort drehte ich mich um, legte einen Arm um seinen Ständer und ließ die freie Hand über seinen Körper gleiten. Ich wollte ihn überall berühren, ihn überall küssen.

»Also, was sagst du dazu?«

»Ja, Sir.«

»Ich verstehe. Also sind wir wieder bei Sir? Ist das ein Upgrade oder ein Downgrade? Ich komme einfach nicht mehr mit.« Er grinste an meiner Wange.

»Definitiv ein Upgrade.«

29 Winston

Vier Monate später

»Sohn, wenn du dich nicht auf das Auto konzentrierst, wirst du noch etwas kaputt machen.«

»Tut mir leid. Ab jetzt werde ich mich konzentrieren, versprochen.«

Ich war hier, um Dad dabei zu helfen, an einer seiner Neuanschaffungen zu arbeiten. Im Moment beugten wir uns gerade beide über den Motor, um herauszufinden, wo genau das Problem lag.

Seitdem ich die Partnerschaft mit Bennett Enterprises geschlossen hatte, hatte sich die geschäftliche Lage entspannt. Ich hatte mit dem Vorstand geredet, noch bevor ich mit Sienna nach London geflogen war, um Lucas zu Weihnachten zu besuchen. Die Vorstandsmitglieder waren überrascht gewesen, dass ich bereit war, eine Partnerschaft einzugehen, und hatten sofort zugestimmt. Da ich jetzt dauerhaft in San Francisco blieb, hatten wir jemand anderen nach Paris schicken müssen. Einer der Betriebsleiter hatte sich angeboten und war herausragend für den Job qualifiziert.

Nachdem ich nicht mehr ständig unter Druck stand, hatte ich einiges an meiner Lebensführung geändert. Dazu gehörte, dass ich regelmäßig bei meinen Eltern vorbeischaute.

»Weißt du was? Heute ist ein großer Tag für dich. Lass uns darüber reden. Das Auto kann warten.«

»Nein, nein. Ist okay. Ich kann multitasken.«

Dad zwinkerte mir zu. »Von meiner Warte aus gesehen, hat es nicht den Anschein.«

Wir arbeiteten ein paar Minuten schweigend am Wagen, bevor Dad sagte: »Wir sind froh, dass du diese Partnerschaft eingegangen bist, Winston. Deine Mom und ich hätten genau das auch getan. Aber wir dachten, du würdest einen anderen Weg wählen.«

»Vor ein paar Monaten hätte das noch gestimmt.«

»Dieses hübsche Mädchen, nach dem du so verrückt bist, hat einen tollen Einfluss auf dich. Wie läuft es mit deiner *Antragsstrategie?*«

Selbst ohne Dad anzusehen, wusste ich, dass er ein breites Grinsen zur Schau trug. Mit dieser Formulierung würde er mich noch lange Zeit aufziehen.

»So weit, so gut.«

Vor jeder großen Leistung stand eine gute Strategie.

Mein Ziel: Sienna bitten, mich zu heiraten… in einem Moment, wo sie am wenigsten damit rechnete.

Heute Nachmittag würde ich bei Bennett Enterprises vorbeifahren, um einen Ring direkt von Pippa abzuholen. Aber vorher traf ich mich mit Lucas und Chloe.

***

Ich verließ Dads Garage und fuhr direkt zum Restaurant.

Bei Victoria und Christopher hatte ich bereits um Siennas Hand angehalten, aber ich wollte auch noch mit Lucas und Chloe sprechen. Lucas verbrachte seine Frühjahrsferien zu Hause, also war das Timing perfekt.

Ich kam als Erster an und reservierte uns einen Tisch. Chloe winkte mir begeistert zu, sobald sie das Restaurant betraten. Als die beiden den Tisch erreicht hatten, umarmte sie mich.

»Wie ihr wisst, gehen Sienna und ich jetzt schon ein paar Monate miteinander aus«, sagte ich, sobald Chloe und Lucas sich gesetzt hatten.

Chloe nickte eifrig. »Und du bist der perfekte Freund.« Sie drehte sich zu ihrem Bruder um und verkündete: »Du solltest dir Notizen machen.«

Lucas sah mich so erstaunt an, dass ich einfach lachen musste.

»Ich möchte Sienna heiraten. Und ich wollte, dass ihr beide davon wisst, ehe ich ihr einen Antrag mache.«

Die Geschwister standen sich sehr nahe und passten immer aufeinander auf.

Chloe stieß einen begeisterten Schrei aus. Lucas schüttelte lachend den Kopf.

»Mann, du hast dich wirklich angestrengt, Chloe für dich zu gewinnen. Sie ist dein größter Fan.«

»Ich tue, was ich kann.«

»Nun, wann immer ich Berichte erhalten habe, wurde erklärt, dass Sienna glücklich ist, also ist das toll.« Dann stöhnte er.

»Was?«, fragten Chloe und ich gleichzeitig.

»Nichts. Ich frage mich, wie viel Zeit mir wohl noch bleibt ... bevor sie mir in den Ohren liegen, dass ich mir eine feste Freundin suchen soll.«

»Lucas, du bist siebzehn. Ich glaube, vorerst hast du noch nichts zu befürchten«, sagte ich.

»Bei den Bennetts weiß man nie.«

Wahrere Worte waren nie gesprochen worden.

Chloe rieb sich grinsend die Hände. »Ich wusste gar nicht, dass du dich davor fürchtest. Damit kann ich dich prima erpressen. Wenn du mich nervst, setze ich Pippa einen Floh ins Ohr.«

Lucas stöhnte wieder, doch er lächelte dabei. »Da verschwinde ich für ein halbes Jahr, und sofort wendet sie sich von mir ab.«

»Nein… ich, na ja… ich fülle einfach meine Lucas-freie Zeit mit den Bennett-Frauen.«

»Genau… ich kann klar erkennen, dass du zum Feind übergelaufen bist. Aber jetzt lasst uns Essen bestellen.«

Wir gönnten uns drei Gänge. Chloe gab mir die ganze Zeit über Tipps zu Ringen, während Lucas sie anstarrte, als hätte sie komplett den Verstand verloren.

Als ich endlich bei Bennett Enterprises ankam, war ich mir meines Vorhabens ziemlich sicher. Christopher wartete in der Lobby auf mich. Er hatte darauf bestanden, mich zu begleiten, und begann in dem Moment, in dem ich mich ihm anschloss, mir Survival-Tipps zu geben – seine Wortwahl, nicht meine.

»Hat Pippa dich schon wegen der Ringe in die Mangel genommen?«, fragte er.

»Nein, sie weiß nicht mal, warum ich sie besuche.«

Christopher warf laut lachend den Kopf in den Nacken. »Dir zuliebe hoffe ich, dass du recht hast. Aber meine jahrzehntelange Erfahrung sagt mir, dass das eher nicht der Fall sein dürfte.«

Bei den Kreativen war es ziemlich chaotisch, zumindest verglichen mit den anderen Abteilungen, wo alle ordentlich in Einzelbüros saßen. In diesem Stockwerk gab es keine Zwischenwände, stattdessen standen überall Tische voller Skizzen und Prototypen.

Pippa wartete direkt neben der Tür auf uns, die Hände vor dem Körper verschränkt. »Die Ringe habe ich bereits auf dem Tisch liegen. Ich habe die neueste Kollektion ausgewählt, ergänzt durch ein paar meiner persönlichen Lieblinge. Und natürlich die Ringe, die Sienna am besten gefallen.«

Ich war völlig baff. »Woher wusstest du, dass ich wegen eines Ringes komme?«

Sie schenkte mir ein breites Grinsen. »Es gibt eigentlich nur zwei Gründe, warum irgendwer mich in meiner Abteilung besucht. Erstens: Etatverhandlungen. Zweitens: Ring aussuchen.«

»Das bringt es geradezu beängstigend gut auf den Punkt«, meinte Christopher.

Ich lachte. »Nun, dann sollte ich mich wohl dranmachen, einen Ring auszusuchen. Ich sehe schon, dass es eine Gruppenaktivität wird.«

Christopher grinste.

Pippa hängte sich bei mir ein, um mich zu ihrem Schreibtisch zu führen. »In der Bennett-Familie gilt das für so gut wie alles.«

Epilog

Sienna

Einen Tag später

»Schwesterherz, ich weiß, dass du eine tolle Erfolgsquote bei Kuppeleien hast, aber die Punkte für Winston und Sienna kannst du nicht einheimsen.«

Wir befanden uns im Statham-Gebäude, bereit für die Eröffnungsfeier des umgebauten Kaufhauses, und hatten uns in einer Ecke zusammengedrängt, ein gutes Stück entfernt von allen anderen.

»Ich weiß, ich weiß«, antwortete Pippa.

Ich hängte mich bei ihr ein und senkte meine Stimme zu einem verschwörerischen Flüstern. »So würde ich das nicht sagen. All diese gefährlichen Ideen, auf die du mich gebracht hast, was ich mit dem mürrischen Chef alles anstellen könnte … haben definitiv geholfen.«

Pippas Lächeln war so selbstgefällig, dass ich lachen musste. Neben uns schüttelte Blake nur spöttisch den Kopf.

»Ermutige sie nicht auch noch, Sienna. Jedes Mal, wenn jemand ihr sagt, dass sie recht hat, verliere ich wieder einen Kampf.«

Pippa kniff die Augen zusammen. »Lieber Bruder, das ist unfair.«

»Hast du oder hast du dich nicht mit Clara verbündet, als wir den Namen für unsere Tochter ausgesucht haben? *Hermine.*«

»Aber ich habe Clara auch überredet, ihr noch einen zweiten Vornamen zu geben, damit deine Wahl auch zum Zug kommt. Zählt das denn gar nichts?«

Blake zwinkerte ihr zu, dann schüttelte er leidend den Kopf. »Die Frauen in unserer Familie werden noch mein Tod sein.«

Pippa tätschelte ihm die Schulter. »Sei nicht so dramatisch. Wir Frauen müssen eben zusammenhalten. Clara und ich haben so unsere Geheimnisse.«

Blake wirkte ernsthaft verängstigt. »Was bedeutet das? Aber wenn ich so darüber nachdenke, will ich es gar nicht wissen.«

»Schhh ... es fängt an, und ich will alles mitbekommen.«

Bennett Enterprises und die Statham Stores waren ihre offizielle Partnerschaft vor vier Monaten eingegangen. Ich liebte meinen neuen Tätigkeitsbereich! Nach wie vor war ich für alle Aspekte des Brandings verantwortlich, doch inzwischen bezog sich ein Großteil meiner Aufgaben auf Bennett Enterprises. Das war sogar noch besser als die Zukunft, die ich mir immer im Familienunternehmen ausgemalt hatte. Ich hatte meine Lektion gelernt. Manchmal war es besser, die Dinge auf sich zukommen zu lassen, statt genaue Vorstellungen zu entwickeln.

Direkt, nachdem der Vertrag unterschrieben worden war, hatten wir das Kaufhaus für Renovierungsarbeiten geschlossen – um die Juwelierabteilung zu integrieren und das Rebranding durchzuziehen, das Winston und ich geplant hatten. Das Ergebnis war einfach wunderschön. Der grundsätzliche Aufbau des Kaufhauses war immer noch derselbe, doch mit dem Spielplatz im Food-Court und den kleinen Spielinseln in den anderen Stockwerken wirkte der gesamte Laden einfach lebendiger und einladender als bisher.

Ich konnte die nächste Weihnachtssaison kaum erwarten.

Winston betrat die kleine Bühne, die wir direkt neben dem Eingang aufgebaut hatten.

»Willkommen, alle zusammen. Vielen Dank, dass ihr euch uns bei dieser Eröffnungsparty angeschlossen habt. Mein Vater und meine Mutter haben mir ein Vermächtnis hinterlassen, das ich voller Stolz weiterführe.« Winston sah zu seinen Eltern, die strahlend direkt vor der Bühne standen. »Heute beginnt eine neue Ära für Statham Stores. Doch ohne die Unterstützung meiner klugen und wunderschönen Freundin, Sienna Hensley, sowie der gesamten Bennett-Familie hätte ich das niemals geschafft. Es ist mir eine Ehre, sie als offiziellen Partner in meiner Firma willkommen zu heißen.«

Alle klatschten, ich natürlich lauter als alle anderen. Voller Stolz beobachtete ich, wie mein Mann mit einem breiten Grinsen auf uns zukam. Gott, war er nicht sexy? Sein muskulöser Körper, gepaart mit seinem selbstbewussten Auftreten, war einfach unwiderstehlich.

»Ich muss mir Sienna für einen Moment ausleihen«, erklärte Winston den Bennetts, als er einen Arm um meine Schulter legte. Was ging hier vor sich?

»Was ist los?«, fragte ich, als Winston mich nach oben führte.

»Ich wollte nur noch einen kurzen Blick in das Zimmer werfen, in dem die Party stattfindet.«

»Okay.«

Wir waren bereits mehrmals alles durchgegangen, aber ein letzter Kontrollbesuch konnte wahrscheinlich nicht schaden.

Die Party für die Angestellten fand im selben Raum statt wie damals die Weihnachtsfeier.

Ich ließ meinen Blick durch den Raum gleiten: eine kleine Bühne, ein langer Tisch, auf dem die Caterer das Essen anrichten würden. Moment mal. Auf dem Tisch stand ein Kästchen, das vorher noch nicht da gewesen war. Und da stand mein Name drauf!

Ich sah zu Winston. Er grinste mich an. Ich hatte ihm gar nichts besorgt!

»Ist das für mich?«, hakte ich nach.

Sein Grinsen wurde noch breiter. »Auf jeden Fall steht dein Name drauf.«

»Und ich kann das Geschenk jetzt aufmachen?«

»Deswegen habe ich dich hergebracht.«

»Gib her, gib her.«

Als ich das Papier aufriss, fühlte ich mich wie ein Kind an Weihnachten. Unter dem Papier kam ein weiterer Karton zum Vorschein. Ich warf einen neugierigen Blick zu Winston, in der Hoffnung, dass er mir einen Tipp gab. Doch seine Miene blieb ausdruckslos.

Also öffnete ich den Karton und fand … was? Noch ein Kästchen, nur dass dieses ziemlich klein war. Was mochte in einen so kleinen Karton passen? Ich war nicht materialistisch veranlagt, aber na ja … wenn es um Geschenke ging, galt für gewöhnlich: je größer, desto besser.

Winston beobachtete mich genau, als ich den letzten Karton öffnete, und die Intensität seines Blickes machte alles bloß noch schlimmer. Ich wurde nervös.

Bevor ich sehen konnte, was sich in dem Kästchen befand, streckte Winston die Hand ins Innere. Ich keuchte und schlug mir die Hand vor die Brust, weil ich mich fühlte, als müsste mein Herz jeden Moment meine Rippen brechen.

Winston hielt mir einen atemberaubenden Ring entgegen: ein Diamant im Prinzessinnenschliff auf einem Platinband, das rundherum mit kleinen Rosenquarzen besetzt war.

Er bewegte den Ring zwischen Daumen und Zeigefinger, und sofort verschwamm mein Blick. Ich hatte immer geglaubt, dass es eine Weile dauern würde, bis man realisierte, dass man *Den Einen* gefunden hatte ... dass ich Zeit brauchte, um mir ganz sicher zu sein. Doch dieser Moment war so perfekt, dass ich fast befürchtete, ich müsste vor Glück platzen. Ich hatte nicht mal gewusst, dass es überhaupt möglich war, so viel Freude zu empfinden.

»Ja! Ja!« Ich schrie die Worte gerade, dann grinste ich verlegen.

Winston gluckste in sich hinein. »Ich habe noch nicht mal die Frage gestellt.«

»Ich sage trotzdem Ja.«

Ich streckte ihm die Hand entgegen, damit er mir den Ring anstecken konnte. Meine Finger zitterten leicht, doch das war mir egal. Ich versuchte nicht mal, meine Rührung zu verbergen. Das war Winston. Mein Winston.

Die Hand, mit der er meine hielt, war stark und ruhig, aber ich hatte den Eindruck, dass seine Atmung etwas stoßweise ging.

»Sienna, hier, an diesem Ort, wo wir uns verliebt haben, verspreche ich dir, dass ich dich jeden Tag deines Lebens lieben und schätzen werde. Du bist klug, schön und freundlich. Und frech, wenn die Situation es erfordert.«

»Also quasi immer.«

Er lachte. »Stimmt.«

Er berührte leicht meine Wange, dann legte er die Hand sanft an meinen Hals.

»Ich verspreche dir, dich zu lieben und glücklich zu machen – auch wenn das bedeutet, dir zu erlauben, dieses Büro jedes Jahr in die Werkstatt des Weihnachtsmannes zu verwandeln. Ich werde dir sogar dabei helfen.«

»Jetzt werde ich aber misstrauisch.«

Er wackelte mit den Augenbrauen, was mich bloß noch misstrauischer machte.

»Tatsächlich sollten wir eine neue Regel festlegen. Du

darfst die Räumlichkeiten lediglich außerhalb der Arbeitszeiten dekorieren, und nur, wenn ich dir dabei zuschaue. Jedes Mal, wenn ich etwas aufhängen muss, weil du nicht groß genug bist, wirst du als Bezahlung ein Kleidungsstück ausziehen.«

Ich klappte beinahe vor Lachen zusammen. »Jetzt verstehe ich! Du willst mir einfach bloß an die Wäsche.«

»Na ja, hauptsächlich will ich in deiner Nähe sein. Deine Nacktheit wäre nur ein zusätzlicher Bonus.«

»Ich kann nicht glauben, dass du dich vom Chef aus der Hölle in einen so verführerischen – wenn auch opportunistischen – Verlobten verwandelt hast.«

»Das ist einzig und allein dir zuzuschreiben.«

»Nun, hier ist mein Gelöbnis: Ich verspreche dir, dich zu lieben … und dich aufzurütteln, wann immer es nötig ist.«

Er grinste breit. »Darauf verlasse ich mich. Als wir uns kennengelernt haben, stand ich unglaublich unter Druck. Aber dann bist du in mein Leben getreten und … hast mir keine andere Wahl gelassen, als mich in dich zu verlieben.«

Winstons Finger glitten tiefer. Er hob meine Hand an seinen Mund und drückte einen kurzen Kuss auf den Verlobungsring, bevor er seinen Mund an meinen Hals drückte. Ich spürte die Berührung seiner Lippen und seiner Zunge im ganzen Körper. Jede Körperzelle verzehrte sich nach seiner Berührung, seinen Küssen.

Als Winston sich wieder aufrichtete, war der Blick in seinen Augen noch intensiver als vorher. Voller Feuer. Er packte meine Taille und zog mich an sich. Ich versuchte, nicht daran zu denken, wie nahe wir uns waren … dass wir uns fast, aber nicht ganz berührten. Gott sei Dank, weil ich fürchtete, dass ich ihn anspringen müsste, wenn er noch näher kam. Dann drängte Winston seinen Körper an meinen, und ich war mir sicher, dass ich gleich in Flammen aufgehen würde.

Sobald sein Mund sich auf meinen senkte, breitete sich Lust wie ein Lauffeuer in meinem Körper aus. Ich knabberte an seiner Unterlippe, und Winston stöhnte an meinem Mund. Das Geräusch stachelte mich nur an. Winston packte einen meiner Oberschenkel und hob ihn an, um ein Bein zwischen meine Schenkel zu schieben.

»Winston«, flüsterte ich, als er eine Spur aus Küssen über meinen Hals zog, »wir sollten wieder nach unten gehen. Alle werden bemerken, dass wir nicht da sind.«

Mit einem Stöhnen gab er mein Bein frei. »Ich weiß. Ich habe einen Fehler gemacht, als ich geglaubt habe, ich könnte das hier kurz halten. Man sollte meinen, ich hätte meine Lektion inzwischen gelernt.« Er drückte mir einen flüchtigen Kuss auf die Nasenspitze. »Aber lass uns noch ein paar Minuten hierbleiben – bloß wir beide. Ich will mir diesen Moment genau einprägen. Wie du in meinen Armen zitterst, wie du mich ansiehst.«

Ich zitterte nicht nur deswegen, weil er mich gerade auf so wunderbare Art berührt und geküsst hatte. Es war auch … ich hatte mir niemals vorgestellt, dass irgendwer mich auf diese Weise lieben könnte.

Ich räusperte mich, dann versuchte ich, Winston ein Stück wegzuschieben. Solange wir uns so nahe waren, bestand die ernsthafte Gefahr, dass er wieder auf gefährliche Ideen kam. Und falls nicht er, dann ich.

»Nein, ich lasse dich nicht gehen.«

»Winston, du bist schon wieder herrisch.«

»Immer.« Er ließ den Daumen über meinen Mund gleiten. »Ich mag nicht mehr mürrisch sein, aber ich werde immer herrisch bleiben.«

Das stimmte … und ich fand es wunderbar.

***

Als wir uns endlich wieder den anderen anschlossen, hielten schon alle Gläser mit Champagner in der Hand. Die Caterer hatten außerdem Platten mit Häppchen angerichtet. Wir gingen direkt in die Ecke, in der die Bennetts und Winstons Eltern sich unterhielten.

Ein paar Sätze, mit denen ich die Neuigkeit verkünden wollte, hatte ich mir bereits zurechtgelegt, doch ich konnte nicht sofort reden, weil ich mein Lächeln einfach nicht unter Kontrolle bekam.

»Schaut, der Ring«, rief Victoria, dann gratulierten uns alle gleichzeitig.

»Wir hatten uns schon gefragt, wohin ihr verschwunden seid«, meinte Pippa.

Blake zwinkerte mir zu. »Natürlich hat die Hälfte längst so etwas vermutet, seitdem wir erfahren haben, dass du gestern der Kreativabteilung einen Besuch abgestattet hast.«

Winston lachte. »Damit hatte ich gerechnet. Was glaubt ihr, warum ich den Ring erst einen Tag vor dem Antrag abgeholt habe? Ich wollte auf keinen Fall, dass die andere Hälfte der Familie auch noch davon erfährt.«

Blake stieß einen anerkennenden Pfiff aus, und alle lachten, als Winston und ich uns ebenfalls Champagner vom Tablett eines Kellners nahmen.

»Auf kluge Männer!«, meinte Christopher.

»Und auf romantische Heiratsanträge!« Victorias Lächeln wirkte genauso verträumt, wie meines sich anfühlte, als wir gemeinsam anstießen.

Über das Geräusch der klirrenden Gläser sagte Blake: »Winston, willkommen in der Bennett-Familie.«